George MacDonald

Schatten über Oldcastle Hall

Verlag der Francke-Buchhandlung GmbH
Marburg an der Lahn

Die vorliegende Erzählung erschien erstmals 1866 als Fortsetzungsgeschichte unter dem Titel »Annals of a Quiet Neighborhood« in einer Zeitschrift in England. Die vorliegende Ausgabe wurde von Dan Hamilton herausgegeben und für den heutigen Leser bearbeitet.

ISBN 3-88224-493-3

2. Auflage 1991

Originaltitel: A Quiet Neighborhood

Published by Victor Books, a division of SP Publications, Inc., Wheaton, USA

Deutsch von Litera/Köppl
Umschlaggestaltung: Litera
Gesamtherstellung: Druckhaus Gummersbach

Edition C, Nr. E 52

Inhaltsverzeichnis

Vorwort

Eine im Jahre 1935 erschienene Ausgabe eines Buches, das sich mit Autoren des neunzehnten Jahrhunderts befaßt, zeigt eine interessante Titelseite: eine zusammengesetzte Photographie einer Gruppe berühmter Schriftsteller der viktorianischen Zeit — J. A. Froude, Wilkie Collins, Anthony Trollope, W. M. Thackeray, Lord T. B. Macaulay, E. G. Bulwer-Lytton, Thomas Carlyle, Charles Dickens und George MacDonald. Man fragt sich überrascht: »Wer ist George MacDonald, und was hat er in diesem Kreis zu suchen?«

MacDonalds Biographie führte jedoch aus: »Eine solche Frage wäre den meisten von MacDonalds Zeitgenossen nicht gekommen. Sie hätten wohl eher Überraschung gezeigt darüber, daß er um die Mitte des zwanzigsten Jahrhunderts weitgehend in Vergessenheit geraten war, denn im letzten Drittel des neunzehnten Jahrhunderts waren George MacDonalds Werke Bestseller, und sein Status als christlicher Erzähler stand fest und unerschüttert. Seine Bücher wurden in Großbritannien und den Vereinigten Staaten zu Hunderttausenden verkauft. Seine Vorträge waren sehr beliebt und gut besucht. Seine Poesie fand soviel Beachtung, daß er zumindest für eine Zeitlang als Hofdichter in Betracht kam. Außerdem beaß er einen weitreichenden Ruf als christlicher Lehrer. Allein diese . . . Popularität läßt MacDonald zu einer Gestalt werden, der in der Literaturgeschichte einige Bedeutung zukommt.«

In MacDonalds Erzählungen findet sich eine ganz besondere Qualität, die den Leser stark anzurühren vermag: Er besaß eine ungewöhnliche Einsicht in die Nutzanwendung geistlicher Grundsätze auf Situationen des täglichen Lebens. Zwar mußte MacDonald Bücher an sein Publikum verkaufen, das Handlung, Intrige, Spannung, Verschwörung, Drama und Romanze verlangte, doch lag ihm sein Schreiben als Mittel zu einem bestimmten Zweck mehr am Herzen. In ihm brannte die Botschaft von Gotte Liebe, die er zum Ausdruck bringen mußte.

Erstes Kapitel

Verzagtheit und Trost

Ich war dreißig, als ich eine Pfarrstelle bekam - ein Alter, in dem man erwarten könnte, daß ein Mann anfängt weise zu werden. Doch ich mußte noch vieles lernen. Damals glaubte ich, daß ein Mann sein Kreuz auf sich nehmen müsse, doch heute weiß ich, daß er Jesus nachfolgen muß, und das ist ein Unterschied, der sich in Worten nicht ausdrücken läßt.

Ich erinnere mich an den ersten Abend - es war ein Samstag - in meiner neuen Pfarrstelle. Nie zuvor war ich dort gewesen. Das Wetter war bedrückend, und ernste Zweifel über meinen Platz in der Kirche stiegen in mir auf, fluteten hin und her wie die Regenwolken. Nicht daß ich an der Kirche zweifelte - ich zweifelte an mir selbst. Waren meine Motive rein? Was waren überhaupt meine Motive? Ich wußte es nicht und konnte mir deshalb auch die Frage nach ihrer Reinheit nicht beantworten. Hatte ich ein Recht, in der Kirche zu sein, ihr Brot zu essen und ihren Wein zu trinken, ohne zu wissen, ob ich für ihr Werk taugte? Was konnte ich Gutes erhoffen als Ergebnis meiner Arbeit? Wie konnte ich hoffen, Menschen dabei zu helfen, mit dem Bewußtsein des angebrochenen Reiches Gottes und der Erwartung von etwas Erhabenem unmittelbar hinter jenem unsichtbaren Tor zwischen den Welten zu leben? Mich verlangte danach, eine Arbeit zu leisten, die diesen Namen verdiente, und ich sah nicht, wie ich beginnen sollte.

Die einzige Antwort, die ich finden konnte, bestand darin, daß die Kirche ein Teil von Gottes Welt ist. Er schuf den Menschen zur Arbeit, und jeder ehrliche Mensch mußte eine Art von Arbeit leisten. Hier gab es Arbeit, die ich ausführen konnte. Mit Gottes Hilfe würde ich versuchen, sie gut zu tun.

Dieser Beschluß verschaffte mir eine gewisse Erleichterung, aber ich war immer noch niedergedrückt. Ich war zu dieser Zeit nicht verheiratet und glaubte fest, daß ich nie heiraten sollte - nicht aus irgendeinem Bestreben der Selbstverleugnung oder aus der Vorstellung heraus, Gott habe Spaß daran, ein harter Meister zu sein. Doch es gab da eine Dame... Einige Monate vorher war ich abgewiesen worden, und ich glaube, das war, von einem Punkt abgesehen, das beste, was mir geschehen konnte.

So war ich also immer noch bedrückt, denn ist es nicht deprimierend, wenn der Regen niederströmt und der Dunst aufsteigt? Wenn der Fluß sich schlammig dahinwälzt und die Pferde so stocksteif dastehen, daß ihr Rückgrat eine gerade Linie von den Ohren bis zu den gesenkten Schwänzen bildet? Demnach nahm ich meinen Schirm und ging hinaus. Ich wollte meine Arbeit gut machen, ich wollte hingehen und mich, wenn es mir gelang, in das Land ringsum verlieben. Beim ersten Schritt zur eigenen Haustüre hinaus versank ich bis zu den Knöcheln im Schlamm.

Ich war noch nicht weit gegangen, als der Regen aufhörte, doch blieb es weiterhin trübe. Die Straße machte bald eine scharfe Biegung und führte zu einer alten steinernen Brücke, die das Wasser in einem einzigen, zierlichen Bogen überspannte. Durch den Bogen konnte ich den angeschwollenen Fluß sehen, der sich durch die Wiesen hinzog. Seine Ufer waren mit gestutzten Pappeln bestanden, Bäume, deren untere Zweige abgesägt worden waren, so daß nur seltsame Blattkronen an der Baumspitze übriggeblieben waren. Der Anblick zurechtgestutzter Bäume ruft in mir immer ein elendes Gefühl hervor. Erstens sehen sie mißhandelt aus. Zweitens sehen sie zahm aus. Drittens sehen sie häßlich aus. Damals hatte ich noch nicht gelernt, sie deshalb zu verehren, weil sie sich nicht der Feindlichkeit der Umstände beugen. Sie mögen gestutzt sein, aber sie sind doch Bäume, und was sie nicht mit Schönheit tun, das tun sie mit Freigebigkeit. Ihr Leben bricht sich Bahn trotz aller Anstrengungen, ihre Individualität zu unterdrücken und zu zerstören. Wenn man erst einmal gelernt hat, etwas zu ehren, dann läßt auch die Liebe nicht lange auf sich warten. Aber noch hatte ich nicht gelernt, gestutzte Bäume zu ehren, sie machten mich nur noch elender, als ich es ohnehin schon war.

Ich stand auf der Brücke, schaute den Fluß hinauf und hinunter durch die diesige Luft und sah zwei Reihen dieser gestutzten Pappeln, die sich in beiden Richtungen in der Ferne verloren. Ihr Anblick nahm mir jegliche Kraft, mich an dem Wasser unter mir, den grünen Feldern um mich und selbst an der Schönheit der kleinen Brücke zu freuen.

Über der Brücke drüben sah ich einen Mann auf der Straße daherkommen, doch ich wandte der Gestalt den Rücken zu, lehnte die Arme auf das Brückengeländer und starrte dort hin, wo ich keine Visionen sah - nämlich auf die gestutzten Pappeln. Ich hörte, wie sich die Schritte des Mannes auf der Brückenwölbung näherten, doch ich drehte mich nicht um, ihn zu grüßen. Ich war in einer selbstsüchtigen Stimmung - denn wenn ein Mensch einen anderen grüßen sollte, dann ohne Zweifel an einem so trostlosen Nachmittag. Die Schritte hielten hinter mir an, und ich vernahm eine Stimme: »Ich bitte um Verzeihung, aber sind Sie der neue Pfarrer?«

Ich drehte mich sofort um und antwortete: »Ja, das bin ich. Suchen Sie mich?«

Vor mir erblickte ich einen hochgewachsenen alten Mann mit dem Hut in der Hand. Er strich sich die kurzen grauen Haare über der Stirne glatt. Sein Gesicht war vom Wetter braunrot gegerbt, und es lag ein gewisser Zug von Rauhheit (ohne Härte) darin, der eher von Ausdauer als von Widerstand sprach, obwohl er offenbar sehr entschlossen sein konnte. Seine Gesichtszüge waren großflächig und ein wenig grob, doch das Lächeln, das beim Sprechen auf seinen Lippen lag,schien auch in seinen grauen Augen und erleuchtete sein Gesicht, dem man wohl Vertrauen entgegenbringen konnte. »Ich wollte Ihr Gesicht sehen, Sir, wenn Sie mir das nicht übelnehmen.«

»Gewiß nicht«, antwortete ich und hatte meine Freude an der Anrede des Mannes, der vierschrötig vor mir stand und ebenso bescheiden wie furchtlos aussah. »Jeder hat ein Anrecht, einen Blick in das Gesicht eines Menschen zu werfen. Doch wie dem auch sei, ich würde gerne wissen, warum Sie mein Gesicht sehen wollten.«

»Nun, Sir, Sie sind doch der neue Pfarrer. Sie haben mir das freundlicherweise gesagt, als ich Sie fragte.«

»Dann sehen Sie also mein Gesicht am Sonntag in der Kirche - das heißt, falls Sie dort sein sollten.«

»Ja, Sir, aber sehen Sie, auf der Brücke, da ist der Pfarrer eben der Pfarrer, und ich bin der alte Rogers. Und ich schaue in sein Gesicht, und er schaut in meins, und ich sage mir: Das ist mein Pfarrer. Doch am Sonntag, da ist er niemandes Pfarrer. Er muß seine Arbeit tun, und sie muß getan werden, und damit hat sich's.« Klarer als seine Logik war eins, der alte Mann hatte wirklich seine besonderen Vorstellungen.

»Haben Sie den Pfarrer gekannt, der gestorben ist, Sir? Er war ein guter Pfarrer. Viele Male kam er und saß am Bett bei meinem Sohn - dem, der tot und vergangen ist -, auch an einem Samstag abend. Und als ich ihn am nächsten Morgen am Pult sah, da sagte ich zu mir: 'Old Rogers, das ist derselbe Mann, der gestern abend bei deinem Sohn gesessen ist. Denk dran, Old Rogers!‘ Aber irgendwie schien es nicht so, als habe er dieselbe Art. Er sprach ganz anders. Und als er nach der Predigt auf dem Friedhof mit mir redete, da meinte ich immer, ich müsse in die Kirche gehen und nachsehen, ob er wirklich aus der Kanzel fort war; denn wissen Sie, es war nicht derselbe Mensch. Ich mag Pfarrer immer lieber außerhalb der Kanzel, und deshalb wollte ich, Sir, daß Sie mich anschauen anstatt das Wasser da drunten, bevor ich Sie morgen früh in der Kirche sehe.«

Der alte Mann hatte ein freundliches Lachen auf dem Gesicht, doch er hatte mich zum Nachdenken gebracht, und ich wußte nicht, was ich sagen sollte. So sprach er nach einer kurzen Weile weiter: »Sie werden denken, Sir, daß ich ein komischer Kauz bin, wo ich bessere Leute anspreche, ehe sie mich ansprechen. Aber vielleicht wissen Sie nicht, was ein Pfarrer für uns arme Leute ist, die außer dem Pfarrer nie einen Freund haben, der mehr kann und weiß als sie selbst. Und schließlich bin ich ein alter Seemann - bin auf einem Kriegsschiff gefahren -, bin rund um die Welt gekommen und hab' mich in vielerlei Gesellschaft bewegt, Piraten und alles mögliche, und ich hab kein bißchen Angst vor einem Pfarrer. Nein - ich mag den Pfarrer, Sir. Er hat ein gutes Teleskop, und er steigt in den Mastkorb und hält Ausschau. Und er singt laut: »Land voraus!« oder »Brecher voraus!« und gibt die Richtung an. Ich kann nur nicht immer rauskriegen, was er sagt. Wenn er dann aber sein Fernglas einsteckt und aus der Takelage herunterkommt und mit uns redet von Mann zu Mann, dann weiß ich nicht, was ich ohne Pfarrer anfangen würde. Guten Abend, Sir, und willkommen in Marshmallows.«

Die gestutzten Pappeln sahen plötzlich nur noch halb so traurig aus. Der Fluß begann ein wenig zu glitzern, und die alte Brücke wurde zu einem bewegenden, alten Bauwerk. Ich hatte bereits einen Freund gefunden, das heißt einen Menschen, dem ich möglicherweise von Nutzen sein konnte. Ich hatte etwas von ihm gelernt, und ich nahm mir vor, alles daranzusetzen, auf der Kanzel derselbe Mensch zu sein wie außerhalb - die Wirklichkeit des Unsichtbaren zu sehen und zu fühlen. Tatsachen so zu nehmen, wie sie sind, und sich mit Dingen so auseinanderzusetzen, wie sie sich der Welt zeigen.

Bevor ich die Brücke verließ, brach die Sonne mit solcher Kraft aus ihren Wolkenbanden hervor, als habe sie sich eben von den Toten erhoben und sei nicht gerade dabei, ins Grab zu sinken. Der ganze Bogen des düsteren Flusses gab fröhlich Antwort, und die nassen Blätter der gestutzten Pappeln zitterten und glänzten. Die Wiesen zeigten sich nach der Trübsal des Regens in vollkommenem Grün, frisch und klar. Weit in der Ferne glitzerte auf einem mit Bäumen bestandenen Hang ein Wetterhahn. Als die Sonne hinter dem Horizont verschwunden und Felder und Fluß wieder in dämmerige Beleuchtung getaucht waren, glänzte der Wetterhahn immer noch über der dunkler werdenden Erde, ein Symbol, daß der Glaube ein Beweis des ist, das man nicht sieht.

Ich verließ die Brücke und wanderte die Straße entlang. Nach kurzer Zeit kam ich an einem Haus vorbei, aus dem eine junge Frau mit einem kleinen Jungen an der Hand trat. Sie gingen hinter mir her, und der Bub starrte auf das Rot und Gold und Grün des Sonnenunterganges. Als sie an mir vorbeikamen, sagte das Kind:

»Tantchen, ich glaube, ich möchte ein Maler sein.«

»Warum?« fragte seine Begleiterin.

»Weil ich dann Gott helfen könnte, den Himmel anzumalen«, antwortete der Kleine.

Ich weiß nicht, was seine Tante darauf sagte, doch den ganzen Weg nach Hause gab ich ihm selbst Antwort. Machte sich Gott die Mühe, den Himmel eines Abends anzumalen, damit einige seiner Kinder ihn sehen möchten? Und sollte ich vielleicht meine Tagesarbeit für verloren halten, wenn sie keine sichtbare Erlösung auf der Erde herbeiführte?

War aber die Sehnsucht des Kindes vergebens? Konnte ich ihm sagen, daß Gott seine Hilfe beim Anmalen des Himmels nicht wollte? Gewiß, er konnte keine Staffelei vor dem glühenden Westhimmel aufstellen. Aber konnte er nicht mit seiner kleinen Palette und seinem Pinsel seinen Brüdern und Schwestern vermitteln, was er gesehen hatte? Konnte er nicht Gott helfen, diesen Glanz von Wolken und Licht in den Köpfen seiner Kinder abzubilden? O ja! Wenn das Werk eines Menschen nicht mit Gott vollbracht wird, dann werden seine Ergebnisse verbrannt, rücksichtslos verbrannt, weil es armselig und schlecht ist.

Wenn ich also für mein Teil, so sagte ich mir, auch nur einen einzigen Pinselstrich eines rosigen Sonnenuntergangs in das Leben eines Mannes oder einer Frau in meiner Gemeinde bringe, werde ich das Gefühl haben, daß ich mit Gott gewirkt habe. Es hat keine Eile, wenn ich das, was ich tue, ernsthaft ausführe, dann werde ich nicht traurig sein, wenn ich kein großes Werk auf dieser Erde vollbringe. Laßt Gott seine Sonnenuntergänge schaffen - ich werde meine kleine blasse Wolke mit Farbe betupfen. Das soll mein Bestreben sein! So will ich denn die Felsen vor mir erklimmen und nicht meinen Namen auf denen hinter mir eingeritzt zurücklassen.

Ich mußte Gottes Vorsehung darin erblicken, daß ich bei meinem ersten Versuch, meinen Standort festzustellen, in einem Zustand der Entmutigung diesen beiden begegnet war - einem alten Mann, dem ich helfen konnte, und einem Kind, das mir helfen konnte. Der eine tat mir eine Tür für meine Arbeit, meine Liebe auf, der andere gemahnte mich an die höchste Quelle des bescheidensten Trostes, daß ich in all meiner Arbeit ein Mitarbeiter Gottes sein könnte.

Zweites Kapitel

Mein erster Sonntag in Marshmallows

Am nächsten Morgen las ich Gebete und predigte. Nie zuvor hatte ich soviel Freude empfunden über die Fürbitten der Kirche, die Richard Hooker einen Engel nach oben schicken nennt, oder das Lesen der Epistel, die er als Aufnahme der Engel, die von oben niederstiegen, bezeichnet. Ob es nun wegen der Person des neuen Pfarrers oder der Liebe zum Gottesdienst war, eine aufmerksamere oder empfänglichere Gemeinde hätte ein Pfarrer kaum finden können. Am Nachmittag war es jedoch anders. Die Leute hatten zu Mittag gegessen, und es folgte die übliche Schläfrigkeit. Ich konnte in meinem Herzen den Männern und Frauen, welche die ganze Woche über hart gearbeitet hatten, keinen Vorwurf machen, daß sie am Tage der Ruhe schläfrig waren. Ich kürzte daher Seite um Seite meines Manuskriptes, und als ich zum Schluß kam, wurde ich durch angenehme Überraschung auf den Gesichtern um mich belohnt. Ich beschloß, mindestens an den Nachmittagen meine Predigten so kurz zu halten, wie man es sich nur wünschen konnte.

Doch an diesem Nachmittag gab es einen Mann in der Gottesdienstgemeinde, der weder schläfrig noch unaufmerksam war. Ich blickte wiederholt zu ihm hin, und nicht ein einziges Mal hatte er seinen Blick von mir abgewandt.

Am Westende der Kirche gab es eine schmale Empore, auf der eine kleine Orgel stand. Ihre Stimme, die durch Jahre des Lobpreises und vielleicht auch der Vernachlässigung schwach geworden war, enthielt unter den vielen rauhen, hölzernen und kratzigen Tönen auch einige weiche. Diese Empore nun war um einiges größer, als es für die Orgel und ihre Organisten notwendig war, und so hatten sich einige Pfarrkinder angewöhnt, dort zu sitzen. Heute aber war nur ein einziger Mann dort.

Der Raum unterhalb dieser Galerie gehörte nicht zu dem Teil der Kirche, der für den Gottesdienst benutzt wurde. Auf ihn erhob der Gärtner des Platzes - der Totengräber - Anspruch, der hier seine Werkzeuge aufbewahrte. Einige alte Holzschnitzereien lagen dort, tiefbraun im Dämmerlicht, ein paar zerbrochene alte Grabsteine und dabei der Spaten und die Hacke.

Vor einer Trennwand, die diesen muffigen Teil der Kirche vom übrigen Raum abteilte, erhob sich ein altes Monument aus geschnitztem Holz, das einst leuchtend bemalt, doch nun ganz blaß und abgenutzt war. Sein Aufsatz war auf gleicher Höhe mit dem Geländer der Orgelempore, und darüber erschien das Gesicht des Mannes. Es war ein sehr eindrucksvolles Gesicht - blaß und schmal und ohne Bart, abgesehen von den dicken, buschigen Augenbrauen, die über scharfe, fragende Augen herunterhingen. Über einem wohlgeformten Kopf mit hoher, schmaler Stirne lag dichtes graues, aber nicht weißes Haar. Ich erwähnte schon, daß mich diese durchdringenden Augen die ganze Predigt hindurch anblickten, doch lernte ich den Menschen, dem sie gehörten, erst später kennen.

Vor meiner Sakristeitüre lag eine kleine Gruppe von Gräbern - armselige Gräber ohne Grabsteine oder Platte. Gute Menschen mußten vor mir hier gewirkt haben, sonst hätte man die Armen nicht so nahe dem Altarraum und der Sakristeitüre zur letzten Ruhe gelegt. Überall ringsum gab es Steine, hier und da auch ein Grabmal. Mein Pfarrsprengel war groß, es gehörten alte und reiche Familien dazu, und viele von ihnen hatten hier mehr Tote begraben, als Lebende dazugehörten. Doch dicht bei der Sakristeitüre war diese kleine wellige Grasfläche, und am Ende des engen Fußpfades, der von der Türe wegführte, dehnte sich die Friedhofsmauer. Ich wollte nicht durch die Hintertüre von meinen Gemeindegliedern davonschleichen. Dieser Weg taugte recht gut zum Kommen, doch zum Hinausgehen wollte ich dieselbe Türe benutzen wie die anderen Leute. So ging ich durch die Kirche zurück und durch die Türe an der Nordseite hinaus, die mitten auf den Friedhof führte.

Er lag im hellen Sonnenschein; Regen und Düsterkeit waren verschwunden. »Könnte man nur diesen Glanz von Sonne und Gras in seine Zukunftshoffnungen hineinlegen!« dachte ich bei mir. Als ich niedersah, erblickte ich den kleinen Jungen, der sich wünschte, den Himmel anzumalen, wie er mir mit einer Mischung von Zutrauen und Scheu ins Gesicht schaute.

»Hast du Vertrauen zu mir, kleiner Mann?« dachte ich. »Dann sollst du mir auch vertrauen. Aber ich will für dich kein Geistlicher sein, ich will ein großer Bruder sein.«

Ich bückte mich, hob das Kind hoch und hielt es in meinen Armen. Der kleine Bursche sah mich einen Augenblick an, dann legte er seine Ärmchen um meinen Hals. So wurden wir Freunde. Ich stellte ihn wieder auf den Boden, denn mir schauderte bei dem Gedanken, die Leute könnten glauben, daß ich mich als Pfarrer in Szene setzen wollte. Ich schaute den Jungen an. Er sagte kein Wort, sondern ging zu seiner Tante hinüber, die an der Friedhofstüre auf ihn wartete. Er hielt sein Gesicht immer noch mir zugewandt, und so kam es, daß er über ein Kindergrab stolperte. Als er in die Vertiefung auf der anderen Seite fiel, rannte ich los, um ihn aufzuheben. Seine Tante erreichte ihn im gleichen Moment.

»O danke, Sir!« sagte sie mit einem Ernst, der in keinem Verhältnis zu meiner Tat zu stehen schien, und trug ihn fort, während eine tiefe Röte auf ihrem Gesicht lag.

Der alte Seemann von der Kriegsmarine wartete an der Friedhofstüre. Er hielt den Hut in der Hand und fuhr sich durch das kurze Haar über der Stirne, als wolle er das aus Respekt vor dem neuen Pfarrer gerne auch noch abnehmen. Ich streckte ihm dankbar die Hand entgegen, doch ich konnte sie nicht um die harten, unnachgiebigen Finger schließen. Händeschütteln war ihm fremd, er überließ es mir, doch seine Augen funkelten vergnügt.

»Meine alte Dame möchte Ihnen auch gerne die Hand schütteln, Sir«, sagte er.

Neben ihm stand seine alte Dame mit einem Hut von ungeheurem Ausmaß. Unter den lustigen gelben Bändern zeigte sich ein runzeliges, dunkles Gesicht mit zwei wachen schwarzen Augen, aus denen eine liebevolle Freundlichkeit vor allem anderen strahlte.

»Ich werde Sie bald einmal besuchen«, kündigte ich an, als ich ihr die Hand schüttelte. »Ich finde schon heraus, wo Sie wohnen.« »Drunten bei der Mühle«, sagte sie, »dicht daneben, Sir. In unserem Garten gibt's ein Beet, das auch im heißesten Sommer üppig gedeiht durch die Gischt vom Mühlrad.«

»Fragen Sie nach dem alten Rogers, Sir«, meinte der Mann. »Jeder kennt den alten Rogers. Doch wenn Hochwürden auf das achtet, was meine Frau sagt, dann werden Sie nicht fehlgehen. Wenn Sie den Fluß finden, gelangen Sie zur Mühle, und wenn Sie die Mühle finden, finden Sie auch das Rad. Und wenn Sie das Rad finden, brauchen Sie nach unserer Hütte nicht lange Ausschau zu halten, Sir. Es ist ein bescheidener Platz, aber Sie sind dort willkommen.«

Drittes Kapitel

Mein erster Montag in Marshmallwos

Am nächsten Tag erwartete ich Besucher von den Begüterten meiner Gemeinde. Doch ich wollte einen guten Start haben und einige meiner armen Gemeindeglieder sehen, ehe die Reichen kamen. So machte ich mich an diesem lieblichen Montag zu Beginn des Herbstes auf den Weg ins Dorf. Ich bemühte mich, aus meinem Sinn jeden Gedanken an Pflicht, an Erfüllung meiner Arbeit, an »Kirchenarbeit« zu verbannen. Wie kein Diener das Recht hat, seinen Dienst aufzudrängen, so wollte ich nur der Nachbar sein, bis zu geeigneter Zeit sich die Gelegenheit bot, auch Diener zu sein.

Das Dorf war planlos angelegt. Zum Teil bestand es aus jenen weißen Häusern mit schwarzen, sich kreuzenden Parallelogrammen, die in einigen Gegenden unserer Insel immer noch in großer Zahl vorkommen. Im Mittelpunkt jedoch erhob sich, um ein rotes Backsteinhaus gedrängt, eine Gebäudegruppe, die Teil einer alten und größeren Stadt zu sein schien. In drei Richtungen, die zu sehen waren, gab es einen Getreideschober und einen Wirtschaftshof, während sich die Häuser in der anderen Richtung zu einem Wald ausdehnten, der ein großer Forst sein konnte.

Von der Straße aus war der mit Pappeln gesäumte Fluß zu sehen. Ich mochte es nicht, daß sich der Fluß zwischen mir und dem Dorf befand. Mir sagte es mehr zu, wenn die Häuser wie Schwalbennester unmittelbar an die Mauern der Kirche gebaut sind.

Am anderen Ende des Dorfes erkannte man ein eisernes Tor von beachtlicher Größe, das eine hochragende Steinmauer teilte. Auf einem der steinernen Pfeiler, die das Tor hielten, thronte eine Kreatur aus Stein, die in ihrer vorsintflutlichen Symbolik schrecklich anzuschauen war.

Als ich durch die Straße ging, fiel mein Blick auf das Fenster eines kleinen Ladens, in dem Perlenschnüre und Elefanten aus Ingwerbrot verbunden hingen. Das Fenster war viel breiter als hoch und in rautenförmige Scheiben unterteilt. Ich dachte daran, hineinzugehen und etwas zu kaufen, um auf diese Weise einen Besuch zu machen, doch ich zögerte, weil mir nichts einfiel, was ich brauchen konnte.Ich wollte ein Exemplar von Bengels Gnomon kaufen, aber ich konnte mir nicht vorstellen, daß ich das hier finden würde. Aus Ingwerbrot machte ich mir nichts, und ich hatte auch kein Mädchen zu Hause, dem ich Perlen mitbringen konnte.

Doch warum sollte ich nicht hineingehen und mich vorstellen? Darum nicht, weil es überall Andersgläubige gab, und ich konnte nicht sagen, ob ich vielleicht den Laden eines solchen Besitzers betrat. Obgleich ich mir nichts mehr wünschte, als daß alle wieder in ihre angestammte Heimat in der Kirche zurückkehrten, konnte ich den Verdacht der Abwerbung nicht ertragen. Ob sie nun in den Schoß der Kirche zurückkehrten oder nicht - und ich erwartete nicht, daß es viele wären -, hoffte ich, daß ich jedem als Pfarrer der Gemeinde gegenübertreten würde, daß jeder von ihnen die Gewißheit haben konnte, von mir zu jeder Stunde Hilfe zu erfahren.

Da ging die Türe auf, und der kleine Bub, den ich schon zweimal gesehen hatte und der deshalb einer meiner ältesten Freunde am Ort war, kam heraus. Er lief über die Straße, mich zu begrüßen, nahm mich an der Hand und sagte: »Komm und begrüße meine Mutter«.

»Gehört dieser Laden deiner Mutter?«

»Ja.«

Ich sagte nichts, sondern begleitete ihn.

Der Raum war halb Laden, halb Küche. Von der Türe aus erstreckte sich ungefähr ein Meter Ladentisch. Ein Hinweis für jene, die zudringlich werden wollten. Dahinter saß neben der Kaminecke die Mutter, die sich bei unserem Eintritt erhob. Sie war eine der bemerkenswertesten Frauen, die ich je getroffen hatte. Ihr Gesicht war weiß mit Ausnahme der Lippen und einem Fleck auf jeder Wange, der in tiefem Karminrot glühte. Man hätte meinen können, sie habe sich geschminkt, und zwar auf recht stümperhafte Weise, so wenig war das Rot zum umgebenden Weiß hin abschattiert. Dies war gewiß nicht schön, doch als mir ihr Gesicht vertrauter wurde, sah ich, daß ihre Gesichtszüge recht hübsch waren. Man hätte sie als bezaubernd bezeichnen können, bis auf eine gewisse Härte, die hinter ihrer Schönheit zum Vorschein trat. Die Zähne hatte sie zusammengebissen, was mit dem Ausdruck ihrer Augen auf eine beständige, bittere Selbstbeherrschung schließen ließ. Auch waren Anzeichen eines schlechten Gesundheitszustands zu erkennen. Ihre großen dunklen Augen brannten, als sei das Lebenslämpchen zerbrochen und das Öl lodere hell auf. Doch ihre Haltung war tadellos und auf eine fast erschreckende Weise ruhig.

Sie sprach leise, tief, und mit einem ausgeprägten Ausdruck von Gleichgültigkeit. Beim Sprechen sah sie mir nicht ins Gesicht, schien aber weder scheu zu sein noch sich zu schämen. Ihre Gestalt war bemerkenswert anmutig, doch zu verbraucht, um schön zu sein. Da hatte ich wirklich ein seltsames Pfarrkind vor mir - und das in einem ländlichen Kramladen!

Der Kleine verdrückte sich durch eine halboffene Türe, hinter der eine Treppe zu sehen war.

»Was kann ich für Sie tun, Sir?« fragte die Mutter. Sie stand hinter dem kleinen Ladentisch, bereit, Dosen und Schubladen aufzumachen.

»Um die Wahrheit zu sagen, ich weiß es selbst nicht«, sagte ich. »Ich bin der neue Pfarrer -, ich glaube, ich hätte nicht heute hereinkommen sollen, um Ihnen meinen Besuch zu machen, aber Ihr Bub hat mich aufgefordert, hereinzukommen und seine Mutter zu sehen.«

»Er zeigt Fremden gegenüber zuviel Entgegenkommen, Sir.«

»Aber ich bin für ihn kein Fremder. Ich habe ihn vorher schon zweimal getroffen. Er ist ein lieber kleiner Kerl. Ich versichere Ihnen, ich habe ihn ins Herz geschlossen.«

Zunächst erfolgte keine Antwort, dann nur ein »Wirklich?«, nichts weiter. Ein Krug mit Tabak auf einem Regal rettete mich aus der größten Verlegenheit, was ich als nächstes sagen sollte. »Würden Sie mir bitte ein Viertelpfund von dem Tabak da geben?« bat ich.

Die Frau drehte sich um, holte den Behälter herunter, wog die Menge ab, verpackte sie und nahm das Geld, alles ohne mehr als »Danke, Sir« zu sagen. Ich konnte nur das gleiche erwidern, wobei ich noch »guten Morgen« hinzusetzte.

Mit meinem Päckchen in der Tasche ging ich weg. Der Kleine ließ sich nicht wieder sehen, obwohl ich gehofft hatte, ihn draußen zu treffen.

Ich machte mich auf den Weg zur Mühle, die, wie ich erfahren hatte, auf der dem Dorf zugewandten Seite des Flusses lag. Ich kam auf einen Fußweg, der zum Fluß hinabführte, folgte ihm und ging dann auf einem Weg außerhalb der Pappelreihe durch eine liebliche Wiese, auf der braunweiß gefleckte Kühe das kräftige, hochstehende Gras fraßen. Jenseits der Wiese verlief ein Wald auf ansteigendem Grund parallel zum Fluß, der langsam zu meiner Rechten dahinströmte. Das noch immer angeschwollene Gewässer war von einem klaren Braun, in dem man die dunklere Forelle schnell hin- und herschießen sah. Gelbrandkäfer eilten ihres Weges, und eine Wasserjungfer schwirrte mit schnellem Flügelschlag darüber. Über allem hing die Sonne am Himmelszelt, verströmte Leben, beschien die Wurzeln der Weiden und den schwarzen Kopf der Wasserratte, überglänzte das grüne Meer des Grases und verlieh dem Ganzen einen Ausdruck von Liebe, Hoffnung und Freude, der für den, der zu lesen verstand, eine gewissere und wahrere Offenbarung Gottes war als jede Darstellung von Macht in Gewitter, Lawinen oder sturmgepeitschter See.

Bald konnte ich die Geräusche der Mühle hören. Ich überschritt den Kanal, dessen Wasser nach vollbrachter Arbeit mit dem Mahlen des Korns wieder in den Fluß zurückströmte, und stand vor dem Gebäude; durch die geöffneten oberen Türflügel warf ich einen Blick in die Mühle. Der Boden war sauber und von feinem Staub bedeckt. Einige oben zugebundene Säcke standen herum - für mich sehen sie immer so aus, als sei Josefs Silberschale da drin. In der Ecke rieselte das Mehl aus zwei hölzernen Tüllen in einen darunterstehenden Holzbehälter. Der ganze Ort war von einem eigenen, angenehmen Geruch erfüllt. Nirgendwo war ein Mensch zu sehen. Die Tüllen ließen den langsamen Mehlfluß auslaufen, als könne dies ganz von selbst vor sich gehen. Ich konnte nicht einmal erkennen, wie ein Mensch zu den Steinen gelangen konnte, die ich oben mahlen hörte, es sei denn, er kletterte an dem von der Decke hängenden Seil hinauf. Weiter um die Ecke stand ich dem Wasserrad gegenüber, an dem sich durch die Wassertropfen alter Zeiten ein dicker, tiefgrüner Moospelz festgesetzt hatte. Das Rad drehte sich langsam und mit der Gravität des Alters, vollbrachte sein Werk und schleuderte dabei einen beständigen Regen von Wassertröpfchen auf einen kleinen Streifen in Master Rogers Garten, in dem deshalb feuchtigkeitsliebende Blumen in üppiger Fülle gediehen. Neben den Blumenbeeten stand ein staubbedeckter junger Mann im Gespräch mit einer jungen Frau, die ein rosiges Gesicht und klare, leuchtende Augen hatte. In dem Augenblick, als sie mich sahen, gingen sie auseinander. Der junge Mann sprang mit einem Satz über den Bach, und die junge Frau ging auf das Dorf zu.

»Das muß die Hütte vom alten Rogers sein«, sagte ich zum Müller.

»Ja, Sir«, antwortete er und sah dabei ein wenig einfältig aus.

»War das seine Tochter - die schöne junge Frau, mit der Sie sprachen?«

»Ja, Sir, so ist's.« Er warf mir aus den Augenwinkeln einen scheuen Blick zu.

»Es ist gut«, meinte ich, »wenn man eine ehrliche, erfahrene alte Mühle hat wie Ihre, die hin und wieder für eine Weile allein laufen kann.«

Dies half seinem keimenden Vertrauen ganz erheblich auf. Er lachte. »Nun, Sir, es kommt nicht oft vor, daß sie sich selbst überlassen bleibt. Jane ist, wenn's hochkommt, nur ein oder zweimal in der Woche bei ihrem Vater.«

»Dann wohnt sie also nicht bei ihren Eltern?«

»Nein, Sir. Sehen Sie, sie sind beide gesund, aber nicht sehr gut dran, und Jane lebt oben in der Hall, Sir. Sie ist Oberzofe und bedient eine der jungen Damen. Der alte Rogers hat eine ganze Menge von der Welt gesehen, Sir.«

»Das kann ich mir vorstellen. Ich bin eben auf dem Weg, ihm einen Besuch zu machen. Guten Morgen.«

Ich sprang über den Wasserlauf und ging einen schmalen Kiesweg hinauf zur Tür des Häuschens. Das war ein zauberhafter Ort zum Leben; das ganze Häuschen war mit Geißblatt bewachsen, und überall in dem kleinen Eingang und an den Fenstern war das leise Geräusch des Mühlrades zu hören.

Die Türe stand offen, und die alte Dame kam heraus, um mich zu begrüßen. Sie hieß mich willkommen und führte mich in ihre kleine Küche. Bei meinem Eintreten ging Jane zur Hintertüre hinaus, doch nur, um ihren Vater zu rufen, der sofort kam.

»Ich freue mich, Sie zu sehen, Sir. Dieses Vergnügen kommt daher, weil ich heute keine Arbeit habe. Nach der Ernte kommen flaue Zeiten für jemand wie mich. Die Leute fragen nicht nach einem Sack alter Knochen, wenn sie junge Männer bekommen können. Schon gut, meine alte Dame. Der Herr wird uns schon irgendwie durchbringen. Wenn der Wind bläst, kommt das Schiff in Fahrt; wenn der Wind abflaut, bleibt das Schiff liegen; doch die See ist in beiden Fällen sein, denn er hat sie gemacht, und auch der Wind ist sein.«

Er sprach in ganz alltäglichem Ton und war sich der Poesie in seinen Worten gar nicht bewußt. Für ihn war das einfach gesunder Menschenverstand.

»Das tut mir leid, daß Sie keine Arbeit haben«, sagte ich. »Aber mein Garten ist in einem recht trostlosen Zustand, und es muß irgend etwas mit ihm geschehen. Hätten Sie etwas gegen Gartenarbeit einzuwenden?«

»Nun, mit Gartenarbeit bin ich nicht bewandert«, antwortete der alte Mann mit einer gewissen Verlegenheit.

Da lag noch etwas mehr in seiner Antwort, das konnte ich heraushören, aber ich ahnte nicht, was. Ich wollte noch ein bißchen drängen und nahm ihn deshalb bei seinem eigenen Wort.

»Ich möchte Sie gar nicht um den gestalterischen Teil bitten«, sagte ich, »nur einfaches Graben und Hacken.«

»Ich möchte mich doch lieber entschuldigen, Sir.«

»Ich fürchte, Sie denken nun -«

»Ich dachte nichts, Sir. Danke vielmals, Sir.«

»Ich versichere Ihnen, daß die Arbeit wirklich getan werden muß, und wenn Sie es nicht machen, dann muß ich jemand anderen anstellen.«

»Nun, Sir, mein Rücken schmerzt zur Zeit sehr, - nein, Sir, ich möchte keine große Geschichte daraus machen. Ich möchte einfach nicht, Sir.«

»Also«, mischte sich da seine Frau ein, »Old Rogers, warum sagst du dem Herrn Pfarrer nicht offen und ehrlich die Wahrheit? Wenn du es nicht tust, dann sage ich's ihm. Tatsache ist, Sir,« fuhr sie fort und wandte sich zu mir um, »Tatsache ist, daß der alte Pfarrer für diese Arbeiten immer Simmons vom anderen Ende des Dorfes beschäftigt hat. Und mein Mann fürchtet, einen anderen zu kränken, daß er lieber das Brot von seinem Mund wegschiebt und es in den Dreck fallen läßt.«

»Nun, nun, meine Liebe, erzähl keine Lügen über mich. So schlecht bin ich auch nicht. Sehen Sie, Sir, es ist mir immer schwergefallen, zu wissen, was recht und was falsch ist, und es ist mir auch immer schwergefallen zu sagen, was ich tun sollte. Wenn irgend etwas auftaucht, sage ich einfach zu mir: »Nun, Old Rogers, was würde der Herr wohl am ehesten von dir haben wollen?« Und sobald ich mich das frage, weiß ich prompt, was ich zu tun habe, und dann kann meine alte Dame mich nicht mehr davon abbringen, so wenig wie einen Ochsen. Aber sehen Sie, Sir, sobald ich mich das einmal gefragt habe, wage ich nichts anderes mehr.«

»Bleiben Sie nur dabei, Rogers«, sagte ich.

»Außerdem braucht Simmons es mehr als ich, Sir. Er hat eine kranke Frau, und meine alte Dame ist Gott sei Dank gesund und wohlbehalten. Und da ist noch was, Sir: er könnte es Ihnen sehr übelnehmen und glauben, daß Sie einen alten Diener einfach beiseitestellen. Und dann wäre er nicht mehr bereit, auf das zu hören, was Sie ihm zu sagen haben. So würde er vielleicht eine Menge Trost einbüßen. Das scheint mir das Schlimmste von allem, Sir.«

»Nun gut, Rogers, Simmons soll die Arbeit haben.«

»Seien Sie bedankt, Sir«, sagte der alte Mann.

Ich erhob mich, um zu gehen. Als ich zur Türe kam, fiel mir der Tabak in meiner Tasche ein. Ich hatte ihn nicht für mich gekauft, denn ich rauchte gar nicht.

»Sie rauchen doch, Rogers, nicht wahr?« fragte ich.

»Ach ja, Sir, ich kann's nicht leugnen. Aber ich geb nicht viel für Tabak aus, nicht wahr, meine Liebe?«

»Nein, ganz gewiß nicht«, antwortete seine Frau.

»Sehen Sie, Sir«, fuhr er fort, »Seeleute lernen eine Menge Dinge kennen, die sie besser bleiben ließen. Ich hab' genau wie die anderen meinen Pott Grog zu mir genommen, aber ich hab' das aufgegeben, weil ich ihn jetzt nicht mehr mag.«

»Weil du jetzt stattdessen das Geld für den Tee für mich ausgibst«, unterbrach seine Frau. »Du erzählst da vielleicht Geschichten, du böser alter Mann.«

»Nun, meine Liebe, ich trinke meinen Anteil vom Tee, und ich bin sicher, daß das viel besser für mich ist. Aber um die Wahrheit zu sagen, Sir, hatte ich mir in meinem Sinn ein wenig Sorgen gemacht wegen des Tabaks, denn ich wußte nicht, ob ich ihn haben sollte oder nicht. Sehen Sie, der verstorbene Pfarrer mochte ihn ganz und gar nicht. Er hat zwar nichts gesagt, weil ich ein alter Mann bin. Aber ich habe mal gehört, wie er einem jungen Burschen im Dorf, den er mit einer Pfeife im Mund antraf, eine donnernde Strafpredigt hielt. So war ich hin- und hergerissen, ob ich mit der Pfeife weitermachen sollte oder nicht.«

»Und wie haben Sie die Frage geregelt, Rogers?«

»Nun, ich bin meiner alten Seekarte gefolgt, Sir.«

»Ganz recht. Man sollte sich nicht zu sehr um das kümmern, was die anderen Leute sagen.«

»Das ist nicht ganz das, was ich meine, Sir. Ich meine, daß ich mir gesagt habe: 'Nun, Old Rogers, was glaubst du, was der Herr zu dieser Tabakgeschichte da sagen würde?'

»Und was glaubten Sie, was er sagen würde?««

»Ja, Sir, ich glaubte, er würde sagen: 'Old Rogers, du sollst deinen Tabak haben, aber brumme nicht, wenn du mal keinen hast'«. Etwas in dieser Äußerung berührte mich mehr, als ich ausdrücken kann. Zweifellos war es die einfache Wirklichkeit der Beziehung, in der dieser alte Mann zu seinem himmlischen Vater stand, die mir fast die Tränen in die Augen trieb. Und das ist der Mensch, sagte ich mir, dem ich etwas beibringen wollte! Nun, die Weisesten lernen am meisten, und vielleicht kann ich ihm schließlich doch noch von Nutzen sein.

Als ich schwieg, fuhr er fort: »Denn sehen Sie, Sir, der Körper fühlt nicht immer, daß er ein Recht hat, seinen Halfpence für Tabak auszugeben, und manchmal hat er auch nichts zum Ausgeben.«

»Inzwischen«, sagte ich, »ist hier ein bißchen Tabak, den ich beim Herkommen für Sie gekauft habe. Ich hoffe, Sie finden ihn gut. Ich kann das nicht beurteilen.«

Die Augen des alten Matrosen glänzten vor Dankbarkeit. »Aber wer hätte das gedacht? Sie haben doch sicher angenommen, Sir, daß ich darum betteln wollte?«

»Sie sehen ja, daß ich ihn für Sie in meiner Tasche habe.«

»Nun, das ist wirklich nett von Ihnen, Sir.«

»So, Rogers, das wird dir einen Monat reichen!« rief seine Frau.

»Mindestens sechs Wochen, Frau«, antwortete er. »Sie rauchen nicht selbst, und trotzdem bringen Sie mir Tabak mit?«

Ich ging fort mit dem Entschluß, daß der alte Rogers keine Gelegenheit zum Brummen wegen Mangel an Tabak haben sollte, wenn ich's verhindern konnte.

Viertes Kapitel

Der Sarg

Beim Gang durch das Dorf erkundete ich eine schmale Gasse, die nach links abbog. Sie führte auf einer Seite zu dem großen Haus, von dem ich bereits sprach. Beim Näherkommen stieg mir ein angenehmer Geruch in die Nase, der Geruch von frischgeschnittenen Brettern unter den Händen eines Schreiners. Würde ich müßig herumschlendern, dieser Geruch würde mich über viele Felder hinweg anziehen. Ich hörte das Geräusch einer Säge, und so näherte ich mich in dem Gefühl, als ob der Herr selbst dort an einer seiner Bänke arbeite. Als ich zur Türe kam, da erblickte ich meinen bleichen Zuhörer vom Sonntagnachmittag, der an einem Brett für einen Sargdeckel sägte. Er hob den Kopf und sah mich, als mein Schatten über seine Arbeit fiel und sie verdunkelte.

Er richtete sich von seiner Arbeit auf und tippte mit einer eher stolzen als höflichen Geste an seinen alten Hut. Ich vermochte nicht zu glauben, daß er sich über meinen Besuch freute, obgleich er die Säge niederlegte und zur Türe kam. Es war der Gentleman in ihm, nicht der Mann, der mir einen Willkomm zu bereiten versuchte und sich nicht darum scherte, ob ich die Zeremonie durchschaute oder nicht.Gewiß, auf seinen Lippen lag ein Lächeln, doch es war das Lächeln eines Menschen, der einen geheimen Groll nährte. So erschien das Lächeln gespannt und hielt gerade da an, als es herzlich werden und zu strahlen beginnen wollte.

»Ich freue mich, daß ich zufällig auf Sie gestoßen bin«, sagte ich.

Er lächelte, als glaube er nicht ganz an den Zufall und betrachte das als Teil des Spiels zwischen uns. Rasch fügte ich hinzu: »Ich wanderte hier in der Gegend herum und versuchte, mit ihr vertraut zu werden, als ich ganz unerwartet auf Sie traf. Ich sah Sie am Sonntagnachmittag in der Kirche.«

»Ich weiß, daß Sie mich gesehen haben, Sir«, antwortete er mit einer Bewegung, als wolle er zu seiner Arbeit zurückkehren, »aber um die Wahrheit zu sagen, ich gehe nicht sehr oft in die Kirche.« Ich wußte nicht recht, ob diese Bemerkung der Furcht entsprang, mißverstanden zu werden, oder einem Gefühl allgemeiner Überlegenheit über Dinge dieser Art. Es hätte jedoch keinen Sinn gehabt, eine direkte Frage zu stellen. Ich sah mich deshalb nach einem Gesprächsstoff um. »Ihre Arbeit ist nicht immer angenehm«, meinte ich mit einem Blick auf den unvollendeten Sarg.

»Nun, in jedem Gewerbe gibt es unangenehme Dinge«, antwortete er, und die Bitterkeit, die in seinem Lächeln lag, vertiefte sich.

»Ich wollte damit nicht sagen, daß die Arbeit unerfreulich ist, nur traurig. Es muß doch immer schmerzlich sein, einen Sarg anzufertigen.«

»Ein Schreiner gewöhnt sich daran, so wie Sie sich an den Trauergottesdienst gewöhnen. Ich für mein Teil sehe allerdings nicht ein, warum es für einen Mann so unglücklich sein sollte, begraben zu werden. Immerhin ist diese Welt keine so gute Arbeit, Sir, das müssen Sie zugeben.«

»Dieser Sarg aber auch nicht«, entgegnete ich in einer plötzlichen Eingebung.

Der Mann schien bestürzt. Er schaute auf den Sarg und dann auf mich. »Nun, Sir«, sagte er nach einer kurzen Pause, die ohne Zweifel lang erschien, »ich sehe nicht, daß mit dem Sarg etwas nicht in Ordnung wäre. Ich will nicht sagen, daß er bis zum Jüngsten Tag aushält, wie der Totengräber zu Hamlet sagte; aber sehen Sie, er ist ja noch nicht fertig.«

»Danke«, erwiderte ich. »Genau das wollte ich sagen. Sie dachten, ich sei voreilig in meinem Urteil über Ihren Sarg, wogegen ich nur das bewußt über ihn sagte, was Sie gedankenlos über die Welt geäußert haben. Wie wollen Sie wissen, ob die Welt mehr vollendet ist als Ihr Sarg? Und wie wagen Sie zu sagen, die Welt sei eine Pfuscharbeit?«

Das gleiche respektvoll-verächtliche Lächeln huschte über sein Gesicht, als wolle er sagen: »Ach ja, schließlich ist das Ihr Handwerk, so zu reden, deshalb darf ich nicht zu hart mit Ihnen sein.«

»Auf jeden Fall, Sir, wer sie auch gemacht hat, hat sich lange genug Zeit dafür genommen, möchte man meinen, um alles zu vollenden, was er vollenden wollte.«

»Ein Tag ist bei dem Herrn wie tausend Jahre, und tausend Jahre wie ein Tag«, gab ich zu bedenken.

»Das will heißen«, erwiderte er, »daß der Herr die Welt wirklich gemacht hat. Ich für mein Teil glaube eher, daß der Herr sie überhaupt nicht geschaffen hat.«

»Ich bin froh, das von Ihnen zu hören«, antwortete ich.

Danach stellte ich fest, daß wir ein wenig unsere Plätze vertauscht hatten. Er sah mich an, und das überlegene Lächeln war verschwunden. Ich lief jedoch Gefahr, mißverstanden zu werden, deshalb fuhr ich gleich fort: »Natürlich scheint es mir besser, wenn Sie nicht glauben, daß Gott etwas gemacht hat, von dem Sie glauben, er habe es verpfuscht.«

»Oh, ich verstehe, Sir. Dann geben Sie also zu, daß es einen gewissen Spielraum gibt für Zweifel, ob er die Welt überhaupt geschaffen hat?«

»Ja, denn ich glaube nicht, daß ein ehrlicher Mann, und dafür halte ich Sie, in der Lage wäre zu zweifeln, ohne irgendeinen Spielraum dafür zu haben. Das wäre nur für einen Narren. Doch möglich wäre es, da wir selbst nicht vollkommen gut sind. Dies würden Sie zugestehen, nicht wahr?«

»Jawohl, Sir. Weiß Gott.«

»Nun, ich will sagen, da wir selbst nicht völlig gut sind, kann es durchaus möglich sein, daß es Dinge gibt, die zu gut sind, als daß wir ihnen die Gerechtigkeit erweisen können, an sie zu glauben.«

»Aber es gibt Dinge, das müssen Sie zugeben, die so völlig verkehrt sind!«

»So viele, in der Welt und bei mir selbst, daß ich in qualvoller Verzweiflung leben müßte, nähme ich an, daß die Welt nicht von Gott geschaffen wurde. Denn wie sonst würde sie je in Ordnung gebracht? Deshalb ziehe ich die Meinung vor, daß er noch gar nicht damit angefangen hat.«

»Aber hätte Gott es nicht ohne so viele Pannen zustandebringen können? Ich würde mich selbst für einen schlechten Handwerker halten, wenn ich in dieser Weise arbeiten würde.«

»Ich glaube nicht, daß es da viele Pannen gibt. Sie machen einen Sarg, aber wissen Sie denn sicher, was Gott mit der Welt macht?«

»Das kann ich natürlich nicht sagen, und auch niemand anderes kann das.«

»Dann können Sie auch nicht sagen, daß das, was wie ein Schnitzer aussieht, auch wirklich einer ist, weder im Entwurf noch in der Ausführung. Sie wissen nicht, welches Ziel er sich vorgenommen hat, und eines Tages stellen Sie vielleicht fest, daß jene Schnitzer in Wirklichkeit der gerade Weg zu diesem Ziel waren.«

»Ich halte mich an den Grundsatz, niemals etwas zu weit zu

treiben. Wenn ich mit einem Argument Erfolg habe, dann habe ich Angst davor, meinen Gegner zu demütigen. Wenn jemand um des Sieges und nicht der Wahrheit in der Seele des anderen willen streitet, dann hat er mit Gewißheit nur einen Verbündeten - den Teufel. Die Besiegung des Intellekts ist nicht das Ziel im Kampf mit dem Schwert des Geistes, sondern die Annahme des Arguments durch das Herz. Deshalb hielt ich mich nun zurück.«

»Darf ich fragen, für wen Sie diesen Sarg machen?«

»Für eine Schwester von mir, Sir.«

»Es tut mir leid, das zu hören.«

»Dafür besteht kein Anlaß. Ich kann nicht sagen, daß es mir leid tut, obwohl sie eine der besten Frauen war, die ich je gekannt habe.«

»Und warum tut es Ihnen dann nicht leid? Das Leben ist im großen und ganzen eine gute Sache, das werden Sie zugeben.«

»Ja, wenn es überhaupt erträglich ist. Aber ein brutales Subjekt als Mann zu haben, der zu jeder beliebigen Stunde heimkommt und das Geld vertrunken hat, das sie mit harter Arbeit verdiente, reichte aus, um mehr Licht aus ihrem Leben zu tilgen, als der Gang zur Kirche am Sonntag wieder hineinlegen konnte. Ich bin ebenso froh wie ihr Mann, daß sie ihm nun endlich aus dem Weg ist.«

»Wie wollen Sie wissen, daß er darüber froh ist?«

»Seit sie starb, ist er jeden Abend betrunken.«

»Dann ist er also schlechter dran, sie verloren zu haben?«

»Das kann schon sein. Und wie ein Pharisäer vergißt er Tränen über sein eigenes Werk!«

»Er muß ein Narr sein - ein Pharisäer vielleicht nicht. Pharisäer ist ein schlimmes Wort, um jemand damit zu belegen. Vielleicht wirkt ihr Tod etwas Gutes für ihn.«

»Er hat nichts Gutes verdient. Für ihn hätte ich diesen Sarg mit dem größten Vergnügen gemacht.«

»Ich habe nie gefunden, daß ich irgend etwas verdiene, auch nicht einen Sarg. Der einzige Anspruch, den ich je auf etwas erheben konnte, war, daß ich es dringend brauchte.«

Das alte Lächeln kehrte in sein Gesicht zurück, als wolle er sagen: »Das ist so euer Spielchen in der Kirche.« Doch ich beschloß, ihm im Augenblick nichts mehr zuzumuten. »Das war einst ein schöner alter Raum hier«, sagte ich und sah mich in der Werkstatt um. »Sie können ihm ansehen, Sir, daß es nicht immer eine Werkstatt war. Manche große Gesellschaft wurde in diesem Raum gegeben, als er auf der Höhe seines Glanzes war. Die Eigentümer dachten wohl nicht daran, daß es einmal soweit kommen würde - ein Sarg an der Stelle, wo großartige Festessen für sie und ihre Gäste serviert wurden! Aber noch etwas anderes ist viel seltsamer: Mein Sohn ist der letzte männliche ...«

Hier hielt er plötzlich inne, und eine heftige Röte überzog sein Gesicht. Unvermittelt fuhr er fort: »Ich bin kein Gentleman, Sir, aber ich werde Ihnen die Wahrheit sagen. Mein Sohn ist nicht der letzte männliche Nachkomme.«

Eine weitere Pause folgte. Als ich ihn ansah, wurde ich an jemand erinnert, den ich kannte, doch es wollte mir nicht einfallen, wer das sein mochte.

»Es ist töricht von mir, so zu einem Fremden zu sprechen«, sprach er weiter.

»Es ist sehr freundlich von Ihnen«, sagte ich. »Sie selbst gehören wohl der alten Familie an, die einst in diesem alten Hause lebte?»

»Ich würde nicht aufschneiden, wenn ich die Wahrheit sage, Sir, selbst wenn es für mich günstig wäre. Diese Familie hat über die unsere nichts als Fluch gebracht.«

Ich bemerkte, daß er von dieser Familie in einer Weise sprach, daß sie von seiner unterschieden wurde, und doch wurde angedeutet, daß er zu ihr gehörte. Zur rechten Zeit würde die Erklärung erfolgen. Doch der Mann schwieg von neuem und glättete am Sargdeckel seiner Schwester.

»Ich glaube, über so einen alten Ort muß es eine Menge Geschichten geben, wenn sich nur einer fände, der sie erzählt«, sagte ich schließlich und sah mich nochmals in dem Raum um. »Ich glaube, ich sehe da Reste von Bildern an der Decke.«

»Sie haben scharfe Augen, Sir. Mein Vater sagt immer, in seinen Jugendtagen seien sie noch ganz deutlich gewesen.«

»Dann lebt Ihr Vater also noch?«

»Jawohl, Sir - über neunzig und noch gut beisammen, obwohl er jetzt nur noch selten das Haus verläßt. Wollen Sie hinaufgehen und ihn besuchen? Er hat viele Geschichten über diesen alten Platz zu erzählen aus der Zeit, ehe er anfing, in Stücke zu fallen.«

»Heute lieber nicht«, sagte ich, auch um einen Vorwand für einen baldigen weiteren Besuch zu haben. »Ich erwarte selbst Besucher, und es wird Zeit, daß ich mich auf den Heimweg mache. Guten Morgen.«

»Guten Morgen, Sir.«

Ich war sicher, diesen Mann zu verstehen, wenn ich erst von seiner Geschichte erfahren hätte. Ein Mensch kann auf dem Weg zur Wahrheit sein, gerade kraft seiner Zweifel. Lord Byron sagt: Wenn ein Mensch mit Gewißheit beginnt, wird er in Zweifel enden; beginnt er aber mit Zweifel, dann gelangt er am Ende zur Gewißheit. Der Zweifel dieses Mannes war offensichtlich begründet, und das sprach sehr zu seinen Gunsten. Ich konnte auch erkennen, daß er ein Mensch war, der nachdachte - genau die Art Mensch, von der ich glaubte, daß ich im Laufe der Zeit mit ihnen gut zurechtkäme. In jedem Falle war hier ein anderes seltsames Gemeindeglied. Und wer mochte es sein, dem er gleichsah?

Fünftes Kapitel

Besucher aus Oldcastle Hall

Als ich mich meinem Gartentor näherte, stand eine Kutsche davor, und ein Diener läutete an der Glocke. Das altmodische Gefährt war mit zwei weißen Pferden bespannt, die ihre Farbe mehr vom Alter als von der Natur hatten. Sie sahen aus, als könne kein Kutscher der Welt sie zu mehr als drei Meilen in der Stunde antreiben, so dick waren sie und so knöcherne Knie hatten sie. Ich erreichte eben die Türe, als meine Haushälterin verkündete, ich sei nicht daheim. In der Kutsche saßen zwei Damen, eine alte und eine junge.

»O, da ist Mr. Walton«, sagte die alte Dame mit heiterer Stimme, in deren Ton deutliche Härte lag. Ich streckte meine Hand aus, um ihr beim Aussteigen zu helfen. Sie zog ihren Handschuh aus, um eine Visitenkarte aus ihrem Etui zu nehmen, und so legte sie die Spitze zweier alter Finger, die ganz glatt waren wie poliert und mit einem Gefühl dafür, wie die Dinge waren, auf die Fläche meiner Hand. Dann bot ich ihrer Begleiterin die Hand, einem Mädchen von ungefähr vierzehn Jahren, das lächelnd neben ihr heraushüpfte. Als ich ihnen ins Haus folgte, nahm ich die Visitenkarte und las »Mrs. Oldcastle und Miss Gladwyn.«

Als sie im Wohnzimmer Platz genommen hatten, sagte ich zu der Dame: »Ich erinnere mich, Sie am Sonntagmorgen in der Kirche gesehen zu haben. Es ist sehr freundlich von Ihnen, daß Sie mir schon so bald einen Besuch abstatten.«

»Sie werden mich immer in der Kirche sehen«, erwiderte sie mit einem steifen Kopfnicken und einem Ausdruck von Starrheit im Gesicht, den ich als Ausdruck von Würde deutete.

»Außer wenn du Kopfweh hast, Grannie«, meinte Miss Gladwyn mit einem schelmischen Blick auf ihre Großmutter, dann auf mich. »Grannie hat manchmal schlimme Kopfschmerzen.«

Der tote Ausdruck in Mrs. Oldcastles Gesicht schwand ein wenig, als sie sich mit einem halben Lächeln ihrer Enkelin zuwandte und meinte: »Ja, Pet. Aber du weißt, daß das für Mr. Walton nicht von Interesse ist.«

»Verzeihung, Mrs. Oldcastle«, entgegnete ich. »Ein Geistlicher sollte die Probleme seiner Herde kennen, und Mitgefühl ist eine der Hauptforderungen, die er erfüllen muß.«

Der vorige Ausdruck, oder besser gesagt das Fehlen jeglichen Ausdrucks, kehrte zurück, diesmal ohne Neigen des Kopfes. »Ich gehe davon aus, Mr. Walton, daß ich über jeder krankhaften Notwendigkeit eines Mitgefühls stehe. Aber wie Sie sagten, ist es für die Armen in Ihrer Herde durchaus wünschenswert, wenn ein Geistlicher die Fähigkeit zum Mitfühlen besitzt.«

»Es stimmt schon, was Grannie sagt, Mr. Walton, auch wenn Sie es vielleicht nicht glauben. Wenn sie Kopfweh hat, schließt sie sich in ihr Zimmer ein und läßt niemand in ihre Nähe, nicht einmal mich, - niemand außer Sarah -, und ich weiß beim besten Willen nicht, warum sie Sarah mir vorzieht.« Hier tat das Mädchen so, als schmolle sie, doch in ihren hellgrauen Augen lag ein Funkeln.

»Dieser Gegenstand ist für mich ohne Interesse, Pet. Bitte sagen Sie mir, Mr. Walton, ist es für Sie eine Gewissensfrage, bei der Predigt das Chorhemd zu tragen?«

»Nicht im geringsten«, antwortete ich. »Ich glaube, ich mag es nur alles in allem lieber. Aber das ist nicht der Grund, warum ich es trage.«

»Achten Sie nicht auf Grannie, Mr. Walton. Ich finde den Chorrock bezaubernd. Ich glaube bestimmt, daß er sehr ähnlich ist wie die Kleider, die wir im Himmel tragen werden, obwohl ich nicht glaube, daß ich dorthin kommen werde, wenn ich die guten Bücher lesen muß, die Grannie liest.«

»Ich wüßte nicht, daß es nötig ist, irgendwelche guten Bücher zu lesen, nur das Gute Buch«, sagte ich.

»Siehst du, Grannie!« rief Miss Gladwyn triumphierend. »Ich bin so froh, daß ich Mr. Walton auf meiner Seite habe!«

»Mr. Walton ist nicht so alt wie ich und muß noch viel lernen.« Ich konnte nicht anders, ich fühlte einen leichten Ärger in mir aufsteigen - was recht töricht war, ich weiß -, und sagte mir: »Wenn das nötig wäre, damit ich dich mag, dann würde ich lieber gar nichts lesen! Aber ich verkniff mir jede laute Bemerkung.«

»Hast du heute Kopfschmerzen, Grannie?«

»Nein, Pet. Sei still. Ich möchte Mr. Walton fragen, warum er den Chorrock trägt.«

»Einfach weil mir gesagt wurde, daß die Leute von meinem Vorgänger her daran gewöhnt seien.«

»Das kann kaum ein guter Grund sein, etwas zu tun, was nicht recht ist - daß die Leute daran gewöhnt sind.«

»Aber ich kann nicht zustimmen, daß das nicht recht sein sollte. Meiner Ansicht nach ist das keine Frage von irgendwelchem Belang. Wenn ich feststelle, daß die Leute es nicht mögen, dann werde ich es gerne bleiben lassen.«

»Sie sollten Ihre eigenen Grundsätze haben, Mr. Walton.«

»Ich glaube, daß ich die habe! Und einer dieser Grundsätze lautet, nicht aus einem Maulwurfshaufen einen Berg zu machen, denn ein Maulwurfshaufen ist nun mal kein Berg. Ein Mensch sollte viel zu sehr damit beschäftigt sein, seinem Gewissen zu folgen und das Gewand seiner Seele rein zu halten als daß er sich noch darum kümmern könnte, ob er schwarz oder weiß trägt, wenn er seiner Herde verkündet, daß Gott sie liebt und daß sie niemals glücklich sein würden, bis sie an diese Liebe glauben.«

»Sie glauben das vielleicht nur allzu früh.«

»Ich meine nicht, daß man die Wahrheit zu früh glauben kann.«

Eine Pause trat ein, in der mir klar wurde, daß Miss Gladwyn an der ganzen Sache Spaß hatte und den Wortwechsel gründlich genoß. Demgegenüber verriet Mrs. Oldcastles Gesicht nicht das geringste von ihren Empfindungen. Mit einer gemessenen, ruhigen Stimme, die nach meiner Auffassung demütig klingen sollte, in Wirklichkeit jedoch herrisch klang, nahm sie das Gespräch wieder auf: »Es tut mir leid, Mr. Walton, daß Ihre Grundsätze so locker und ungefestigt sind. Sie werden erkennen, daß ich es ehrlich meine, wenn ich das sage und wenn Sie sehen, daß mein Einwand gegen das Chorhemd aus protestantischen Prinzipien erfolgt, und doch warne ich Sie vor einer Änderung, weil Sie feststellen werden, daß Ihre Pfarrkinder dagegen sind. Sie haben keine Ahnung, Mr. Walton, welche Attacken der Radikalismus, wie sie es nennen, in dieser Gegend unternimmt. Es ist ganz schrecklich. Jeder bis hinab zum Ärmsten beansprucht das Recht, selbst zu denken und für sich das beste herauszuholen! Einer ist noch schlimmer als alle anderen - er ist kaum besser als ein Atheist - ein Schreiner mit Namen Weir, der bei seinen Nachbarn immer gegen die Eigentümer und die Richter, sogar gegen die Geistlichkeit redet, Mr. Walton, und gegen die Jagdgesetze und was nicht noch alles. Und wenn Sie denen einmal zeigen, daß Sie sich vor ihnen fürchten, indem Sie nach deren Meinung über alles einen Schritt aus Ihrem Weg abweichen, dann hört das überhaupt nicht auf. Der Anfang des Streits ist, wie wenn man Wasser ausgießt, das werden Sie wissen. Ich erfuhr davon durch die Zofe meiner Tochter, einem anständigen Mädchen namens Rogers, die von anständigen Eltern abstammt, doch leider ist sie dem Sohn eines Ihrer Kirchenvorsteher verbunden, der ihn in der Mühle untergebracht hat.«

»Wer hat ihn in der Mühle untergebracht?«

»Sein eigener Vater, dem sie gehört.«

»Nun, das scheint mir eine durchaus passende Verbindung für sie.«

»Ja, in der Tat, und für ihn auch. Doch sein törichter Vater glaubt, sie stehe unter ihm, als ob es bei Leuten dieser Position irgendwelche Rangunterschiede gäbe! Jeder scheint danach zu streben, dem anderen auf die Fersen zu treten, anstatt mit dem Platz zufrieden zu sein, auf den Gott ihn gestellt hat. Ich bin mit meinem zufrieden. Ich hatte nichts damit zu schaffen, mich selbst dorthin zu stellen. Warum sollten sie nicht mit ihrem Platz zufrieden sein? Man sollte ihnen christliche Demut und Respekt für die Höhergestellten beibringen. Das ist die Tugend, die heute am meisten verlangt wird. Die Armen haben zu den Reichen aufzusehen.«

»Ganz richtig, Grannie! Und die Reichen müssen auf die Armen hinabsehen.«

»Nein, meine Liebe, das habe ich nicht gesagt. Die Reichen müssen zu den Armen freundlich sein.«

»Aber Grannie, warum hast du Mr. Oldcastle geheiratet? Onkel Stoddart sagt, du hättest als Mädchen soviele Bewerber abblitzen lassen.«

»Onkel Stoddart hat kein Recht, über solche Dinge mit einem Küken wie dir zu reden«, entgegnete die Großmutter lächelnd, jedoch mit einem Nachdruck, der bis jetzt noch keinen Vorwurf enthielt.

»Und Großpapa war der häßlichste und reichste von allen, nicht wahr, Grannie? Und Colonel Markham der hübscheste und ärmste?«

Ein Anflug von Ärger ließ das blasse Gesicht der alten Dame erröten. Es wirkte nicht länger erstorben. »Hüte deine Zunge«, sagte sie, »du bist vorlaut.«

Miß Gladwyn hütete wirklich ihre Zunge, aber sie lachte aus vollem Halse.

Die Beziehung zwischen den beiden war offensichtlich recht seltsamer Natur. Es lag auf der Hand, daß Miß Gladwyn ein verwöhntes Kind war, doch wie mir schien, auf recht nette Weise verwöhnt, soweit ich sehen konnte. Die alte Dame betrachtete sie noch immer als Junges, obgleich ihre Krallen lang genug gewachsen waren, um gefährlich zu werden. Wenn die Dinge sich so weiter entwickelten, dann war ziemlich klar, wer von beiden schon bald die Oberhand gewinnen würde, denn Grannie war verletzlich und Pet nicht.

Doch das Katz-und Maus-Spiel ihrer Enkelin trieb die alte Dame mehr in meine Nähe. Sie erhob sich, streckte mir die Hand hin und sagte mit einer gewissen Freundlichkeit: »Hören Sie auf meinen Rat, Mr. Walton, und machen Sie nicht soviel von Ihren Armen her, sonst wird es schon in Kürze zu viel für Sie, um damit fertig zu werden. Komm, Pet, es ist Zeit, zum Essen heimzukehren. Und was das Chorhemd angeht, halten Sie es auf Ihre Weise und tragen Sie es. Ich werde nichts mehr darüber sagen.«

»Ich werde darauf achten, daß ich in dieser Sache das Richtige tue«, antwortete ich ihr so behutsam ich konnte, denn ich wollte nicht mit ihr streiten, obwohl ich sie für eingebildet und unhöflich hielt.

»Ich stehe auf Ihrer Seite, Mr. Walton«, sagte das Mädchen mit einem liebreizenden, lustigen Lächeln, als sie mir nochmals die Hand drückte.

Ich führte meine Besucherinnen zur Kutsche und sah sie mit einem Gefühl der Erleichterung abfahren.

Die alte Dame war gewiß keine angenehme Person. Sie hatte ein weißes, glattes Gesicht, über dem die Haut straff gespannt war, graues Haar und haselnußbraune Augen mit einem ziemlich düsteren Blick. Ich empfand eine Abneigung, für die ihre Arroganz gegen mich oder ihre Überheblichkeit gegenüber den Armen keinen ausreichenden Grund boten, obgleich dies einiges dazu beitrug. Ich gestehe, daß ich noch nicht gelernt hatte, Anmaßung und Unhöflichkeit mit all der Geduld und Bereitschaft zur Vergebung zu ertragen, mit der ich bis dahin einem solchen Verhalten hätte begegnen sollen. Hinsichtlich der Armen war ich immer in Gefahr, ihr Mitstreiter gegen die Reichen zu sein, und davor sollte sich ein Geistlicher stets hüten. Die armen Reichen brauchen in der Tat die Sorge des Geistlichen mehr als die anderen, da sie doch viel weniger in der Lage sind, in das Himmelreich zu gelangen, und die Armen ihnen hierin viel voraus haben.

»Und doch muß auch etwas Gutes an der Frau sein«, sagte ich zu mir selbst, »sie kann doch nicht so durch und durch hart sein, wie sie aussieht, wie sonst könnte dieses Kind sich ihr gegenüber die Freiheit eines kleinen Kätzchens herausnehmen? Sie sieht mir nicht so aus, als ließe sie ohne weiteres mit sich spielen! Ich werde hoffentlich etwas mehr über sie erfahren, wenn ich ihren Besuch erwidere, und ich werde mein Bestes tun, um mit ihr auf gutem Fuß zu stehen.«

Ich holte mir einen Band Plato herunter, und setzte mich in einen Sessel neben das offene Fenster meines Studierzimmers. Langsam stieg das Gefühl in mir auf, ein Mann könne auch glücklich sein trotz der Zurückweisung durch eine Frau. Da saß ich, blickte auf die glückliche Welt hinaus, als ein leiser Wind hereinwehte, wie wenn er mir Willkommen bieten wollte. Ich dachte an den Wind, der weht, wo er will, und dankte Gott für jenes Leben, dessen Geschichte und Worte in dem besten aller Bücher, der Bibel, verzeichnet sind.

Ich betete darum, daß er mir die Fähigkeit verleihen möge, mit meinen Leuten auf vernünftige Weise vom Himmel zu reden, und mir vergeben meine unfreundlichen und stolzen Gefühle gegenüber der unglücklichen alten Dame - denn ich hegte keine Zweifel, daß sie nicht glücklich war, - und Gott möge mich zu einem Fels machen, der die Wogen des Unrechts in seinen großen Höhlen auffängt und sie nicht in die aufgewühlte zornige See zurückwirft, aus der sie kamen. Könnte ich doch das Unrecht auf diese Weise tilgen, indem ich sagte: Es soll kein Unrecht gegen mich sein, so sehr vergebe ich es! Vielleicht ist die Vergebung von großem Unrecht jedoch gar nicht so echt, wie es scheint. Halten wir es nicht für etwas Großartiges, solches Unrecht zu vergeben, und handeln dabei um unserer Selbst willen anstatt um dessentwillen, der Unrecht tut? Es ist schrecklich, nicht gut zu sein und eine böse Art in sich zu tragen.

Solche Gedanken gingen mir durch den Sinn, und wieder zeigte mir das große Licht den Weg in meinem Amt, daß ich mich nämlich nicht als »die Person« empfinden dürfe, nur weil ich Pfarrer der Gemeinde war. Deshalb betete ich zu Gott, mich vor Hochmut und Stolz zu bewahren, gleichgültig, wie sich die Menschen zu mir verhielten, denn mein ganzer Wert lag darin, mich ihm und den Menschen als Opfer zu bringen.

Als nun Mrs. Pearson an der Türe klopfte und ankündigte, daß eine Dame und ein Herr mich sprechen wollten, schloß ich mein Buch, das ich eben erst aufgeschlagen hatte, und hielt, so gut ich konnte, den aufsteigenden Groll des ungastlichen Engländers zurück, der fähig ist, in der Gastfreundschaft gegenüber Fremden recht vergeßlich zu sein, wenigstens im Vorraum seines Herzens. Ich kann es nicht als vollkommene Gastfreundschaft bezeichnen, wenn ich jenen Freundlichkeit und Entgegenkommen bezeige, die ich eingeladen habe, während jene, die nicht diesen Anspruch auf meine Aufmerksamkeit haben, Kälte und Abweisung erfahren.

Ich ging hinaus und begrüßte Mr. und Miss Boulderstone, die mich ein wenig ermüdet zurückließen, doch in keiner Weise ärgerlich oder mürrisch. Ich eilte lediglich mit vermehrtem Eifer zu meinem Plato zurück, von dem ich ein oder zwei Seiten genießen konnte, ehe der nächste Besucher eintraf. Die einzigen weiteren Besucher dieses Tages waren Dr. Duncan, ein pensionierter Marinechirurg, der in der Nähe praktizierte, und der Kirchenvorsteher Mr. Brownrigg.

Außer Mr. und Miß Boulderstone hatte ich bisher noch keine Leute von üblichem Zuschnitt getroffen. Sie waren alle entschieden ungewöhnlich, und bei den meisten hatte ich das Gefühl, daß es nicht schwierig sein dürfte, ihnen zu predigen. Es hatte sein Gutes, für Menschen wie Weir oder den alten Rogers eine Predigt zu halten, ob dies aber auch für eine Frau wie Mrs. Oldcastle zutraf, wußte ich nicht.

Ich hatte vor, den Abend mit meinen Büchern zu verbringen und so den ersten Montag in meiner Gemeinde zu beenden, doch wie schon erwähnt kam Mr. Brownrigg vorbei und redete eine ganze ermüdende Stunde lang über höchst uninteressante Dinge - etwa die untadelige Abstammung seiner Zuchtschweine. Er war in der Tat kein interessanter Mensch: kurzgewachsen, breit, stämmig, mit einem roten Gesicht und einer immensen geistigen Trägheit, die sich in einer ständigen sprachlichen Aktivität über kleine Nichtigkeiten entlud. Wenn kein neues Nichts zur Hand war, dann griff er auf ein altes Nichts zurück, um sich von neuem darüber auszulassen. Wenn ich aber versuchte, seinem Sinn einen Gedanken nahezubringen, bei dem er sich hätte einen halben Grad von seinem Standort wegbewegen und die Sache von einem neuen Gesichtspunkt ansehen müssen, dann zeigte er sich vollständig undurchdringlich.

Mir entging nicht, daß seine Wangen auf dem Kragen seines

grünen Mantels aufsaßen und der Hals nicht zu sehen war. Das ergab einen übereinstimmenden Eindruck, wie er ihn selbst wohl mit Vergnügen bei seinen Schweinen sah, und die Ähnlichkeit wurde noch verstärkt, da er sich bemühte, möglichst glatt rasiert zu sein. Mich befiel eine gewisse Besorgnis um seinen Sohn und Jane Rogers. Er produzierte eine Menge Geschwätz über eine Reihe von Leuten, wobei ihm offensichtlich daran lag, daß ich sie so sehen sollte, wie er sie sah. Doch in allem, was er sagte, konnte ich kaum etwas entdecken, was für Charakter oder Geschichte der Betroffenen von Bedeutung gewesen wäre. Ich atmete wirklich auf, als die Verabschiedung mit einem wabbeligen Händeschütteln vorüber und er glücklich zum Tor draußen war. Volle fünf Minuten hatte er mich noch auf den Stufen aufgehalten, und ich fühlte mich erst vor ihm sicher, als ich wieder in meinem Studierzimmer saß und die Türe geschlossen hatte.

In den folgenden Tagen fand ich die Armen im Dorf, die ja irgendwo sein mußten. Der Herr hatte uns gelehrt, daß wir sie immer um uns haben sollten. Im Dorf gab es ein Armenhaus, doch waren nicht viele dort. Die Armen am Ort empfingen wirklich Freundlichkeit, und man zwang sie auch nicht allzusehr, dort hinzugehen, obwohl ich glaube, daß sie in diesem Hause besser versorgt gewesen wären als bei sich daheim.

Dann hielt ich es für besser, Mrs. Oldcastles Besuch zu erwidern, doch empfand ich eine tiefe Abneigung dagegen, dieser Nase mit der straffgespannten Haut und dem Mund, in dessen Lächeln kein Licht lag, zu begegnen. Das Lächeln blühte nur auf, wenn es auf einen Schabernack der Enkelin antwortete.

Sechstes Kapitel

Oldcastle Hall

An einem zauberhaften Herbsttag machte ich mich um die Mittagszeit auf den Weg nach Oldcastle Hall. Ich überschritt die alte gotische Brücke und fühlte mich im Herzen stark genug, Mrs. Oldcastle gegenüberzutreten, ohne zurückzuschrecken. Vielleicht stand mir eine Auseinandersetzung mit ihr bevor - ich wußte es nicht; ohne Zweifel war sie weder ungefährlich noch verträglich. Doch über eines war ich mir sicher; ich würde nicht mit ihr streiten, ohne genau zu wissen, was ich zu tun hatte. Ich wünschte, es wäre niemals notwendig, mit jemand zu streiten, ich hasse das. Es aber nicht zu tun, kann manchmal auch bedeuten, dem Teufel ins Gesicht zu lächeln, und das sollte erst recht niemand tun.

Die Wälder auf beiden Seiten des Flusses, auf die ich nun von meinem Haus weg zuschritt, waren dunkel und üppig wie ein Leben, das einen Schatz im Himmel angelegt hat. Durch das Dorf kam ich immer näher und trat schließlich vor das große eiserne Tor mit vorsintflutlichen Monstern auf den Pfeilern. Das waren gräßliche Ungeheuer - und sind es immer noch! Doch trotz ihres häßlichen Blicks ließen sie mich ruhig durchgehen. Fast hatte ich den Eindruck, daß sie über die Kante des Tores hinweg zueinander sprachen: »Macht nichts - es erwischt ihn bald genug!«

Ich wanderte die lange, gewundene Straße durch die Wälder, die sich an der Wiese hinzogen. Diese Wälder dufteten so süß - die dürren, absterbenden Blätter verströmten liebliche Düfte, die das Fehlen von Blumen vergessen ließen. Der Wind - nein, es gab keinen Wind, nur eine Andeutung, die sich hin und wieder aus den Tiefen des Waldes erhob - ließ einige Blätter niederwirbeln wie Gedanken, die in Seufzern dahingleiten, dann war es wieder still. Oben am Hang des Hügels erhoben sich die Bäume wie ein einziger, riesiger Regenbogen von Laubwerk - hellgelb, rostrot, verblassendes Grün und alle Schattierungen von Braun und Purpur. Neben dem Weg lagen die Blätter in solchen Mengen, daß ich in meine alte Gewohnheit aus Kindertagen zurückfiel und mit großem Vergnügen durch die Blätterhaufen schlurfte, ohne die Füße zu heben, und ganze Scharen von Blättern aufwirbelte.

Endlich führte mich die Straße bis zum Haus. Es sah nicht so groß aus, als es war, wie ich seitdem feststellen konnte, und von außen war es gewiß kein interessantes Gebäude, doch befand es sich in einer schönen Umgebung von grünem Gras und Bäumen. Das Haus selbst tat sein Bestes, häßlich auszusehen, ein Bemühen, das nur durch die freundlichen Anstrengungen des Wilden Weins und Efeus zunichtegemacht wurde. Doch es gab da eine entzückende Gruppe von alten Kaminen, die zu einem rückwärtigen Teil des Hauses gehörten und ein ganz anderes und viel älteres Aussehen andeuteten, das dem jetzigen Äußeren hatte weichen müssen.

Nach dem Betreten des Hauses entdeckte ich, daß es mehr Überreste aus alter Zeit gab, als ich erwartet hatte. Ich wurde eine jener großartigen, rechteckigen Eichentreppen emporgeführt, die wie ein Teil des Hauses, in dem man lebt, wirken und nicht wie eine Leiter, die einen Teil des Hauses mit einem anderen verbindet. Die Treppe endete in einem schönen, ausladenden Absatz, von dem ich durch einen schmalen Gang zur Rückseite des Hauses geführt und in einen kleinen, dunklen, eichenen Wohnraum mit einem tiefen, von steinernen Pfosten gesäumten Fenster gewiesen wurde. Dort fand ich Mrs. Oldcastle bei der Lektüre eines jener billigen und geschmacklosen religiösen Bücher, wie sie gerade Mode waren. Sie erhob sich und begrüßte mich. Nachdem sie mir Platz angeboten hatte, begann sie über die Gemeinde zu sprechen. Aus ihrem Ton erkannte ich sofort, daß sie zwischen uns keine andere Art der Verbindung akzeptierte als die Gemeinde.

»Ich höre, daß Sie schon mit großer Freundlichkeit die Armen besucht haben, Mr. Walton. Sie müssen achtgeben, daß sie Ihre Freundlichkeit nicht ausnützen. Ich versichere Ihnen, daß manche sich als recht gierig erweisen werden. Sie dürfen auch nicht erwarten, daß Ihnen Ihre guten Absichten im geringsten zugute gehalten werden.«

»Ich habe bisher nichts bemerkt, was mich in dieser Hinsicht besorgt machen würde. Aber mein Zeugnis ist sicherlich noch nicht von Gewicht.«

»Meines schon. Ich habe sie auf die Probe gestellt. Den Armen dieser Gegend gebricht es an Dankbarkeit.«

»Ja, Grannie-«

Ich fuhr auf, doch als ich in die Richtung blickte, aus der die Stimme kam, wurden die folgenden Worte mit bezaubernder Belustigung geäußert. »Ja, Grannie, du hast recht. Du erinnerst dich wohl, wie Dame Hope das Geld nicht nehmen wollte, das ihr angeboten worden war, und eine so verächtliche Höflichkeit an den Tag legte. Das war ja wirklich habgierig von ihr, nicht wahr?«

»Es tut mir leid, zu hören, daß Freundlichkeit mit Verachtung aufgenommen wurde«, sagte ich.

»Ja, und sie besaß die Stirn, innerhalb von zwei Wochen zu mir zu schicken und zu fragen, ob ich ihr nicht für einige Wochen eine halbe Krone leihen könnte.«

»Und dann warst du dran, Grannie! Du hast ihr fünf Shillinge geschickt, oder nicht? Ach nein, ich bringe das durcheinander. Das war die andere Frau.«

»In der Tat, ich sandte ihr nichts außer einem Tadel. Ich ließ ihr sagen, es wäre von mir sehr unrecht gewesen, einen solch üblen Geist von Undankbarkeit zu unterstützen, wie sie ihn hege. Wenn sie ihr Betragen im rechten Licht sähe und bekenne, daß sie sich abscheulich verhalten habe, würde ich zusehen, was ich für sie tun könnte.«

»Und inzwischen hat man es ihr ordentlich heimgezahlt, nicht wahr? Mit ihrem kranken Jungen daheim und nichts, was sie ihm geben konnte?« meinte Miss Gladwyn.

»Sie mußte sich legen, wie sie sich gebettet hatte.«

»Glauben Sie nicht, ein wenig Freundlichkeit hätte sie eher zur Einsicht gebracht, daß sie Unrecht hatte?«

»Grannie glaubt nicht an Freundlichkeit außer mir gegenüber, - liebe alte Grannie! Sie verwöhnt mich. Ich bin sicher, daß ich eines Tages undankbar sein werde, und dann wird sie anfangen, mir lange Strafpredigten zu halten und mich mit allen Arten von Nadeln zu pieken. Aber das werde ich nicht aushalten, das kann ich dir sagen, Grannie! Ich bin dafür viel zu verwöhnt.«

Mrs. Oldcastle sagte nichts. Ich wußte nicht warum, außer daß sie wußte, das Mädchen sei nur auf diese Weise zum Schweigen zu bringen.

(Später erkundigte ich mich nach der Dame Hope und erfuhr, daß da ein großes Mißverständnis vorlag, wie ich vermutet hatte. Sie war zu der Zeit in keiner Notlage gewesen und hätte es nicht für anständig gehalten, Geld anzunehmen, wenn sie es nicht brauchte. Sie hatte es daher zurückgewiesen in dem Gefühl, die Ablehnung sei angenehmer als die Annahme von einer solchen Geberin. Irgendein verirrter Funke dieser Empfindung, der dem scharfen Blick von Miss Gladwyn nicht entging, mag ihrer höflichen Geste den Anschein von Verachtung verliehen haben. Als jedoch ihr Junge, der in Stellung war, krank nach Hause gebracht wurde, hatte sie hingeschickt und um das gebeten, was sie nun dringend brauchte, aus dem gleichen Grund, aus dem es ihr vorher angeboten worden war. Das Mißverständnis ergab sich aus der völligen Unfähigkeit von Mrs. Oldcastle, Mitgefühl für jemand aufzubringen, der in charakterlicher Hinsicht ebenso über ihr stand wie in weltlicher Stellung unter ihr).

Ich wollte das Thema wechseln. »Das ist ein wunderschönes altes Haus« sagte ich. »Es muß hier seltsame Plätze geben.«

Mrs. Oldcastle hatte keine Zeit zu antworten oder antwortete zumindest nicht, ehe Miss Gladwyn sagte: »O Mr. Walton, haben Sie schon aus dem Fenster geschaut? Ehe Sie das nicht getan haben, wissen Sie nicht, was für ein lieblicher Platz dies ist.« Sie tauchte aus einer Nische im Zimmer auf, einer Art von dunklem Alkoven. Ich folgte ihr zum Fenster. »Da!« rief sie und hielt mit ihrer schmalen, kindlichen Hand einen der schweren dunklen Vorhänge zurück.

Der Ausblick erfüllte mich wirklich mit Erstaunen. Ich hatte mich dem Haus über einen sanften Abhang genähert, der sich ohne Zweifel lang und in Windungen hinzog, doch in mir nicht das Gefühl geweckt hatte, eine nennenswerte Höhe erreicht zu haben, und ich war nur diese eine wundervolle Treppe emporgestiegen, nicht mehr, und doch, als ich nun aus dem Fenster sah, fand ich mich am Rande eines Absturzes. Unter dem Haus lag auf dieser Seite eine bewaldete Senke. Die Seiten waren felsig und steil mit einzelnen grasbewachsenen Hängen, drunten im Mittelpunkt der Senke lag am Grund ein Teich. Ich erkannte ihn nur an seinem schiefergrauen Schimmer durch das schwindende Grün der Baumwipfel, die zwischen mir und ihm lagen. »Da!« rief Miss Gladwyn von neuem, »ist das nicht wunderschön? Aber das Schönste haben Sie noch nicht gesehen. Grannie, wo ist - ah! Da ist Auntie, meine Tante! Sehen Sie sie dort drunten neben dem Teich? Der Teich ist über dreißig Meter tief. Wenn Tantchen hineinfallen würde, wäre sie ertrunken, ehe Sie hinunterrennen und sie herausziehen könnten. Können Sie schwimmen?«

Bevor ich antworten konnte, redete sie schon weiter. »Sehen Sie Auntie dort drunten?«

»Nein, ich sehe sie nicht. Ich bemühe mich, aber ich kann sie nicht entdecken.«

»Nun, ich glaube wirklich, daß Sie sie nicht sehen können. Ich glaube, niemand hat gute Augen außer mir. Erkennen Sie am Rand des Teiches einen großen Stein, auf dem ein anderer liegt, wie eine große Kartoffel, aus der eine kleine herausgewachsen ist?«

»Nein.«

»Tantchen ist unter den Bäumen über dem Stein drüben. Sehen Sie sie jetzt?«

»Nein.«

»Dann müssen Sie mit mir runterkommen, ich werde sie Ihnen vorstellen. Sie ist die Schönste hier, viel schöner als Grannie.«

Bei diesen Worten blickte sie über ihre Schulter nach Grannie, die, anstatt ärgerlich zu sein, ohne aus ihrem Buch aufzusehen nur sagte: »Du bist ein vorlautes Kind.«

Miss Gladwyn lachte fröhlich. »Kommen Sie mit«, sagte sie, ergriff meine Hand und führte mich aus dem Zimmer, eine rückwärtige Treppe hinunter, über ein Stück Wiese, eine Treppe im Fels hinab zu dem Teich unten. Die Treppe führte im Zickzack; sie war grob gehauen und gefährlich, aber doch durch ein eisernes Geländer geschützt.

»Hat Ihre Großmama eigentlich keine Angst, Sie hier so herumrennen zu lassen, Miss Gladwyn?« fragte ich.

»Mich?« rief sie, offensichtlich höchst erstaunt. »Das wäre komisch! Denn wissen Sie, wenn sie mich zu hindern versuchte - aber sie weiß, daß das keinen Zweck hat. Das habe ich ihr seit langem beigebracht, vor mindestens zehn Jahren. Ich lief weg und alle dachten, ich sei im Teich ertrunken. Die ganze Zeit sah ich, wie sie mit einem langen Stecken im Teich herumstocherten, doch selbst wenn ich ertrunken wäre, hätten sie mich damit nicht erwischt, denn er ist bestimmt dreißig Meter tief. Ich hab mir die Seiten gedrückt, um nicht laut zu schreien vor Lachen! Ich hörte, wie einer zum anderen sagte: »Wir müssen warten, bis sie aufschwillt und hochtreibt!«

»Du liebe Zeit, was für ein seltsames Kind!« dachte ich bei mir. Doch was immer sie auch sagte, selbst wenn sie zu ihrer Großmutter noch so vorlaut war, sie wurde niemals verletzend. Die ganze Zeit mußte man einfach das Gefühl haben, daß sie eine kleine Dame war. Ich dachte, ich könne eine Frage an sie riskieren. Ich blieb an einer Biegung der Treppe stehen und blickte in die Senke hinab, die immer noch ein gutes Stück unter uns lag. Dort konnte ich nun an der anderen Seite des Teiches die Gestalt einer Frau erkennen, die am Fuß eines Baumes saß und sich über ein Buch beugte.

»Darf ich Ihnen eine Frage stellen, Miss Gladwyn?«

»Zwanzig, wenn Sie wollen, aber ich werde Ihnen keine beantworten, wenn Sie mich weiter Miss Gladwyn nennen. Wissen Sie, wir können keine Freunde sein, solange Sie das tun.«

»Aber wie soll ich Sie dann nennen? Ich hab Sie nie bei einem anderen Namen rufen hören als Pet, und das kann er doch wohl kaum sein?«

»O, stellen Sie sich bloß vor, Sie würden mich vor Grannie Pet nennen! Das ist Grannies Name für mich, und niemand wagt ihn zu benutzen außer Grannie, nicht einmal meine Tante. Unter uns gesagt, Auntie hat Angst vor Grannie. Ich weiß nicht warum. Ich hatte niemals vor irgend jemand Angst, außer vielleicht ein bißchen vor der alten Sarah. Wissen Sie, sie war mein Kindermädchen, und Großmama und alle haben Angst vor ihr, und deshalb tue ich nie etwas, was sie von mir verlangt. Es hätte keinen Sinn, Angst vor ihr zu haben. Sehen Sie, dort ist Auntie, wo ich Ihnen vorher sagte.«

»O ja, jetzt sehe ich sie. Wie nennt Ihre Tante Sie denn? Nun, so wie Sie mich auch anreden müssen - bei meinem eigenen Namen natürlich.«

»Und wie lautet der?«

»Judy«, sagte sie in einem Ton, der Erstaunen darüber verriet, daß ich ihren Namen nicht kannte, - ihn vielleicht aus ihrem Gesicht hätte ablesen sollen, wie man den Namen einer Blume kennen sollte, wenn man sie anschaut. Doch sofort sah sie auf und blickte mir belustigt ins Gesicht. »Ich wünschte, Ihr Name wäre Punch.«

»Warum, Judy?«

»Das wäre so lustig.«

»Er wäre wirklich seltsam, das muß ich zugeben. Wie heißt denn Ihre Tante?«

»O, sie hat einen ganz komischen Namen - viel komischer als Judy - Ethelwyn. Er klingt, als ob er irgend etwas bedeuten würde, nicht wahr?«

»Ja, es ist ohne Zweifel ein angelsächsisches Wort.«

»Was bedeutet er?«

»Ich bin nicht sicher. Ich werde versuchen es herauszufinden, sobald ich daheim bin, wenn Sie es gerne wissen wollen.«

»Ja, das möchte ich. Ich möchte alles über Auntie wissen. Ethelwyn - ist das nicht hübsch?«

»So hübsch, daß ich gerne mehr über Tante Ethelwyn erfahren möchte. Wie lautet denn ihr anderer Name?«

»Natürlich Ethelwyn Oldcastle. Wie sollte sie denn sonst heißen?«

»Nun, soweit ich weiß, könnte sie ja auch Gladwyn heißen. Sie könnte eine Schwester Ihres Vaters sein.«

»Ja, wirklich? Daran habe ich noch nie gedacht. O ich glaube, das liegt daran, daß ich nie an meinen Vater denke. Und jetzt, wo ich dran denke, frage ich mich, warum niemand ihn je mir gegenüber erwähnt und meine Mutter auch nicht. Doch ich glaube oft, daß Auntie an meine Mutter denkt. Wenn ihre Augen trauriger blicken als sonst, erinnert mich etwas in ihnen an meine Mutter.«

»Dann erinnern Sie sich also an Ihre Mutter?«

»Nein, ich glaube nicht, daß ich sie je gesehen habe. Aber nun habe ich viele Fragen beantwortet, meinen Sie nicht? Ich versichere Ihnen, wenn Sie mich zum Katechismus bringen wollen, weiß ich kein einziges Wort davon. Kommen Sie, wir gehen weiter.«

Ich lachte.

»Was?« sagte sie und zog mich an der Hand, »Sie als Geistlicher lachen über den Katechismus! Das wußte ich nicht.«

»Ich lache nicht über den Katechismus, Judy, sondern nur über die Vorstellung, Ihnen Fragen aus dem Katechismus zu stellen.«

»Sie wissen, daß ich es nicht so gemeint habe«, sagte sie etwas unwillig.

»Jetzt weiß ich's«, antwortete ich. »Aber Sie haben mich die einzige Frage noch nicht vorbringen lassen, die ich Ihnen stellen wollte.«

»Und wie lautet sie?«

»Wie alt sind Sie?«

»Zwölf. Kommen Sie mit. Und dann kletterten wir den Rest der Treppe hinunter. Unten führte uns ein gewundener Pfad durch die Bäume zum Ufer des Teichs und von dort zur anderen Seite. Mich durchfuhr der Gedanke, warum ich diese Tante mit dem lieblichen Namen wohl noch nie in der Kirche gesehen hatte. Sollte sie sich als ein weiteres eigenartiges Gemeindeglied herausstellen? Sie saß da und beschäftigte sich angelegentlich mit ihrem Buch. Als wir näher kamen, blickte sie auf und erhob sich, kam uns jedoch nicht entgegen.«

»Tante Wynnie, dies ist Mr. Walton«, sagte Judy.

Ich zog den Hut und streckte meine Hand aus. Noch bevor unsere Hände sich trafen, ertönte vom Teich her ein heftiges Plantschen. Ich fuhr herum. Judy war verschwunden. Ich hatte den Mantel schon halb ausgezogen und wollte zum Teich stürzen, als Miss Oldcastle mich mit einem leichten Lächeln auf dem unbewegten Gesicht aufhielt und meinte: »Das ist nur einer ihrer übermütigen Kinderstreiche, Mr. Walton. Wie gut für Sie, daß ich hier bin. Nichts hätte ihr mehr Vergnügen gemacht, als wenn Sie sich ebenfalls ins Wasser gestürzt hätten.«

»Aber wo ist sie dann?«

»Dort«, erwiderte Miss Oldcastle und deutete auf den Teich, in dessen Mitte ein Plätschern und Blubbern zu vernehmen war, und plötzlich erschien das lachende Gesicht Judys.

»Warum haben Sie mir nicht herausgeholfen, Mr. Walton? Sie sagten doch, Sie könnten schwimmen.«

»Nein, das sagte ich nicht«, antwortete ich. »Sie haben so schnell geredet, daß ich keine Zeit hatte, etwas zu sagen.«

»Es ist sehr kalt«, entgegnete sie.

»Komm heraus, meine Liebe«, sagte ihre Tante. »Lauf heim und zieh dir andere Kleider an. Sei ein braves Mädchen.«
Judy schwamm auf die andere Seite, kletterte heraus und verschwand wie ein Jagdhund zwischen den Bäumen durch und die Treppe hinauf. Beim laufen triefte und tropfte es von ihren Kleidern.

»Sie müssen über die Kleine recht erstaunt sein, Mr. Walton. Nie wurde ein Kind so verwöhnt, und nie gab es ein Kind, das davon weniger beeinflußt wurde. Ich glaube, solche Dinge geschehen zuweilen. Sie ist wirklich ein braves Ding, obgleich Mama, die allein Judy so verzieht, mir nicht erlaubt zu behaupten, daß sie ein gutes Kind ist.«

Hier trat eine Pause ein, denn nachdem Judy verschwunden war, was sollte ich als nächstes sagen? In dem Augenblick, da ihr Sinn sich von Judy abwandte, bemerkte ich, wie eine gewisse Bewegungslosigkeit - keine Wolke, nur ein Schatten davon - sich über Miss Oldcastles Gesicht legte, als fühle auch sie sich nicht ganz behaglich und wisse nicht, was sie als nächstes sagen solle. Ich versuchte, einen Blick auf das Buch in ihrer Hand zu erhaschen, denn wenn ich erkennen konnte, was sie las, würde ich sofort etwas über sie erfahren. Sie kam niemals zur Kirche, und ich wollte etwas über die Quelle ihres geistlichen Lebens erfahren, denn daß dies vorhanden war, zeigte ein einziger Blick in ihr Gesicht. Dies machte mich noch neugieriger auf das Buch, doch ich konnte nur erkennen, daß es ein altes Buch in einem recht schäbigen Einband war, nicht im geringsten die Art von Büchern, wie sie junge Damen im allgemeinen in Händen halten.

Die beiden jungen Damen waren sich nicht ähnlich. Judy war rosig mit grauen Augen, kastanienbraunem Haar und einem süßen Mund. Ihr Kinn verriet Selbstvertrauen, ihre Nase Sicherheit, ihre Augenbrauen Trotz, und aus dem ganzen Gesicht sprachen Ehrlichkeit und Freundlichkeit. Offensichtlich konnte niemand einen warmherzigeren Freund haben, und für einen Feind wäre sie nur gefährlich, solange ein Anfall von Zorn andauerte. Keine Bitterkeit war in ihr, und der Grund dafür lag nach meiner Meinung darin, daß sie noch nie ihr Gewissen verletzt hatte. (Das ist etwas ganz anderes, als wenn man sagt, sie habe noch nie Unrecht getan.) Selbst für ihr Alter war sie nicht groß und ein wenig dicklich, um auf Anhieb graziös zu wirken. Man hätte sie als anmutig bezeichnen können, wäre da nicht ständig der vorherrschende Impuls gewesen, der ihr eine gewisse Fahrigkeit verlieh wie bei einem Vogel, der herumhüpfte, anstatt von einer Bewegung in die andere zu gleiten, wie man es beim gleichen Vogel im Flug sehen kann.

Das ist die eine der beiden Damen. Aber die andere - wie soll ich sie zu beschreiben versuchen?

Meine erste Empfindung war, daß sie eine Dame und zugleich eine Frau war, und das zu empfinden heißt fast schon, sich auf den ersten Blick zu verlieben. Sie war anmutig, ziemlich schlank und groß und hatte tiefblaue Augen. Doch nicht bei dieser Gelegenheit stellte ich ihre Augenfarbe fest. Ich war so von ihrer Gesamterscheinung beeindruckt, daß ich nichts von den einzelnen Teilen bemerkte. Aber sie hatte in der Tat blaue Augen, die auf nordische Herkunft über einige Jahrhunderte zurück hindeuten mochten. Dieses Blau war das Blau der See, das sich tief in die Augen der Frau irgendeines Seeräubers gesenkt und das sie an ihr Kind weitergegeben hatte, das geboren wurde, als die Reise vorüber war. Die Farbe war so tief, daß sie niemals seither aus der Seele dieser Rasse verschwunden war. Ihre Gesichtszüge waren regelmäßig, zart und zeugten von Mut. Nach der Anmut fiel mir als nächstes die Würde auf. Erst zum Schluß entdeckte ich das einzige, was mir mißfiel. Als der Schein der Höflichkeit, mit der sie mich begrüßt hatte, vergangen war, trat an seine Stelle ein gewisser Ausdruck von negativem Hochmut, von Zurückweichen (wenn nicht sogar Ablehnung). Es war ein Blick, der vom Wissen um ihre eigene hohe Abkunft zeugte, ein Stolz - nicht auf das Leben, sondern die Umstände des Lebens -, der mich enttäuschte inmitten der anderen, so lieblichen Züge. Ihre Stimme war zart, und sie sprach langsam, doch nicht schleppend, und ich meinte einen Ton von Traurigkeit darin zu vernehmen.

»Dies ist ein höchst romantischer Fleck, Miss Oldcastle«, sagte ich, »und ebenso überraschend wie romantisch. Ich traute kaum meinen Augen, als ich aus dem Fenster blickte und ihn sah.«

»Ihre Überraschung war um so natürlicher, als der Ort selbst nicht natürlich ist. Er schaut hübsch aus, hat jedoch keinen sehr poetischen Ursprung. Er ist nichts anderes als der Steinbruch, aus dem das Haus erbaut wurde.«

»Mir scheint das ein sehr viel poetischerer Ursprung als irgendein Erdbeben. Aus der verschütteten Masse von Gestein erhob sich dieses lebendige Haus mit seinen Geschichten von Zeitaltern und Generationen und -«

Ich sah in diesem Augenblick, daß ihr Gesicht fast erbleicht war, doch ihre großen Augen waren immer noch auf mich gerichtet.

»Und es scheint mir«, fuhr ich fort, »daß eine solche Schlucht daher poetischer ist. Menschlicher Wille, menschliches Denken, menschliche Hände in menschlicher Arbeit und Anstrenung wurden eingesetzt, um dieses Haus zu errichten und nicht nur das Haus selbst schön zu gestalten, sondern auch die Stelle, von der es herrührte. Es steht am Rande seines eigenen Ursprungs, Generation über Generation hindurch am gleichen Platz.«

Ihr Gesicht war noch blasser geworden, und ihre Lippen bewegten sich, als wolle sie sprechen, doch kein Laut drang hervor.

»Ich fürchte, Sie fühlen sich nicht wohl, Miss Oldcastle.«

»Keineswegs«, erwiderte sie rasch. Sie richtete sich ein wenig hochmütig auf, so daß ich zum Gegenstand unseres Gesprächs zurückkehrte.

»Aber ich kann mir kaum vorstellen«, sagte ich, »daß diese ganze Masse von Steinen zum Bau des Hauses gebraucht wurde, trotz seiner Größe. Ein Haus ist ja nicht mit Stein ausgefüllt.«

»Nein«, antwortete sie. »Das ursprüngliche Gebäude war mehr von der Art eines Schlosses mit Mauern und Brustwehr. Ich kann

Ihnen die alten Fundamente und auch das Bild zeigen, wie dieser Ort einst ausgesehen hat. Wir sind nicht mehr, was wir damals waren. Viele Häuser wurden aus den Steinen dieses alten Steinbruchs gebaut, obwohl in den letzten fünfzig Jahren kein einziger Stein mehr daraus entnommen wurde. Ich werde Ihnen etwas zeigen, Mr. Walton, dann muß ich Sie verlassen.«

»Lassen Sie sich von mir nicht aufhalten. Ich werde sofort gehen«, sagte ich, »obwohl ich mich wohler fühlen würde, wenn ich Sie zuerst sicher die Treppe hinaufbringen dürfte.«

Sie lächelte. »Ich fühle mich durchaus wohl, nur habe ich Pflichten wahrzunehmen. Lassen Sie mich Ihnen das eine zeigen, dann kommen Sie mit mir zurück.« Sie führte mich zum Rande des Teiches und blickte hinein. Ich folgte ihr und starrte in seine Tiefen hinab, bis sich mein Blick darin verlor. Ich konnte keinen Grund des felsigen Schachtes erkennen.

»Dort unten gibt es eine starke Quelle«, erklärte sie. »Ist es nicht ein schrecklicher Ort? So tief!«

»Ja«, erwiderte ich, »aber es hat nicht die Schrecken von schmutzigem Wasser. Dies hier ist klar wie Kristall. Wohin fließt der Überlauf?«

»Auf der entgegengesetzten Seite des Hügels, da wo Sie heraufkamen, ist eine Quelle mit einer starken Schüttung, die einen kräftigen Wasserlauf zum Fluß schickt.«

»Ich wundere mich beinahe, daß Sie sich einen solchen Platz zum Lesen aussuchen.«

»Judy hat das beseitigt. Für Judy ist nichts in der Natur fremd! Blicken Sie auf dieser Seite ins Wasser hinab. Sehen Sie dort etwas an der Mauer des Teiches?«

»Ich sehe eine Art Bogen oder Öffnung an der Seite«, antwortete ich.

»Sehen Sie auch ein kleines vergittertes Fenster zwischen den Bäumen an der Fläche des Felsens? Es ist das Fenster eines kleinen Raumes im Felsen, von dem aus eine Treppe durch den Fels zu einem ansteigenden Gang führt. Was Sie da unter Wasser sehen, ist das Ende davon.«

»Zweifellos für den Fall einer Belagerung angelegt, um die Wasserversorgung sicherzustellen.«

»Wahrscheinlich, aber nicht nur auf diesen Zweck beschränkt. Es gibt mehr entsetzliche Geschichten, als ich in meinen Gedanken ertragen kann« - sie hielt abrupt inne, dann begann sie von neuem: »- als habe dieses Haus Tod und Verdammnis aus der Erde mit sich gebracht. Hier war ein alter Begräbnisplatz, ehe Oldcastle Hall errichtet wurde.«

»Sind Sie schon einmal die Treppe hinabgestiegen, von der Sie sprechen?« fragte ich.

»Nur einen Teil«, antwortete sie, »doch Judy kennt jede einzelne Stufe. Wenn nicht oben am Ende die Türe verschlossen wäre, dann wäre sie jetzt durch diesen Bogengang getaucht und in der halben Zeit in ihrem Zimmer gewesen. Das Kind weiß nicht, was Angst bedeutet.«

Wir gingen vom Teich fort, zum Rande des Steinbruchs hin und stiegen die offene Treppe hinauf. Miss Oldcastle begleitete mich zu dem Zimmer, in dem ich ihre Mutter zurückgelassen hatte, und verabschiedete sich nur mit einem Kopfnicken. Ich sah, daß die alte Dame scharf von ihr zu mir blickte, als sei sie eifersüchtig auf das, worüber wir vielleicht gesprochen hatten.

»Grannie, hast du Angst, daß Mr. Walton nette Dinge zu Tante Wynnie gesagt hat? Ich versichere dir, er ist nicht von dieser Sorte. Aber er wäre mir in den Teich nachgesprungen und hätte sich vor Kälte den Tod geholt, wenn Auntie ihn gelassen hätte. Es war wirklich kalt. Ich glaube, ich sehe Sie jetzt tropfen, Mr. Walton.« Sie saß in ihrer dunklen Ecke auf einer Couch zusammengekuschelt und lachte herzlich, als habe sie keineswegs etwas Ungewöhnliches vollbracht. Und nach ihren eigenen Vorstellungen und Praktiken war das, was sie unternommen hatte, nicht im geringsten ungewöhnlich.

Ich hatte keine Lust, noch länger zu bleiben, und schüttelte der Großmutter - mit einem gewissen unüberwindlichen abstoßenden Gefühl - und der Enkelin - mit einem Gefühl mutwilliger Gesundheit, als könnte das Mädchen bald den Geistlichen zu einer Partnerschaft in lustigen Streichen wie in der Freundschaft bringen - die Hand. Sie folgte mir aus dem Zimmer und tanzte vor mir die Eichentreppe hinunter, wobei sie das Stück vom ersten Absatz mit einem Satz übersprang, sich umdrehte und auf mich wartete. Ich ging sehr bedachtsam in Anbetracht des unsicheren Kontaktes zwischen Schuhsohlen und Bohnerwachs. Als ich sie erreicht hatte, erhob sie sich auf die Zehenspitzen und flüsterte mir zu: »Ist sie nicht eine Schönheit?«

»Wer, Ihre Großmama?« entgegnete ich.

Sie gab mir einen leichten Stups, und ihr Gesicht glühte vor Heiterkeit. Doch ihre Revanche fiel anders aus, als ich erwartet hatte.

»Ja, natürlich«, antwortete sie todernst. »Ist sie nicht eine Schönheit?« Dann brach sie in lautes Gelächter aus, öffnete die Türe der Halle für mich und ließ mich wortlos hinaus.

Siebtes Kapitel

Das Bischofsbecken

Wann immer ich mich mit meinen Pfarrkindern zusammensetzte, stellte ich fest, daß sie wirklich eine Geschichte haben, die wunderbarste und wichtigste Tatsache für ein menschliches Wesen. Ich bin zu dem Schluß gelangt, daß dies nicht etwa eine Gemeinde von außergewöhnlichen Charakteren war, sondern daß jede Gemeinde aus dem gleichen Grund außergewöhnlich sein muß.

Die Menschen, bei denen ich mich heute aufgehalten hatte, gehörten in eine romantische Geschichte. Oldcastle Hall würde kaum in meine Vorstellungen von einer Landgemeinde passen. Alles, was sich von dem Augenblick an ereignet hatte, da ich aus dem Fenster des alten Hauses blickte, hätte nur ein Traum sein können. Dieses bewaldete Tal war viel zu groß für einen Steinbruch. Und das verrückte Mädchen, das sich in den Teich geworfen hatte! War das Buch, in dem die Dame mit den meerblauen Augen las, ein wirkliches Buch? Ein alltägliches Buch wäre nicht ihr Begleiter am Grunde eines Steinbruchs gewesen. Und dieser schreckliche Teich mit dem unterirdischen Gang - was hatte ihre Geschichte mit dem hellen Tageslicht und den welkenden Herbstblättern zu tun? Kein Zweifel, daß es solche Plätze gegeben hatte, kein Zweifel auch, daß es sicher noch irgendwo welche gab - dies war einer von Ihnen. Doch auf irgendeine Weise paßte es nicht so recht zusammen.

Ich streifte den Eindruck ab durch einen Besuch bei Weir, dem alten Vater des Schreiners. Ich fand den Schreiner wie üblich bei der Arbeit, diesmal an einem Fensterrahmen. »Gerade wie das Leben«, dachte ich, »an einem Tag schloß er die äußere Dunkelheit ab, und nun läßt er das Licht ein.«

»Es ist lange her, seit Sie letztes Mal hier waren«, sagte er, doch ohne Lächeln.

»Nun«, antwortete ich, »zuerst wollte ich alle meine Leute kennenlernen, ehe ich einen von ihnen ein zweites Mal besuchte.«

»Schon gut, Sir. Glauben Sie nicht, ich hätte mich beklagen wollen. Nur damit Sie wissen, daß Sie willkommen sind, Sir.«

»Um die Wahrheit zu sagen, denn ich mag keine Vorwände,

mein heutiger Besuch gilt eigentlich mehr Ihrem Vater. Ich hätte ihn schon früher besuchen sollen, nur fürchtete ich, aufdringlich zu sein, nachdem wir über manche Dinge nicht in gleicher Weise denken.«

Ein Lächeln überzog sein Gesicht, und seine Antwort hielt dieses Lächeln auf immer in meinem Gedächtnis fest. »Sie haben mich zu der Erkenntnis gebracht, Sir, daß wir letzten Endes ziemlich ähnlich denken mögen, nur sind Sie mir vielleicht ein langes Stück voraus.«

Nun hatten sich unsere Ansichten kaum mehr als auf Sichtweite angenähert, doch was er meinte, war durchaus richtig - der Mann hatte einen Blick für die offene, ehrliche Art der Dinge, und ich hoffte auch selbst einen solchen Blick zu haben. Damit lag der Weg offen für eine weitere und realere Beziehung in der vor uns liegenden Zeit.

»Ich weiß, daß mein Vater sich freuen wird, Sie zu sehen, Sir. Er kann den Gang zur Kirche am Sonntag nicht mehr machen, aber Sie werden sicher weit mehr von ihm angetan sein als von mir. Er hat mir eine Unmenge Fragen nach dem neuen Pfarrer gestellt. Ich habe ihm nie gesagt, daß ich in der Kirche war, seit Sie kamen, - ich glaube aus einem gewissen Stolz, weil ich mich so lange geweigert hatte hinzugehen -, aber zweifellos haben ihm einige Nachbarn inzwischen davon erzählt, denn er spricht jetzt nicht mehr darüber. Ich weiß, daß er nach Ihnen Ausschau gehalten hat, und ich stelle mir vor, daß er sich fragt, warum der Pfarrer alle anderen außer ihn besucht hat. Es macht ihm Freude, Sir, denn er hat nicht viele Menschen, mit denen er reden kann.«

Weir führte mich durch die Werkstatt und über eine nach hinten gelegene Treppe zu einem großen Raum über der Werkstatt. An den getünchten Wänden des Zimmers waren alte Schnitzereien. An einem Ende stand ein Bett mit Chintz-Vorhängen und einer molligen Steppdecke mit reicher, aber verblaßter Stickerei. Neben dem Bett lag ein kleiner Teppich und ein weiterer vor dem Kamin. Dort saß der alte Mann in einem Stuhl mit hoher Lehne. Er brachte es fertig aufzustehen, obwohl er stark gebeugt war, und mir einige Schritte entgegenzuhumpeln. Er hielt mir eine dünne, zittrige Hand entgegen und begrüßte mich in einer freundlichen Manier, die man in seiner gesellschaftlichen Position selten findet.

»Ich bin glücklich, Sie zu sehen Sir«, sagte er. »Setzen Sie sich, Sir.«

Er wies auf seinen eigenen bequemen Sessel.

»Nein, Mr. Weir«, entgegnete ich. »Die Bibel sagt uns, daß wir uns vor den Alten erheben und nicht ihnen ihren Sitz wegnehmen sollen.«

»Es würde mich aber freuen, wenn Sie sich auf meinen Stuhl setzen, Sir. Mein Sohn Tom hier gibt sich alle Mühe, ihn so instandzuhalten, wie der alte Mann es braucht! Es ist gut, daß ich ihn zum Zimmermannshandwerk erzogen habe. Setzen Sie sich, Sir. Der Stuhl hält Sie aus, obwohl ich was wette, daß er nicht so lange hält, wenn ich einmal heimgegangen bin. Setzen Sie sich, Sir.«

Nach dieser freundlichen Aufforderung zögerte ich nicht länger, sondern nahm den Platz des alten Mannes ein. Sein Sohn brachte ihm einen anderen Stuhl, und er setzte sich dem Kamin gegenüber neben mich. Thomas ging zu seiner Arbeit zurück und ließ uns allein. »Sie haben mit meinem Sohn Tom gesprochen«, sagte der alte Mann in dem Augenblick, als er gegangen war, und beugte sich ein wenig zu mir her. »Das ist sehr nett von Ihnen, Sir, sich so freundlich mit armen Leuten wie uns zu befassen.«

»Sie können doch nicht von jemand sagen, daß er freundlich handle, wenn er das tut, was ihm am meisten Freude macht«, antwortete ich. »Außerdem ist es meine Pflicht, alle meine Leute zu kennen.«

»O ja, Sir, das weiß ich. Aber es gibt tausend Wege, das gleiche zu tun. Ich habe Leute gesehen, Pfarrer und andere, die machten eine große Schau daraus, freundlich zu den Armen zu sein, für die sie doch in ihrem Herzen nicht viel übrig hatten, das konnte man ihnen die ganze Zeit nicht ansehen, aber für sie war es eine Art von Leistung, daß sie in der Lage waren, nach ihrer eigenen Art mit den Armen zu reden. Doch in der Minute, in der ein alter Mann Sie sieht, Sir, glaubt er, daß Sie es so meinen, wie Sie sagen, was es auch ist, denn ein alter Mann erkennt manchmal Dinge wie ein Kind. Sie nennen es die zweite Kindheit, nicht wahr? Es gibt manche Dinge, die es wert sind, daß man wieder ein Kind wird, um daran teilzuhaben.«

»Ich hoffe nur, daß das stimmt, was Sie sagen - über mich, meine ich.«

»Darauf gebe ich Ihnen mein Wort, Sir. Sie haben keine Ahnung, wie dieser Sohn von mir, Tom, die ganze Geistlichkeit haßte, bis Sie kamen. Nicht daß er seine Meinung über Sie geändert hätte, aber er sagt nichts gegen Sie, Sir. Er hat eine unselige Gabe, zuerst alle Fehler zu sehen, und wenn ein Mensch eine solche Gabe besitzt, dann verdecken die Fehler immer die andere Seite, und man sieht dann nur noch die Fehler.«

»Aber ich finde, daß Thomas der Vernunft durchaus zugänglich ist.«

»Das kommt daher, weil Sie ihn verstehen, Sir, und wissen, wie man mit ihm umgehen muß. Er erzählte mir von dem Gespräch, das er mit Ihnen hatte. Sie drängen ihn nicht. Sie sagen nicht: 'Du mußt mit mir gehen', sondern Sie drehen sich um und gehen mit ihm. Er ist kein übler Kerl, mein Tom, er will nur für alles die Begründung haben. Ich habe niemals für etwas eine Begründung haben wollen. Ich war zufrieden, wenn man mir viele Dinge erzählte. Aber wissen Sie, Tom ist mit einer Wunde in seinem Inneren geboren worden. Ich weiß nicht wo - und ich glaube, er weiß selbst nicht, wo die Wunde sitzt.«

»Vielleicht sollten Sie ihm Zeit geben, denn er fühlt sich noch nicht zu Hause. Wie kann er das auch, wenn er seinen eigenen Vater nicht kennt?«

»Ich verstehe Sie nicht«, sagte der alte Mann, der bestürzt und neugierig aussah.

»Solange ein Mann nicht weiß, daß er zu Gottes Familie gehört, in Gottes Haus lebt mit Gott über sich, während er die Treppe drunten arbeitet oder spielt, kann er sich nicht behaglich fühlen. Denn ein Mensch ist nicht dazu geschaffen, daß er allein dastehen sollte wie manche von den Tieren. Ein Mensch muß ein Haupt über sich fühlen, wissen Sie, denn er selbst reicht zu seiner eigenen Zufriedenheit nicht aus. Thomas möchte einfach spüren, daß über ihm ein liebender Vater ist, der die Dinge gut und richtig macht.«

»Ach Sir, ich habe mir schon vorgestellt, daß Sie einfach Ihren Finger auf die Wunde in Toms Geist legen. Es hat keinen Sinn, das Unglück der Familie vor einem Freund wie Ihnen verborgen zu halten. Dieser Junge hat seinen Vater sein ganzes Leben lang gekannt, aber ich war fast halb so alt wie er, bevor ich meinen kennenlernte.«

»Dann waren Ihr Vater und Ihre Mutter -« sagte ich und zögerte.

»Nie verheiratet, Sir«, sagte der alte Mann prompt. »Ich konnte das nicht ändern. Und ich bin deshalb um nichts weniger ein Kind meines Vaters im Himmel. Wenn er mich nicht geschaffen hätte, dann hätte ich nicht ihr Sohn sein können, so daß er mehr mit meiner Entstehung zu tun hatte als die beiden. Ich liebe meine Mutter, und mein Vater tut mir so sehr leid, daß ich auch ihn liebe, Sir. Und wenn ich nur meinen Tom dazu bringen könnte, so zu denken wie ich, dann würde ich sterben wie ein Psalmton auf einer Orgel, Sir.«

»Aber es scheint doch seltsam«, sagte ich, »daß Ihr Sohn sich mit seinen Gedanken so sehr mit etwas längst Vergangenem beschäftigt. Er könnte sich doch gewiß keinen anderen Vater wünschen als Sie.«

»Es gab andere Dinge, um seinen Sinn auf die alte Geschichte zu lenken. Wir haben das gleiche Mißgeschick wieder bei den jungen Leuten, und mein Tom hat ein wehes Herz.«

(Ich hatte schon erfahren, daß die eigenartige, gutaussehende Frau in dem kleinen Laden Thomas Weirs Tochter, und weder verheiratet noch Witwe war. Es war die Ähnlichkeit mit ihrem kleinen Jungen, die mich so angenehm berührt hatte, als ich Thomas, seinen Großvater, zum erstenmal sah, und die Ähnlichkeit mit seinem Urgroßvater machte die andere Tatsache klar. Doch bedrängte mich die aufflackernde Vorstellung einer dritten Ähnlichkeit, die ich noch nicht identifizieren konnte.)

»Vielleicht findet sich am Ende etwas Gutes an dieser Geschichte«, meinte ich.

»Wenn wir das Böse tun, damit das Gute kommen möge, wird das Gute, nach dem wir Ausschau hielten, niemals kommen. Doch wenn das Böse einmal geschehen ist, dürfen wir bescheiden zu ihm aufblicken, der aus dem Bösen Gutes bewirken kann, und warten. Ist Ihre Enkelin Catharine gesundheitlich schlecht dran? Sie sieht so zart aus.«

»Sie hat immer ungewöhnlich ausgesehen, doch wie sie jetzt aussieht, weiß ich nicht. Ich höre keine Klagen. Doch sie hat niemals mehr diese Schwelle überschritten, seit wir ihr diesen Laden eingerichtet haben. Sie kommt nie zu ihrem Vater und ihrer Schwester, obwohl sie es zuläßt, daß sie hingehen und sie besuchen. Ich fürchte, Tom war recht unbarmherzig zu ihr. Wenn er je in ihrer Hörweite einen bösen Namen gebrauchte, dann würde sie ihm das wohl nie verzeihen. Ich glaube nicht, daß außer einem gegenseitigen Nicken, wenn sie sich im Dorf begegnen, noch etwas zwischen ihnen ist. Manche Menschen sind so hart geschaffen, daß sie nichts verzeihen können.«

»Wie ist sie denn in diese Schwierigkeiten geraten? Wer ist der Vater ihres Kindes?«

»Das weiß niemand sicher, obwohl es Vermutungen gibt, und eine davon ist ohne Zweifel richtig. Doch ich glaube, auch mit Feuer könnte man ihr seinen Namen nicht entreißen, denn ich kenne mein Mädchen.«

Ich fragte nicht weiter, doch nach einer kurzen Pause sprach der alte Mann weiter.

»Ich werde nie die Nacht vergessen, in der ich zum erstenmal von meinem Vater und meiner Mutter hörte. War das eine Nacht! Der Wind heulte um's Haus wie ein wildes Tier - nicht hier, Sir, es war das große Haus über der Straße drüben.«

»Sie meinen doch nicht Oldcastle Hall?«

»Doch, das meine ich, Sir«, erwiderte der alte Mann. »Das Haus hier gehörte derselben Familie, obwohl zu der Zeit, als ich geboren wurde, ein anderer Zweig der Familie dort wohnte, doch damals war es etwas weiter an der Straße den Berg hinab.«

»Aber bitte, fahren Sie fort«, warf ich ein, da ich befürchtete, er schweife von seiner Geschichte ab, die zu hören sich wohl lohnte. »Der Wind blies?«

»O, Sir, er brüllte - mit ungeheurer Wut. Er fegte durch den Kamin wie aus einer Kanone und trieb den Rauch und fast auch das Feuer mitten in das Zimmer der Haushälterin. Ich nannte die Haushälterin damals Auntie, denn ich hatte keine Ahnung davon, daß sie nicht wirklich meine Tante war. Und sie sagte: 'Grad so eine Nacht wie diese war es, nur daß Schnee und nicht Regen runterkam, als ob der Allmächtige seinen ganzen Wintervorrat auf einmal hätte ausschütten wollen.'

'Was ist in einer solchen Nacht geschehen?' fragte ich.

'Ach, mein Junge', sagte sie, 'du magst wohl fragen, keiner hat mehr Recht dazu. Da bist du zur Welt gekommen, das ist's. Und gewiß warst du nicht erwünscht. Es ist mein Fehler, wenn es überhaupt ein Fehler ist, daß du nun hier sitzt und nicht auf dem Grund des Bischofsbecken liegst'.

Ich fühlte mich kalt und klein, als hätte ich kein Recht, dazusein, und sagte: 'Aber wer wollte mich ertränken?'

'Das war, daran habe ich keinen Zweifel, obwohl ich's nicht beweisen kann - das war dein Vater.'

Ich spürte, wie sich mir die Haut auf dem Kopf zusammenzog, und ich brachte kein Wort heraus.

'Und nun', sagte sie, 'wird es Zeit, daß du alles darüber erfährst. Arme Miss Wallis! Ich bin nicht deine Tante, obwohl ich dich von Herzen liebe, weil ich deine Mutter liebhatte. Sie war eine Schönheit, aber sie war nicht nur schön, sondern auch gut. Das einzige Unrecht, was sie je tat, war, daß sie deinem Vater Vertrauen schenkte. Aber ich werde dir die Geschichte der Reihe nach erzählen:

Die Eltern von Miss Wallis starben früh, sie blieb allein zurück und kam zu uns als Gouvernante. Sie kam mit den Kindern nie zurecht, denn sie waren jung und eigenwillig und grob, und sie wollten nicht lernen, das zu tun, was man ihnen sagte. Sie war ein liebes Geschöpf, das war sie wirklich, aber niemand beachtete sie oder kümmerte sich um sie. Die Kinder lebten fern von ihr im alten Haus, und Mylady war keine, die sich um irgend jemand Mühe machte. Und als nun das arme Ding eine schreckliche Erkältung bekam, was kein Wunder war bei dem Zustand des Fensters in dem Zimmer, in dem sie schlafen mußte, da war es an mir, nach ihr zu schauen. Dir hätte das Herz geblutet, wenn du das arme Ding gesehen hättest, wie sie wie ein armseliges Häufchen Elend auf ihrem Bett lag, ganz blau von Kälte und Husten.

Ich pflegte sie zwei Wochen lang, bis sie wieder imstande war, etwas zu tun, obwohl sie sich nicht um die Arbeit drückte. Mir zerriß es das Herz, wenn ich mitansehen mußte, wie das arme junge Ding mit ihren süßen Augen und dem blassen Gesicht mit diesen Kindern redete, die mehr Wildkatzen als menschlichen Wesen ähnelten. Sie kam gewöhnlich abends zu mir, saß da, ohne zu sprechen und starrte ins Feuer. Ich fragte mich immer, was sie wohl denken mochte.

Und dann kam Miss Oldcastle, die in der Schule gewesen war, nach Hause, und wir hatten eine Menge Gesellschaften und Besuche, und deine Mutter gewann langsam ihre Gesundheit zurück.

Doch dann traf es mich wie ein Schlag, Samuel. Es war eine liebliche Frühlingsnacht, kurz nachdem die Sonne untergegangen war, und ich wollte einen Tropfen Milch frisch von der Kuh; so ging ich durch den Küchengarten zum Kuhstall. Und niemand anderes war da am Ende des Weges als Miss Wallis, und sie ging Arm in Arm mit Hauptmann Crowfoot, der eben aus Indien heimgekehrt war. Er war ungefähr dreiunddreißig, ein Verwandter der Familie und der einzige Sohn von Sir Giles Crowfoot. So sicher wie das Amen in der Kirche konnte hieraus nichts Gutes kommen, denn der Hauptmann hatte nicht gerade den besten

Charakter, obwohl er bei allen, die nichts von ihm wußten, sehr beliebt war. Er war ein gutgewachsener, männlicher, hübscher Bursche mit einem Lächeln, dem keine Frau widerstehen konnte, wie die Leute sagten, obgleich dieses Lächeln das falscheste von all seinen Falschheiten war. Die ganze Zeit, wenn er lächelte, hätte man glauben können, er schaue sich selbst in einem Spiegel an.

Sie kamen dicht an mir vorüber, aber sie sahen mich nicht. Ihr Gesicht war gesenkt, flammend und gleichzeitig von einem Lächeln überzogen.

Erst Tage danach habe ich sie wiedergesehen. Sie kam in mein Zimmer, und ohne Umschweife sagte ich zu ihr: ›O meine Liebe, was hat dieser Schuft von Hauptmann Crowfoot zu dir gesagt?‹

›Was hast du gegen Hauptmann Crowfoot zu sagen?‹ sagt sie ganz scharf und zornig.

›Es heißt, der Hauptmann habe in Indien einen Haufen Geld zusammengerafft, und ich glaube nicht, daß er bei meiner Lady so beliebt wäre, wenn er das nicht hätte. Es gab auch Berichte, auf welche Weise er das Geld gemacht hat - manche sagen, er habe die armen heidnischen Kreaturen ausgeraubt, und andere sagen, er habe mit Pferden und anderen Dingen spekuliert. Und das hat mir einer seiner eigenen Diener gesagt, der sich dabei nicht Böses und Schimpfliches gedacht hat. Der Hauptmann hatte einen Streit mit einem jungen Fähnrich im Regiment, und der Hauptmann hat ihn zuerst erbarmungslos verprügelt und dann zum Duell gefordert. Und der arme Kerl konnte kaum aus den Augen sehen und ganz gewiß kein Ziel anpeilen. Und er schoß ihn tot, der Hauptmann Crowfoot.‹

So sprudelte ich in einem Atemzug alles heraus, was ich gegen ihn wußte. Sie wurde schrecklich blaß, zitterte von Kopf bis Fuß und sagte: ›Ich glaube kein einziges Wort. Aber ich werde ihn fragen, wenn ich ihn das nächste Mal sehe.‹ Ich wußte, daß er nicht viel Federlesens machen würde, das zu vertuschen, und hoffte, daß es darüber zu einem Streit kommen würde zwischen den beiden. Als ich sie das nächste Mal traf, ging sie nur mit einem Kopfnicken an mir vorbei, und statt zu lächeln, wurde sie rot. Ich wußte, daß der Schuft sie am Bändel hatte. Ich konnte nur noch weinen, und das tat ich.

Der Hauptmann kam und das ging Monate hindurch, jedesmal blieb er eine Woche. Im Herbst kam er wieder zur Jagd, und er begann Miss Oldcastle den Hof zu machen, die zu einer hübschen jungen Frau herangewachsen war. Und Miss Wallis fing an, dahinzuwelken, und schon bald war ich sicher, daß sie die Schwindsucht hatte. Doch niemals sprach sie ein Wort über sich oder den Hauptmann.

Dann kam die Nachricht, daß der Hauptmann und Miss Oldcastle im Frühjahr heiraten würden. Miss Wallis legte sich zu Bett, und Mylady wollte sie wegschicken, doch Miss Oldcastle setzte sich für sie ein, denn sie hatte niemand, wo sie hätte hingehen können. Ich sagte, ich würde sie versorgen und mich um sie kümmern, und die Herrin gab ihr Versprechen, und das arme Ding wurde in Ruhe gelassen. Kein Wort wollte sie sprechen, nicht einmal mit mir, obwohl ich doch in jedem Augenblick bei ihr war, den ich mich freimachen konnte. Eines Tages warf sie mir die Arme um den Hals und brach in Tränen aus, und sie weinte ganz schrecklich. Ich legte meine Arme um sie und hob sie hoch, und da verstand ich ihre Not und sagte: ›Jetzt weiß ich Bescheid, meine Liebe. Ich werde alles für dich tun, was ich kann.‹ Es tat ihr gut, daß sie sich in ihr Bett legen konnte, und ich dachte, daß sie vielleicht sterben werde, ehe es notwendig wurde, ihren Zustand weiter zu verbergen. Aber es heißt, daß Menschen in diesem Zustand selten sterben, ehe alles vorüber ist - und sie lebte weiter, obwohl sie schwächer wurde.

Der Hochzeitstag wurde auf den nächsten Besuch des Hauptmanns festgelegt. Danach trat ein Umstand ein, der mich mit Unbehagen erfüllte. Ein ausländischer Diener hatte ständig den Hauptmann bedient. Ich konnte den schlangengleichen Blick des Kerls oder die lautlose Art, mit der er im Haus herumging, nie ertragen. Doch diesmal brachte der Hauptmann auch eine fremde Dienerin mit. Der Hauptmann ging fort und ließ die Dienerin zurück, denn in drei Wochen sollte die Hochzeit stattfinden. Inzwischen verschlimmerte sich der Zustand der armen Emily - Miss Wallis - rasch. Wegen der bevorstehenden Hochzeit konnte ich mich weniger als vorher um sie kümmern, und als Miss Oldcastle die fremde Dienerin fragen ließ, ob sie bei dem armen Mädchen sitzen könnte, da wußte ich nicht, wie ich widersprechen könnte, obwohl ich ihr nicht über den Weg traute. Ich sehnte mich danach, daß die Hochzeit vorbei wäre, damit ich die Dienerin los würde und ihren Platz einnehmen und alles vorbereiten könnte. Der Hauptmann traf ein und mit ihm sein Diener. Zweimal stieß ich auf die beiden Diener, als sie sich angelegentlich unterhielten.

Nun, der Hochzeitstag kam. Die Leute gingen zur Kirche, und

inzwischen brach ein schrecklicher Schneesturm los, so daß die Pferde kaum ihren Weg fanden. Der Hauptmann wollte seine junge Frau mit nach Hause nehmen, doch der Sturm wurde so heftig, daß niemand das Haus verlassen konnte. Der Sturm tobte mit ungeahnter Wut, so wie heut' Nacht, nur führte der damals Schnee mit sich und nicht Regen.

Nachdem das Essen beendet war und die Damen sich in das Wohnzimmer zurückgezogen und die Herren eine Zeitlang beim Wein gesessen hatten, kam der Butler, William Weir, ganz verstört in mein Zimmer. ›He, William!‹ sag' ich, ›was ist mit Ihnen los?‹

›Nun‹ sagte er, ›das ist schon eine seltsame Hochzeit! Da sitzen die Damen allein im Wohnzimmer, und die Herren verlangen nach mehr Wein und fluchen, daß es einen grausen könnte. Es wird nicht mehr lang dauern, dann gehen sie aufeinander los. Und ich mag gar nicht allein die Treppe hinuntergehen in einer solchen Nacht, Madam. Würde es Ihnen etwas ausmachen, mitzukommen?‹

›Du liebe Zeit, William‹ , sag ich, ›eine schöne Geschichte haben Sie da Ihrer Frau zu erzählen - sie war meine eigene Halbschwester und jünger als ich - daß Sie ein altes Gestell wie mich bitten, Sie in Ihren eigenen Keller zu begleiten.‹ So gingen wir zusammen hinunter und brachten sechs Flaschen vom besten Portwein hoch. Und als ich da drunten war und hörte, wie der Wind dumpf gegen den Felsen unten heulte, da wunderte es mich nicht mehr, daß William nicht hatte allein gehen wollen. Als er mit dem Wein zurückkam, sagte der Hauptmann: ›William, was hat Sie so lange aufgehalten? Mr. Centlivre sagt, Sie hätten sich gefürchtet, allein in den Keller zu gehen.‹

Bevor William noch antworten konnte, sagte Sir Giles: ›In einer solchen Nacht kann ein Mann sehr wohl Angst haben, irgendwo allein hinzugehen.‹ Daraufhin schwor der Hauptmann, daß er um den Einsatz von einer Guinea allein die Kellertreppe hinunter und in jedes Gewölbe da drunten gehen werde. Ein paar Minuten später waren sie alle an meiner Zimmertüre und verlangten den Schlüssel zu dem Raum oben an der Treppe. Ich war eben dabei, nach der armen Emily zu schauen, und gab dem Hauptmann den Schlüssel, wobei ich ihm in meinem Herzen wünschte, es möge ihm ein anständiger Schreck in die Glieder fahren. Er nahm einen Krug mit, um Wasser aus dem Brunnen heraufzubringen als Beweis, daß er dort gewesen sei. Die andern gingen mit ihm bis zu dem kleinen Kellerraum, doch sie wollten nicht dort bleiben; sie sagten, es sei so kalt. Sie kamen alle in mein Zimmer und redeten in einer Weise, wie es Gentlemen nur tun, wenn der Wein sie benebelt hat.

Es dauerte einige Zeit, bis der Hauptmann wieder zurückkehrte. Er sah aus, als habe er den Schreck bekommen, den ich ihm gewünscht hatte. Die Kerze in seiner Lampe war ausgegangen, und im Krug war kein Wasser. ›Da haben Sie Ihre Guinea, Centlivre,‹ sagte er und warf die Münze auf den Tisch. ›Fragen Sie mich nichts, denn ich werde nicht antworten‹ .

›Herr Hauptmann‹ , sag' ich, als sie das Zimmer verlassen wollten, ›ich werde den Schlüssel wieder aufhängen.‹

Er fing an, in allen seinen Taschen zu suchen. ›Ich habe ihn wohl irgendwo fallen lassen‹ , sagte er, ›aber das macht nichts. Sie können William in der Frühe danach schicken. Er wird nicht verlorengehen!‹

Die ganze Zeit hindurch konnte ich nicht nach Emily sehen. Sooft ich aus meinem Fenster blickte, konnte ich den alten Westturm dort drüben sehen, wo sie lag. Ich hatte dieser Dienerin gesagt, wenn irgend etwas passiere oder es ihr schlechter gehe, solle sie die Kerze ins Fenster stellen, dann würde ich sofort kommen. Doch der Vorhang war herabgezogen, und so dachte ich, es sei alles in Ordnung. Und mit dem Sturm, der Sir Giles und noch andere von der Heimfahrt abhielt, war kein Ende der Arbeit und des Organisierens abzusehen, denn wir waren nicht allzu gut mit Decken und Bettwäsche im Haus versehen. Es hat immer mehr Platz als Geld gegeben.

So war es zwölf Uhr durch, bis alle im Bett lagen - Braut und Bräutigam natürlich im roten Zimmer. Endlich kroch ich in Emilys Zimmer. Es brannte kein Licht, und meine eigene Kerze war ausgegangen. Ich sprach, doch niemand antwortete. Da hörte ich einen solchen Schrei aus dem roten Zimmer, daß es mir eiskalt über den Rücken lief. Türen wurden aufgerissen, und Lichter erschienen, und alle sahen verschreckt aus. Die Tür des roten Zimmers ging ebenfalls auf, und der Hauptmann streckte den Kopf heraus und blökte, was los sei, obwohl ich sicher bin, daß der Schrei aus jenem Zimmer kam und er mehr darüber wußte als jeder andere. Ich holte ein Licht und lief zurück, und da lag Emily weiß und reglos im Bett. Ein Kind war geboren worden, doch nirgendwo war ein Baby zu sehen. Deine Mutter war noch warm, doch sie war mausetot.

Dann wurde mir alles klar. Ohne abzuwarten, ob ich mich fürchtete, rannte ich die Kellertreppe hinunter und fand die Türe offenstehen. Ich war noch nicht weiter als drei Biegungen gekommen, da hörte ich einen Schrei, und auf halbem Weg unten lag ein Bündel in einer Decke. Wie du je den Zustand überwunden hast, in dem ich dich gefunden habe, Samuel, ist mir schleierhaft. Aber ich nahm dich hoch, lief in mein Zimmer zurück und sperrte die Türe zu und tat für dich, was ich konnte. Du hast noch geatmet, obwohl es leicht hätte sein können, daß du schon hinüber warst. Dann legte ich dich vor das Feuer, und inzwischen hast du schon angefangen, ein bißchen zu schreien. Ich wickelte dich in eine Decke und machte mich mit dir auf den Weg zu Mrs. Weir. William öffnete mir die Türe und sah das Bündel in meinen Armen. ›Mrs. Prendergast‹, sagte er, ›das hätte ich nicht von Ihnen erwartet‹.

›Halten Sie den Mund‹, sagte ich, ›Sie hätten nie einen solchen Unsinn geredet, wenn Sie die Gnade gehabt hätten, eigene Kinder zu haben‹. Ich ging ins Schlafzimmer und schloß die Türe und ließ ihn draußen in seinem Hemd. Meine Schwester und ich kümmerten uns um alles, und noch ehe der Morgen anbrach, hatte ich alles in Ordnung gebracht. Deine arme Mutter lag da, und sie sah als Tote so lieblich aus wie ein Engel, und niemand konnte ein Wort gegen sie sagen. Sie wurde drunten im Kirchhof beerdigt, dicht bei der Sakristeitüre, sagte meine Tante, Sir, und alle aus unserer Familie wurden seither dort begraben, unter ihnen auch die Frau von meinem Sohn Tom, Sir.«

»Aber was war mit dem Schrei im Haus?« fragte ich, »und was wurde aus der Dienerin?«

»Die Frau wurde nie wieder gesehen, und was es mit dem Schrei auf sich hatte, wollte meine Tante niemals sagen. Sie schien es zu wissen, obwohl der Hauptmann und Mrs. Crowfoot jede Kenntnis davon leugneten. Doch die Lady sah schrecklich aus und erholte sich nie wieder, und sie starb bei der Geburt ihres ersten Kindes. Das war der Vater der jetzigen Mrs. Oldcastle, Sir.«

»Aber warum hätte die Frau Sie auf der Treppe zurücklassen sollen, anstatt Sie in den Brunnen am Grund zu werfen?«

»Irgendein Geheimnis ist über dem ganzen. Alles, was meine Tante sagen wollte, war: 'Der Schlüssel wurde nie gefunden, Samuel. Ich mußte einen neuen machen lassen!‘ So wurde ich als Neffe aufgezogen, obgleich die Leute überrascht waren, daß William Weirs Frau ein Kind haben sollte, und niemand wußte, daß sie eins erwartete.

Nun, bei all dem Gerede über das Geld des Hauptmanns wurde doch an diesem alten Platz nichts davon gefunden, der zu zerfallen begann. Wäre er nicht von Anfang an so gut gebaut gewesen, dann würde heute nichts mehr davon stehen. Heute ist es ganz anders als damals. Nach hinten war alles ein Garten mit Terrassen und Obstbäumen und endlosen Blumenbeeten. Ich erinnere mich daran, als sei es gestern gewesen - nein, noch besser, denn an gestern erinnere ich mich überhaupt nicht.«

Seine Geschichte interessierte mich in höchstem Maße, und sie hielt nur noch mehr das Gefühl der Distanz zwischen meinem Erlebnis in Oldcastle Hall und der Arbeit aufrecht, die ich unter meinen anderen Leuten zu tun hatte.

Ich bedankte mich bei dem alten Mann. Auf dem Heimweg gingen mir viele Dinge durch den Kopf. Ich schloß mich in mein Studierzimmer ein und versuchte vergebens, eine Predigt von Jeremy Taylor zu lesen. Ich schlief darüber ein und wachte erfrischt auf.

Achtes Kapitel

Meine Predigt

In dem Gefühl des Leidens und der Enttäuschung, die ich schon angedeutet habe, suchte ich Trost im Neuen Testament. Zu meiner Überraschung entdeckte ich, daß ich es mit den Briefen und ihrer Theologie schwer hatte. Es war Jesus Christus und keine theologische Lehre, von dem die Herzen jener Männer erfüllt waren, welche die Episteln schrieben - Jesus Christus, den ich nicht in den Episteln, sondern in den Evangelien fand. Bis wir das Evangelium, die Frohe Botschaft von Jesus Christus, - bis wir ihn verstanden haben, von seinem Geist erfüllt sind - bleiben die ganzen Briefe für uns ein Buch mit sieben Siegeln. Die Evangelien ergriffen mich damals wie nie zuvor. Ich fand heraus, daß ich nur ein oberflächliches Wissen davon hatte, das zur Ignoranz neigte, weil es die Illusion nährte, ich wisse darüber Bescheid. Jesum Christum kennen? O Herr, ich würde durch Feuer und Wasser gehen, um an deinem Tisch in deinem Reich zu sitzen, aber dürfte ich wagen zu behaupten, daß ich dich kenne?

Beim Lesen merkte ich, wie gerade seine Gegenwart in meinen Gedanken die aufgewühlten Wasser meines Geistes besänftigten, so daß ich, noch während der Sturm tobte, auf ihnen zu ihm hingehen konnte. Und als diese Wasser klar wurden, da erfreute ich mich besonders ihrer Klarheit, weil sie seine Gestalt erkennen ließen.

Als ich so von neuem in der Lage war, meinen Mitmenschen zu helfen, was sollte ich ihnen geben als den Erlöser selbst? Ich ergriff die Geschichte beim Anfang und erzählte ihnen von dem Kind. Ich folgte dem Lebensweg weiter und versuchte ihnen zu zeigen, was er fühlte, was seine Reden sagen wollten, soweit ich sie selbst verstand. Da, wo ich sie nicht verstand, sagte ich das meiner Gemeinde und sprach die Hoffnung aus, daß nach und nach mehr Licht in meine Erkenntnisse kommen werde; denn ich wußte, nur wenn ich meine Pflicht tat, würde das Licht in mein Herz einfallen. Und ich sagte ihnen, wenn sie versuchten, ihre Pflicht zu tun, würden sie mehr Erkenntnis erlangen als von jeder Erklärung, die ich ihnen bieten konnte.

So schritt ich von Sonntag zu Sonntag weiter. Die Zahl der Leute, die während des Gottesdienstes einschliefen, wurde immer weniger, bis nur noch Mr. Brownrigg und eine alte Waschfrau übrigblieben. Sie mußte die ganze Woche über soviel stehen, daß das Hinsitzen für sie war, als ginge sie zu Bett, und das konnte sie nie, ohne einzuschlafen. Deshalb besuchte ich sie jeden Montagvormittag und unterhielt mich für fünf Minuten mit ihr, wenn sie an ihrem Waschtrog stand. Ich hoffte, wenn ich erst einmal ihr Interesse geweckt hätte, wäre sie vielleicht in der Lage, am Anfang der Predigt wach zu bleiben. Das gelang mir jedoch nie. Die einzige Tatsache, die mir zeigte, daß ich irgendeinen Eindruck hinterlassen hatte außer der Freude, die sie stets bei meinem Erscheinen an den Tag legte, war der Umstand, daß meine Wäsche, die zuerst äußerst schlecht gewaschen worden war, nach einer Weile eine deutliche Verbesserung erfuhr und allmählich einen Grad der Sauberkeit erreichte, daß selbst Mrs. Pearson nichts mehr an der Arbeit der schläfrigen Waschfrau auszusetzen fand.

Bei Mr. Brownrigg war ich nicht sicher, daß der Sinn irgendeines Satzes je in sein Hirn eindrang - ich wage nicht zu sagen in seinen Geist oder sein Herz.

Es dauerte nicht lange, da war ich auch ganz sicher, das bleiche Gesicht von Thomas Weir auf dem Aufsatz des alten Grabsteins hingeduckt zu sehen wie von einem Mann, der wegen Verrat enthauptet wurde. Ich fuhr fort, ihn zu besuchen. Der Mann war nicht mehr Atheist als David zu der Zeit, als er das Böse sich ausbreiten sah wie einen grünen Lorbeerbaum und Kummer empfand bei diesem Anblick. Er wollte nichts weiter, als einen Gott finden, dem er vertrauen konnte. Wenn es mir überhaupt gelang, in ihm die Hoffnung zu wecken, daß es einen solchen Gott gäbe, dann ist das für mich eins der kostbarsten Siegel meines Amtes.

Weihnachten rückte nahe, und es gab einen Menschen, den ich noch nie in der Kirche gesehen hatte - Catharine Weir. Ich hatte meine Haushälterin angewiesen, alles bei ihr zu kaufen, was dort zu bekommen war, anstatt in den größeren Laden in Marshmallows zu gehen. Mrs. Pearson hatte mächtig gebrummt und eingewendet, wie die Dinge aus einem so mickrigen Laden gut sein könnten? Aber ich sagte ihr, es kümmere mich nicht, ob die Sachen nicht ganz so gut wären. Für Catharine wäre es wichtiger, diese Gepflogenheit einzuhalten, als für mich, ob der Zucker in meinem Morgentee ein oder zwei Schattierungen heller war.

So bewahrte ich eine Verbindung zu ihr, obwohl ich erkannte, daß jeder Versuch eines Gespräches mit ihr für sie so unangenehm war, daß jeder Versuch, eine Änderung ihrer Gefühle herbeizuführen, nur Schaden bringen konnte. Welche Gefühle dies waren, konnte ich erst nicht sagen. Ich kam zu dem Schluß, daß ihr bitter Unrecht angetan worden war, und daß dieses Unrecht bei einer Natur, die der ihres Vaters ähnlich war, ihren ganzen Sinn erfaßt hatte und ihn überlagerte. Sie würde die Vorstellung haben, die Welt selbst habe ihr Unrecht zugefügt, und über Religion zu sprechen würde nur ihren Zorn wecken und ihr das Gefühl geben, daß Gott selbst, wenn es einen Gott gab, ihr Unrecht getan hatte. Offenbar hatte sie die eigentümliche Eigenschaft, wenn sie erst einmal von einer bestimmten Gedankenrichtung befallen war, daß sie dann nicht mehr davon loskam und alles im Schatten dieser Gedanken sah. Ich zweifelte nicht, daß sie in den Augen der Gesellschaft in Schande geraten war und daß sie dies abhielt, in der Öffentlichkeit zu erscheinen, wo es nicht nötig war, vor allem in der Kirche.

Ich konnte nichts tun, als auf eine passende Gelegenheit zu warten. Ich sah noch keinen Weg, sie zu erreichen, denn ich hatte festgestellt, daß Freundlichkeit ihrem Buben gegenüber von ihr als Beleidigung angesehen wurde. Ich hätte mich wirklich sehr gewundert, wodurch er so ein liebenswerter kleiner Kerl geworden war, hätte ich nicht gewußt, daß er viel bei seiner Tante und seinem Großvater war.

Ich sollte auch berichten, daß ich bei drei Gelegenheiten vor Weihnachten Judy mit einem ernsten Ausdruck sah. In der Kirche zeigte sie immer Wohlverhalten, war jedoch ruhelos. Doch bei diesen Gelegenheiten war sie nicht nur aufmerksam, sondern ernst.

Auf der anderen Seite aber sah ich nie, daß sich Gesicht oder Ausdruck von Mrs. Oldcastle in der Kirche verändert hätten.

Neuntes Kapitel

Der Organist

Ich sollte noch auf den Nachmittag des zweiten Sonntags in Marshmallows zurückkommen, als ich auf dem Friedhof stand und im Licht der untergehenden Sonne einen langen Schatten warf. Ich las die Inschrift auf einem alten Grabstein, als ich hörte, wie sich eine Türe öffnete und wieder schloß, ehe ich mich umdrehen konnte. Ich sah sofort, daß es eine kleine Türe im Turm sein mußte, die von meinem Standort aus durch eine tiefe Brüstung fast verdeckt war. Ich hatte die Türe nie offen gesehen und auch nie danach gefragt, sondern angenommen, daß sie einfach in den Turm führte.

Einen Augenblick später ging sie wieder auf, und ein Mann kam heraus, an dem man nicht vorbeigehen konnte, ohne sich nach ihm umzusehen. Er war groß und kräftig gebaut, mit der Haltung eines Offiziers, hatte ein großes Gesicht mit regelmäßigen Zügen und große, klare graue Augen. Sein Bart, der bis halb auf die Brust reichte, wäre schneeweiß gewesen, hatte jedoch einen leichten Stich ins gelbliche. Seine Augenbrauen waren tiefdunkel, nur leicht angehaucht vom Frost des Winters. Auch sein Haar war noch wunderbar dunkel, wie ich sehen konnte, als er den Hut abnahm. Seine Kleidung war ganz schwarz, sehr ordentlich und sauber, aber altmodisch. Sie wies Zeichen eines langen Gebrauchs und sorgfältiger Pflege auf. Mir zuckte der Gedanke durch den Kopf, daß dies der Organist sein müsse, der so bemerkenswert spielte. Ich hätte gern mit ihm gesprochen, doch etwas in der Art, wie er sich zu mir verbeugte, hinderte mich daran, und ich ließ ihn gehen.

Unmittelbar danach kam der Kirchendiener, und ich fragte ihn, wer der Herr sei.

»Das ist Mr. Stoddart, Sir«, antwortete er. »Er hat in den letzten zehn Jahren bei uns die Orgel gespielt, seit er in Oldcastle Hall lebt.«

Da dämmerte es mir, daß ich Judy hatte ihren Onkel Stoddart erwähnen hören. Doch wie konnte er ihr Onkel sein? »Ist er mit der Familie verwandt?« fragte ich.

»Ich glaube, er ist ein Schwager der alten Dame, Sir - er war beim Militär in Indien oder so irgendwo.«

Zwar hatte ich die Absicht gehabt, als ich meinen Besuch in Oldcastle Hall abstattete, mich nach Mr. Stoddart zu erkundigen und sogar an ihn gedacht, als ich bei Mrs. Oldcastle saß. Doch als ich dann mit Judy gegangen war, hatte ich es völlig vergessen, und so verließ ich das Haus, ohne nach ihm zu fragen.

Ich beschloß daher, ihn in der folgenden Woche zu besuchen, und das tat ich dann auch. Als ich in Oldcastle Hall läutete und nach Mr.Stoddart fragte, starrte mich der Butler an und antwortete mit einem gewissen Zögern: »Mr. Stoddart wird niemals von jemand besucht, Sir.« »Ich beklage mich nicht über Mr. Stoddart«, erwiderte ich, um dem Mann sein Unbehagen zu nehmen.

»Aber niemand besucht Mr. Stoddart«, entgegnete er.

»Das ist gewiß recht unfreundlich von jemand«, sagte ich.

»Aber er will nicht, daß ihn jemand besucht, Sir.«

»Oh, das ist etwas anderes. Das wußte ich nicht. Da ich jedoch gekommen bin, ohne von seiner Abneigung zu wissen, würden Sie ihm vielleicht meine Karte bringen und ihm sagen, daß ich ihm persönlich für seine ausgezeichnete Improvisation auf der Orgel am vergangenen Sonntag danken möchte.«

»Ich werde es versuchen, Sir«, antwortete er. »Aber wollen Sie nicht mit nach oben kommen, Sir, während ich Mr. Stoddart die Karte bringe?«

»Nein danke«, wehrte ich ab. »Ich wollte nur Mr. Stoddart besuchen und werde hier in der Halle warten.«

Der Mann zog sich zurück, und ich setzte mich auf eine Bank und amüsierte mich damit, die Porträts um mich herum anzuschauen. Eines gefiel mir besonders. Es war das Bild einer jungen Frau, lieblich anzuschauen, doch mit einem Ausdruck, der zugleich traurig und verängstigt war. Es hatte eine bemerkenswerte Ähnlichkeit mit Miss Oldcastle. (Ich erfuhr später, daß es sich um das Proträt von Mrs. Oldcastles Großmutter handelte, eben der in Weirs Geschichte erwähnten Mrs. Crowfoot. Es war sechs Monate nach ihrer Verheiratung und ungefähr ebensolange vor ihrem Tod gemalt worden.)

Der Butler kam zurück mit der Aufforderung, ihm zu folgen. Er führte mich die große Treppe hinauf durch einen Gang, über eine schmale Treppe empor zu einem Absatz und dann eine gerade, steile enge Treppe hinauf. Oben fand ich mich in einer kleinen, runden Halle, die mit Steinblöcken ausgekleidet und von einem konischen Oberlicht erleuchtet war. Eine Türe war nicht zu bemerken. Mein Führer drückte gegen die Wand. Bestimmte Blöcke gaben nach, andere schoben sich vor. Eine Tür drehte sich auf zentralen Zapfen und öffnete uns den Zugang in einen Raum, der vom Boden bis zur Decke mit Büchern angefüllt war. Vom Mittelpunkt der Decke gingen zahlreiche starke Balken aus, von denen die Bücherregale gestützt wurden. Auf jeder Seite, unter der ich durchging, konnte ich die vergoldeten Bücherrücken nebeneinanderstehen sehen.

»Wie gelangt Mr. Stoddart zu diesen Büchern?« fragte ich meinen Führer.

»Ich weiß nicht genau, Sir«, flüsterte der Butler. »Ich glaube aber, er benutzt keine Leiter.«

Niemand war im Raum, und ich sah keinen Eingang außer dem, durch den wir hereingekommen waren. Im nächsten Augenblick drehte sich jedoch eine ganze Gruppe von Regalen vor mir, und Mr. Stoddart stand da und streckte mir die Hand entgegen.

»Sie haben mich also endlich gefunden, Mr. Walton, und ich freue mich, Sie zu sehen«, sagte er.

Er führte mich in einen inneren Raum, viel größer als der, durch den ich gekommen war.

»Ich freue mich«, erwiderte ich, »daß ich nichts von Ihrer Abneigung gegen das Eindringen von Fremden wußte. Wäre mir etwas davon bekannt gewesen, dann wäre ich für Sie noch viel länger ein Fremder geblieben.«

»Sie sind kein Fremder für mich. Ich habe Sie Gebete sprechen und ich habe Sie predigen hören.«

»Und ich habe Sie spielen hören. So sind Sie für mich auch kein Fremder.«

»Ich muß zu diesem Bericht über meine ungesellige Einstellung gestehen, daß ich sie ermuntere, aber trotzdem bin ich froh, Sie zu sehen. Ich war so angeödet von Besuchen, nachdem ich hierherkam - Besuchen, die für mich äußerst uninteressant waren -, daß ich nur zu froh war, als die ungewöhnliche Art mancher Betätigungen Anlaß zu dem Gerücht gab, ich sei nicht ganz bei Sinnen. Je mehr die Leute behaupteten, ich sei verrückt, desto besser gefiel mir das, solange sie mit meiner eigenen Art, mich einzuschließen, zufrieden sind und nicht versuchen, hinsichtlich meiner persönlichen Freiheit eigene Phantasien in die Tat umzusetzen.«

Auch dieser Raum war, wie der äußere, vom Boden bis zur Decke mit Büchern angefüllt.

»Welch eine Menge Bücher Sie haben!« bemerkte ich.

»Nicht so übermäßig viele«, antwortete er. »Doch es sind beinahe persönliche Bekannte, denn mehrere Hundert oder so habe ich selbst gebunden. Ich glaube nicht, daß sie die Arbeit von der eines Handwerkers unterscheiden könnten. Ich werde Ihnen eine Guinea für die Armenbüchse geben, wenn Sie hintereinander drei von meinen Einbänden herausfinden.«

Ich nahm die Herausforderung an. Ich konnte selbst kein Buch einbinden, doch ich glaube ein scharfes Auge für die äußere Aufmachung eines Buches zu haben. Nachdem ich die Rücken einer ganzen Reihe von Büchern betrachtet hatte, zog ich eins heraus, prüfte es noch weiter und reichte es ihm hin.

»Sie haben recht. Versuchen Sie es nochmal.«

Wieder hatte ich Erfolg, wenn auch von Zweifeln geplagt.

»Und nun das letzte«, sagte er.

Zum drittenmal hatte ich es getroffen.

»Hier ist Ihre Guinea«, sagte er, ein wenig niedergeschlagen.

»Nein«, entgegnete ich, »ich fühle mich nicht berechtigt, das Geld zu nehmen, denn um die Wahrheit zu sagen, beim letzten habe ich nur geraten.«

Mr. Stoddart sah erleichtert aus. »Sie sind weit ehrlicher als die meisten in Ihrem Beruf«, sagte er. »Doch ich freue mich weit mehr, Ihnen die Guinea anzubieten wegen des geringsten Zweifel, daß Sie sie gewonnen haben.«

»Ich habe keinen Anspruch drauf.«

»Was, können Sie nicht einen kleinen Skrupel überwinden um der Armen willen? Ich glaube wirklich, Sie können's nicht. Machen Sie mir eine Freude und nehmen Sie diese Guinea für Ihre Armen. Aber - ich bin doch froh, daß Sie bei diesem letzten Buch nicht sicher waren.«

Ich nahm die Münze und steckte sie in die Tasche.

»Aber«, fuhr er fort, »Sie werden's nicht schaffen, Mr. Walton. Sie sind nicht geeignet für Ihren Beruf. Sie sagen nicht einmal um Gottes willen eine Lüge. Sie würden nicht die geringsten Winkelzüge machen, um zwischen Jupiter und seiner müden Gemeinde im Lot zu bleiben. Sie würden kein bißchen mogeln um der Armen willen! Sie würden nicht einmal in einem Basar ein bißchen betrügen!«

»Ich möchte mich meiner Grundsätze nicht rühmen«, antwortete ich. »Aber ganz gewiß würde ich nicht eine Einbildung fördern, um die Welt vor der Hölle zu bewahren. Die Hölle, von der ein Mensch mit einer Lüge ferngehalten wird, ist zweifellos der beste Platz, zu dem er gehen kann. Es ist die Wahrheit, jawohl die Wahrheit, welche die Welt rettet.«

»Sie haben recht, bei Gott. Sie sind sich Ihrer Sache sicherer als ich.«

»Lassen Sie uns erst einmal da einer Meinung sein, wo wir es können; dann sind wir in der Lage, ohne Streit unterschiedlicher Meinung zu sein, wo es sein muß.«

»Gut«, sagte er. »Möchten Sie gern meine Werkstatt sehen?«

»Sehr gern«, antwortete ich.

Er drückte gegen eine Bücherwand. Sie gab nach, und wir betraten einen schmalen Raum. Im nächsten Moment spürte ich, wie sie sich hob, und in einem weiteren Augenblick befanden wir uns auf dem Boden eines höhergelegenen Zimmers.

»Was für eine nette Art, die Treppe hinaufzugelangen!« bemerkte ich.

»Es gibt keinen anderen Weg zu diesem Raum«, erwiderte Mr. Stoddart. »Ich habe ihn selbst gebaut, und für Treppen war kein Platz. Dies ist meine Werkstatt. Hier lese ich, was ich lesen will, schreibe, was ich schreiben will, binde meine Bücher, erfinde Maschinen und amüsiere mich ganz allgemein. Setzen Sie sich.«

Ich kam seiner Aufforderung nach und blickte mich um. In gesonderten Bücherschränken waren zahlreiche Bücher untergebracht, und dazwischen standen mehrere Bänke an der Wand - ei-Werkbank zum Bücher binden, die andere eine Werkbank für Schreinerei. Auf der dritten Bank befand sich eine Drehbank und auf einer vierten war ein eiserner Schraubstock befestigt. Mehrere Tische mit chemischen Apparaten wie Kolben, Retorten, Sandbäder und ähnlichem standen da, und in einer Ecke war ein Ofen zu sehen.

»Welche Ansammlung von Wegen und Mitteln Sie hier um sich haben«, sagte ich, »und alles offenbar zu verschiedenen Zwecken.«

»Alles zum gleichen Zweck, wenn mein Ziel verstanden wird. Ich habe Theorien über die Erziehung. Ich glaube, daß ein Mensch sich selbst zur Harmonie erziehen muß. Deshalb muß er jedes mögliche Fenster aufstoßen, durch das die Einflüsse des Alls auf ihn eindringen können. Ich glaube nicht, daß ein Mensch vollkommen ist ohne eine perfekte Entwicklung seiner mechanischen Fähigkeiten beispielsweise.«

»Ich habe gegen Ihre Theorie nichts einzuwenden, vorausgesetzt, Sie verkünden sie nicht als perfekten Plan für das menschliche Leben. Sollte das doch der Fall sein, dann müßte ich Ihnen einige Fragen darüber stellen, um Sie nicht mißzuverstehen.«

Er lächelte auf eine Art, die ich als selbstzufrieden empfand. Nichts Kränkendes lag darin, doch blieb mir nichts darauf zu antworten. Verwirrung unterblieb jedoch, denn eine raschelnde Bewegung im Raum lenkte meine Aufmerksamkeit auf sich, und zu meiner Überraschung und Verwirrung bemerkte ich Miss Oldcastle. Sie saß in einer Ecke und las in einem Quartband, der auf ihren Knien lag.

»O, wußten Sie nicht, daß meine Nichte hier ist? Ich vergaß sie ganz, als ich Sie hier heraufbrachte, sonst hätte ich Sie vorgestellt.«

»Das ist nicht nötig, Onkel«, sagte Miss Oldcastle und schloß ihr Buch.

Sofort war ich bei ihr. Sie schob den Band von den Knien und nahm meine ausgestreckte Hand.

»Mögen Sie gern alte Bücher?« fragte ich.

»Einige Bücher schon«, antwortete sie.

»Darf ich fragen, was Sie gelesen haben?»

»Ich werde Ihnen antworten - unter Protest«, sagte sie lächelnd.

»Es ist ein Band von Jakob Böhme.«

»Ich kaufte seine Werke, als ich das letzte Mal durch London kam, und stellte fest, daß bei meinem Exemplar eine der Bildtafeln fehlte.«

»Welche Tafel ist es? Ich habe mir sagen lassen, daß es nicht leicht ist, eine vollkommene Kopie anzufertigen. Bei einem der Sätze meines Onkels sind keine zwei Bände gleich eingebunden. Da muß jeder zu einem anderen Satz gehört haben.«

»Ich kann nicht sagen, welche Tafel es ist. Doch in meinem dritten Band sind nur drei von jenen seltsamen Falttafeln, und es sollten vier sein.«

»Ich selbst möchte immer haben, daß die Dinge vollständig sind«, erwiderte sie.

»Sicherlich«, entgegnete ich und versuchte, das Gespräch in eine andere Richtung zu lenken. »Wie geht es, Mrs. Oldcastle?«

fragte ich und empfand dabei innerlich den Vorwurf der Scheinheiligkeit.

»Ganz gut, danke«, antwortete sie in einem Ton, in dem Gleichgültigkeit mitschwang. Er ließ erkennen, daß sie mich entweder durchschaute oder meine Gleichgültigkeit teilte.

»Und Miss Judy?« fragte ich.

»Ein bißchen wild, wie immer.«

»Hoffentlich hat sie sich nichts geholt durch ihr kaltes Bad.«

»Du liebe Zeit, nein. Dieses Kind hat eine Gesundheit, die ihresgleichen sucht. Das gehört zu ihrer wilden Natur.«

»Dann möchte ich wünschen, daß manche unter uns ein wenig wilder wären«, erwiderte ich, denn ich nahm in ihren Augen Zeichen von Erschöpfung wahr, die mein Mitgefühl erreichten.

»Ich hoffe, Sie meinen nicht mich, Mr. Walton, denn ich versichere Ihnen, daß Ihr Interesse weggeworfen wäre. Onkel wird Ihnen sagen, daß ich so stark bin wie ein Elefant.« Doch über ihr Gesicht glitt ein Schatten, als fühle sie, daß sie kein Gesprächsgegenstand sein sollte.

Als ich etwas verwirrt von Miss Oldcastle wegsah, bemerkte ich Judy in dem Raum. Miss Oldcastle erhob sich und sagte: »Was ist los, Judy?«

»Großmama verlangt nach dir«, sagte Judy.

Als Miss Oldcastle gegangen war, wandte sich Judy zu mir.

»Wie geht es Ihnen, Mr. Walton?«

»Recht gut, danke, Judy«, antwortete ich. »Ihr Onkel läßt Sie also in seine Werkstatt?«

»Ja, manchmal würde es ihm ohne mich recht eintönig vorkommen. Nicht wahr, Onkel Stoddart?«

»So wie sich die Pferde auf dem Feld eintönig fühlen ohne die Bremsen, Judy«, meinte Mr. Stoddart.

In einem Augenblick war Judy verschwunden und ließ Mr. Stoddart und mich allein zurück. Er hatte sich an einer seiner Werkbänke zu schaffen gemacht und an einem Messingstück für eine sehr seltsame Maschine herumgefeilt. Er wandte sich um und sagte zu mir: »Ich frage mich, welche Rede ich als nächste halten soll, um Sie zu vertreiben, Mr. Walton.«

»Mich wird man nicht so leicht los, Mr. Stoddart«, antwortete ich. »Und was das Gekränktsein angeht, das schätze ich nicht, und deshalb hüte ich mich, es zu sein. Aber erzählen Sie mir, was Sie gerade machen.«

»Ich arbeite seit einiger Zeit an einem Versuch für ein Perpetuum-Mobile, aber ich muß gestehen, daß ich bisher noch keinen Erfolg hatte.« Er warf seine Feile auf die Werkbank. »Aber Sie müssen zugeben, daß dies eine recht hübsche Maschine geworden wäre.«

»Hübsch, das muß ich sagen«, erwiderte ich, »als Unterschied zu schön, denn ich kann niemals Schönheit von Nutzen trennen.«

»Das sagen Sie! Bei all den poetischen Dingen, die Sie in Ihren Predigten aussprechen! Denn ich höre sehr genau zu, und um nichts weniger, da Sie mich nicht sehen. Ich habe ein Guckloch, durch das ich Sie sehe. Ich kann mir schmeicheln, daß ich als einzige Person der Kirchengemeinde mit Ihnen auf einer Ebene bin. Ich kann Ihnen nicht widersprechen, und Sie können mich nicht anreden.«

»Wollen Sie damit sagen, daß alles Poetische nutzlos ist?« fragte ich.

»Wollen Sie behaupten, daß alles Nützliche schön ist?« hielt er entgegen.

»Was einem edlen Zweck dient, muß von Hause aus schön sein.« »Dann muß eine Galeere schön sein, weil sie dem edlen Zweck dient, die Welt von Bösewichtern zu befreien?« entgegnete er prompt.

»Ich sehe nichts Edles in diesem Zweck«, antwortete ich. »Wenn die Maschine die böse Tat beseitigen würde, dann würde sie in der Tat einem edlen Zweck dienen. Doch wenn sie nur, wie ein Konstabler, zwingt, von dieser Welt in eine andere zu gehen, dann sehe ich in diesem Zweck keineswegs etwas Edles. Die Galeere kann nicht schön sein, denn eine unvermeidliche Notwendigkeit unterscheidet sich sehr stark von einem noblen Zweck. Den kranken Geist zu heilen ist das edelste aller Ziele. Wenn man den Sünder dazu bringt, seinen Weg zu verlassen, und den unehrlichen Menschen zur Aufgabe seiner Gedanken bewegt, dann ist dies der erhebendste Plan. Doch ihn dafür zu bestrafen, daß er Unrecht getan hat, auch wenn es um der anderen willen noch so notwendig ist, kann nicht edel genannt werden. Aber ich möchte eine Frage stellen: Was ist die unmittelbare Wirkung von etwas Poetischem auf Ihren Geist?«

»Vergnügen«, antwortete er.

»Und ist Vergnügen gut oder schlecht?«

»Manchmal das eine, manchmal das andere.«

»Von sich aus?«

»Ich würde sagen schlecht.«

»Ich nicht.«

»Sind Sie nicht allein durch Ihren Beruf mehr oder weniger ein Feind des Vergnügens?«

»Ganz im Gegenteil, ich glaube, daß das Vergnügen gut ist, Gutes tut und zum Guten drängt. Sorge ist das böse Ding.«

»Eine seltsame Doktrin für einen Geistlichen.«

»Bitte mißverstehen Sie mich nicht, Mr. Stoddart. Ihnen würde das nicht wehtun, aber mich würde es bekümmern. Vergnügen, das durch Unrecht erlangt wird, ist Gift und Schrecken. Doch nicht das Vergnügen verletzt, sondern das ihm innewohnende Böse - das Vergnügen verletzt nur dann, wenn es zu mehr Unrecht führt. Wenn man jeden glücklich machen könnte, würde die Hälfte des Bösen von der Erde verschwinden.«

»Warum zerstört Gott dann nicht das Böse auf eine so billige und angenehme Weise?«

»Weil er das Böse ganz zerstören will und nicht nur halb, und es so zerstören, daß es nicht wieder nachwächst, was ohne Zweifel geschähe, wenn es kein Gegenmittel außer dem Glück gäbe. Sobald die Menschen sich ans Glücklichsein gewöhnen würden, dann würden sie von neuem anfangen zu sündigen und so alles wieder verlieren.«

Doch hier bemerkte ich, daß mir Mr. Stoddart entglitten war, deshalb kehrte ich zur ursprünglichen Frage zurück.

»Wenn ich auf der Kanzel poetische Dinge sage, dann deshalb, weil mir das Wahre in poetischer Form einfällt. Deshalb steht es mir frei, soviele poetische Dinge zu sagen, daß der höchste Nutzen erbracht wird, nämlich die Wahrheit zu verkörpern und zu enthüllen.«

Auf beiden Seiten gab es keinen befriedigenden Ausweg aus diesem Streitgespräch. Ich mag Streitgespräche nicht, und mich kümmert auch nicht, ob ich dabei siegreich bin. Ginge es nach mir, dann würde ich mich niemals mit jemand auseinandersetzen, sondern einfach darlegen, woran ich glaube, und diese Aussage durch sich selbst wirken lassen.

Ich hielt es für an der Zeit, mich zu verabschieden, wollte aber nicht mit dem letzten Wort weggehen. So sagte ich: »Sie legen selbst sehr viel Poesie in dieses improvisierte Orgelstück, das Sie letzten Sonntag spielten. Ich bin Ihnen dafür sehr dankbar!«

»O, diese Fuge! Sie hat Ihnen also gefallen?«

»Mehr als ich Ihnen sagen kann.«

»Soll ich Ihnen erzählen, was ich beim Spielen dieser Fuge gedacht habe?«

»Ich würde das gerne hören.«

»Ich dachte während Ihrer Predigt an die vielen Phantasien, die von den Menschen als die Wahrheit angebetet wurden - heute diesen, morgen jenen folgend, immer in dem Glauben, jeden Moment die Hand darauf legen zu können, um dann mit den gleichen leeren Händen ins Grab zu sinken, mit denen sie auf die Welt kamen. Riesige Scharen folgten, wo nichts zu sehen war, die Arme nach allen Richtungen ausgestreckt. Manche drückten die Leere an ihren Busen, manche reckten sich auf den Zehenspitzen über die Köpfe ihrer Nachbarn, manche ließen den Kopf hängen und umklammerten die Hände hinter dem Rücken, während sie sich hoffnungslos aus der Jagd zurückzogen.«

»Seltsam«, sagte ich, »denn ich fühlte mich während Ihres Spiels so voller Hoffnung!«

»Die Menge war voller Hoffnung, vergeblicher Hoffnung, die Hand auf die Wahrheit zu legen. Und Sie, der Sie erfüllt waren vom umfassenden Ausdruck und voller Begeisterung dafür, verhehlten nicht die Untertöne der Enttäuschung oder die Seufzer derer, welche der Jagd den Rücken gekehrt hatten. Gerade so ist es im wirklichen Leben.«

»Ich bin kein Musiker«, erwiderte ich, »um Ihnen musikalisch auf Ihr Bild zu respondieren. Aber ich sehe einen Mann, der in Frieden den Boden bearbeitet, und die Gestalt der Wahrheit ist hinter ihm und breitet ihre Schwingen enger und enger über und um ihn, während er seiner Tagesarbeit nachgeht.«

»Sehr nett«, sagte Mr. Stoddart, mehr nicht.

»Angenommen«, fuhr ich fort, »ein Mensch weiß, daß er die Wahrheit nicht erreicht hat - ist das ein ausreichender Grund, mehr auszusagen, als daß er sie noch nicht gefunden hat?«

»Nein, aber wenn er sich hart bemüht und nichts gefunden hat, von dem er sagen kann, es sei wahr, dann kann er doch nicht anders als denken, es gebe nichts dergleichen.«

»Angenommen«, erwiderte ich, »daß niemand die Wahrheit entdeckt hat. Reicht das aus, zu sagen, niemand werde sie je finden? Oder daß etwas wie die Wahrheit nicht gefunden werden kann? Sind die Zeitalter schon so abgetan, daß keine Chance bleibt? Gewiß, wenn Gott uns so geschaffen hat, daß wir nach der Wahrheit verlangen, dann hat er auch eine Wahrheit, die er in den Abgrund dieses Verlangens werfen kann. Sollte Gott den Hunger erschaffen und keine Nahrung? Aber vielleicht geschieht es, daß ein Mensch dies verkehrt betrachtet. Sie mögen das Mikroskop benutzen, wo Sie beide Augen aufmachen und den Kopf haben sollten. Oder ein Mensch findet einige Wahrheit, die seine Seele speist, wenn er nicht glaubt, sie zu finden. Sie kennen die Faerie Queene. Denken Sie daran, wie lange der Ritter mit dem roten Kreuz mit der Lady Truth, der Dame Wahrheit, gereist ist, ohne zu lernen, an sie zu glauben, und wieviel länger noch, ohne ihr Gesicht zu sehen. Für mein Teil muß ich sagen, Gott möge mir die Kraft geben, zu folgen bis zu meinem letzten Stündlein. Nur soviel möchte ich sagen, daß ich die Wahrheit nicht durch eine Agonie des Intellekts zu entdecken hoffe.«

»Aber«, fragte er und senkte seinen Blick nach einer kurzen Pause in meinen, »legt nicht Ihre Berufswahl den Schluß nahe, daß Sie die Wahrheit haben, festhalten und deshalb lehren?«

»Ich bekenne nur, daß ich einen Blick auf ihr weißes Gewand erhascht habe, von der abstrakten Wahrheit meine ich, von der Sie sprechen. Gesehen habe ich aber, was in der Ewigkeit jenseits dieser Wahrheit liegt- das Ideal in der wirklichen, der lebendigen Wahrheit. Nicht die Wahrheit, die ich denken kann, sondern die Wahrheit, die sich selbst denkt, die mich denkt, die Gott gedacht hat, die Gott ist, die Wahrheit, die in sich selbst wahr ist, in Gott und im Menschen wahr ist; Jesus Christus, mein Herr, kennt und fühlt und tut die Wahrheit. Ihn habe ich gesehen, und ich bin zugleich zufrieden und unzufrieden, denn in ihm sind verborgen alle Schätze der Wahrheit und der Erkenntnis. Thomas a Kempis sagte: 'Der, zu dem das ewige Wort spricht, ist befreit vom Druck der Meinungen.'«

Ich erhob mich und reichte Mr. Stoddart die Hand. Er erhob sich ebenfalls und nahm meine Hand, führte mich zu dem unteren Raum, läutete und überließ mich der Obhut des Butlers.

Als ich mich dem Tor näherte, begegnete mir Jane Rogers, die aus dem Dorf zurückkam. Ich hielt an und sprach mit ihr. Ihre Augen waren gerötet.

»Ist zu Hause alles in Ordnung, Jane?« fragte ich.

»Ja, Sir, danke«, antwortete sie und brach in Tränen aus.

»Was ist denn los? Ist Ihr -«

»Nichts ist mit jemand los, Sir.«

»Aber mit Ihnen ist etwas los.«

»Ja, Sir. Aber es geht mir ganz gut.«

»Ich möchte mich nicht in Ihre Dinge einmischen - aber wenn Sie meinen, daß ich Ihnen helfen kann, dann können Sie jederzeit zu mir kommen.«

»Danke, Sir, das ist sehr freundlich«, sagte Jane. Mit einer kurzen Verbeugung nahm sie ihren Korb und setzte ihren Weg fort.

Ich ging zum Häuschen ihrer Eltern. Als ich mich der Mühle näherte, stand der junge Müller in der Türe und hielt den Blick zu Boden gerichtet, während hinter ihm die Mühle vor sich hin holperte. Als er mich bemerkte, drehte er sich um und ging hinein, als habe er mich nicht gesehen.

Ich überlegte, ob er sich Jane gegenüber schlecht benommen habe. Da er mich offensichtlich zu meiden wünschte, schritt ich an der Mühle vorbei, ohne zur Türe hineinzuschauen, und ging zu dem Häuschen, wo ich den Riegel anhob und eintrat. Die beiden alten Leutchen waren drin und sahen bekümmert aus, trotzdem begrüßten sie mich um nichts weniger freundlich.

»Ich habe Jane getroffen«, sagte ich, »und sie sah unglücklich aus. Deshalb bin ich gekommen, um zu hören, was los ist.«

»Sie sollten sich nicht um unsere kleinen Angelegenheiten kümmern«, sagte Mrs. Rogers.

»Wenn der Herr Pfarrer es wissen möchte, dann müssen wir's dem Pfarrer sagen«, meinte der alte Rogers mit heiterem Lächeln, als sei wenigstens er erleichtert, mit mir darüber sprechen zu können.

»Ich möchte es nicht wissen«, sagte ich, »wenn Sie lieber nicht mit mir darüber reden möchten. Aber kann ich vielleicht irgendwie helfen?«

»Ich glaube nicht, Sir, so fürchte ich wenigstens«, meinte die alte Frau.

»Ich muß leider sagen, Sir, daß Master Brownrigg und sein Sohn eine Auseinandersetzung wegen unserer Jane hatten, und es ist ganz gewiß nicht angenehm, wenn über die eigene Tochter in dieser Weise gestritten wird«, sagte der alte Rogers. »Ich weiß wahrhaftig nicht, was dabei herauskommen soll, aber es sieht schlecht aus. Denn der Vater sagte seinem Sohn, wenn er ihn noch ein einziges Wort mit Jane sprechen höre, fliege er aus der Mühle raus, so wahr er Dick heißt. Ich meine nun, daß das eine gute Gelegenheit ist, um zu sehen, aus welchem Holz der Bursche geschnitzt ist. Das sage ich zu Mrs. Rogers hier, und das habe ich auch zu Jane gesagt, aber keine sieht das irgendwie als Trost an. Doch das Neue Testament sagt, daß ein Mann Vater und Mutter verlassen und an seinem Weibe hangen soll.«

»Aber sie ist doch nicht seine Frau«, entgegnete Mrs. Rogers ihrem Mann, bei dem noch nicht recht zu erkennen war, worauf er hinsteuerte.

»Das kann sie auch nicht werden, wenn er nicht um ihretwillen seinen Vater verläßt.«

»Und was soll dann aus ihnen werden ohne die Mühle?«

»Du und ich hatten auch keine Mühle, und doch sind wir hier, und inzwischen durchaus reif geworden, nicht wahr?«

»Mehr wie ein verschrumpelter Apfel, Old Roger, meine ich - faulig, ehe wir reif sind«, erwiderte seine Frau.

»Ganz gewiß nicht. Sag' sowas nicht. Der Herr würde uns nicht faulen lassen, ehe wir reif sind, da bin ich ganz sicher.«

»Alles recht und gut, Rogers. Du kannst schön reden, aber was soll werden, wenn Kinder kommen und keine Mühle da ist?«

»Vielleicht um sie hineinzuwerfen, Alte?«

Ich hörte mit steigendem Interesse und großer Belustigung zu. Mrs. Rogers wandte sich zu mir.

»Ich wünschte, Sie würden ein Wort mit Old Rogers reden, Sir. Er spricht nie so, wie man mit ihm spricht. Entweder ist er zu fröhlich oder zu ernst. Entweder fertigt er mich mit einer Predigt ab oder er lacht mir ins Gesicht.«

Nun war ich ziemlich sicher, daß das Verhalten von Rogers einfach seine Beharrlichkeit war und die Schwierigkeit sich daraus ergab, daß er stets nach den einfachsten Grundsätzen von Wahrheit und Recht handelte. Mrs. Rogers, eine gute Frau - denn der böse Sauerteig der Pharisäer konnte in ihr nicht gedeihen -, erinnerte ihn stets an bestimmte Verhaltensregeln, mit denen er seine Grundsätze vergessen sollte. »Der Spatz in der Hand ist besser als die Taube auf dem Dach«, »Schnell gefreit hat bald gereut« und »Wo die Not durch die Türe kommt, fliegt die Liebe durchs Fenster« waren ihre Lieblingssprichwörter, obwohl keins davon ihren eigenen Erfahrungen entsprang. Sie selbst hatte sehr rasch geheiratet und, wie ich glaube, nie daran gedacht, es zu bereuen. Oft war die Not durch die Türe gekommen, doch das erste, was stets geschah, war, daß die Schwingen der Liebe gestutzt und sie weniger flatterhaft und dafür zärtlicher und dauerhafter wurde. Ich konnte deshalb nicht einmal so tun, als ob ich ihrem Mann die Leviten lese.

»Er ist schon ein seltsamer Mann, der alte Rogers«, sagte ich, »doch soweit ich sehe, hat er in der Hauptsache recht, oder nicht?«

»O ja, das meine ich auch. Ich glaube, er hat immer recht, wenn es um die Rechte der Dinge geht, wissen Sie. Aber man kann darin auch zu weit gehen. Es hat keinen Sinn, wenn man Hunger leiden muß.«

»Ich glaube nicht, daß man auf dem richtigen Weg zu weit gehen kann.«

»Genau das versuche ich meiner Frau beizubringen, aber ich kann's nicht in ihren Kopf kriegen, Sir. Wenn etwas richtig ist, dann ist es richtig; und wenn etwas falsch ist, dann ist es falsch. Das Steuer muß entweder nach Steuerbord oder nach Backbord gerichtet sein, Sir.«

»Aber warum eigentlich vom Hungerleiden reden?« sagte ich. »Kann Dick denn nicht arbeiten? Wer hat denn mit diesem Unsinn angefangen?«

»Nun, meine alte Dame da. Sie will die beiden dazu bringen, ihre Pläne aufzugeben und auf bessere Zeiten zu warten. In Wirklichkeit will sie nur das Mädel nicht verlieren.«

»Aber jetzt hat sie sie auch nicht zu Hause.«

»Sie könnte sie aber um sich haben, wenigstens nach einer kleinen Warnung. Wenn sie aber erst mal verheiratet ist, dann folgen die Konsequenzen auf dem Fuße nach wie ein Kriegsschiff mit seinem Konvoi, und sie würde merken, daß sie für einen anderen Hafen angeheuert ist.«

»Sehen Sie, Sir, Rogers und ich, wir sind nicht mehr so jung, wie wir mal waren, und mit jedem Tag werden wir älter. Und wenn sich da eine Schwierigkeit in den Weg von Janes Heirat stellt, dann nehme ich das eben als gottgesandt.«

»Wie hätte Ihnen eine solche gottgesandte Schwierigkeit geschmeckt, Mrs. Rogers, als Sie darangingen, Ihren Seemann hier zu heiraten? Was hätten Sie da gemacht?«

»Ganz gewiß das, was er gewollt hätte. Aber sehen Sie, Dick ist nicht mein Rogers.«

»Aber Ihre Tochter denkt über ihn genau so, wie Sie über diesen lieben alten Mann hier dachten, als er noch jung war.«

»Aber junge Leute können sich irren. Ich sehe nichts Besonderes an Dick Brownrigg.«

»Aber manchmal haben junge Leute recht, und alte Leute können sich irren.«

»Ich kann mich über Rogers nicht irren.«

»Nein, aber Sie können sich über Dick irren.«

»Machen Sie sich keine Gedanken wegen meiner Frau, Sir. Am Anfang ist sie immer ängstlich, gegen den Wind zu drehen, doch sie hat ihn noch nie verfehlt. Wenn sie ihr Sprüchlein gesagt hat, dann dreht sie mit dem Wind wie ein Vogel, Sir.«

»Du bist wirklich ein braver alter Mann, daß du deiner Frau die Stange hältst!« sagte sie. »Trotzdem meine ich, sie sollten ein bißchen warten. Es wäre schade, wenn man den alten Herrn verärgert.«

»Was meint denn der junge Mann dazu?« fragte ich.

»Nun, er sagt wie ein Mann, er könne ebenso gut für sie arbeiten wie die Mühle betreiben, und er sei bereit dazu, wenn sie es auch ist.«

»Ich freue mich sehr, das von ihm zu hören. Ich werde vorbeischauen und ein wenig mit ihm plaudern. Auf Wiedersehen, Mrs. Rogers.« »Ich begleite Sie noch über den Bach, Sir«, sagte der alte Mann und folgte mir aus dem Haus.

»Sehen Sie, Sir», fuhr er fort, als wir draußen waren, »ich fürchtete mich immer davor, unserem Herrn die Dinge aus der Hand zu nehmen. Es ist gewiß der rechte Weg, wenn ein Mann eine Frau liebt und ihr das gesagt hat, daß er wie ein Mann handelt und tun soll, was recht ist. Ist das nicht der Weg des Herrn? Und kann er ihnen nicht das geben, was gut ist für sie? Kann gut sein, daß sie sich deswegen nicht weniger liebhaben, wenn Dick ein bißchen hart arbeiten muß. Ich möchte nicht den Ärger des Alten erregen, wie meine Frau sagt, aber wenn ich Dick wäre, dann wüßte ich, was ich zu tun hätte. Aber urteilen Sie bitte nicht hart über meine Frau, Sir, denn ich glaube, ein bißchen Stolz spielt bei ihr auch mit. Sie fürchtet, daß man uns dem Vorwurf macht, Richard Brownrigg einzufangen, weil er über uns steht, und ich kann sie deshalb keineswegs schelten, nur sehen wir die Dinge verschieden an, aber die Dinge selbst sind gleich.«

»Ich verstehe Sie recht gut und bin ganz Ihrer Meinung. Sie können sich darauf verlassen, daß ich mit ihm sprechen werde.«

»Ich verlasse mich darauf, Sir.«

Ich verabschiedete mich von ihm, setzte mit einem Sprung über das Wasser und betrat die Mühle, wo Richard so trübselig einen Sack zuband wie die Brüder von Josef ihre Säcke zugebunden haben mußten, nachdem sie seinen silbernen Becher gefunden hatten.

»Warum haben Sie sich denn umgedreht, als ich vor einer halben Stunde vorbeikam, Richard?« sagte ich heiter.

»Verzeihung, Sir, ich dachte nicht, daß Sie mich gesehen haben.«

»Und wenn ich Sie wirklich nicht bemerkt hätte? Aber ich will Sie nicht zum Besten halten. Ich weiß Bescheid. Kann ich irgendetwas für Sie tun?«

»Nein, Sir. Meinen Vater können Sie nicht umstimmen. Es hat gar keinen Sinn, mit ihm zu reden. Er hört nie ein Wort, das ein anderer sagt. Er hört auch nie ein Wort, was Sie am Sonntag sagen, Sir. Er glaubt nicht einmal der Zeitung, wenn sie den Getreidepreis abdruckt. Es ist sinnlos, mit ihm zu reden, Sir.«

»Hätten Sie was dagegen, wenn ich's versuche?«

»Nein, Sir. Sie können die Dinge nicht noch schlimmer machen. Aber Sie, Sie können sie auch nicht zum Besseren wenden, Sir.«

»Ich meine nicht, daß ich gleich mit ihm reden werde, aber wenn ich eine passende Gelegenheit finde, werde ich es tun.«

»Er ist immer schlimmer - starrköpfiger -, das heißt, wenn er bei guter Laune ist. Sie wählen Ihre Gelegenheit vielleicht verkehrt. Aber es spielt keine Rolle, es bleibt sich gleich.«

»Was werden Sie nun machen?«

»Ich würde ihn zum Äußersten treiben, aber Jane will sich nicht gegen ihre Mutter stellen. Ich kann mir ganz gewiß nicht vorstellen, wie sie mit meinem Vater gegen uns Partei ergreift. Sie ist ihm in keiner Weise irgendwie verpflichtet, da bin ich ganz sicher.«

»Für diese Einstellung gibt es vielleicht mehr als eine Begründung. Sie sollten jedoch Ihrem Vater gegenüber nicht zu hart auftreten. Sie haben völlig recht, wenn Sie treu zu dem Mädchen halten, aber Sie sollten sich vorsehen, daß Ihre Verärgerung Sie nicht ungerecht werden läßt.«

»Ich wünschte, meine Mutter würde noch leben. Sie war die einzige, die je mit ihm umgehen konnte. Wie sie das geschafft hat, begreift niemand - aber auf irgendeine Weise ist es ihr gelungen.«

»Ich nehme an, daß er stolz darauf ist, sich nicht durch Reden beeinflussen zu lassen. Aber hatte er je Gelegenheit, Jane kennenzulernen und zu sehen, was für ein Mädchen sie ist?«

»Er hat sie immer wieder gesehen.«

»Aber sehen heißt nicht immer glauben.«

»Bei ihm bestimmt nicht.«

»Wenn er sie nur richtig kennen würde! Aber seien Sie nicht zu hart gegen ihn und übereilen Sie nichts. Geben Sie ihm ein bißchen Zeit. Mrs. Rogers wird sich nicht zwischen Ihnen und Jane einmischen, da bin ich ziemlich sicher. Aber drängen Sie nicht, bis wir weitersehen. Auf Wiedersehen.«

»Auf Wiedersehen, und vielen Dank, Sir. Soll ich Jane in der Zwischenzeit sehen?«

»Wenn ich Sie wäre, würde ich keinen Unterschied machen. Sehen Sie sie, sooft Sie es gewohnt waren; ich nehme an, das ist, sooft Sie konnten. Ich glaube nicht, daß Ihre Mutter da etwas einzuwenden hat, und ihr Vater steht ohnehin auf Ihrer Seite.«

Ich sprach auch bei Mr. Brownrigg vor, doch wie sein Sohn mich gewarnt hatte, konnte ich nichts ausrichten. Er sah nicht ein, nachdem die Mühle ihm gehörte und Dick sein Sohn war, warum er nicht mit beidem nach seinem Belieben schalten konnte. Sein Sohn konnte irgendeine Lady im Lande bekommen, und er sollte sich ganz gewiß nicht wegwerfen.

Die ganzen Waffen meiner Argumente hatte ich, wie es schien, in einen Schlammpfuhl verschossen. Meine Erfahrung bei diesem Versuch versöhnte mich jedoch etwas mit seinem ständigen Einschlafen in der Kirche, denn ich erkannte, daß es wenig Unterschied machte, ob er schlief oder wach war. Er und nicht Mr. Stoddart im Wachhäuschen seiner Orgel war die einzige Person, die ich mit meiner Predigt nicht erreichte. Ich konnte zwar in seiner Gegenwart predigen, ihn aber mit meiner Predigt nicht erreichen.

Zehntes Kapitel

Meine Weihnachtsgesellschaft

Mit dem Herannahen von Weihnachten quoll Freude in meinem Herzen auf, und mich bedrängte die Frage, ob ich nicht daraus für meine Gemeinde einen Feiertag der Kirche machen konnte. Ich hatte Grund zu hoffen, daß die meisten daran mehr Freude empfanden als im übrigen Jahr. Doch ich wollte diese Freude in ihrem Geist mit der Ursache dieser Freude verknüpfen, der Liebe Gottes, die sich in der Geburt des Menschensohnes manifestiert. Mit dem häuslichen Weihnachtstag aber wollte ich nicht ins Gehege kommen. Ich beschloß, meine Gemeindeglieder für den Heiligen Abend in das Pfarrhaus einzuladen.

Ich ließ daher an der Kirchentüre eine Mitteilung anschlagen und verzichtete auf die Versendung persönlicher Einladungen, um nicht durch versehentliches Übergehen jemand zu kränken. Die einzige, die ich durch dieses Verfahren in Verwirrung stürzte, war Mrs. Pearson. »Für wie viele soll ich denn Vorbereitungen treffen, Sir?« fragte sie mit beleidigtem Ausdruck.

»Für soviele, wie Sie jemals gleichzeitig in der Kirche gesehen haben«, sagte ich. »Und wenn zuviel da sein sollten, um so besser. Dann können wir damit einigen von den Ärmeren einen fröhlichen Christtag bescheren.«

Sie sah fassungslos aus, denn sie hatte kein umgängliches Temperament. Aber sie handelte nie nach ihrem Temperament, es drückte sich nur in ihrem Aussehen und ihrer Sprache aus. »Ich werde Hilfe dazu brauchen«, meinte sie schließlich.

»Soviel Sie haben wollen, Mrs. Pearson. Ich verlasse mich da ganz auf Sie.«

Ihr Gesicht hellte sich auf, und am Ende zeigte sich, daß ich nicht vergeblich auf sie vertraut hatte.

Ich war ein wenig besorgt wegen des Ergebnisses meiner Einladung, zum Teil auch deshalb, weil es ein Gradmesser des Vertrauens war, das meine Leute zu mir hatten. Doch obgleich außer dem alten Rogers keiner ein Wort zu mir sagte, begannen sie anzuströmen, sobald die Stunde gekommen war. Der erste, den ich begrüßte, war Mr. Brownrigg.

Ich hatte alle Zimmer im Erdgeschoß zum Empfang herrichten lassen. In jedem Raum waren Tische mit Speisen und Getränken aufgestellt. Meine Gäste erhielten bei der Ankunft Tee oder Kaffee und eine Menge Brot und Butter. Ich merkte bald, daß es für mich eine Menge zu tun gab. Doch in kürzester Frist konnte ich auf einen leistungsfähigen Stab zählen - denn nachdem ich ein oder zweimal beiläufig etwas über meine Pläne für den Abend erwähnt hatte, stellte ich fest, daß meine Arbeit allmählich abnahm und trotzdem alles wie am Schnürchen zu laufen schien. Der gute Mr. Boulderstone hatte sich seinerseits mitten in die Menschenflut geworfen, stand unbeweglich an Gesicht und Gestalt da und lenkte die herandrängende Menge zur Scheuer hin. In der Scheuer selbst wirkte Dr. Duncan und tat sein Bestes, die Leute zu unterhalten, bis alles fertig war, und sein Bestes war wirklich erstklassig. Instinktiv und fast unbewußt hatten es diese beiden Gentlemen übernommen, mein Stab zu sein, und ich war ihnen wirklich dafür dankbar.

Als ich kam und die ausgezeichnete Anordnung überblickte, freute ich mich, daß mein Vorgänger soviel Spaß an der Landwirtschaft gehabt hatte, daß er Land gepachtet und diese Scheuer gebaut hatte, so daß ich nun über eine Halle verfügte, in der ich alle meine Freunde unterhalten konnte; denn wie kann ein Mann der Mittelpunkt seiner Gemeinde sein, wenn er seine Pfarrkinder niemals unterhält? Der große Raum wurde zwar nur von Kerzen an den Wänden erleuchtet, und ich hatte auch nicht viel zur Dekoration unternehmen können, dennoch fand ich, daß er sehr ordentlich aussah, und mein Herz war glücklich - so, als sei das heilige Kind gerade in dieser Nacht zu uns gekommen. Und kommt Er nicht immer von neuem zu uns, in jedem kindlichen Gefühl, das in den Herzen seines Volkes aufsprießt?

Erheiternd war es, Mr. Boulderstones ehrlichen, aber schüchternen Bemühungen zuzuschauen, mit jedem ganz zwanglos umzugehen. Dr. Duncan war einfach sehenswert mit seiner großen, stattlichen Erscheinung. Mal sprach er da mit einem alten Mann, mal dort mit einer jungen Frau, und jedes Gesicht, das sich ihm zuwandte, leuchtete auf. In seiner Haltung war nichts Herablassendes. Er behandelte jeden freundlich und höflich, und das Lächeln, das sich hin und wieder über sein Gesicht breitete, war aufrichtig und sympathisch. Man hätte aus seinem Benehmen schließen können, daß er bei Hofe sei.

Mehr denn je war ich mir sicher, daß eine freie Mischung aller Klassen stärker als alles andere dazu beitragen würde, uns alle zu einer weisen Gemeinschaft zusammenzuschließen und jenen törichten Neid niederzuhalten, der dazu führt, daß eine Klasse die andere nachäfft. Sie würde die Grobheit des Groben verfeinern und die Gatten zu der Einsicht befähigen, daß die Angelegenheiten der Gemeinschaft auch den Händen eines ehrlichen Handwerkers anvertraut werden können.

Niemand war da, der Oldcastle vertrat, und auch Catharina Weir fehlte. Aber wie konnte ich auch auf Anhieb bei allen Erfolg haben? Als einige Zeit in angenehmen Gesprächen vergangen war und ich annahm, daß nun alle da wären, stieg ich auf einen Stuhl und sagte: »Liebe Freunde, ich bin Ihnen sehr dankbar, daß Sie meiner Einladung in dieser Weise Ehre erwiesen haben. Erlauben Sie mir, die Hoffnung auszusprechen, daß dieses Treffen das erste von vielen wird und daß es sich in dieser Gemeinde zu einem jedes Jahr wiederkehrenden Brauch entwickelt, sich am Heiligen Abend in Liebe und Freundschaft zusammenzufinden. Wenn Gott zum Menschen kommt, dann schaut der Mensch nach seinem Nächsten aus. Als der Mensch sich im Garten Eden von Gott trennte, da hörte der einzige Mann in der Welt auf, der Freund der einzigen Frau in der Welt zu sein. Anstatt ihre Bürde mitzutragen, wurde er zu ihrem Ankläger vor Gott, in dem er nur noch den Richter sah, unfähig zu der Erkenntnis, daß die unendliche Liebe des Vaters gekommen war, ihn in Zuneigung und Gnade zu bestrafen. Doch wenn Gott in Jesus zu den Menschen kommt, breiten Brüder und Schwestern ihre Arme aus, um sich gegenseitig zu umarmen und damit auch ihn in ihre Arme zu schließen. Wir alle müssen wieder Kinder werden wie er und aufhören, uns um sovieles Sorge zu machen. Wir sollten ihm vertrauen und nur danach streben, daß er herrscht und daß wir gut werden wie er. Was sonst sollte gemeint sein mit der Weisung: ,Trachtet zuerst nach dem Reich Gottes und nach seiner Gerechtigkeit, so wird euch das alles zufallen.' Aber stattdessen trachten wir nach den Dingen, von denen Gott es verheißen hat, daß er uns damit versorgt, und wir weigern uns, nach den Dingen zu streben, die Gott von uns will - etwas, was wir nicht erlangen können, wenn wir nicht danach streben. Aber laßt uns wenigstens heute, an diesem Abend, alle unfreundlichen Gedanken, jedes harte Urteil über andere, alle selbstsüchtigen Wünsche beiseite tun, damit wir das heilige Kind in unser Herz schließen können. Wenn das Kind zu uns kommt, soll es nicht bekümmert sein, weil wir streitsüchtig, egoistisch und ungerecht sind.«

Ich stieg herunter und schüttelte Mr. Brownrigg die Hand, und in der Weise, wie er den Händedruck erwiderte, lag eine gewisse Bedeutung. Zuerst sangen wir gemeinsam einen Weihnachtschoral, dann las ich aus einem Reisebuch vor, in dem das Innere einer nahöstlichen Hütte beschrieben war, wie sie wahrscheinlich der Herberge sehr ähnlich war, in der unser Herr zur Welt kam; der Stall war kaum vom übrigen Haus abgetrennt. Ich glaube, daß die Öffnung der Augen des Geistes die Menschen befähigen würde, bis zu einem gewissen Grade die Wirklichkeit der bezaubernden alten Geschichte zu erkennen und ihnen helfen möge, die tiefere geistliche Einsicht zu eröffnen, durch die allein Bedeutung und Wahrheit erkannt werden, die hinter den äußeren Tatsachen stehen und ihnen Gestalt verleihen. Die Zusammenfassung fand soviel aufmerksame Zuhörer, wie ich mir nur wünschen konnte, bis auf einige junge Burschen am anderen Ende der Scheuer, die jedoch beim Weiterlesen ganz still wurden.

Darauf folgte Unterhaltung, während der ich einen guten Teil meiner Zeit Jane Rogers widmete in der Hoffnung auf eine günstige Gelegenheit, um sie und Mr. Brownrigg auf irgendeine Weise zusammenzubringen.

»Wie geht es Ihrer Herrin, Jane?« fragte ich.

»Danke, Sir, ganz ordentlich. Ich wünschte nur, daß sie hier wäre.«

»Das wünschte ich auch. Aber vielleicht kommt sie im nächsten Jahr.«

»Ich glaube schon. Ich bin fast sicher, daß sie heute gerne gekommen wäre, denn ich hörte sie sagen -«

»Verzeihen Sie, Jane, wenn ich Sie unterbreche, aber ich möchte nichts erfahren, was Sie zufällig mit angehört haben«, sagte ich leise.

»O Sir«, entgegnete Jane, und eine tiefe Röte überzog ihr Gesicht, »es war nichts Besonderes.«

»Sicher, aber wenn es etwas war, was zu einer falschen Schlußfolgerung führen könnte« - ich wollte sie besänftigen - , »dann ist es besser, wenn es niemand erfährt. Aber vielen Dank für die freundliche Absicht. Und nun, Jane, wollen Sie mir einen Gefallen tun?«

»Aber gerne Sir, wenn ich kann.«

»Singen Sie das Weihnachtslied, das ich Sie kürzlich bei Ihrer Mutter singen hörte.«

»Ich wußte nicht, daß jemand zuhörte.«

»Das weiß ich. Ich kam mit Ihrem Vater zur Türe, und wir standen da und lauschten.«

Sie sah erschrocken aus. Doch ich hätte sie nicht gebeten, wenn ich nicht gewußt hätte, daß sie singen konnte wie ein Vogel. »Ich habe Angst, daß ich mich blamiere«, wandte sie ein.

»Wir sollten dieses Risiko um der anderen willen auf uns nehmen«, antwortete ich.

»Dann will ich's versuchen, Sir.«

So trug sie ihr Lied vor, und beim Klang ihrer Stimme verstummten rasch die Gespräche ringsum.

»Sie haben eine ausgesprochene Gabe zum Singen, Jane«, sagte ich.

»Mein Vater und meine Mutter können beide singen.«

Mr. Brownrigg saß zu meiner anderen Seite und hörte mit einem gewissen Interesse zu. Sein Gesicht sah um zehn Grad weniger töricht aus als sonst. Mir kam es so vor, als zeige sein Gesicht sogar einen Schimmer von Befriedigung. Ich wandte mich an den alten Rogers.

»Singen Sie uns ein Lied, Old Rogers«, forderte ich ihn auf.

»Ich bin kein Kanarienvogel, Sir, und außerdem ist meine Zeit als Sänger vorbei. Ich gebe Ihnen den guten Rat, bitten Sie Dr. Duncan da. Er kann wirklich singen.«

Ich erhob mich und sprach zu der Versammlung: »Meine Freunde, wenn ich nicht glauben würde, daß Gott sein Wohlgefallen an unserem Vergnügen hat, dann hätte ich selbst kein Herz dafür. Ich möchte nun unseren lieben Freund Dr. Duncan bitten, uns ein Lied vorzutragen. Bitte, Dr. Duncan.«

»Ich bin eigentlich fast zu alt«, sagte der Doktor, »aber ich werd's versuchen.«

Seine Stimme war wirklich ein wenig schwach, aber das tat dem Lied keinen Abbruch, und nach dem er geendet hatte, erhob sich aufrichtiger Beifall. Ich wandte mich an Miss Boulderstone, von der ich ein Klavier ausgeborgt hatte, und bat sie, uns einen ländlichen Tanz zu spielen. Doch zuerst sagte ich — und diesmal stieg ich nicht auf einen Stuhl —: »Manche Leute meinen, für einen Geistlichen schicke sich das Tanzen nicht. Ich möchte meine Freiheit von jeder solchen Vorschrift unter Beweis stellen. Wenn unser Herr in seinem Gleichnis vom verlorenen Sohn die Freude im Himmel über einen Sünder, der Buße tut, darstellt durch den Ausdruck 'Musik und Tanz', dann halte ich es mehr mit ihm als mit den Menschen, so gut sie auch sein mögen.«

Mit diesen Worten ging ich zu Jane Rogers hin und forderte sie zum Tanz auf. Sie errötete so sehr, daß es mir eine Augenblick beinahe leid tat, sie zum Tanz gebeten zu haben. Doch ohne Zögern legte sie ihre Hand in meine — und wenn sie auch ein wenig unbeholfen war, so tanzte sie doch recht natürlich — ein ehrliches Mädchen und in ihrem Herzen mir freundlich gesinnt.

Aber die Gesichter der Leute! Während ich sprach, hatte der alte Rogers jedes Wort eingesogen. Für ihn war das Milch und kräftiges Fleisch zugleich. Doch nun leuchtete auch die Befriedigung des Vaters aus seinem Gesicht. Auch Richards Gesicht strahlte vor Freude. Selbst der alte Mr. Brownrigg schaute uns, wie mir schien, mit neugierigem Interesse zu.

Inzwischen tanzte Dr. Duncan mit einer seiner Patientinnen, der alten Mrs. Trotter, für deren Bedürfnisse er weit mehr von seinem Tisch als von seinem Arzneischrank beisteuerte. Ich habe erfahren, daß dieser Mann, als er von einem Notfall erfuhr, das Geflügel, das er eben verspeisen wollte, unberührt jenen schickte, deren Bedürftigkeit weit größer war als seine.

Mr. Boulderstone hatte die alte Mrs. Rogers zum Tanz geführt, der junge Boulderstone tanzte mit Mary Weir. Thomas Weir tanzte überhaupt nicht, schaute aber freundlich zu.

»Warum tanzen Sie nicht, Old Rogers?« fragte ich, als ich seine Tochter zu einem Stuhl neben ihm führte.

»Haben Sie je einen Elefanten in den Masten herumklettern sehen?«

»Nein, nie.«

»Ich dachte, sie hätten das schon einmal gesehen, weil Sie mich fragen, Sir, warum ich nicht tanze. Sie nehmen mir meinen Scherz doch nicht übel, Sir? Wissen Sie, ich bin halt ein alter Seebär von der Kriegsmarine.«

»Ich hätte gedacht, daß Sie es inzwischen besser wüßten, als mir mit einer solchen Ausflucht zu kommen.«

»Gott segne Sie, Sir. Bei Ihnen ist ein alter Mann in guter Hut — oder auch ein junges Mädchen, Sir«, setzte er hinzu und wandte sich an seine Tochter.

Ich drehte mich zu Mr. Boulderstone um. »Ich bin Ihnen zutiefst dankbar, Mr. Boulderstone, für die Hilfe, die Sie mir heute Abend haben angedeihen lassen. Ich sah Sie mit jedermann sprechen, gerade als hätten Sie die Aufgabe gehabt, sie alle zusammen zu unterhalten.«

»Nun, ich dachte, es sei nicht gerade der Augenblick, um sich ganz besonders zurückzuhalten, und es ist wunderbar, wie gut man dabei fährt. Ich selbst hasse jede Förmlichkeit.«

Dabei war der brave Mann der förmlichste Mensch, dem ich je begegnet war.

»Warum tanzen Sie denn nicht, Mr. Brownrigg?«

»Wer wollte denn schon mit mir tanzen? Mit einer alten Frau mag ich nicht, und eine junge wird sich nichts daraus machen, mit mir zu tanzen.«

»Ich werde Ihnen eine Partnerin suchen, wenn Sie sich mir ganz anvertrauen wollen.«

»Es macht mir nichts aus, mich in ihre Hände zu geben.«

So führte ich ihn zu Jane Rogers. Sie stand in respektvoller Scheu vor dem Herrn ihres Schicksals. Der Kirchenvorstand ließ Zeichen der Ablehnung erkennen, als er bemerkte, zu wem ich ihn hinführte. Doch als er das Mädchen zitternd vor sich stehen sah, da zögerte er zwar merklich, doch ob ihm nun die Zeichen seiner eigenen Macht schmeichelten oder sein hartes Herz etwas weicher geworden war, konnte ich nicht sagen, jedenfalls hörte ich ihn sagen: »Komm her, Mädchen, dann wollen wir mal zusammen das Tanzbein schwingen.«

»Seien Sie nicht schüchtern«, flüsterte ich ihr im Vorbeigehen zu.

Und der Kirchenvorsteher tanzte recht herzlich mit der jungen Zofe.

Ich bat ihn dann, sie ins Haus zu führen und sie für ihren Gesang zu bewirten. Etwas gehemmt kam er meiner Bitte nach, und ich weiß nicht, was zwischen ihnen vorging. Doch als sie zurückkehrten, schien sie weniger erschreckt, und als die Gesellschaft aufbrach, hörte ich, wie er sich mit den Worten verabschiedete: »Gib uns einen Kuß, mein Mädchen, und laß Vergangenes vergangen sein.«

Diese Worte vernahm ich mit großer Freude. War ich denn nicht ein Friedensstifter gewesen? Sollte ich mich nicht gesegnet fühlen? Doch die Verständigung war einfach dadurch zustandegekommen, daß ich die Leute zusammenführte — sie zwang, so wie es war, etwas über einander zu erfahren.

Ich achtete darauf, daß nur mäßig getanzt wurde. Tatsächlich hatten wir an dem Abend nur sechs ländliche Tänze, und dazwischen las ich ihnen zwei oder drei Balladen von Wordsworth vor. Ich dachte mir, wenn ich ihnen den Gefallen an Dichtung und schöner Sprache nahebringen könnte, würde ihnen das nicht nur gut tun, sondern ihnen auch helfen zu erkennen, was in der Bibel steckt, und ihnen dies näherbringen. Ich konnte nie glauben, daß ein Mensch, der Gott nicht auch anderen Orten außer der Bibel findet, ihn dort überhaupt entdecken kann. Ich war auch stets der Meinung, wenn man Gott in anderen Büchern findet, dann erkennt man deutlich, daß er in der Bibel mehr zu finden ist als in jedem anderen Buch oder allen Büchern zusammen.

Nach dem Abendessen sangen wir noch ein wenig. Zu meiner Zufriedenheit kam mir den ganzen Abend nichts Ungehöriges vor Augen und Ohren. Natürlich wußte ich, daß die Leute zwei Verhaltensweisen haben mußten, und nun waren sie beim guten Benehmen. Aber ich dachte, je öfter sie zu einem guten Benehmen veranlaßt wurden, desto mehr hätten sie Gelegenheit festzustellen, wie angenehm das war. Vielleicht würden sie sich zuguterletzt über die andere Verhaltensweise schämen.

Ehe wir auseinandergingen, gab ich jedem Gast ein Blatt mit Weihnachtschorälen, die wir aus älteren Teilen unserer Literatur gesammelt hatten. In meinen Augen sind die meisten modernen Choräle weder Fisch noch Fleisch, sondern nur verunglückte Imitationen. In den Liedern kamen zwar einige seltsame Wörter und Ausdrücke vor, doch ich hielt es für besser, sie zu lassen, wie sie waren. Sie wurden vielleicht zum Nachfragen angeregt, was mir Gelegenheit gab, sie irgendwann für die Geschichte eines Wortes zu interessieren. Im Auf und Ab ihres Geschicks ähneln Wörter sehr stark menschlichen Wesen.

Elftes Kapitel

Meine Weihnachtspredigt

Nie erkundigte ich mich bei meinen Pfarrkindern nach ihren privaten Angelegenheiten, außer sie baten mich einzeln um Rat. Ich glaube, deshalb waren sie um so bereitwilliger, mich ins Vertrauen zu ziehen. Trotzdem hörte ich eine ganze Menge Dinge, denn nicht immer konnte ich Lippen verschließen, wie ich es bei Jane Rogers getan hatte. Unter anderem erfuhr ich, daß Miss Oldcastle fast an allen Sonntagen im Nachbarort Addicehead zur Kirche ging. Nun hatte ich oft von den Fähigkeiten des Pfarrherrn sprechen hören, und obgleich ich ihm nie begegnet war, hielt ich ihn für einen kultivierten, wenn nicht gar originellen Mann. Dennoch muß ich gestehen, daß ich diese Neuigkeit mit einem Stich im Herzen vernahm, und ich entdeckte Eifersucht in meiner Empfindung. Es hatte keinen Sinn zu fragen, warum ich eifersüchtig sein sollte; die häßliche Regung war nun einmal da. So ging ich hin und sagte Gott, daß ich mich schäme, und bat ihn, mich vom Bösen zu erlösen, weil sein das Reich und die Kraft und die Herrlichkeit sind. Und er ergriff gegen mich selbst meine Partei, denn er wartet nur darauf, gnädig zu sein. Doch es gab ein verirrtes Schaf in meiner Gemeinde, das am Morgen des Christfestes zum erstenmal in der Kirche erschien - Catharine Weir. Sie setzte sich nicht neben ihren Vater, sondern in die düstere Ecke der Kirche, doch nahe der Orgelempore. Wenn sie aufblickte, konnte sie ihren Vater sehen, doch sie hielt die ganze Zeit über den Blick gesenkt und hob ihre Augen nicht einmal zu mir auf. Der Fleck auf ihrer einen Wange war viel deutlicher als auf der anderen und bewirkte, daß sie sehr krank aussah.

Ich entnahm meinen Text aus der Bergpredigt - Matthäus, sechstes Kapitel, Teile der Verse vierundzwanzig und fünfundzwanzig: »'Ihr könnt nicht Gott dienen und dem Mammon. Darum sage ich euch: Sorgt nicht um euer Leben.'

Als das Kind, dessen Geburt wir feiern, zu einem Mann herangewachsen war, sprach er diese Worte. Meinte er das wirklich? Er meinte es ganz und vollständig. Wenn Menschen nicht verstehen, was der Herr sagt, dann trösten sie sich mit der Vorstellung, er habe es nicht so völlig gemeint, und belassen es dabei, anstatt tiefer nach einer Bedeutung zu suchen, die offensichtlich wahr und weise ist. Oder sie glauben, wenn er es wirklich so gemeint habe, dann könne er nicht von ihnen erwarten, daß sie das ausführen. So soll es bei uns an diesem Tag nicht sein. Wir wollen versuchen, herauszufinden, was unser Herr meint, um es dann auch zu tun.

Mammon heißt, wie ihr wißt, Reichtümer. Nun, Reichtum soll der Sklave - nicht einmal nur der Diener und nicht sein Herr sein. Wenn ein Mensch seinem eigenen Diener dient - jeder, der keinen rechtmäßigen Anspruch darauf hat, sein Herr zu sein -, dann ist er ein Sklave. Doch hier dient er seinem eigenen Sklaven.

Aber wie kann ein Mann dem Reichtum dienen? Nun, indem er zum Reichtum sagt: 'Du bist mein Gott!' Wenn er das Gefühl hat, ohne ihn nicht glücklich sein zu können, wenn er darüber Pläne schmiedet, träumt und wachliegt mit den Gedanken bei seinem Reichtum. Wenn er mehr haben will - und weiß, daß er mehr hat - als er braucht. Wenn er jenen, die Geld haben, die Ehre erweist, nur weil sie Geld haben, oder wenn er an einem Reichen etwas achtet, was er bei einem Armen nicht achten würde. Noch mehr gilt dies, wenn er die Verehrung vor seinem Götzen soweit treibt, daß er jene unterdrückt, über die er durch seinen Reichtum Macht hat, oder wenn er ungerecht wird, um seinen Vorräten noch weitere hinzuzufügen.

Wie wird es einem solchen Menschen gehen, wenn er sieht, daß die Welt entschwunden ist und er allein vor Gott steht? Dort liegt der Leib, in dem er gelebt hatte. Er kann nicht einmal versuchen, Gott mit einem Scheck zu bestechen. Die Engel werden sich nicht zu ihm niederbeugen. Und die armen Seelen in der Hölle, die ihm den Reichtum neideten, den sie zuvor schon verloren hatten, erheben sich wie ein Mann zu seiner Begrüßung, freuen sich seines Mißgeschicks und sagen: 'Bist du auch einer von uns geworden?' Er kann sich nicht länger selbst betrügen mit seinem Reichtum. Und so ist er selbst in der Hölle etwas edler als er auf Erden war, denn er betet nicht länger seinen Reichtum an. Er kann es nicht mehr. Er verflucht ihn.

Schrecklich, so etwas am Weihnachtsfest zu sagen! Doch wenn uns der Weihnachtstag etwas lehrt, dann dies, daß wir Gott anbeten sollen und nicht den Mammon, daß wir den Geist anbeten und nicht die Materie, die Liebe und nicht die Macht.

'Ihr könnt nicht Gott dienen und dem Mammon. Darum sage ich euch: Sorgt nicht um euer Leben.'

Warum sollt ihr euch keine Sorgen machen? Wo bist du nun, du armer Mann? Brütest du über den Frost? Wird er den Boden so hart machen, daß der Gott der Sperlinge keine Nahrung für seine Kinder findet? Wo bist du nun, du arme Frau? Flieht dich der Schlaf wegen des leeren Kastens und der Mahlzeit von morgen, weil kein Brot da ist? Hast du die fünf Laibe vergessen, die unter den Fünftausend verteilt wurden, und es blieben noch Reste übrig? O ihr Kleingläubigen!

Aber vielleicht bin ich zu hart mit euch. Ich weiß wohl, daß unser Vater einen großen Unterschied sieht zwischen einem Menschen, der sich um die Nahrung für seine Kinder (und vielleicht auch seine eigene) ängstigt, und dem Menschen, den nur die Angst umtreibt, seinen vielen angehäuften Gütern nochmals zehntausend Pfund hinzuzufügen. Doch ihr werdet keine Schwierigkeiten haben, um euer tägliches Brot auf Gott zu vertrauen.

Doch wie soll die Arbeit in dieser Welt getan werden, wenn wir uns nicht sorgen dürfen? Nirgendwo steht geschrieben, daß wir uns um nichts sorgen sollen. Wir müssen uns sorgen - doch um was? Nun, um das Leben. Das eine ist unsere Aufgabe, das andere die Aufgabe Gottes. Die Aufgabe eines Menschen ist einfach, seine Pflicht zu tun. Gott übernimmt es ihn zu ernähren und zu kleiden. Wird das Werk dieser Welt vernachlässigt, wenn ein Mensch an seine Arbeit, seine Pflicht und die Erfüllung von Gottes Willen denkt, anstatt seine Gedanken darauf zu richten, was er essen und trinken und womit er sich kleiden wird?

Ich möchte sehr gerne einen Menschen kennenlernen, der nur seine Pflicht im Sinn hat und sich um nichts sorgt, der seine eigene Arbeit tut und sich nicht in das Werk Gottes einmischt. Wie großartig wäre seine Arbeit - nicht um Bezahlung, sondern weil es der Wille Gottes ist! Welcher Friede würde ihn beseelen! Was für ein Freund könnte er sein! Wie wohltuend sein Mitgefühl! Sein Geist wäre so klar, daß er alles verstünde. Da seine Augen einmalig sind, wäre sein ganzer Leib von Licht erfüllt. Jede Befürchtung, er könnte etwas Gemeines tun, wäre überflüssig - eher würde er in einem Graben zugrundegehen. Die Angst vor Mangel ist es, die den Menschen dazu bringt, gemeine Dinge zu tun. Er hat Angst, mit seinem kostbaren Herrn - dem Mammon - zu teilen. Der gibt keine Sicherheit gegen eine solche Furcht. Einer der reichsten Männer Englands wird von der Angst heimgesucht, im Armenhaus zu landen.

Aber ich glaube, ich höre meine geängstigte Freundin, die das Geld nicht liebt - und dennoch nicht auf Gott vertrauen kann -, ich höre sie sagen: 'Ich glaube, ich könnte Gott für mich selbst vertrauen, aber es ist der Gedanke an meine Kinder, der zuviel ist für mich.' O Frau! Sie, die unser Erlöser so erfreut pries, war eine Frau, die ihm um ihrer Tochter willen vertraute. 'Dir geschehe, wie du willst.' Denkt ihr, daß ihr eure Kinder mehr liebt als er, der sie erschaffen hat? Ist nicht eure Liebe das, was er zuerst in euer Herz gelegt hat? Nicht ihr habt diese Liebe geschaffen, Gott hat sie gesandt. Er liebt eure Kinder tausendmal mehr als ihr - seid dessen gewiß.

Aber sehen wir nicht manchmal Menschen Hungers sterben? Ja. Doch wenn ihr euer Werk im Namen Gottes vollbringt und das übrige ihm überlaßt, dann würde euch das nicht ängstigen. Ihr würdet sagen: 'Wenn es Gottes Wille ist, daß ich Hungers sterben soll, dann kann ich ebenso gut verhungern wie ein anderer.' Und euer Geist wäre ruhig. 'Wessen Geist in Gott ruht, der wird vollkommenen Frieden haben, weil er auf ihn traut.' Dessen bin ich ganz sicher. Es mag gut für euch sein, hungrig und barfuß herumzulaufen, aber es wäre unbedingt tödlich, keinen Glauben an Gott zu haben. Wir wissen nicht, warum hier und da ein Mensch dem Hungertod preisgegeben wird, aber ich glaube, daß denjenigen, die des Herrn harren, nichts Gutes mangeln wird. Es mag für einen Menschen gut sein, wenn ihm etwas vorenthalten wird, bis er weiß und anerkennt, woher es kommt; besser mag es für ihn sein, ihm zu geben, wenn er gelernt hat, daß alles Gute und alle vollkommene Gabe von oben kommt, vom Vater des Lichts.

Man hat mit Recht gesagt, daß kein Mensch je unter der Last des Tages zusammenbrach. Erst wenn die Last des morgigen Tages dazugelegt wird, dann wird das Gewicht größer, als ein Mensch tragen kann. Wenn ihr selbst euch so belastet fühlt, dann denkt daran: Es ist euer eigenes Tun, nicht das Gottes. Er bittet euch, die Zukunft ihm zu überlassen und euch um die Gegenwart zu kümmern. Was könnte er mehr und noch weiter tun, um euch die Last abzunehmen? Geld auf der Bank würde nicht genügen. Er kann nicht die Geschäfte von morgen für euch erledigen, um euch die Angst davor abzunehmen. Was könnte man sonst tun, als euch zu sagen, daß ihr ihm vertraut? Geht ohne Furcht durch den Tag, voller Hoffnung und Mut und Kraft, seinen Willen zu tun und auf das unendlich Gute zu harren, das er immer so rasch gibt, wie wir zur Annahme fähig sind.

Schmerz und Hunger sind Übel, doch wenn der Glaube an Gott sie verschlingt, wandeln sie sich dann nicht in etwas Gutes? Ich sage ja. Ich bin niemals zu hungrig gewesen, doch ich hatte Mühsale, die ich gerne für Hunger und Kälte und Betrübtheit getauscht hätte. Stimmt ihr nicht mit mir ein, wenn ich sage: 'Alles ist gut und besser als gut, was uns hilft, Gottes Liebe zu erfahren?'

Dieser Eine ist das Kind, dessen Geburt wir an diesem Tage feiern. War das ein erstrebenswerter Umstand - der eines Kindes? Hat er nicht auf diese Weise die ganze Sache sofort in die Hände und das Herz seines Vaters geworfen? Für den Tag eines Kindes ist das Bedürfnis für diesen Tag genug. Es müht sich nicht ab, es spinnt nicht, und doch wird es genährt und gekleidet und geliebt, und jeder freut sich an ihm.

Aber laßt uns unseren Blick auf etwas werfen, was leichter zu zeigen ist, nämlich wie er den Willen seines Vaters tat und keinen Gedanken an das Morgen verschwendete, nachdem er erwachsen geworden war. Erinnert euch daran, wie er sein Handwerk zurückließ, als die Zeit für ihn kam, zu predigen. Predigen war damals kein Beruf. Es gab keine Klöster oder Pfarrstellen. Doch das Zeugnis für den Vater, das durchgewebte Kleidungsstück, der Dienst von Frauen, die gemeinsame Börse! Hart arbeitende Männer und reiche Damen waren bereit, ihm zu helfen, und sie halfen ihm wirklich in allem, was er brauchte. Hatte er dann niemals Mangel? Doch, wenigstens einmal, aber nur für eine kleine Weile.

Ihn hungerte in der Wüste. 'Schaff dir Brot', sagte Satan. 'Nein', sprach unser Herr. Er konnte hungern, doch er konnte kein Brot essen, daß nicht sein Vater ihm gegeben hatte, obgleich er es selbst schaffen konnte. Er war dorthin gekommen, um versucht zu werden. Doch als der Sieg errungen war, siehe, da kamen die Engel vom Himmel und brachten ihm Speisen von seinem Vater. Was war nun besser, sich selbst zu speisen oder von seinem Vater gespeist zu werden? Er suchte das Reich Gottes und seine Gerechtigkeit, und das Brot fiel ihm von selbst zu.

Fühlt ihr euch nun geneigt, in euren Herzen zu sprechen: 'Für ihn war das leicht, sich nicht zu sorgen, denn er hatte die Dinge in seinen eigenen Händen?' Doch es liegt nichts Edles darin, wenn ein Mensch sich keine Sorgen macht, sofern es nicht aus Glauben geschieht. Gäbe es nicht Gott, der sich um uns sorgt, dann hätten wir kein Recht, jemand dafür zu schelten, der sich Sorgen macht.

Ihr mögt denken, der Herr habe seine eigene Macht gehabt, auf die er sich stützen konnte. Doch das wäre für ihn der eine schreckliche Gedanke gewesen - daß sein Vater ihn vergessen würde! Keine in ihm selbst wohnende Macht hätte ihn hierfür entschädigen können. Er fürchtete nichts für sich selbst, und kein einziges Mal setzte er seine göttliche Macht ein, um sich selbst vor seinem menschlichen Schicksal zu bewahren. Laßt Gott für ihn sorgen, wenn er das für richtig hält. Auf sich selbst zurücksinken und Gott missen - das hätte bedeutet, den Himmel für leer zu erklären und die Welt ohne Gott zu lassen. Er kam nicht in diese Welt, um Sorgen für sich selbst zu tragen.

Seine Sorge war nicht, genährt und gekleidet zu werden, sondern eins zu sein mit dem Vater, von seiner Hand gespeist, von seiner Fürsorge gekleidet zu werden. Das war es, was der Herr wollte und was wir nur allzu oft brauchen, ohne es zu wollen. Niemals gebrauchte er seine Macht für sich selbst. Gott würde für alles sorgen, was er brauchte, und unser Herr würde sich um das Werk kümmern, das sein Vater ihm übertragen hatte. Meine Freunde, dies ist das Geheimnis eines gesegneten Lebens, und der Mensch kommt in diese Welt, um dieses eine zu lernen. Mit welcher Vollmacht kommt dies aus seinem Munde, der alles darüber wußte und immer so handelte, wie er sagte! Ihr erkennt nun, daß er sich nicht um den morgigen Tag sorgte. Und im Namen des heiligen Kindes Jesus rufe ich euch auf an diesem Weihnachtstag, alle Sorge hinter euch zu werfen und auf Gott zu vertrauen; die Botschaft vom Frieden und den Menschen guten Willens zu empfangen; euch dem Geist Gottes auszuliefern, damit ihr erfahren mögt, was er euch mitteilen will; euch daran zu erinnern, daß die eine Gabe, die rückhaltlos allen verheißen wird, die darum bitten - die eine Gabe, auf die es ankommt, die Gabe, die alle anderen Gaben tausendfach im Wert steigert, die Gabe des Heiligen Geistes ist, des Geistes, der die Dinge von Jesus aufnimmt und sie euch zeigt, euer Verständnis weckt, damit ihr erkennt, daß sie wahr sind, und ihn mit eurem ganzen Herzen und mit ganzer Seele liebt und euren Nächsten wie euch selbst.«

Ich fand während meiner Predigt mehr als die übliche Aufmerksamkeit. An einer Stelle sah ich das geneigte Haupt von Catharine Weir noch tiefer auf ihre Hände sinken. Einen Augenblick später jedoch richtete sie sich gerader auf als vorher, doch sie erhob nie die Augen, so daß sich unsere Blicke nicht trafen. Ich hatte sie nicht im Sinn, als ich die Worte sprach, die sie soweit bewegt hatten, doch hätte ich nicht an sie gedacht, dann hätte ich diese Worte nicht sprechen können.

Als ich aus der Kirche kam, drängten sich meine Gemeindeglieder um mich mit ausgestreckten Händen und guten Wünschen. Vom Rande der kleinen Menge her rief eine Frau, die betagte Ehefrau eines noch betagteren Arbeiters: »Möge der Herr Sie jeden Tag besuchen, Sir, und mögen Sie niemals Hunger und Kälte erfahren, wie Tomkins und ich sie erdulden mußten.«

»Amen für den ersten Teil Ihres Segens, Mrs. Tomkins, und herzlichen Dank. Doch zum anderen Teil möchte ich nicht Amen sagen nach dem, was ich eben gepredigt habe.«

»Aber es schadet doch nichts, wenn ich das zu Ihnen sage, Sir?«

»Nein, denn Gott wird mir geben, was für mich gut ist, selbst wenn Ihr freundliches Herz das Gegenteil beten sollte.«

»O Sir! Sie wissen nicht, was es heißt, Hunger zu leiden und zu frieren.«

»Das sollen auch Sie nicht mehr erfahren, wenn ich's verhindern kann.«

»Gott segne Sie, Sir. Aber jetzt sind wir recht ordentlich dran.« Nach der Rückkehr in mein Studierzimmer setzte ich mich neben ein loderndes Feuer. Gebe Gott, daß ich immer in meinem Zimmer von einem glühenden Ofen im Winter und einer Vase mit Blumen im Sommer empfangen werde. Wenn ich das nicht haben sollte, dann möge Gott mich daran erinnern, wie nett das wäre, und dann vergrabe ich mich in meiner Arbeit.

Bald verfiel ich in einen Zustand der Träumerei (den einige mit Denken verwechseln, weil sie dem Denken nie näher kommen), und in diesem träumerischen Stadium starrte ich beharrlich auf meine Bücherregale. Ich mag Bücher sehr gern. Mißverstehen Sie mich nicht. Ich meine nicht, daß ich besonders intensiv dem Lesen zugeneigt bin. Ich hoffe, daß das der Fall ist. Ich sehe das nicht als Fehler an - eher als Tugend denn als Fehler. Doch im alten Sinn des Wortes wegen will ich sagen: ich mag die Körper von Büchern schrecklich gern, unterschieden von ihrer Seele. Ich will nicht sagen, daß ich den Körper eines Buches abgetrennt von seiner Seele liebe - ich würde nie ein Buch aufbewahren, das ich nicht achte und nicht gebrauche. Aber ich bin beglückt, wenn ich Bücher um mich sehe, selbst Bücher, bei denen keine Aussicht besteht, daß ich die Zeit habe, auch nur ein einziges Kapitel zu lesen.

Ich gestehe, daß ich sie um so lieber mag, wenn sie hübsch gebunden sind und im Licht des Feuers glänzen und schimmern. Ich habe den Verdacht, daß in dem Augenblick, wo Bücher (die man um der in ihnen enthaltenen Wahrheit willen lieben sollte) wie Einrichtungsgegenstände geliebt werden, der Geist einen Prozeß durchlaufen hat ähnlich dem Geizhals - vom Respekt vor dem Geld für das, was es bewirken kann, zur Liebe des Geldes um seiner selbst willen. Ich habe das Stadium, da Bücher zu Einrichtungsobjekten werden, noch nicht erreicht, und ich glaube nicht, daß das je eintritt. Eher würde ich sie alle verbrennen.

Plötzlich fiel mir ein, daß ich Judy versprochen hatte, die Bedeutung des Namens ihrer Tante im Angelsächsischen nachzuschlagen. Ich holte mein Lexikon herunter und entdeckte, daß Ethelwyn soviel bedeutete wie Freude an der Heimat oder Erbe. Ein lieblicher Name.

Für eine halbe Stunde verfiel ich erneut in Träumerei. Dann stand ich auf, füllte die Taschen mit kleinen Geschenken für meine Armen und machte mich auf, sie daheim zu besuchen. Verschiedene Familien hatten mich eingeladen, daß Weihnachtsessen mit ihnen einzunehmen, aber da ich nicht in dieser Weise eingeschränkt sein wollte, hatte ich allen gesagt, sie möchten mich entschuldigen, aber ich würde im Laufe des Abends irgendwann bei ihnen vorbeischauen.

Ich wurde auf unterschiedliche Weise, aber immer freundlich empfangen. Mrs. Tomkins sah aus, als habe sie noch nie im Leben soviel Tee auf einmal gesehen, obwohl es nur ein paar Pfund waren. Ihr Mann bekam ein Paar warme Hosen, und der Herzlichkeit, mit der er sie in Empfang nahm, tat es keinen Abbruch, daß sie nicht ganz neu waren; das ergab sich daraus, daß ich zu der Einsicht gekommen war, in diesem Winter nicht so viel warme Kleidung zu benötigen wie im vorangegangenen. Catharina Weir wagte ich nichts anzubieten, doch ihrem kleinen Jungen schenkte ich eine Schachtel mit Wasserfarben in Erinnerung an das erste Mal, als ich ihn sah, doch sagte ich nichts davon. Seine Mutter dankte mir nicht, wies aber den kleinen Gerard an, sich bei mir zu bedanken, und das war auch schon etwas. Die Liebenswürdigkeit des kleinen Burschen hätte auch wirklich für beide gereicht.

Als ich zum Häuschen des alten Rogers kam, fand ich nicht nur Jane dort bei ihren Eltern, was an einem Weihnachtstag ohne Gesellschaft oben in Oldcastle Hall nur natürlich war, sondern auch meine kleine Judy.

»Ja Judy!« rief ich, »Sie hier?«

»Ja, warum denn nicht, Mr. Walton?« erwiderte sie und hielt mir die Hand hin.

»Ich kenne keinen Grund, warum ich hier nicht einen Bewohner aus Hawai treffen sollte. Dennoch könnte ich Überraschung zeigen, wenn wirklich einer hier wäre, oder nicht?«

Judy tat, als schmolle sie und murmelte etwas davon, daß man sie mit einem Kannibalen vergleiche. Aber Jane übernahm die Erklärung. »Die Herrin mußte heute ganz unerwartet mit ihrer Mutter nach London fahren, Sir, wegen irgendeiner Banksache,glaube ich, nach dem, was ich - Verzeihung, Sir. Jedenfalls sind sie gefahren, gleich aus welchem Grund, und so kam ich, um Vater und Mutter zu besuchen, und Miss Judy wollte mitkommen.«

»Sie ist herzlich willkommen«, sagte Mrs. Rogers.

»Wie hätte ich mit Sarah dort bleiben können? Nicht um alles in der Welt möchte ich mit ihr alleingelassen werden. Sie würde mich in den Bischofsteich befördern, ehe du zurückwärst, liebe Janey.«

»Das würde Ihnen doch nicht allzuviel ausmachen, nicht wahr, Judy?« meinte ich.

»Sie ist ein weißer Wolf, die alte Sarah, das weiß ich!« war ihre Antwort.

»Aber was wird die alte Dame sagen, wenn sie herausfindet, daß du die junge Dame hierhergebracht hast?« fragte Mrs. Rogers.

»Ich habe sie nicht hergebracht. Sie wollte mitkommen.«

»Mußten sie tatsächlich am Morgen des Christtages verreisen?« fragte ich.

»Sie gingen jedenfalls, ob sie nun mußten oder nicht, Sir«, antwortete Jane.

»Tante Ethelwyn wollte erst morgen gehen«, sagte Judy. »Sie sagte etwas davon, daß sie heute morgen zur Kirche gehen wolle, doch Grannie sagte, sie müßten sofort fahren. Es war sehr unerfreulich von Grannie. Denken Sie, was ein Weihnachtstag für mich ist ohne Tantchen, aber mit Sarah! Ich will erst heimgehen, wenn es ganz dunkel ist. Ich will hier bei dem lieben alten Rogers bleiben - jawohl.«

Die Türe wurde behutsam geöffnet, und der junge Brownrigg trat ein. Ich dachte daher, es sei Zeit, meine besten Weihnachtswünsche zu hinterlassen und mich wieder auf den Weg zu machen. Wie immer kam Old Rogers mit bis zum Mühlenbach.

»Es erstaunt mich, Sir«, sagte er, »daß ein Gentleman von Ihrem Alter und Ihrer Erziehung all das weiß, was Sie uns heute morgen gesagt haben. Für einen Mann wie mich wäre es kein Wunder, ich bin schließlich wie ein reifes Korn - außen gelb und weiß genug und innen nicht viel mehr als Milch -. da wär's kein Geheimnis für einen Mann wie mich, der hart erzogen und fast in der ganzen Welt herumgekommen ist - nun, es gibt kaum eine Welle im Atlantik, die Old Rogers nicht kennt!

's wäre eine Schande für einen Mann wie mich, wenn ich nicht wüßte, was Sie heut morgen gesagt haben, Sir - nur wär ich nicht imstande, das so richtig zu sagen, wie Sie das können, Sir. Aber wie könnt' ich's nicht wissen, nachdem der Allmächtige sich soviel Mühe gegeben hat, es mir in meinen harten Schädel zu hämmern, einfach auf ihn zu vertrauen und nichts und niemand zu fürchten - Käptn, Monsun, Teufel, Felsen unter Wasser oder Brecher vor uns, sondern einfach auf ihn zu achten und am Steuerrad zu stehen oder sich festklammern. Denn sehen Sie, was heißt es schon, ob ich auf Grund gehe oder nicht, solange ich mich nicht drücke? Oder vielmehr« - und hier nahm der alte Mann seinen Hut ab und blickte nach oben - »solange der Große Kapitän es auf seine Weise macht und die Dinge nach seinem Willen geschehen? Aber wie ein Mann wie Sie, der auf die Universität geht und Bücher liest und es nachts warm hat und nicht weiß, was richtiger Hunger ist, wie Sie das alles wissen können, das übersteigt mein Verständnis, außer durch eine doppelte Portion vom Heiligen Geist, Sir. Und so erkläre ich es mir auch, Sir.

Ich mußte alles ohne Bücher lernen, obwohl ich meine alte Bibel hatte, die mir meine Mutter gab, und ohne die hätte ich das alles gar nicht lernen können.«

»Sie haben mehr von der Praxis gehabt, und ich mehr von der Theorie, doch wenn wir nicht beides gehabt hätten, dann hätte keiner von uns etwas darüber erfahren. Ich war nie zufrieden, ohne den Versuch zu machen, wenigstens die Dinge zu verstehen - und wenn es praktische Dinge sind und man versucht, sie gleichzeitig in die Praxis umzusetzen, wenn man sie begreift, dann ist kein Ende auf dem Weg zu sehen, auf dem einer den anderen erleuchtet. Ich nehme an, daß ich deshalb ohne Ihre Erfahrung mehr über solche Dinge zu sagen habe, als Sie erwarten würden. Der einzige Unterschied ist, daß ich zwar meinen Lehm und mein Stroh beisammen habe, und sie halten auch noch ganz gut zusammen, trotzdem ist mein Ziegelstein nicht halb so gut gebrannt wie Ihrer, mein alter Freund, und er kann immer noch zerbröckeln, obwohl ich es nicht hoffe.«

»Ich bete zu Gott, Sir, daß er unsere beiden Ziegel zu Steinen für das Neue Jerusalem macht. Ich glaube, ich verstehe Sie ganz gut. Von einer Sache zu wissen, taugt nichts, wenn man sie nicht tut. Außerdem habe ich herausgefunden, als ich zur See fuhr, daß man etwas nicht wissen kann, ehe man es tut, obwohl ich vorher geglaubt hab', ich hätte eine prima Phantasie für manche Dinge. Wenn man nicht allzu sicher ist, daß alle Fugen kalfatert sind, tut man gut daran, ein Auge auf die Lenzpumpe zu haben. Ist's nicht so, Sir?«

Während des größten Teils unserer Unterhaltung standen wir neben dem Mühlenbach, der halb zugefroren war. Das Eis schob sich von beiden Seiten auf die Mitte zu und ließ einen leeren Raum übrig, durch den das dunkle Wasser eilends dahinfloß, als habe es Angst um sein Leben vor dem weißen Tod des Frostes. Das Mühlrad stand still; das in der Sonne abtropfende Wasser war im Schatten zu Eiszapfen gefroren, die dem Rad das Aussehen seines eigenen Skeletts verliehen. Die Sonne war tief am Himmel, und ich würde meine ganze Zeit brauchen, um vor dem Abendessen noch meine anderen Freunde zu besuchen, denn ich wollte ganz gewiß nicht am Weihnachtstag Mrs. Pearson kränken, indem ich mich verspätete.

»Ich muß nun gehen, Old Rogers«, sagte ich, »aber ich werde Ihnen etwas zum Nachdenken zurücklassen, bis wir uns wieder treffen. Finden Sie heraus, warum unser Herr solches Mißfallen empfand an den Jüngern, von denen er doch wußte, daß sie ungelernte Männer waren, weil sie nicht wußten, was er mit seiner Warnung vor dem Sauerteig der Pharisäer meinte. Ich möchte wissen, wie Sie darüber denken. Sie finden die Geschichte sowohl im siebzehnten Kapitel von Matthäus wie im achten von Markus.«

»Gern, Sir, ich werd's versuchen, das heißt, wenn sie mir anschließend sagen, was Sie darüber denken, und mich berichtigen, wenn ich nicht recht habe.«

»Natürlich werde ich das, wenn ich eine Erklärung finde, die mich befriedigt. Doch jetzt ist es mir keineswegs klar. Tatsächlich sehe ich die verbindenden Glieder der Logik unseres Herrn noch nicht, als er sie schalt.«

»Wie soll ich es dann herausfinden, Sir, wenn ich von Logik

überhaupt nichts weiß?« fragte der alte Mann, und sein rauhes Gesicht verzog sich zu einem kindlichen Lächeln.

»Es gibt viele Dinge, die durch ein wenig Gelehrsamkeit zwar nicht wirklich verborgen werden, die man aber doch nicht gleich auf einmal erkennt«, antwortete ich, schüttelte Rogers die Hand und sprang dann mit meiner Stofftasche in der Hand über den Stein.

Als ich mit allen meinen Besuchen fertig war, stiegen aus den Bachläufen und Wiesen die Nebelschwaden auf und überdeckten meinen ersten Weihnachtstag in meiner eigenen Gemeinde. Wieviel glücklicher fühlte ich mich als bei meiner Ankunft vor einigen Monaten! Den einzigen Stich im Herzen an diesem Tag empfand ich, als ich die steinernen Ungeheuer am Tor zum Park von Oldcastle Hall passierte. Sollte ich nur die Auszeichnung haben, den Armen der Gemeinde zu helfen? Sollte ich nichts für die Reichen tun können, für die der Eintritt ins Himmelreich so beschwerlich ist?

Für die Menschen in Oldcastle Hall war ich anscheinend nicht annehmbar. Vielleicht konnte ich im Laufe der Zeit bei Judy etwas erreichen, doch die alte Dame war noch so eisig abweisend gegen mich, daß es mein Gewissen belastete, in welchem Maße sie mir mißfiel. Mr. Stoddart schien nichts weiter zu sein als ein Dillettant in Religion genau wie in Kunst und Wissenschaft - die Musik immer ausgenommen. Miss Oldcastle verstand ich noch nicht - und dabei war sie so schön! Sooft ich sie sah, fand ich sie noch schöner. Doch nie verzeichnete ich den geringsten Fortschritt bei einer echten Bekanntschaft mit ihren Gedanken und Gefühlen. Mich verlangte danach, etwas für diese Reichen unter meinen Pfarrkindern zu tun, denn der Gedanke, wie arm sie innerlich waren bei ihrem äußeren Wohlstand, quälte mich.

Vielleicht hätte ich mir um den armen Bauern Brownrigg ebenso viel Sorgen machen sollen wie um die hübsche Lady. Doch der Bauer hatte Anlaß zur Hoffnung auf einen gewissen Fortschritt gegeben nach der Art und Weise, wie er gegenüber Jane Rogers nachgegeben hatte. Gerade am heutigen Tage hatte ich einen positiven Blick während der Predigt von ihm erhascht. Und schließlich wird uns nirgendwo gesagt, daß wir alle Menschen in gleicher Weise lieben sollen, wir sollen nur jeden, der in unserer Reichweite kommt, so lieben wie uns selbst. Ich forderte Mrs. Pearson auf, sich mit mir zum Abendessen niederzusetzen, denn das Weihnachtsfest ist kein Tag, um allein zu speisen. Ich habe es seither immer so gehalten, daß meine Dienstboten an Weihnachten mit mir zusammen gegessen haben.

Als wir unsere Mahlzeit beendet hatten und ich vor dem Weggehen zu einer neuen Besucherrunde noch allein bei einer Tasse Tee saß, kam Mrs. Pearson herein und berichtete, der kleine Gerard Weir wolle mich besuchen. Der Kleine trat recht schüchtern ein und klammerte sich erst an der Türe, dann an der Wand fest.

»Komm herein, mein Kleiner«, sagte ich, »und setz dich her zu mir«. Er kam direkt auf mich zu und blieb vor mir stehen.

»Bitte, Sir«, sagte er und streckte die Hand in die Tasche, »Mutter hat mir ein bißchen Zuckerwerk geschenkt, und ich habe es aufgehoben, bis ich Sie heimkommen sah, und da ist es, Sir«.

Ich bedankte mich artig bei ihm und aß die Süßigkeiten eine nach der anderen auf, ehe er ging. Strahlend ging der brave Kerl fort.

Danach verließ ich das Haus und machte weitere Besuche. Wen ich an diesem Tage nicht antraf, den besuchte ich an den folgenden Tagen zwischen dem Weihnachtsfest und dem Neuen Jahr. So ging mein Weihnachten bei meiner Gemeinde zu Ende.

Zwölftes Kapitel

Die Allee

Nach dem Weihnachtsfest war meine Beziehung zu meinen Pfarrkindern enger geworden. Natürlich stattete ich in Oldcastle Hall ebenso einen Besuch ab wie auf dem Bauernhof weit draußen und den Häuschen im Dorf. Mein Gefühl für Mrs. Oldcastle wurde keineswegs herzlicher, und es gab eine Frau im Hause, die ich noch weniger mochte - jene Sarah, die Judy ganz nach meinem Herzen einen weißen Wolf genannt hatte. Ihr Gesicht war noch weißer als das ihrer Herrin, nur nicht so glatt - die Blässe war offensichtlich eine Folge der Pocken, durch die sich die Haut so verdickt hatte, daß das Blut nicht mehr durchschimmerte. Ich sah sie selten - eigentlich erhaschte ich nur hin und wieder einen Blick auf sie, wenn ich durch das Haus ging.

Auch bei Mr. Stoddart machte ich wenig Fortschritte. Immer hatte er ein freundliches Wort, gab irgendeine theosophische Theorie zum Besten. Er las begeistert Bücher mit mystischem Inhalt, und doch schien er von Natur kalt zu sein. Sein Wesen war wie von der Sonne bestrahlt, ohne eigene Wärme auszustrahlen. Sein Intellekt glich eher einer züngelnden Flamme als echter Wärme. Er konnte Dinge machen, aber nichts zum Wachsen bringen. Als mir klar geworden war, daß er mehr als irgendein anderer sich mit der Erziehung von Miss Oldcastle befaßt hatte, verstand ich sie ein wenig besser. Wenn man in Spekulation anstatt Anbetung, Mystizismus anstatt Liebe, Wort anstatt Tat unterwiesen wird, dann unterdrückt das ohne Zweifel eine Natur, die zur sonnenhellen Aktivität geschaffen ist. Nach wie vor verwirrte mich der Umstand, auf welche Weise er so Orgel spielen konnte, wie er es tat.

Weiter habe ich von diesem Winter nicht mehr viel zu berichten. So wie aus einer ganzen wechselvollen Jahreszeit nur ein einziger Tag im Gedächtnis haftet, so erscheint mir von diesem Winter aus Natur und menschlicher Natur nichts mehr berichtenswert. Ich gehe zur Sommerzeit über, doch bleibt vom Vorfrühling ein einzelner Vorfall zu verzeichnen.

Ich war auf dem Weg nach Oldcastle Hall zu einem Besuch bei Mr. Stoddart. Ich wollte mich mit ihm darüber beraten, ob außer seinem großartigen Spiel nicht noch mehr getan werden könnte, um den Musiksinn meiner Gemeinde zu wecken. Ich muß gestehen, daß ich wenig Hoffnung hatte, Mr. Stoddart in dieser Richtung zu etwas zu bewegen, doch wenn es mir gelang, dann könnte es für ihn gut sein, sich unter seine bescheideneren Mitmenschen zu mischen mit dem Versuch, ein wenig Gutes für sie zu tun.

Die Abenddämmerung begann sich niederzusenken. Der Wind fegte in heftigen Stößen durch die Bäume. Im Westen war ein einzelner kalter Streifen Licht zu sehen, der Osten war eine einzige graue Masse, und über allem funkelten die Sterne. Das Gras und der ganze Boden zwischen den Bäumen triefte vor Nässe. Die Zeit wirkte düsterer als der Winter. Die Strenge des Frostes war geschwunden, die Lieblichkeit noch nicht eingezogen, denn der Wind blies kalt, aber nicht schneidend, und wirbelte um mich, als wolle er mich in sein wildes Spiel einbeziehen. Plötzlich sah ich auf einem Fußweg, der neben der Allee herlief, Miss Oldcastle gegen den Wind ankämpfen. Ich hatte angenommen, sie sei mit ihrer Mutter in London, wohin sie seit Weihnachten des öfteren fuhren. Und warum kämpfte sie hier mit dem Wind, so weit vom Haus entfernt und nur mit einem Schal um den Kopf?

Ich schritt zwischen zwei großen Baumstämmen durch und war in wenigen Augenblicken an ihrer Seite. Doch das Geräusch des Windes verschluckte meine Schritte, und als ich ihren Namen nannte, fuhr sie heftig zusammen, drehte sich herum und richtete sich hochmütig auf, wohl auch um ihren Schrecken zu verbergen.

»Bitte entschuldigen Sie«, sagte ich, »ich habe Sie furchtbar erschreckt«.

»Nicht im geringsten«, entgegnete sie, doch ohne sich zu rühren, und ihre Gestalt war gekrümmt wie die eines abgehetzten Pferdes.

»Ich war auf dem Weg zu einem Besuch bei Mr. Stoddart«, fuhr ich fort.

»Sie werden ihn zu Hause finden, nehme ich an«.

»Ich vermutete Sie und Mrs. Oldcastle in London«.

»Wir kamen gestern zurück«.

Noch immer stand sie still. Ich machte eine Bewegung auf das Haus zu. Sie gab sich den Anschein, als wolle sie in der entgegengesetzten Richtung gehen.

»Darf ich Sie bis zum Haus begleiten?«

»Ich gehe jetzt noch nicht hinein«.

»Sind Sie denn für einen solchen Abend genügend geschützt?«

»Ich mag den Wind«.

Ich verbeugte mich und ging weiter. Was hätte ich sonst tun können?

Ich kann nicht behaupten, daß es mir gefiel, sie in der zunehmenden Dunkelheit zurückzulassen, denn der Wind blies ihr entgegen mit nicht mehr Respekt als vor einem Ligusterstrauch. Auch lag mir ihre Zurückweisung schwer auf dem Herzen, als ich langsam den Hügel zum Haus hinaufstieg.

Sarah öffnete die Glastüre, und ihre glänzenden schwarzen, ruhelosen Augen blickten unter grauen Augenbrauen aus ihrem weißen Gesicht. Ich erkannte sofort an dem Blick, den sie an mir vorbei richtete, daß sie erwartet hatte, mich in Begleitung ihrer jungen Herrin zu finden. Ich gab ihr keinen Hinweis.

Wie ich befürchtet hatte, hörte Mr. Stoddart zwar mit einem gewissen Interesse an, was ich wegen der Musik in der Kirche sagte, doch konnte ich ihn nicht soweit bringen, irgendeinen praktischen Vorschlag zu machen oder auf meine Vorschläge einzugehen. Ich verließ ihn in der Überzeugung, daß er nichts tun würde, mir zu helfen. Doch während unserer ganzen Unterredung hatte er mit keinem Wort dem widersprochen, was ich sagte. Er war wie Ton, der zu stark aufgeweicht wurde, um die Form zu behalten, in die man ihn modelliert hatte. Er würde ohne Schwierigkeiten jede Form annehmen, sie aber ebenso schnell wieder verlieren. Ich ließ mir nicht meine ganze Unzufriedenheit anmerken, denn das hätte uns nur entfremdet. Es ist unnötig und kann sogar falsch sein, alles zu zeigen, was wir fühlen oder denken. Was von uns verlangt wird, das ist, nicht etwas zu zeigen, was wir nicht fühlen oder denken, denn das wäre Falschheit.

Ich verließ das Haus in düsterer Stimmung. Ich weiß, ich hätte zu Gott aufschauen und sagen sollen: »Diese Dinge berühren dich nicht, mein Vater. Du bist derselbe in Ewigkeit. Ich erhebe mich über meine kleinen wie meine großen Kümmernisse, indem ich mich an deinen Frieden erinnere, an deine unwandelbare Güte zu mir und zu allen deinen Geschöpfen«, aber ich fand nicht sofort zu mir selbst. Der Gedanke an Gott war mir nicht gekommen, doch das würde gewiß noch geschehen. Ich brütete darüber, wie wenig ich doch tun konnte, und empfand jenes Gefühl der Schwäche, das einen Menschen inmitten der Arbeit überkommt, die er am liebsten mag, wenn die unerfreulichen Seiten dieser Arbeit sich auf ihm und seinen Anstrengungen türmen - vor allem jenen, die dem Willen ohne tragenden Impuls entspringen -, wenn seine Mühe auf ihn zurückfällt mit einem Gefühl von Unwirklichkeit, Zerfall und Bitterkeit, als sei er unnatürlich und unwahr gewesen und habe sich durch falsche Bemühungen um das Gute in falsche Beziehungen gebracht. Ich weiß, dies alles entsprang der Selbstsucht - weil ich an mich selbst dachte statt an Gott und meinen Nächsten. Doch so war es. Ich schritt die nun in tiefe Dunkelheit gehüllte Allee hinab, den Kopf zu Boden gesenkt. Beim Laut einer Frauenstimme fuhr ich auf und sah im matten Licht der Sterne vor mir die Gestalt von Miss Oldcastle. Sie ergriff zuerst das Wort.

»Mr. Walton, ich war sehr grob zu Ihnen. Verzeihen Sie bitte«.

»Das finde ich keineswegs. Ich dachte nur, was für ein plumper Tölpel ich war, daß ich Sie so erschreckt habe. Ich muß Sie um Entschuldigung bitten.«

»Ich glaube« - und ich wußte, daß sie nun lächelte -, »ich glaube, ich habe das wettgemacht, denn Sie müssen zugeben, daß ich Sie diesmal erschreckt habe.«

»Das haben Sie, doch auf andere Weise. Ich habe Sie mit meiner Grobheit verärgert. Sie hingegen haben nur einen Schwarm Fledermäuse verscheucht, die mit ihren hautigen Flügeln um mein Gesicht schwärmten.«

»Was wollen Sie damit sagen? Um diese Jahreszeit gibt es keine Fledermäuse.«

»Nicht draußen. Bei Winter und rauhem Wetter kriechen sie im Inneren hoch.«

»O ja, nun verstehe ich Sie. Aber ich dachte nicht, daß Sie je so sein würden. Ich hielt Sie für zu gut.«

»Ich wünschte, es wäre so. Hoffentlich werde ich es eines Tages. Doch bis jetzt habe ich das noch nicht erreicht. Ich bedanke mich bei Ihnen, daß Sie die Fledermäuse weggescheucht haben.«

»Ich schäme mich nun noch mehr über mich selbst bei dem Gedanken, daß meine Grobheit vielleicht dazu beitrug, sie herbeizurufen. Sie haben ohne Zweifel manchmal recht undankbare Mühen.«

Sie schien die letzte Bemerkung nur mit der Absicht vorgebracht zu haben, von sich selbst als Gesprächsthema abzulenken.

Der Wind fegte in Stößen durch die Bäume. Bildete ich es mir ein, oder sah ich ein weißes Gesicht, als der Wind die Sträucher auseinanderbog? Konnte es der Weiße Wolf sein?

Ich redete laut. »Aber es ist wirklich grausam, Sie an einem solchen Abend hier aufzuhalten. Sie müssen die Natur wirklich lieben, wenn Sie in Dunkelheit und Wind draußen spazierengehen.«

»Ich mag das gern. Gute Nacht.«

So trennten wir uns. Ich blickte ihr in der Dunkelheit nach, obwohl sie schon nach einem halben Meter von der Dunkelheit verschluckt war. Ich wäre wohl noch länger dagestanden, hätte ich nicht den Verdacht gehabt, daß Judys Wolf in der Nähe herumschlich, deshalb drehte ich mich um und ging nach Hause.

Ehe der Sommer kam, traf ich Miss Oldcastle mehrmals, doch ihre frühere Art blieb oder kehrte vielmehr zurück, denn bei jenem Gespräch war nichts davon in ihrer Stimme gelegen, wenn man überhaupt von einem Gespräch reden konnte, bei dem einer vom anderen nur die Umrisse im Dunkeln sah.

Dreizehntes Kapitel

Der junge Weir

Langsam erblühte der Sommer in seiner ganzen Pracht. Grün trat an die Stelle von weiß, Regenbogen lösten die Eiszapfen ab. Oft wanderte ich durch die Felder und Wälder mit einem Buch in der Hand, in das ich häufig den ganzen Tag über keinen Blick hineinwarf, das ich aber doch gerne bei mir trug. Meistens kam ich an diesen Tagen zurück und hatte kein Wort gelesen. Fast alle meine Predigten bereitete ich in diesem Sommer draußen im Freien vor, doch hatte ich noch eine andere Gewohnheit vor der Predigt - den Samstagabend nicht in meinem Studierzimmer, sondern in der Kirche zu verbringen. Nach der Mittagszeit war sie immer sauber und für mich bereit, so daß ich dort allein sein konnte, sobald es mir gefiel.

Diese schöne alte Kirche entsprach nicht dem Ausdruck des religiösen Gefühls meiner Zeit. Es lag eine Düsternis über ihr - eine Art heiliger Düsternis, die ich liebte, doch wenn ich zu meiner Herde sprach, empfand ich diese Düsternis nicht. Der Ort besänftigte mich, stimmte mich auf die feierliche Stimmung einer sanften Freude ein; wenn ich aber Architekt gewesen wäre und eine Kirche hätte bauen müssen, dann wäre sie sicher ganz anders ausgefallen als diese, denn ich habe immer gefunden, daß das Freie auf mich den genialsten Einfluß ausübt. Unser Herr schien so beglückt zu sein vom Freien, und spät am Tag wie zeitig in der Frühe pflegte er auf einen Berg zu steigen, um mit seinem Vater allein zu sein.

Ich versuchte deshalb den Unterschied zu überbrücken, einen leichten Übergang zwischen der freien Natur und der Kirche zu finden, um die frische Luft und die Freude über alles in die Kirche hineinzubringen. Ich überdachte meine Predigt noch einmal beim Auf- und Abgehen in dem feierlichen alten Raum, während die Nachmittagssonne schräg durch das farbige Fenster fiel. Meine Gedanken blieben einmal an einem Schemel, dann wieder an einer Konsole, schließlich an der Spitze des Aufsatzes, über dem ich am nächsten Morgen Weirs Gesicht bemerken würde, hängen. Am nächsten Tag merkte ich, daß die Formen um mich herum so mit den Formen in meinen Gedanken verwoben waren, daß ich mich fast wie einer der alten Mönche fühlte, die das Gebäude errichtet hatten.

An einem lieblichen Samstag war ich den ganzen Morgen draußen gewesen. Ich hatte mein griechisches Neues Testament bei mir, las darin, wenn ich mich hingesetzt hatte, und hing beim Gehen meinen Gedanken nach. Ich hatte vor, über die Wolke der Zeugen zu sprechen und zu erläutern, daß damit nicht Personen gemeint sind, die auf unser Verhalten schauen - als könne der Furcht vor dem ständig auf uns ruhenden Auge Gottes noch etwas hinzugefügt werden -, sondern Zeugen der Wahrheit, Menschen, die taten, was Gott von ihnen haben wollte, was immer die Folgen sein mochten, ob Krone oder Untergang, Spott oder Beifall. Nach dem Heimkommen nahm ich ein frühes Abendessen ein und verzog mich dann in mein Samstagsrefugium.

Den ganzen schwindenden Nachmittag hindurch, dem Herbst des Tages, da die Farben am üppigsten sind und die Schatten immer länger fallen, schritt ich in meiner feierlichen, altertümlichen Kirche auf und ab. Manchmal saß ich auf der Kanzel und blickte auf die alten Wände, die unter Menschenhänden entstanden waren, damit Menschen zum Gebet geholfen werden könnte, und ich dachte, wie viele Zeugen der Wahrheit in diesen alten Kirchenstühlen gekniet hatten. Mein Blick wurde von einem gelben Licht eingefangen, das die Spitze auf der Abdeckung des Taufbeckens vergoldete, die wie eine Flamme oder eine aufbrechende Blüte gestaltet war, dann von einem roten Licht, das eine weiße, in die Mauer eingelassene Marmortafel erfaßt hatte - das Rot des Lebens und der kalte Ton des Grabes. Das rote Licht war nicht von Menschen entzündet worden, sondern durch das große Westfenster, bei dem der kleine Gerard Weir dem lieben Gott anmalen helfen wollte. Ich hielt mich noch auf, bis die Dunkelheit einbrach - bis die Kirche nur noch Dunkel um mich breitete und von keinem Schein erleuchtet war. Da merkte ich, daß mein Geist heller brannte als eine Lampe, die den ganzen Tag über angezündet war, deren Glanz jedoch erst im Raum erstrahlt, wenn die Sonne verschwunden ist.

Endlich fühlte ich mich müde und wollte heimgehen, doch hielt ich mich noch einige Augenblicke in der Sakristei auf und überlegte, welche Choräle am besten zu dem paßten, was ich meiner Gemeinde zum Nachdenken mitgeben wollte. Draußen war es nun ganz dunkel. Plötzlich vernahm ich ein Stöhnen und Schluchzen; ich lauschte, hörte aber nichts mehr und nahm an, ich hätte mich getäuscht. So verließ ich die Kirche durch die Sakristeitüre und nahm den Weg durch die dichtgedrängten Gräber.

Wieder hörte ich das Schluchzen. Diesmal war ich ganz sicher, und da lag eine dunkle Gestalt auf einem der grasbewachsenen Hügel. Ich näherte mich, doch die Gestalt rührte sich nicht. Ich sprach. »Kann ich Ihnen irgendwie helfen?« fragte ich.

»Nein«, ließ sich eine kaum hörbare Stimme vernehmen.

Ich wußte zwar nicht, um wessen Grab es sich handelte, doch war ich sicher, daß dort in letzter Zeit niemand bestattet worden war. Wenn also der Kummer dem Verlust eines Toten galt, dann war er höchst wahrscheinlich durch ein kürzliches Mißgeschick neu angefacht worden. Ich hielt an, faßte die Gestalt am Arm und sagte: »Kommen Sie mit, dann wollen wir sehen, was sich machen läßt.«

Da sah ich, daß es ein junger Mann war, kaum mehr als ein Knabe, und sobald ich das bemerkt hatte, wußte ich, daß sein Kummer kaum unheilbar sein konnte.

Er gab keine Antwort, erhob sich aber sofort und ließ sich wegführen. Ich brachte ihn auf dem kürzesten Weg durch das Gebüsch in mein Haus, ins Studierzimmer, ließ ihn in meinem bequemen Sessel sitzen und klingelte um Lichter und Wein, denn es war starker Tau gefallen, und seine Kleidung war ziemlich feucht. Doch als der Wein kam, lehnte er ab, ihn zu trinken.

»Aber du brauchst ihn«, sagte ich.

»Nein, Sir, wirklich nicht.«

»Trink ein wenig um meinetwillen.«

»Lieber nicht, Sir.«

»Warum?«

»Ich habe meinem Vater vor einem Jahr, als ich nach London ging, versprochen, nichts Stärkeres zu trinken als Wasser. Ich kann mein Versprechen nicht jetzt brechen.«

»Dann war es nicht das Grab deines Vaters, auf dem ich dich fand?«

»Nein, Sir, es war das Grab meiner Mutter. Sie kennen meinen Vater recht gut, Sir. Es ist Thomas Weir.«

»Oh! Er sagte mir, daß er einen Sohn in London habe. Was ist denn nun los? Dein Vater ist ein guter Freund von mir und würde dir sicher sagen, daß du mir vertrauen kannst.«

»Daran zweifle ich nicht, Sir. Aber Sie würden mir genau so wenig glauben wie mein Vater.«

Der Junge war von mittlerer Größe, aber offenbar noch nicht voll ausgewachsen. Seine Kleidung war recht ordentlich. Sein blasses, schmales Gesicht ließ Ähnlichkeit mit seinem Vater erkennen. Er hatte blaue Augen, die mich gerade anblickten, und soweit ich es beurteilen konnte, eine ehrliche und empfindsame Natur. Dies ermutigte mich, ihn zum Erzählen seiner Geschichte zu drängen.

»Ich kann nicht versprechen, daß ich alles glaube, was du sagst. Aber wenn du mir die Wahrheit sagst, dann sehe ich keine große Gefahr, daß ich dir mißtrauen könnte, denn ich mag dich schon viel zu sehr, und du weißt, daß die Wahrheit ihre eigene Kraft hat.«

»Das habe ich bis heute Abend auch geglaubt«, antwortete er. »Aber wenn mein Vater mir nicht glauben will, wie kann ich das dann von Ihnen erwarten, Sir?«

»Dein Vater ist vielleicht zu bekümmert durch deine Geschichte, um dir Gerechtigkeit widerfahren zu lassen. Es ist gewiß nicht die Art deines Vaters, ungerecht zu sein.«

»Nein, Sir. Um so weniger werden Sie mir glauben.«

Irgendwie nahm mich das, was er sagte, noch mehr für ihn ein, und ich war mir immer sicherer, daß er mir die Wahrheit sagen würde.

»Laß es darauf ankommen«, sagte ich.

»Ja, Sir. Aber ich muß ganz von vorne anfangen.«

»Fang an, wo du willst. Ich habe heute abend nichts mehr zu tun, du kannst dir also Zeit nehmen, soviel du magst. Aber zuerst werde ich einmal um Tee läuten, denn ich wage zu behaupten, daß du darüber kein Versprechen gemacht hast.«

Ein schwaches Lächeln zuckte über sein Gesicht. Offenbar begann er sich etwas weniger ungemütlich zu fühlen.

»Wann bist du aus London zurückgekommen?« fragte ich.

»Vor ungefähr zwei Stunden, glaube ich.«

»Bringen Sie bitte Tee, Mrs. Pearson, und von dem kalten Huhn und Schinken, und einen ganzen Berg Toast. Wir sind beide hungrig«. Mrs. Pearson warf einen fragenden Blick auf den Jungen und entschwand dann zu ihrer Pflicht.

Sie kam zurück und stellte ein Tablett vor uns hin. Ich ließ ihn kein Wort reden, bevor er eine ordentliche Mahlzeit zu sich genommen hatte. Nur wenig Kümmernisse sind imstande, den Hunger eines Heranwachsenden schwinden zu lassen. Mir schien es vielmehr immer ein Wunder, wie Gefühle und Appetit aufeinander einwirken.

Nachdem das Teegeschirr weggeräumt war, löschte ich die Kerzen, denn ich dachte mir, er werde sich vielleicht mit seiner Geschichte leichter tun, wenn nur noch das Mondlicht den Raum erhellte. So berichtete er, am Fenster sitzend, was ihm widerfahren war. Der Mond beschien sein blasses Gesicht beim Erzählen und gab seinen Augen einen wilden Ausdruck.

Er hatte, so berichtete er, Beschäftigung gefunden bei Messrs. Bates und Co., Seiden- und Wäschehändlern etc., etc. in London. Zuerst bestand seine Arbeit darin, eines der Pferdefuhrwerke zu begleiten, das gekaufte Waren auslieferte, doch schließlich wurde er in den Laden geholt, um hinter dem Ladentisch zu bedienen. Dies gefiel ihm nicht so sehr, doch da es als Aufstieg angesehen wurde, hatte er gegen die Veränderung nichts einzuwenden.

Ihm selbst schien es, daß er ganz gut vorankam. Bald lernte er alle Kennzeichen an den Waren, welche die Verkäufer kennen mußten, und nach einigen Monaten glaubte er, daß man ihn für allgemein brauchbar hielt. Es war ihm noch keine bestimmte Abteilung zugewiesen worden, er wurde jedoch einmal an diesem, einmal an jenem Platz eingesetzt, so wie das Geschäft es erforderte.

»Ich muß gestehen«, fuhr er fort, »daß ich mit dem, was um mich herum geschah, nicht immer zufrieden war. Ich konnte mir nicht helfen, aber ich bezweifelte, ob alles immer ganz in Ordnung war. Allerdings war nichts irgendwie greifbar für mich, und so konnte ich ehrlich sagen, daß es mich nichts anging. Doch eines Tages, als ich einer Dame einige Taschentücher zeigte, sagte sie, sie glaube nicht, daß sie aus französischem Batist seien. Da ich wenig darüber wußte, sagte ich nichts. Doch als ich aufblickte, bemerkte ich den Ladenaufseher - den Mann, der den Kunden zeigt, wohin sie gehen müssen, und darauf sieht, daß sie gut bedient werden. Er war ein dicker, schwarzgekleideter Mann mit einer großen goldenen Kette, von der es im Laden hieß, sie sei nur aus vergoldetem Kupfer. Er stand da und starrte mich an. Von dem Tag an bemerkte ich oft, wie er mich beobachtete, als sei ich ein Kunde, der des Ladendiebstahls verdächtigt wird. Ich dachte nur, er sei unangehm, und bemühte mich, ihn zu vergessen.

Vorgestern kamen zwei Damen, eine alte und eine junge, in den Laden und wollten sich einige Schals anschauen. Ich bin sicher, daß es Mrs. und Miss Oldcastle von der Hall waren. Sie wollten einen Kaschmirschal für die junge Dame. Ich zeigte ihnen einige, doch sie wollten bessere haben. Ich brachte die besten, die wir hatten. Sie fragten nach dem Preis, den ich ihnen nannte. Sie sagten, die Schals seien ihnen nicht gut genug, und sie wollten noch mehr sehen. Ich sagte ihnen, das seien die besten, die wir hätten. Sie sahen sie nochmals an, sagten, die Schals seien nicht gut genug, und verließen den Laden, ohne etwas zu kaufen. Ich ging daran, die Schals wieder nach oben zu bringen, wobei ich an dem Aufseher vorbeikam, den ich vorher nicht bemerkt hatte. 'Ihr taugt nichts, junger Mann!' sagte er mit einem ekelhaften Grinsen.

'Was wollen Sie damit sagen?' fragte ich, denn sein Grinsen hatte mich geärgert.

'Ihr werdet's noch vor morgen erfahren', antwortete er und ging weg. -

Am gleichen Abend, als wir eben den Laden schlossen, wurde ich in das Zimmer des Geschäftsführers geholt. In dem Augenblick, da ich eintrat, sagte er: 'Ich finde, Sie passen nicht hierher, junger Mann. Sie packen besser heute Abend Ihren Koffer und verschwinden morgen. Hier ist Ihr Gehalt für einen viertel Monat.'

'Was habe ich denn getan?' fragte ich erstaunt, doch mit einem gewissen Verdacht.

'Es geht nicht darum, was Sie getan haben, sondern was Sie nicht tun', entgegnete er. 'Glauben Sie vielleicht, wir können es uns leisten, Sie hier zu behalten und dafür zu bezahlen, daß Sie die Leute aus dem Laden wegschicken, ohne etwas verkauft zu haben? Wenn Sie das annehmen, dann haben Sie sich getäuscht. Sie können gehen.'

'Aber was hätte ich tun können?' fragte ich. 'Ich nehme an, dieser Spion...'

'Vorsicht, junger Mann, hüten Sie ihre Zunge!' sagte Mr. Barlow.

'Ehrliche Leute denken nicht an Spione'.

'Ich denke, es ist wegen der Ehrlichkeit, warum Sie mich loswerden wollen', sagte ich.

Mr. Barlow stand auf, mit weißen Lippen, und wies zur Türe. 'Nehmen Sie Ihr Geld und verschwinden Sie. Und beziehen Sie sich ja nie auf mich als Charakterreferenz. Nach einer solchen Unverschämtheit könnte ich es nicht mit meinem Gewissen vereinbaren, Ihnen eine solche Referenz zu geben.' Er beruhigte sich dann ein wenig, als er sah, daß ich mich zum Gehen anschickte. 'Sie nehmen besser wieder Ihre Hände, denn mit Ihrem Kopf werden Sie nie Ihren Unterhalt finden. Hier, und nun weg!' sagte er, schob mir das Geld zu und drehte sich um. Ich konnte es nicht anrühren.

'Behalten Sie Ihr Geld, Mr. Barlow', sagte ich. 'Es mag den Verlust decken, den Sie durch mich hatten.' Und damit ging ich sofort aus dem Zimmer.

Während ich meinen Koffer packte, kam einer meiner Kameraden herein, und ich erzählte ihm alles. Er lachte und sagte: 'Was bist du doch für ein Narr, Weir! Du wirst nie dein tägliches Brot verdienen. Wüßtest du, was ich weiß, dann hättest du's besser gewußt. Mr. Barlow bediente selbst einige Damen. Sie wollten den besten indischen Schal, den sie bekommen konnten. Keiner von denen, die er ihnen vorlegte, war gut genug, denn die Damen konnten keinen vom anderen unterscheiden. Sie gehen immer nach dem Preis, den man verlangt, und Mr. Barlow wußte das recht gut. Er schickte mich nach oben um Schals, und als ich sie brachte, sagte er: ›Das ist beste Importware, Madam.‹ Es waren drei Damen, und eine schüttelte den Kopf, dann die andere, und dann schüttelten sie alle den Kopf. Und dann bedauerte Mr. Barlow, daß er gesagt hatte, es seien die besten. Aber so leicht kommt er nicht in Verlegenheit. Dafür ist er ein zu alter Fuchs. Er sah sich die Schals ganz genau an, als sei er kurzsichtig, obwohl er so weit sehen kann wie jeder andere. ›Ich bitte um Verzeihung, meine Damen‹ , sagte er, ›Sie haben recht. Ich habe mich vollständig geirrt. Was für ein törichter Fehler! Und doch wurde ich getäuscht. Hier, Johnson, nehmen Sie diese Schals weg. Ich werde das, was Sie wünschen, selbst holen, meine Damen.‹ Er wählte drei oder vier Schals mit den hübschesten Mustern aus der gleichen Partie mit genau den gleichen Markierungen, legte sie anders zusammen und gab sie mir zum Hinuntertragen. ›Nun meine Damen, hier sind sie!‹ sagte er. ›Das hier ist etwas ganz anderes, wie Sie sehen werden - und sie kosten auch in der Tat um die Hälfte mehr.‹ Innerhalb von fünf Minuten kauften sie zwei davon und zahlten um die Hälfte mehr, als er vorher verlangt hatte. Das ist Mr. Barlow! Und das hättest du tun sollen, wenn du deinen Posten behalten wolltest.' Aber ich versichere Ihnen, Sir, ich konnte nicht anders als froh sein, das ich da raus war.«

»Aber deshalb brauchst du dich nicht elend zu fühlen«, sagte ich. »Du hast deine Pflicht getan.«

»Das wäre schön und gut, wenn nur Vater mir glauben würde. Ich möchte wirklich nicht faul sein, gewiß nicht.«

»Glaubt dein Vater das?«

»Ich weiß nicht, was er glaubt. Er will nicht mit mir sprechen. Ich habe ihm meine Geschichte berichtet - zumindest soweit er mich sprechen ließ -, aber er wollte mir nicht zuhören. Er sagte nur, er wisse es besser. Ich konnte es nicht ertragen. Er ist immer ziemlich hart zu uns gewesen. Wenn Sie nicht so freundlich zu mir gewesen wären, Sir, ich weiß nicht, was ich inzwischen gemacht hätte. Ich habe keinen anderen Freund auf der Welt.«

»Doch, das hast du. Dein Vater im Himmel ist dein Freund.«

»Das weiß ich nicht, Sir. Ich bin nicht gut genug.«

»Das stimmt. Doch du hättest niemals deine Pflicht getan, wenn er nicht mit dir gewesen wäre. Alles Gute kommt von dem Vater des Lichts. Jeder, der in einem Licht wandelt, der wandelt in seinem Licht, denn es ist kein Licht - nur Finsternis - von unten. Der von Gott getrennte Mensch kann kein Licht hervorbringen.«

»Ich glaube, ich verstehe. Aber ich habe mich in der ganzen Sache gar nicht wohl gefühlt. Ich sah keinen anderen Weg, wie ich hätte handeln sollen.«

»Um so besser. Wir sollten niemals das Gefühl haben, gut zu sein. Bestenfalls sind wir nur untaugliche Diener. Seine Pflicht zu tun, ist allein noch kein Verdienst. Du wärst eine arme, miserable Kreatur, wenn du nicht so gehandelt hättest, wie du es getan hast. Und anstatt dir Kummer zu machen wegen der Folgen, solltest du sie lieber wie ein Mann tragen, mit Mut und Hoffnung, und Gott danken, daß du um der Gerechtigkeit willen leiden darfst und daß er dir Erfolg und Lob für Betrug verwehrt hat. Ich werde sofort zu deinem Vater gehen und herausfinden, wie er darüber denkt, denn ohne Zweifel hat Mr. Barlow ihm seine Version der Geschichte geschrieben. Vielleicht ist er eher geneigt, dir zu glauben, wenn er merkt, daß ich dir Glauben schenke.«

»Ich danke Ihnen, Sir!« rief der Junge und sprang auf, um mit mir zu gehen.

»Nein«, sagte ich, »du bleibst besser hier. Ich kann offener sprechen, wenn du nicht dabei bist. Hier ist ein Buch, mit dem du dir die Zeit vertreiben kannst. Ich glaube nicht, daß ich lange weg sein werde.«

Aber ich blieb länger fort, als ich gedacht hatte.

Zu meiner Überraschung fand ich den Zimmermann noch immer bei der Arbeit, als ich eintraf. Im Lichte einer einzigen Talgkerze neben der Werkbank arbeitete er an einer Nut. Er blickte kurz auf, senkte aber, ohne mich überhaupt zu grüßen, sein blasses Gesicht wieder und fuhr mit seiner Arbeit fort.

»Was!« sagte ich fröhlich,» so spät noch an der Arbeit?«

»Ja, Sir.«

»Ich weiß, das ist bei Ihnen nicht ungewöhnlich.«

»Das ist doch alles Humbug!« sagte er heftig, doch kalt. Er richtet sich von seiner Arbeit auf und wandte mir sein weißes Gesicht zu, obwohl er den Blick senkte. »Alles ist Humbug, und ich habe nicht die Absicht, mich noch einmal zum besten halten zu lassen. Sagen Sie mir bloß, daß ein Gott die Welt regiert! Was habe ich getan, daß mir so mitgespielt wird?«

Ich dachte bei mir, daß ich diese Frage für seinen jungen Sohn aufnehmen könnte: »Was hat er getan, daß ihm so mitgespielt wird?« Ich konnte nur dastehen und warten. »Es wäre falsch, wenn ich Unwissenheit vorschützen würde«, sagte ich. »Ich weiß alles darüber.«

»Er war also bei Ihnen, wie? Aber Sie wissen nicht alles, Sir. Die Unverschämtheit dieses jungen Lümmels! Mich so zu behandeln! Ein Kind ist eine...« Hier brach seine Rede erschrocken ab. Doch er versuchte es nochmals. »Und das andere ein...« Anstatt den Satz zu Ende zu sprechen, trieb er seinen Nuthobel wild durch den Nut und splitterte am Ende einige Zoll der Umwandung ab.

»Wenn jemand Sie so behandelt hat«, entgegnete ich ihm, »dann muß es der Teufel gewesen sein und nicht Gott.«

»Wenn es einen Gott gäbe, dann hätte er dies alles verhindern können.«

»Denken Sie an das, was ich Ihnen schon früher sagte - Er hat es noch nicht getan. Und es gibt noch einen anderen Feind auf seinem Weg, der so schlimm ist wie der Teufel - wir selbst. Wenn Menschen versuchen, ihren eigenen Weg ohne Gott zu gehen, dann läßt Gott sie den Versuch machen. Und dann bekommt sie der Teufel in seinen Griff. Doch Gott will nicht zulassen, daß er sie behält. Sobald sie der Größe ihres Weges müde sind, beginnen sie nach einem Erlöser Ausschau zu halten. Und dann merken sie, daß Gott bereit ist zur Vergebung, zur Hilfe, daß er das zerstoßene Rohr nicht zerbricht, sondern sie zu seiner eigenen Offenbarung führt. Gott ist liebevoll - wie der Vater des verlorenen Sohnes -, nur mit dem Unterschied, daß Gott Millionen von verlorenen Söhnen und Töchtern hat und niemals müde wird, ihnen entgegenzugehen und sie zu begrüßen, jeden einzelnen, als sei er der einzige verlorene Sohn, den Gott je hatte. Das ist wirklich ein Vater! Sind Sie ein solcher Vater für Ihren Sohn gewesen?«

»Der verlorene Sohn kam nicht mit einem Pack voller Lügen zurück. Er sagte seinem Vater die Wahrheit, auch wenn sie noch so schlimm war.«

»Aber wie wollen Sie wissen, daß Ihr Sohn Ihnen nicht die Wahrheit gesagt hat? Nicht alle jungen Männer, die von zu Hause fortgehen, handeln wie der verlorene Sohn. Warum sollten Sie nicht glauben, was er Ihnen erzählt?«

Er reichte mir einen Brief. Ich nahm ihn und las:

»Werter Herr - Es ist unsere schmerzliche Pflicht, Sie davon in Kenntnis zu setzen, daß Ihr Sohn heute aus seiner Anstellung bei uns entlassen wurde, da sein Betragen unser bisher in ihn gesetztes Vertrauen nicht gerechtfertigt hat. Es wäre den Interessen unseres Hauses abträglich gewesen, ihn länger hinter dem Ladentisch zu beschäftigen, obgleich wir nicht geneigt sind, weiteres gegen ihn vorzubringen außer der Tatsache, daß er sich gegenüber den Interessen seines Arbeitgebers vollkommen gleichgültig gezeigt hat. Wir sind der Meinung, daß die Hauptschuld bei bestimmten Verbindungen von einer Art, wie sie sich in großen Städten leicht bilden, liegen dürfte, und daß der Verlust seiner Stellung hier genügend Strafe sein mag, wenn nicht um der Gerechtigkeit willen, so doch, um ihn zum Nachdenken über sein Verhalten zu bewegen, damit er klug werde. Wir legen sein Gehalt für einen viertel Monat bei, das der junge Mann mit einer Beleidigung zurückgewiesen hatte, und verbleiben etc. Bates and Co.«

»Und«, rief ich, »darauf gründen Sie also Ihr Urteil über Ihren eigenen Sohn! Sie weisen ihn zurück, ohne ihn überhaupt anzuhören, und nehmen das Wort eines Fremden für bare Münze! Ich wundere mich nicht darüber, daß Sie nicht an Ihren himmlischen Vater glauben können, wenn Sie sich Ihrem eigenen Sohn gegenüber so verhalten. Ich sage nicht, daß Ihre Schlußfolgerung falsch ist - obgleich ich sie nicht glaube - aber ich sage, daß die Gründe, die Sie vorbringen, alles andere als ausreichend sind.«

»Sie wollen mir doch nicht sagen, daß ein Mann von Mr. Barlows Stellung, der einen der größten Läden in London leitet und dessen Bruder Bürgermeister von Addicehead ist, einen armen Kerl in dieser Weise verleumden würde!«

»Bravo, wie Sie den Mammon anbeten!« rief ich. »Weil ein Mann eins der größten Geschäfte in London betreibt und sein Bruder Bürgermeister in Addicehead ist, nehmen Sie sein Zeugnis an und verwerfen das Ihres Sohnes! Ich habe den Jungen bis heute abend nicht gekannt - aber ich fordere Sie auf, sich alles ins Gedächtnis zu rufen, was Sie seit seiner Kindheit von ihm wissen, und sich dann zu fragen, ob nicht mindestens soviel Wahrscheinlichkeit dafür spricht, daß er seine Ehrlichkeit behalten hat, wie daß der Herr eines großen Londoner Geschäfts unfehlbar in seinen Schlüssen ist.«

Das blasse Gesicht des Zimmermanns glühte wie Feuer, denn er hatte allen seinen eigenen Theorien von der menschlichen Gleichheit zuwidergehandelt, und das auf eine höchst schmachvolle Weise. Aber ob er nun überzeugt war oder nicht, er wollte nicht nachgeben. Er fuhr nur in seiner Arbeit fort, die recht zerstörerisch ausfiel. Sein Mund war fest zusammengepreßt, und seine Augen glänzten über dem ruinierten Bord in einem Licht, in dem mehr Starrköpfigkeit lag als Reue.

»O Thomas!« sagte ich, »wenn Gott sich zu uns so verhalten hätte wie Sie Ihrem Sohn gegenüber - ganz gleich ob er unschuldig oder schuldig ist -, dann gäbe es keinen Mann und keine Frau unseres verlorenen Geschlechts, die je zu ihm zurückgekehrt wären seit der Zeit Adams bis jetzt. Kein Wunder, daß Sie es so schwer haben, an Gott zu glauben.«

Mit diesen Worten verließ ich die Werkstatt, entschlossen, den Ungläubigen mit Beweisen zu überhäufen und ihn vor seiner eigenen Seele zu beschämen, und daraus könnte für ihn noch mehr Gutes entspringen als für seinen Sohn. In die Ehrlichkeit des Mannes mischte sich eine ganz schöne Portion Selbstzufriedenheit, und je eher die einen Schlag abbekam, desto besser. Stolz war es, der die Wurzel seiner Härte bildete. Seine Tochter hatte ihn entehrt - ihr hatte er nie verziehen - und nun setzte sein Stolz seinen Sohn auf die Straße, auf den ersten Verdacht hin. Seine Einbildung hatte die ganzen leeren Stellen in den boshaften Unterstellungen von Mr. Barlow ausgefüllt. Sein Stolz lähmte seine Liebe. Er dachte mehr an sich selbst als an seine Kinder. Es spielte weniger eine Rolle, ob sie schuldig wären, als daß er, ihr Vater, entehrt sein könnte.

Während ich dies alles überdachte und vergaß, wie spät es schon war, fand ich mich auf halbem Weg in der Allee nach Oldcastle Hall. Ich wollte herausfinden, ob die fraglichen Damen Mrs. und Miss Oldcastle gewesen waren. Welch ein Pluspunkt, wenn dies wirklich der Fall wäre! Ich wollte mich nicht zufriedengeben, ohne zu erreichen, daß Miss Oldcastle mich zu Thomas Weir begleitete. So sehr beschäftigten mich diese Gedanken, daß mir das Ungehörige jedes weiteren Versuchs in dieser Nacht erst zum Bewußtsein kam, als ich vor dem Haus stand. Nur noch ein Licht brannte, und das befand sich im ersten Stock.

Als ich mich umwandte, um den Hügel hinabzugehen, sah ich, wie die Ecke einer Jalousie beiseitegeschoben wurde und ein Gesicht herauslugte - wessen, konnte ich nicht sagen. Das war unangenehm, denn was konnte ich um diese Zeit hier wollen? Doch ich schritt stetig hinab in der Gewißheit, daß ich dem Erkanntwerden nicht entging, doch entschlossen, auf diesen unüberlegten Besuch zurückzukommen, wenn ich das nächste Mal oben vorsprach. Ich verweilte auf meinem Heimweg auf der Brücke. Kein Licht war im Dorf zu sehen außer einem über Catharine Weirs Laden. In meiner Gemeinde gab es nicht viel ruhelose Seelen, nicht so viele, wie man vermuten könnte. Gerne hätte ich die Bekümmerten in Frieden gesehen - doch keinen Augenblick, bevor ihre Sorgen sie dorthin geführt hätten, wo die Mühseligen und Beladenen allein Ruhe für ihre Seelen finden können.

Meinem jungen Gast konnte ich für den Augenblick wenig Trost spenden, doch ich war voller Hoffnung. Ich sagte ihm, er solle bis morgen bei mir im Haus bleiben, denn ich hielt es für besser, wenn vor seinem Erscheinen in der Öffentlichkeit die Versöhnung mit seinem Vater zustandekäme.

So kam am nächsten Tag keiner der beiden Weirs in die Kirche. Gleich nach Beendigung des Nachmittagsgottesdienstes ging ich nach Oldcastle Hall und wurde ins Wohnzimmer geführt. Man blickte von dort hinab auf den Rasen, wo Mrs. Oldcastle saß und in einem Buch las. Miss Oldcastle saß ein Stückchen weiter mit einem Buch auf den Knien, doch ihr Blick war auf die Landschaft vor ihr gerichtet. Zwischendurch bemerkte ich Judy, die unter den Bäumen herumflitzte und keinen Augenblick am gleichen Fleck war.

Ich scheute mich vor einer Unterredung mit Mrs. Oldcastle allein, die sicher nicht zu dem von mir gewünschten Ziele führen würde, und schritt deshalb auf die Terrasse hinaus und von dort die Stufen zum Rasen hinunter. Der Diener hatte eben Mrs. Oldcastle von meinem Besuch unterrichtet, als ich mich näherte. Sie richtete sich im Stuhl auf und beschloß offenbar, meinen Besuch als aufdringlich anzusehen. »Ich hatte Ihren Besuch heute nicht erwartet, Mr. Walton, wenn Sie mir die Bemerkung gestatten.«

»Ich erledige Sonntagsarbeit«, antwortete ich. »Würden Sie mir bitte freundlicherweise sagen, ob Sie am vergangenen Donnerstag in London waren? Bitte bleiben Sie - und erlauben Sie, daß ich Miss Oldcastle bitte, sich zu uns zu gesellen.« Ohne auf Antwort zu warten, ging ich zu Miss Oldcastle und bat sie, herzukommen und sich etwas anzuhören, wobei ich ihre Hilfe bräuchte. Sie erhob sich höflich, doch ohne Herzlichkeit und begleitete mich zu ihrer Mutter, die starr und steif dasaß und uns beobachtete.

»Ich möchte nochmals fragen«, fing ich von neuem an, »ob Sie am Donnerstag in London waren?«

Obgleich ich mich an die alte Dame gewandt hatte, kam die Antwort von der Tochter. »Ja, das waren wir.«

»Waren Sie bei Bates and Co. in der Dublin Street?«

Doch nun mischte sich die Mutter ein, ehe Miss Oldcastle antworten konnte. »Werden wir vielleicht des Ladendiebstahls bezichtigt, Mr. Walton? Wirklich, man ist an ein solches Kreuzverhör nicht gewohnt, außer von einem Anwalt.«

»Haben Sie bitte einen Augenblick Geduld mit mir«, erwiderte ich. »Nur noch zwei oder drei Fragen, dann werde ich nicht länger den Geheimnisvollen spielen. Bitte sagen Sie mir, ob Sie in dem Laden waren oder nicht?«

»Ich glaube, wir waren dort«, sagte die Mutter.

»Ja, sicher«, bestätigte die Tochter.

»Kauften Sie irgend etwas?«

»Nein. Wir -« begann Miss Oldcastle.

»Bitte kein weiteres Wort«, rief ich eifrig aus. »Kommen Sie gleich mit mir.«

»Was soll das heißen, Mr. Walton?« sagte die Mutter mit kalter Indignation, während die Tochter überrascht aufsah, aber nichts sagte.

»Ich bitte Sie um Verzeihung für mein Drängen, doch in diesem Augenblick liegt viel in Ihrer Macht. Der Sohn eines meiner Gemeindemitglieder ist nach Hause gekommen, in Schwierigkeiten. Sein Vater Thomas Weir -«

»Ha!« sagte Mrs. Oldcastle in einem Ton, der sich um Vornehmheit bemühte. Doch ich nahm keine Notiz davon.

»Sein Vater glaubt ihm seine Geschichte nicht. Der Junge glaubt, Sie seien die beiden Damen, die er bediente, als er sich die Schwierigkeiten zuzog. Ich vertraue ihm so sehr, daß er die Wahrheit sagt, daß ich Miss Oldcastle bitten möchte, mich zu Weirs Haus zu begleiten -«

»Wirklich, Mr. Walton, ich bin erstaunt, daß Sie eine solche Bitte äußern!« rief Mrs. Oldcastle. »Miss Oldcastle zu bitten, Sie zur Behausung des Rädelsführers der ganzen Canaille in der Gegend zu begleiten!«

»Es geschieht um der Gerechtigkeit willen«, warf ich ein.

»Das geht uns nichts an. Sollen sie ihren Streit unter sich ausmachen. Ich bin sicher, daß alle Scherereien daraus nicht mehr sind, als sie verdienen. Eine niedrige Familie - Männer wie Frauen!«

»Ich versichere Ihnen, ich denke da völlig anders. Doch hat weder Ihre noch meine Meinung etwas mit dieser Sache zu tun.« Hier wandte ich mich an Miss Oldcastle und fuhr fort. »Es ist eine Gelegenheit, wie sie nur selten im Leben kommt, Miss Oldcastle - eine Gelegenheit, mit einem einzigen Wort Dinge wieder ins richtige Lot zu bringen. Als Prediger des Evangeliums von Wahrheit und Liebe bitte ich Sie, mir mit Ihrer Anwesenheit hierbei zu helfen.« Ich hätte noch nachdrücklicher gesprochen, doch wußte ich, daß ihr mir gegebenes Wort auch ohne ihre Gegenwart genügen würde. Auf meine letzten Worte hin erhob sich Mrs. Oldcastle. Ihr Gesicht war noch weißer als sonst.

»Sie wagen es, darauf zu bestehen! Sie nutzen Ihre Stellung, um meine Tochter in einen gemeinen Streit zwischen Menschen der niedersten Klasse hineinzuziehen - gegen den ausdrücklichen Befehl ihrer eigenen Mutter! Haben Sie keine Achtung vor Ihrer Stellung in der Gesellschaft? Vor Ihrem Geschlecht? Mister Walton, Sie handeln in einer Weise, die Ihres Rockes unwürdig ist.«

Ich hatte soviel Selbstbeherrschung aufgebracht, wie mir möglich war, und ich glaube, ich hätte alles ruhig geschluckt, wenn nicht diese letzten Worte gewesen wären. Wenn es einen Ausdruck gibt, den ich mehr als alles andere hasse, dann ist es das verabscheuenswerte Wort Rock für das Amt eines Geistlichen.

»Madam«, sagte ich, »ich verdanke meinem Schneider nichts, aber Gott verdanke ich mein ganzes Dasein, und ich schulde meinem Nächsten alles, was ich für ihn tun kann. 'Wer seinen Bruder nicht liebt, ist ein Mörder' oder eine Mörderin, je nachdem.«

Bei dem Wort »Mörderin« zuckte ihr Gesicht, und sie wandte sich ohne Antwort ab. Inzwischen war ihre Tochter schon halb im Haus. Sie folgte ihr. Hier wurde ich alleingelassen und konnte nach Hause gehen in dem vollen Wissen, daß ich, zum Teil, weil ich zuviel erreichen wollte, und zum Teil, weil ich die Beherrschung verloren hatte, bestenfalls ein entstelltes und unbefriedigendes Zeugnis zu Thomas Weir zurückbringen konnte.

Ich ging um das Haus herum und die Allee hinab, und je weiter ich kam, desto gedemütigter fühlte ich mich. Es war nicht nur Scham, weil ich die Beherrschung verloren hatte, obgleich auch das schamvoll war, vor allem einer Frau gegenüber, und nur wegen eines gemeinhin üblichen Ausdrucks! - doch ich erkannte, daß es dem Zimmermann sehr seltsam erscheinen mußte, wenn ich nichts Entscheidendes in der Sache erfahren hatte. Alles, was ich wußte war, daß Mrs. und Miss Oldcastle an dem gleichen Tag im Laden waren, an dem Weir entlassen worden war. Es bewies nur, daß das stimmte, was er in dieser Hinsicht gesagt hatte, mehr nicht.

Ich hatte in der Tat die ganze gute Sicherheit meines Versuches eingebüßt, zum Teil wegen des törichten Wunsches, Weir mit der Überzeugung zu konfrontieren, anstatt sie in ihm selbst wirken zu lassen. Sie sollte voller Triumph, melodramatisch sein und - muß ich das noch bekennen? - ihn dafür bestrafen, daß er seinem Sohn nicht glaubte, während ich ihm Glauben geschenkt hatte. In meiner Selbstsucht vergaß ich völlig, daß es schon eine unsagbare Bestrafung für ihn war, seinem Sohn nicht geglaubt zu haben.

Ich fühlte mich gedemütigt, und Demütigung ist ein völlig anderer Geisteszustand als Demut. Kein Mensch kann sich Demütigung wünschen, denn sie ist Schmach und Qual. Demut dagegen ist die wahre, rechte Verfassung für die Menschen - voller Friede und göttlich. Und doch kann ein Mensch die auf ihn zukommende Demütigung begrüßen, wenn er merkt, daß sie ihn von seinem Standpunkt abgebracht hat, weg vom Stolz und hin zur Demut. Bei mir trat eine nachdrückliche Auflösung der Bindungen an den Stolz wie an die Demütigung ein, und mich trieb ebenso sehr der Wunsch, Weirs verletztes Gemüt zu heilen wie seinem Sohn Gerechtigkeit widerfahren zu lassen.

Ich schritt langsam, mit brennenden Wangen und niedergeschlagenem Blick von dem großen Haus weg (das mir mit all seinen Fenstern die Allee hinab nachzustarren schien), als ich plötzlich aus meinem Zustand befreit wurde. An einer scharfen Biegung, wo die Allee in eine kurvige Straße überging, wartete Miss Oldcastle auf mich. Ihre Wangen glühten von der Eile ihres Laufs, und um die Lippen lag ein Ausdruck fester Entschlossenheit.

»Mr. Walton, was wollen Sie, daß ich tun soll? Ich bin nicht willens, mich zu weigern, wenn es meine Pflicht ist mitzugehen, wie Sie sagen.«

»Ich kann es nicht genau sagen«, antwortete ich. »Ich glaube, ich habe es zu stark ausgedrückt. Aber es wäre von großem Vorteil, wie ich meine, wenn Sie mich begleiten und mir gestatten würden Ihnen in Gegenwart von Thomas Weir einige Fragen zu stellen.

»Ich werde mitkommen.«

»Ich danke Ihnen tausendmal. Aber wie brachten Sie es fertig - Hier verstummte ich, denn ich wußte nicht, wie ich die Frage beenden sollte. »Sie sind überrascht, daß ich kam, trotz Mamas Einwand? Glauben Sie, der Gehorsam gegenüber den Eltern sollte für immer andauern? Die Achtung natürlich. Aber ich bin gewiß alt genug, um das Recht zu haben, wenigstens meinem Gewissen zu folgen.«

»Sie verstehen mich falsch. Darin liegt nicht die Schwierigkeit. Natürlich sollen Sie tun, was richtig ist, auch gegen die höchste Autorität auf Erden, als welche ich die Eltern ansehe. Überrascht bin ich jedoch von Ihrem Mut.«

»Nicht wegen seinem Ausmaß, nur weil ich ihn aufbringe!« meinte sie mit einem Seufzer. Sie hatte recht, und ich wußte nicht, was ich darauf hätte antworten sollen. »Ich weiß, daß ich feige bin. Doch wenn ich nicht wagen kann, kann ich doch tragen. Ist es nicht seltsam? Wenn meine Mutter mich anschaut, traue ich mich kein Wort zu sagen, mich kaum gegen ihren Willen zu bewegen. Und es ist keineswegs immer ein guter Wille. Ich kann meine Mutter nicht so ehren, wie ich möchte. Doch in dem Augenblick, da ihre Augen nicht mehr auf mich gerichtet sind, kann ich alles tun; ich kenne die Folgen genau und achte ihrer doch nicht. Einmal hielt sie mich in meinem Zimmer eine ganze Woche lang auf die Stunde genau eingesperrt und schickte mir nur Wasser und Brot. Nicht daß es mir viel ausgemacht hätte, ich erwähne es nur, damit Sie ein wenig meine Lage in meinem eigenen Heim begreifen. Deshalb bin ich vor ihr weggegangen. Ich habe klar erkannt, was auf mich zukam.«

Miss Oldcastle richtete sich mit einem stärkeren Ausdruck des Stolzes auf, als ich je an ihr wahrgenommen hatte. Sie offenbarte mir damit, daß ich bisher die Quelle ihrer vermeintlichen Hochmütigkeit mißverstanden hatte.

Ich konnte vor Empörung nicht antworten. Mein Schweigen mußte sie zur nächsten Bemerkung veranlaßt haben.

»O, Sie glauben, ich hätte kein Recht, so über meine Mutter zu sprechen? Nun, tatsächlich hätte ich das noch vor einem Monat nicht getan.«

»Wenn ich geschwiegen habe, Miss Oldcastle, dann deshalb, weil mein Mitgefühl zu stark ist. Es gibt solche und solche Mütter, und es ist entsetzlich, wenn eine Mutter eigentlich überhaupt keine Mutter ist.« Sie erwiderte nichts. »Vielleicht - und ich fühle mich ehrlicher, wenn ich das gesagt habe - sollte in Ihrem Verhalten nur eins geändert werden, und zwar, daß Sie Ihrer Mutter gegenüber das direkte Wagnis eingehen. Glauben Sie nicht, daß das, was ich sagen will, etwas Vulgäres ist. Wäre es so, dann wüßte ich Besseres zu tun, als Ihnen gegenüber so etwas vorzubringen. Was ich meine ist, daß Sie imstande sein sollten, daß gleiche unter den Augen Ihrer Mutter zu sagen und zu tun, was Sie außerhalb ihrer Blicke sagen und tun.«

»Das weiß ich. Ich weiß es recht gut. Aber Sie wissen nicht, welchen Bann sie auf mich ausübt und wie unmöglich es ist, das zu tun, was Sie sagen.«

»Schwierig ja, aber nicht unmöglich. Sie werden niemals frei sein, wenn Sie sich nicht dazu durchringen.«

Wir gingen einige Minuten schweigend nebeneinander her. Endlich sagte sie: »Ich glaube, der Eigenwille meiner Mutter grenzt an Wahnsinn. Ich muß noch lernen, wo sie selbst einhalten würde.«

»Jeder Eigenwille ist Wahnsinn«, erwiderte ich. »Seinen eigenen Weg erzwingen zu wollen, gerade und nur, weil es der eigene ist, das ist der Gipfel des Wahnsinns.«

»Vielleicht. Doch wenn man dem Wahnsinn entgegentreten soll, als sei es ein normaler Sinn, dann wird dies nicht leichter durch das Wissen, daß es Wahnsinn ist.«

»Bietet Ihnen Ihr Onkel denn keine Hilfe?« »Er hat vor ihr genau so viel Angst wie ich! Er wagt es nicht einmal, wegzugehen. Er wußte nicht, auf was er sich einließ, als er nach Oldcastle Hall kam. Der Onkel ist ein Schatz. Ich verdanke ihm sehr viel. Doch wenn es um Hilfe irgendeiner Art geht, dann nützt er nicht mehr als ein Kind. Ich glaube, Mama betrachtet ihn als halben Idioten. Er kann alles und jedes tun, nur nicht helfen zu leben, etwas zu sein. O mein Gott! Ich bin des alles so müde!« Und die stolze Lady brach in heftiges Weinen aus.

Inzwischen waren wir beim Tor angelangt, und sobald wir die monströsen Wächter hinter uns gelassen hatten, erwies sich die offene Straße als wirksames Mittel gegen die Tränen. Als wir in Sichtweite des alten Hauses kamen, in dem Weir wohnte, zeigte Miss Oldcastle wieder ein wenig Neugierde, was ich von ihr verlangte.

»Vertrauen Sie mir«, sagte ich. »Ich will nichts Geheimnisvolles. Ich möchte nur, daß die Wahrheit frisch aus Ihrem Munde in die Ohren des Meistbetroffenen gelangt.«

»Ich vertraue Ihnen« , antwortete sie, und wir klopften an der Haustür.

Thomas Weir öffnete selbst die Türe mit einer Kerze in der Hand. Höchst erstaunt blickte er auf die Dame an seiner Türschwelle. Er bat uns recht höflich herein und führte uns in den großen Raum droben. Dort saß der alte Mann, wie ich ihn beim erstenmal gesehen hatte, neben dem Kaminfeuer. Er empfing uns mit weit mehr als nur förmlicher Höflichkeit, und ich konnte mir einen Blick auf Miss Oldcastle nicht verwehren, um zu sehen, welchen Eindruck diese Familie von »niedrigen, freidenkerischen Republikanern« auf sie machte. Man konnte unschwer bemerken, daß der Eindruck eine durchaus positive Überraschung war. Doch ich war von ihrem Verhalten ebenso verblüfft wie sie über das Verhalten der Weirs. In ihrer Stimme lag nichts Hochmütiges, und ihre Bewegungen entbehrten jeder Überheblichkeit. Sie nahm den angebotenen Stuhl an und setzte sich neben den Kamin in dem Gefühl ausgesprochener Behaglichkeit, nur wandte sie sich zu mir in der Erwartung, welche Erklärung ich für angebracht hielt.

Ehe ich noch etwas sagen konnte, brach der alte Mr. Weir die Stille. »Sir, ich habe Tom wie schon so oft vorher gesagt, daß er seinen Kindern gegenüber viel zuviel Härte an den Tag legt.«

»Vater!« unterbrach Thomas ärgerlich.

»Hab ein wenig Geduld, mein Junge«, beharrte der alte Mann und drehte sich wieder zu mir um. »Ja, Sir, er wollte nicht einmal von dem Jungen seine Fassung der Geschichte hören, und ich sage, der Junge wird ihm keine Lüge auftischen, nicht wenn er noch der gleiche ist, als der er wegging.«

»Vater, ich sage dir«, begann Thomas von neuem, hielt aber inne, um nutzloses Gerede vor dem eigentlichen Gespräch zu vermeiden.

»Thomas«, begann ich, »hören Sie mich an. Ich habe von Ihrem Sohn seine Seite der Geschichte gehört. Wegen eines Hinweises in dem, was er sagte, ging ich zu Miss Oldcastle und fragte sie, ob sie am vergangenen Donnerstag in dem Laden war. Das ist alles, was ich sie fragte, und alles, was sie mir sagte war, daß dies zutreffe. Ich weiß nicht mehr als Sie, was sie nun auf meine Fragen antworten wird, aber ich zweifle keinen Augenblick, daß ihre Antworten mit dem Bericht Ihres Sohnes übereinstimmen.«

Ich richtete dann meine Fragen an Miss Oldcastle, deren Antworten folgenden Sachverhalt ergaben: Sie hatte mit ihrer Mutter zusammen einen Schal kaufen wollen; keiner erschien gut genug; sie waren aus dem Laden gegangen, ohne etwas zu kaufen; sie waren von einem jungen Mann bedient worden, der sich ihrer Wünsche zwar mit vollendeter Höflichkeit und Aufmerksamkeit angenommen hatte, jedoch nicht die Art und Weise eines Londoner Ladenschwengels an sich zu haben schien. Das war alles.

»Ich glaube, Mr. Walton, wenn wir fertig sind, sollte ich mich nun auf den Heimweg machen«, sagte Miss Oldcastle.

»Sicherlich«, antwortete ich. »Ich bringe Sie sofort nach Hause. Ich bin Ihnen außerordentlich dankbar, daß Sie mitgekommen sind.«

»O ja, Sir«, sagte der alte Mann und stand mühsam auf, wir sind Ihnen beiden und ganz besonders der Dame zu mehr Dank verpflichtet, als wir ausdrücken können. Sich unserethalben solche Mühe zu machen! Aber sehen Sie, Sir, Sie sind einer von denen, die glauben, daß ein Mann auf diese oder jene Weise seine Pflicht tun muß, ob er nun Pfarrer ist oder Schreiner. Gott segne Sie, Miss. Sie sind vom richtigen Schlag, wenn Sie dies einem alten Mann verzeihen mögen, Miss, da wir uns sicher nicht mehr wiedersehen werden, bis Sie eines Tages die Flügel haben, die Sie verdienen.«

Miss Oldcastle lächelte liebenswürdig, doch ohne ein Wort zu sagen, schüttelte beiden die Hand und verabschiedete sich. Weir brachte kein Wort heraus - er konnte kaum die Augen aufheben. Doch auf seinen beiden blassen Wangen glühte ein roter Fleck, der ihm viel Ähnlichkeit mit seiner Tochter Catharine verlieh, und ich konnte sehen, wie Miss Oldcastle unter seinem Handgriff stöhnte und ebenfalls errötete. Doch wieder lächelte sie ganz bezaubernd.

»Ich werde Miss Oldcastle nach Hause begleiten und dann zu meinem Haus zurückgehen und den Jungen mitbringen«, sagte ich beim Fortgehen. Eine ganze Weile verstrich, bevor Miss Oldcastle oder ich etwas sprachen. Die Sonne senkte sich und hauchte ein zartes rosenfarbenes Licht über Himmel, Erde und Luft, und die Welt war von jener eigenartigen Stille erfüllt, die zum Abend des Tages der Ruhe gehört. Die Welt sollte am Morgen gewiß besser erwachen.

»Keine sehr gefährlichen Leute, nicht wahr, Miss Oldcastle«, meinte ich schließlich.

»Ich danke Ihnen vielmals, daß Sie mich mit zu ihnen genommen haben«, erwiderte sie herzlich.

»Sie werden nun sicher nicht mehr alles glauben, was Sie vielleicht über die arbeitenden Menschen hören?«

»Ich habe das nie geglaubt.«

»Es gibt unter ihnen boshafte, gemeine, selbstsüchtige, ungläubige Menschen, weiß Gott, aber genau so gibt es unter ihnen auch noble Personen.«

»Der alte Mann ist ein wirklicher Gentleman.«

»Das stimmt. Der einzige Weg, ihnen beizubringen, wie man ein Gentleman ist, besteht darin, ein Gentleman für sie zu sein. Der Mann, der sich den arbeitenden Menschen gegenüber nicht als Gentleman erweist - warum sollte ich sie die Armen nennen? Manche von ihnen sind besser dran als viele Reiche, denn sie können ihre Schulden bezahlen und tun es auch -.«

Ich hatte den Anfang meines Satzes vergessen.

»Sie wollten sagen, daß der Mann, der sich den Armen gegenüber nicht als Gentleman erweist -«

»Überhaupt kein Gentleman ist, und wenn sie meinen Namensvetter, den alten Isaak, zu Rate ziehen, werden Sie merken, was das ist.«

»Ich werde nachsehen. Ich kenne nun Ihre Methode. Sie wollen mir nichts sagen, was ich selbst herausfinden kann.«

»Ist das nicht der beste Weg?«

»Doch, denn man findet soviel mehr heraus, als man ursprünglich erfahren wollte.«

»Genau diese Erfahrung habe ich selbst gemacht.«

»Ich bin sehr froh, daß Sie mich heut' Abend gebeten haben, mitzukommen.«

»Wenn die Menschen doch nur ihre eigenen Brüder und Schwestern kennen würden, dann wäre das Himmelreich nicht ferne.«

Ich glaube nicht, daß Miss Oldcastle dies gerne hörte, denn sie sagte hierauf nichts mehr. Wir waren auch schon nahe beim Haus.

»Ich wünschte, ich könnte Ihnen helfen«, sagte ich.

»Bei was?«

»Das zu ertragen, was auf Sie wartet, wie ich fürchte.«

»Ich sagte Ihnen, daß ich damit fertig werde. Nur wenn wir mit etwas nicht fertig werden, dann brauchen wir Hilfe. Vielleicht können Sie mir eines Tages helfen - wer weiß?«

Ich verließ sie höchst ungern am Eingang, obwohl ihre letzten Worte mein Herz mit Freude erfüllten. (Ich weiß, wie bitter sie diesen Abend bezahlen mußte, nachdem ich sie verlassen hatte, doch ist der peinvolle Bericht für meine Geschichte ohne Belang). Später, als ich mit dem jungen Tom ins Haus seines Vaters kam und das Zimmer betrat, stand sein Großvater auf und humpelte ihm entgegen. Sein Vater trat einen Schritt auf ihn zu und zögerte dann. Von allen Zustandsformen des menschlichen Geistes mußte die Scham über sich selber Thomas Weir besonders fremd sein. Er war von der höchsten Spitze seines Stolzes gestürzt. Ich nenne es Thomas Weirs Fall, denn wenn man sich Tochter wie Sohn gegenüber - die eine in Sünde und deshalb um so mehr der Liebe bedürftig, der andere unschuldig und deshalb mit einem Anspruch auf Gerechtigkeit - so unväterlich verhält, und dies aus Stolz, verletztem Stolz, war dies Fall genug. Und nun, da er sich einem Kind gegenüber gedemütigt hatte, bestand berechtigte Hoffnung, daß er auch dem anderen gegenüber eines Tages Demut zeigen werde. Doch ich sollte schon bald erfahren, daß sein Stolz, der nun aus der Verhärtung gegen seinen Sohn vertrieben worden war, sich für eine gewisse Zeit nur um so mehr gegen seine Tochter verhärtete.

Doch ehe noch ein Augenblick vergangen war, hatte ihn sein Gerechtigkeitsgefühl doch soweit überwältigt, daß er seine Hand ausstreckte mit den Worten; »Komm her, Tom, und laß uns Vergangenes begraben.«

Doch ich trat zwischen die beiden. »Thomas Weir«, sagte ich, »ich achte Sie viel zu hoch - und Sie wissen, daß ich es nie wagen würde, Ihnen zu schmeicheln -, als daß ich Sie so aus dieser Sache entlassen könnte oder Ihnen auch nur den Glauben lassen dürfte,

Sie hätten Ihre Pflicht getan, wenn dies noch nicht einmal zur Hälfte geschehen ist. Sie haben Ihrem Sohn Unrecht getan, großes Unrecht. Wie können Sie behaupten, ein Gentleman zu sein - ich sage nicht Christ, denn darauf erheben Sie keinen Anspruch -, wenn Sie jemand Unrecht zugefügt haben und ihn dann nicht um Verzeihung bitten?«

Er rührte sich nicht vom Fleck, doch der junge Tom ging eilends auf ihn zu, faßte die Hand seines Vaters zwischen seine Hände und rief: »Mein Vater soll mich nicht um Verzeihung bitten. Ich erbitte deine Vergebung, Vater, für alles, womit ich dein Mißfallen erregt habe, doch in diesem Falle trifft mich keine Schuld, wirklich nicht.«

»Tom, bitte verzeih mir«, sagte der harte Mann, der endlich überwunden war. »Und nun Sir«, wandte er sich an mich, »wollen Sie nun zwischen meinem Sohn und mir Vergangenes vergangen sein lassen?« In seinem Ton lag ein schwacher Anklang von Bitterkeit.

»Von ganzem Herzen«, erwiderte ich. »Doch ehe ich gehe, möchte ich gerne in der Werkstatt noch einige Worte mit Ihnen wechseln.«

»Gewiß«, antwortete er steif.

»Thomas, mein Freund«, sagte ich, als wir in die Werkstatt kamen, und legte ihm die Hand auf die Schulter, »wollen Sie nach diesem Tag immer noch sagen, daß Gott hart mit Ihnen umspringt? Sie haben einen Sohn, für den Sie auf den Knien danken können! Thomas, Sie haben in Ihrem Herzen einen ausgeprägten Sinn für ehrliches Spiel, und doch lassen Sie dieses ehrliche Spiel weder Ihrem Sohn noch Gott selbst angedeihen. Sie sperren die Türen zu und brüten über Ihrem eigenen Elend und dem Unrecht, das Ihnen die Menschen antun, - doch wenn Sie die Türen aufstoßen und ins Licht von Gottes Wahrheit treten würden, dann würden Sie erkennen, daß Ihr Herz für Sie so klar ist wie der helle Sonnenschein. Sie wollen das nicht glauben, und deshalb können Sie auch nicht ganz glauben, daß es überhaupt einen Gott gibt. Würden Sie ihm nur erlauben, Sie zu unterweisen, dann würden Sie sehr schnell merken, daß die Unruhe Ihres Gemüts dahinschmilzt wie Schnee unter der Frühlingssonne, bis Sie kaum noch glauben können, daß Sie jemals davon befallen waren. Kein Argument wird Sie von Gott überzeugen, aber wenn Sie sich erst einmal ihm öffnen, dann werden alle Argumente, wonach es keinen Gott gibt, zehnfach nutzlos. Lassen Sie Gott Gerechtigkeit widerfahren. Versuchen Sie es mit ihm, wie ich es Ihnen gesagt habe. Gute Nacht.«

Er erwiderte meinen Abschiedsgruß mit keinem Wort, doch der Druck seiner rauhen Hand war ernst und liebevoll. Ich hielt es für besser, daß ich sein Gesicht im Dunkeln nicht sehen konnte.

Ich ging nach Hause mit einem Frieden im Herzen gleich dem der Nacht, deren Vorhang Gott über die Welt herabgezogen hatte.

Vierzehntes Kapitel

Mein Schüler

Um die Mitte der folgenden Woche kehrte ich von einem Besuch bei Tomkins und seiner Frau zurück, als ich Dr. Duncan traf.

»Nun, Dr. Duncan«, sagte ich, »bekämpfen Sie wie immer fleißig den Teufel?«

»Ah, mein lieber Mr. Walton«, entgegnete der Arzt - und ein freundliches Wort von ihm drang tief in mein Herz - »ich weiß, was Sie meinen. Sie bekämpfen den Teufel von innen her, und ich bekämpfe ihn von außen her. Meine Chancen stehen recht schlecht.«

»Das wäre vielleicht der Fall, wenn Sie sich auf äußerliche Heilmittel beschränken würden. Doch welche Möglichkeit gibt Ihnen Ihr Beruf, den Feind auch von innen zu fassen! Und Sie haben uns gegenüber noch den Vorteil, daß niemand sagen kann, es gehöre zu Ihrem Beruf, solche Dinge zu sagen, und sie deshalb nicht befolgt.«

»Ach, Mr. Walton, ich habe einen viel zu großen Respekt vor Ihrem Beruf, um mich da hineinzumischen. Sie wissen ja, der Arzt in 'Macbeth' konnte

'nichts ersinnen für ein krank Gemüt,
tief wurzelnd Leid aus dem Gedächtnis reuten,
die Qualen löschen, die ins Hirn geschrieben,
und mit Vergessens süßem Gegengift,
die Brust entled'gen jener gift'gen Last,
die schwer das Herz bedrückt.'«

»Welch ein Gedächtnis Sie haben! Aber glauben Sie denn, ich könnte das eher als Sie?«

»Sie kennen in jedem Fall die beste Medizin. Ich wünschte, bei mir wäre das immer der Fall. Aber wissen Sie, wir haben heute kein Theriak mehr.«

»Wir haben das schon. Denn der Herr spricht: 'Kommt her zu mir, ich will euch erquicken'.«

»Da sehen Sie's! Was ich Ihnen gesagt habe! Damit kann man alle Krankheiten heilen.«

»Da fällt mir eine Zeile von Chaucer ein. Sie haben Theriak erwähnt, und ich habe ein Wort unseres Herrn zitiert. Chaucer bringt beide zusammen, denn das Wort Triak ist nur eine Verballhornung von Theriak, die unfehlbare Kur für alles und jedes. 'Christ, der da ist Triak für all und jeden Schaden'.«

»Das steht bei Chaucer?«

»Ja, in 'Man of Law's Tale'.«

»Ich wollte eben auf die Stelle zurückkommen, die ich von Shakespeare zitierte. Ich erwähne sie, weil ich Ihnen sagen wollte, warum ich an diese Stelle erinnert wurde: Ich habe einen Besuch bei Catharine Weir gemacht. Ich glaube, sie wird es nicht mehr lange auf dieser Welt machen. Sie hat einen bösen Husten, und ihre Lungen zehren sich auf.«

»Das überrascht mich nicht. Doch ich wünschte, ich könnte noch vorher Verbindung mit ihr aufnehmen, um ihr jetzt vielleicht irgendwie nützlich sein zu können. Besteht unmittelbare Gefahr für sie?«

»Nein, aber ich habe keine Hoffnung auf eine Genesung. Höchst wahrscheinlich wird sie den Winter noch durchstehen und im Frühjahr sterben. Diese Patienten scheiden so oft dahin, wenn die Blumen herauskommen! Die arme Frau! Ihr ganzer Husten wird ihre belastete Brust nicht von seiner Last befreien. Denn dieses gefährliche Zeug lastet ebenso auf ihrem Herzen wie auf ihrer Lunge.«

»O Gott! Was ist es, Doktor, was ihr auf dem Herzen lastet? Ist es Scham oder was sonst? Sie ist so wenig mitteilsam, daß ich bis jetzt fast gar nichts über sie weiß.«

»Ich kann es nicht sagen, sie besitzt die Gabe des Schweigens.«

»Wenn sie nur überhaupt sprechen würde, dann könnte man etwas über ihre Gemütsverfassung erfahren und ihr vielleicht helfen.«

»Vielleicht bricht sie ganz plötzlich zusammen und öffnet Ihnen dann ihr Herz. Ich habe ihr nicht gesagt, daß sie sterben wird. Ich meine, ein Arzt muß zuerst ganz sicher sein, bevor er es wagt, so etwas zu sagen. Ich habe einen Menschen gekannt, dessen Leben bis ins Alter an der Wunde litt, daß ihm in der Jugend das Urteil eines frühen Todes verkündet wurde, zumindest nach menschlichem Ermessen.«

»Sicherlich hat niemand das Recht zu sagen, was Gott tun wird mit einem Menschen, bis man es über jeden Zweifel hinaus weiß. Krankheit hat ihre eigene seltsame Mission,unabhängig von jeder

Verknüpfung mit nahendem Tod, und oft bewirkt sie weit mehr, als wenn sie mit der Hoffnung auf Leben vermischt wird. Aber könnten Sie mir nicht einen Vorschlag machen, Dr. Duncan, in welcher Weise ich meine Pflicht bei ihr versuchen könnte?«

»Das kann ich nicht. Wir wissen nicht, was sie denkt. Wie kann ich ein Mittel verschreiben ohne eine Diagnose? Ich glaube nicht, daß irgend etwas ihr Leben retten kann. Doch Sie haben uns gelehrt, das Leben, das zum Geist gehört, als das wahre Leben anzusehen, und so glaube ich, daß eine Beichte in jedem Falle helfen könnte.«

»Ja, wenn sie vor Gott abgelegt wird. Aber ich will zugeben, wenn man seine Sorgen oder Sünden einem weisen Menschenbruder anvertraut, daß dies helfen kann, das Bekenntnis vor dem Vater im Himmel zu vertiefen. Aber wir dürfen die Dinge nicht überstürzen. Vielleicht dauert es gar nicht lange, daß sie von selbst auf mich zukommt. Aber ich werde sie aufsuchen und mich nach ihr erkundigen.«

Wir trennten uns, und ich begab mich unverzüglich zu Catharine Weirs Laden. Sie empfing mich wie üblich, was man kaum als empfangen bezeichnen konnte. In ihren Augen lag ein steinerner Glanz, und die Flamme des verzehrenden Feuers glühte heller denn je auf ihren Wangen. Ihre Hand zitterte, doch sie verhielt sich ganz ruhig.

»Es tut mir leid zu hören, daß Sie Anlaß zur Klage haben, Miss Weir«, sagte ich.

»Ich nehme an, Dr. Duncan hat Ihnen das erzählt, Sir. Aber es geht mir ganz gut. Ich habe nicht nach ihm geschickt. Er hat von selbst vorgesprochen und wollte mir einreden, ich sei krank.«

Ich begriff, daß sie sich durch seine Einmischung gekränkt fühlte. »Sie sollten aber doch auf seinen Rat hören. Er ist ein kluger Mann, und es ist keineswegs seine Art, Menschen grundlos zu beunruhigen.«

Sie gab keine Antwort. So griff ich ein anderes Thema auf. »Ihr Bruder ist ein ganz prächtiger Bursche! Hat Ihr Vater schon eine andere Stelle für ihn gefunden?«

»Ich weiß nicht. Mein Vater spricht niemals mit mir über seine Angelegenheiten.«

»Aber gehen Sie denn nicht hin und wieder und sprechen mit ihm?«

»Nein. Er legt keinen Wert darauf, mich zu sehen.«

»Ich gehe jetzt zu ihm. Wollen Sie mitkommen?«

»Danke. Ich gehe niemals irgendwo hin, wo ich unerwünscht bin.«

»Aber es ist nicht recht, daß Vater und Tochter so leben, wie Sie es tun. Vielleicht war er wirklich nicht so freundlich Ihnen gegenüber, wie er es hätte sein sollen, aber Sie sollten doch keinen Groll gegen ihn hegen. Das macht die Dinge nur noch schlimmer.«

»Ich habe niemals gesagt, daß er unfreundlich zu mir gewesen sei.«

»Und doch lassen Sie alle im Dorf dies wissen.«

»Wie?« Ihre Augen hatten den steinernen Glanz verloren.

»Ich habe Sie niemals zusammen gesehen. Wenn Sie sich treffen, sprechen Sie kaum miteinander. Keiner von Ihnen überschreitet die Schwelle des anderen.«

»Das ist nicht mein Fehler.«

»Es ist nicht ganz Ihr Fehler, ich weiß. Aber glauben Sie, Sie könnten zuguterletzt in einen Himmel gehen, wo Sie sich voneinander getrennt halten können, er in seinem Haus und Sie in Ihrem Haus, ohne irgendein Zeichen, daß Sie eben durch diesen Vater in diese Welt hineingeboren wurden, die Ihr himmlischer Vater durch das Geschenk seines eigenen Sohnes erlöst hat?«

Sie schwieg. Nach einer Weile fuhr ich fort: »Ich glaube in meinem Herzen, daß Sie Ihren Vater liebhaben. Etwas anderes könnte ich nicht von Ihnen glauben. Sie werden niemals glücklich sein, bevor Sie nicht mit ihm ins reine gekommen sind. Haben Sie ihm nie Unrecht zugefügt?«

Bei diesen Worten wurde ihr Gesicht blaß vor Zorn - nur die Flecken auf ihren Backenknochen leuchteten in einem furchtbaren Kontrast zur tödlichen Blässe des Gesichtes. Dann schoß das Blut heftig aus dem Herzen zurück, und die roten Flecken wurden von tiefem Rot verschluckt. Sie öffnete den Mund, um zu sprechen, besann sich aber anders, drehte sich um, verließ mit hochmütigen Schritten den Laden und schloß die Türe hinter sich.

Ich wartete in der Hoffnung, sie werde sich wieder fassen und zurückkommen, doch nachdem zehn Minuten verstrichen waren, hielt ich es für besser, wegzugehen.

Wie ich ihr gesagt hatte, schlug ich den Weg zur Werkstatt ihres Vaters ein. Dort wurde ich ganz anders empfangen. Im Betragen des Zimmermanns lag eine gewisse Sanftheit, und sein Händedruck war von der gleichen Herzlichkeit wie bei meinem letzten Abschied. Ich hatte absichtlich zehn Tage vergehen lassen, bis ich ihn wieder besuchte, damit alle mit meiner Einmischung verbundenen unangenehmen Gefühle schwinden könnten. Nun aber hatte ich etwas mit dem jungen Tom im Sinn.

»Haben Sie für Ihren Jungen schon etwas gefunden, Thomas?«

»Noch nicht, Sir. Die Zeit drängt nicht. Ich möchte mich gerade jetzt nicht von ihm trennen. Dort ist er. Er packt mit an, wo es nötig ist. Tom!«

Vom hinteren Ende der großen Werkstatt, wo ich ihn nicht bemerkt hatte, tauchte Tom auf; in seiner Segeltuchjacke sah er ganz wie ein Handwerker aus.

»Ich freue mich, Tom, daß du wirklich bei allem mit Hand anlegen kannst.«

»Ich müßte schon sehr dumm sein, Sir, wenn ich nicht mit den Werkzeugen meines Vaters umgehen könnte«, erwiderte der junge Mann.

»So beschlagen bin ich nicht. Mein Vater ist Rechtsanwalt, und ich konnte nie auch nur ein Kapitel in einem seiner Bücher lesen.«

»Vielleicht haben Sie's nie probiert, Sir.«

»Doch, und zweifellos hätte ich es geschafft, wenn mir nur der Sinn danach gestanden wäre. Aber ich empfand nie die Neigung, eine Seite zu beenden. Das bringt mich auf den eigentlichen Zweck meines heutigen Besuches. Thomas, ich weiß, daß Ihr Sohn sehr gern liest. Können Sie ihn vor dem Frühstück eine Stunde oder so entbehren?«

»Wann soll es sein?«

»Morgen und morgen und nochmals morgen«, antwortete ich, »und da haben Sie gleich mal Shakespeare.«

»Natürlich, Sir, wann immer Sie wollen,« sagte Thomas mit einem verwirrten Gesichtsausdruck, in dem die Freude nach Bestätigung verlangte.

»Ich möchte ihm für das Lesen einen gewissen Wegweiser geben. Wenn ein Mann Spaß an Werkzeugen hat und sie gebrauchen kann, dann lohnt es sich, ihm zu zeigen, wie er sie noch besser einsetzen kann.«

»O vielen Dank, Sir!« rief Tom, und sein Gesicht strahlte vor Freude.

»Das ist sehr freundlich von Ihnen, Sir! Tom, du bist ein gemachter Mann!« rief der Vater.

»Wenn Sie ihn also jeden Morgen eine Stunde zu mir kommen lassen«, fuhr ich fort, »bis er eine neue Stelle hat, sagen wir von acht bis neun Uhr, dann werde ich sehen, was ich für ihn tun kann.«

Toms Gesicht war vor Freude so rot wie das Gesicht seiner Schwester vor Zorn. Ich verließ die Werkstatt einigermaßen getröstet über den Schmerz, den ich Catharine zugefügt hatte, der mich tief bekümmerte, obgleich ich nicht bedauerte, daß ich der Anlaß dazu gewesen war.

Ich hatte eigentlich beabsichtigt, beim Vater einen ersten Schritt zu einer Versöhnung mit seiner Tochter in die Wege zu leiten, doch ich erkannte, daß ich mir selbst den Weg versperrt hatte. Ich konnte es nicht ertragen, ihn dazu zu bestechen. Der erste Eindruck wäre, daß ich einen beruflichen Zweck dabei verfolgte - daß die Versöhnung von Vater und Tochter eine Art von Gemeindearbeit für mich wäre und daß ich den Weg dahin mit dem Angebot eines Geschenks geebnet hätte. Gerade das würde einen solchen Menschen verärgern, und ich beschloß, den geeigneten Zeitpunkt abzuwarten.

Als Tom kam, fragte ich ihn, ob er etwas von Wordsworth lesen könne. Ich gebe den Leuten immer das, was ich selber gerne mag, weil ich ihnen dabei am besten helfen kann. Ich wollte auch herausfinden, wie weit seine Fähigkeiten reichten.

Daher wählte ich eines von Wordsworths Sonetten aus mit dem Titel »Composed During a Storm« und sagte ihm, er solle sich melden, wenn er die Bedeutung erfaßt zu haben glaube. Eine volle halbe Stunde verging, ehe Tom sich erhob. Ich hatte keineswegs ein ungutes Gefühl über das Gelingen des Experiments, nachdem zehn Minuten vergangen waren, und nach der doppelten Zeit war ich mir einigermaßen sicher über den Erfolg. Es lag auf der Hand, daß Tom das Sonett zuerst nicht verstehen würde. Doch ich freute mich, daß er dies wenigstens erkannte, denn das ist der nächste Schritt zum Verstehen.

»Nun, Tom, hast du's herausgefunden?«

»Das kann ich nicht sicher sagen, Sir. Ich fürchte, ich bin recht dumm, denn ich habe mich sehr angestrengt. Ich muß Sie bitten, mir zu sagen, was es bedeuten soll. Aber etwas muß ich sagen, Sir. Jedesmal, wenn ich's gelesen habe - ich glaube, bestimmt zwanzig Mal -, dachte ich, ich liege auf dem Grab meiner Mutter, wie damals an jenem schrecklichen Abend. Und dann zum Schluß, standen Sie über mir und sagten: Kann ich dir irgendwie helfen?«

Ich war verblüfft. Hier konnte ich erkennen, wie die Einbildungskraft auf wunderbare Weise den Intellekt übertraf und mit dem Herzen ausdrückte, was das Hirn nicht verstehen konnte. Ein verborgenes, tiefes Mitgefühl hatte sich eingestellt zwischen dem leibhaftigen Erlebnis des Jungen und der Verkörperung eines solchen Erlebnisses durch den Dichter. Er fuhr fort: »Ich bin gewiß, Sir, daß ich damals eigentlich in der Andacht hätte sein sollen, doch ich war nicht dort, und so habe ich es eigentlich gar nicht verdient, daß Sie gekommen sind. Aber glauben Sie nicht, daß Gott manchmal besser zu uns ist, als wir es verdienen?«

»Er ist einfach alles für uns, Tom, und verdienen können und tun wir können überhaupt nichts. Nun will ich versuchen, dir das Sonett zu erläutern«.

Ich hatte immer den Drang zu lehren empfunden, doch nicht um der Belehrung willen - denn der Versuch, einfach Schädel und Wissen anzufüllen, erschien mir immer als unerhört trostlos. Doch in dem Augenblick, da ich ein Zeichen von Hunger, einen Hinweis auf die Bereitschaft zur Aufnahme erkannte, ergriff mich unweigerlich eine Art Leidenschaft, etwas zu geben. Nun schickte ich mich an, das Sonett so gut ich konnte zu erklären.

Tom meinte: »Seltsam, Sir. Nun, wo ich von Ihnen gehört habe, was das Gedicht bedeutet, meine ich, daß ich es die ganze Zeit über gewußt habe, nur konnte ich es nicht sagen.«

Hier hatte ich wenigstens keinen Durchschnittsgeist vor mir. Die Stunde vor dem Frühstück dehnte sich auf zwei Stunden nach dem Frühstück aus. Für mich brachte das kein allzu großes zeitliches Opfer, denn der Junge konnte mit einer gewissen Hilfe von Zeit zu Zeit sehr viel für sich selbst tun. Sein Vater erhob nicht die geringsten Einwendungen und war erfreut über diese Regelung. Ich glaube auch nicht, daß der Junge in der Werkstatt deshalb weniger arbeitete - ich erfuhr, daß er jeden Abend regelmäßig bis acht Uhr am Werk war.

In der Frühe hatte ich den Jungen frisch vor mir, mit klarem Kopf, und keine Nebel aus den Niederungen der Arbeit verhüllten die Höhen des Verstehens. Die Hinwendung zur körperlichen Betätigung nach den Übungen des Geistes war eine angenehme Veränderung, die Erleichterung brachte. Ich bin sicher, daß er besser dachte und besser arbeitete, weil er sowohl dachte als auch arbeitete. Dennoch wäre es ein großer Unterschied gewesen, wäre er abends nach der Arbeit zu mir gekommen. Er wäre dann nicht so ohne weiteres in der Lage gewesen, klar zu denken. Arbeit, Schlaf, Denken, wieder Arbeit, das erscheint mir die richtige Lebensordnung.

Nachdem ich mit ihm die Analyse der Literatur geübt hatte - ich half ihm, sie zu zerlegen und wieder zusammenzufügen, damit er ihre Art erkennen könnte -, beschloß ich, etwas Neues mit ihm zu versuchen.

Nach drei Monaten war mein Schüler, der keinen anderen lateinischen Autoren kannte, in der Lage, jeden Teil des ersten Buches der Aeneis zu lesen - er las es ordentlich im Versmaß und erfreute sich der Poesie, die darin lag- und dies nicht ohne Kenntnis von Deklination und Konjugation. Bei der Syntax hielt ich es so, daß ich ihn aus den Sätzen selbst lernen ließ. Als Abschluß war dies von geringem Wert, doch als Beginn war es unschätzbar, denn es weckte und erhielt seinen Hunger nach mehr. Bei den meisten Lehrmethoden ist der Anfang so, daß kein Kind ohne Zwang zu dem Stoff zurückkehrt.

Den ganzen Sommer und den folgenden Winter hindurch fuhr ich fort, Tom Weir zu unterweisen. Sein Vater hatte zwar selbst nur ein geringes Buchwissen, doch er besaß Einsicht genug, um zu erkennen, daß sein Sohn von nicht alltäglicher Art war, und daß der mögliche Verlust an Vorteilen durch sein Verweilen in Marshmallows mehr als ausgeglichen wurde durch den Unterricht beim Pfarrer.

Fünfzehntes Kapitel

Dr. Duncans Geschichte

Am zweiten Sonntag danach war Catharine Weir wieder in der Kirche, eine Überraschung für mich, wenn ich an unseren letzten Abschied dachte.

Ich bemühte mich, dem Vaterunser besonderen Nachdruck zu verleihen, indem ich meine Zuhörer zum Nachdenken über die ihnen so vertrauten Worte anregte. Ich war zu der Bitte gekommen: »Vergib uns unsere Schulden, wie auch wir vergeben unsern Schuldigern«, mit der ich natürlich die nachfolgenden Worte unseres Herrn verknüpfte: »Denn wenn ihr den Menschen ihre Verfehlungen vergebt, so wird euch euer himmlischer Vater auch vergeben. Wenn ihr aber den Menschen nicht vergebt, so wird euch euer Vater eure Verfehlungen auch nicht vergeben«. Ich versuchte darzulegen, daß es zwar bei Gott möglich sei, einen nicht vergebenden Menschen seine Schuld zu vergeben, doch dieser Mensch selber werde nicht daran glauben können, daß Gott ihm vergibt, und deshalb könne er weder Trost noch Hilfe, noch Freude irgendeiner Art erlangen, wie sie die Vergebung spendet. Haß, Rache oder Verachtung oder was sonst uns von Menschen trennt, trennt uns auch von Gott. Nur der liebenden Seele offenbart sich der Vater, denn nur die Liebe kann ihn verstehen. Die Friedensstifter sind es, die seine Kinder heißen.

Dies waren meine Gedanken, über die ich predigte, und ich dachte dabei an keinen unter meinen Zuhörern im besonderen. Doch als ich die Predigt beendete, konnte ich mich des Eindrucks nicht erwehren, daß Mrs. Oldcastle mit mehr als ihrer üblichen Grimmigkeit dreinblickte. Ich vergaß es jedoch, denn zu keiner Zeit hatte ich das Gefühl, irgendeine Beziehung zu dieser Frau zu haben. Als ich sie das nächste Mal nach dem erwähnten Gespräch besuchte, verhielt sie sich so, als habe sie es völlig vergessen, was kaum anzunehmen war.

Gegen Ende der Woche nach dieser Predigt, als ich bei meinem üblichen Samstagsspaziergang am Tor von Oldcastle Hall vorbeiging, sah mich Judy und trat aus dem Pförtnerhäuschen.

»Mr. Walton«, sagte sie, »wie konnten Sie nur in der Predigt so zu meiner Großmama reden wie am letzten Sonntag?«
»Ich habe in der Predigt niemand angesprochen, Judy.«
»O, Mr. Walton!«
»Sie wissen, daß das nicht der Fall ist, Judy. Sie wissen, wenn ich das getan hätte, würde ich es nicht bestreiten.«
»Ja, ja, ich weiß das genau,« meinte sie ernst, »aber Großmama glaubt es.«
»Woher wissen Sie das?«
»Ich kann in ihrem Gesicht lesen - nicht so gut wie in Gedrucktem, aber doch wenigstens so gut wie in dem, was Onkel Stoddart Fraktur nennt. Ich weiß, daß sie glaubt, Sie hätten sie in der Predigt angesprochen, und ihr Gesicht sagte: 'Ich werde dir jedenfalls nicht vergeben. Ich vergebe niemals, und ich werde es nicht, ganz gleich, was du predigst.' Das war aus ihrem Gesicht zu lesen.«
»Ich bin sicher, daß sie so etwas nie sagen würde, Judy.«
»O nein, sagen würde sie es nicht. Sie würde sagen: 'Ich vergebe immer, aber ich vergesse niemals.' Das ist eine ihrer liebsten Redensarten.«
»Aber Judy, glauben Sie nicht, daß es recht heuchlerisch von Ihnen ist, mir das über Ihre Großmutter zu erzählen, wenn sie doch so freundlich zu Ihnen ist und Sie zu ihr ein so gutes Verhältnis haben?«
Sie sah mir mit einem überraschten Ausdruck ins Gesicht.
»Es stimmt aber alles, Mr. Walton«, sagte sie.
»Vielleicht, aber Sie sagen es hinter ihrem Rücken.«
»Ich werde heimgehen und es ihr direkt ins Gesicht sagen.« Damit drehte sie sich um.
»Nein, nein, Judy, so habe ich's nicht gemeint«, sagte ich und nahm sie beim Arm.
»Ich werde nicht verraten, daß Sie mir das gesagt haben. Ich dachte, es könnte nichts schaden, Ihnen das zu erzählen. Großmama ist freundlich zu mir, und ich bin freundlich zu ihr. Doch sie hat Angst vor meiner Zunge, und es ist meine feste Absicht, daß sie Angst davor hat. Das ist der einzige Weg, sie in Schach zu halten. Arme Tante Wynnie! Das ist ihre ganze Verteidigung. Wenn Sie wüßten, wie Großmama sie manchmal behandelt, dann wären Sie auch verärgert über sie, Mr. Walton, bei all Ihrer Güte und Ihrem weißen Chorhemd.«
Noch mehr verblüfft war ich, als das widerspenstige Mädchen

plötzlich in Tränen ausbrach, sich von mir losriß, durch das Tor rannte und zwischen den Bäumen aus meiner Sicht verschwand, ohne sich nur ein einziges Mal umzudrehen.

Ich setzte meinen Weg fort, doch waren meine Meditationen etwas durcheinandergeraten. Würde sie heimgehen und ihrer Großmutter sagen, was sie mir eben anvertraut hatte? Wenn sie es tat, würde das nicht die Bresche, jenseits der Ethelwynn stand, so weit aufreißen, daß sie außerhalb der Reichweite meiner Hilfe war?

Rasch ging ich weiter, die kleine Welt von Marshmallows hinter mir lassend, um mit der Natur und meinem griechischen Neuen Testament allein zu sein. Beim Geräusch von Pferdehufen auf der Straße blickte ich auf und sah einen jungen Mann, der auf einem ganz ordentlichen Mietgaul des Weges kam. Er bog in meine Straße ein und ritt an mir vorüber. Er war blaß mit einem dunklen Schnurrbart und großen dunklen Augen. Er saß gut und ein wenig sorglos zu Pferde. Die Gesichtszüge waren von feinem Schnitt, den man gemeinhin als griechisch bezeichnet, doch war sein Gesicht schmal und zeigte vor allen Dingen einen Ausdruck beständiger Langeweile. Er trug einen weißen Hut mit Band, weiße Handschuhe und hohe Militärstiefel. All das nahm ich im Vorbeireiten auf. Ich sah, daß er am Pförtnerhäuschen von Oldcastle Hall anhielt, läutete und dann durch das Tor ritt. Ich gestehe, daß mir das nicht recht gefiel, doch überwand ich dieses Gefühl soweit, daß ich mich meinem Neuen Testament zuwenden konnte, nachdem ich die Zaunsteige überquert hatte.

Ich kehrte auf einem anderen Weg heim nach einem der bezauberndsten Tage, die ich je verbracht hatte. Nach dem Überqueren des Flusses im Verlaufe meiner Wanderung kam ich auf dem Uferweg zum Häuschen des alten Rogers, trödelte dort herum und hielt Ausschau, ruhig in Herz, Seele und Geist, denn ich hatte meine Sorgen auf Gott geworfen, der für uns sorgt. Ich blickte über den Stumpf eines alten gestutzten Baumes, an dem ich lehnte, auf eine große Fläche blühender weißer Wasserlilien, die an dem breiten, langsam dahinfließenden Flußlauf lag, der hier breiter und langsamer war als anderswo. Da fühlte ich eine Hand auf meiner Schulter, und beim Umdrehen sah ich den grauen Kopf und weißen Kittel meines Freundes Old Rogers, und ich freute mich, daß er mich so gern mochte, um weder vor dem Pfarrer noch vor dem Gentleman Scheu zu empfinden.

»Ich glaube, ich hab's herausgefunden, Sir«, sagte er, und sein altes, furchiges braunes Gesicht strahlte.

»Was herausgefunden, Old Rogers?« fragte ich.

»Warum Jesus unzufrieden war mit seinen Jüngern, weil sie nicht wußten, was er mit dem Sauerteig der Pharisäer meinte. Tagelang war es für mich ganz dunkel. Denn es schien mir ganz natürlich, wenn man weiß, daß sie kein Brot im Schrank hatten und von Sauerteig sprechen hörten, den sie nicht essen sollten, daß sie denken würden, es habe etwas damit zu tun, daß sie keins von beidem hatten. Aber er schien nicht zu glauben, daß es recht sei von ihnen, in diesen Fehler zu verfallen. Warum dann also? Ein Mensch kann nicht immer recht haben. Er ist vielleicht wie ich, ein Fockmastmaat mit keinerlei Schulbildung außer dem, was Wind und Wellen ihm eingeben, und ich glaube, diese Fischer, die der Herr schalt, waren ungefähr von der Art. 'Wie hätten sie's ändern können?' fragte ich mich, Sir. Und von da kam ich zu der Frage: 'Hätten sie's verhindern können?' Wenn sie es nicht konnten, dann wäre unser Herr nicht ärgerlich über sie gewesen. Und auf einmal, heute früh, ging es mir auf, Sir. Und als ich Sie sah, Sir, wie Sie da bei den Lilien gelesen haben, da konnte ich nicht anders, ich mußte hinauslaufen und es Ihnen sagen. Ist das nicht eine Befriedigung, Sir, wenn Sie rechnen und Ihre Berechnung führt Sie direkt zwischen die Hafenmolen? Ich sehe es jetzt ganz klar.«

»Nun, Old Rogers, ich möchte es gerne wissen. Ich bin jünger als Sie und so lebe ich vielleicht länger. Und jedesmal, wenn ich diese Stelle lese, möchte ich zu mir sagen können: 'Das hat mir Old Rogers gegeben.'«

»Ich hoffe nur, daß ich mich nicht irre, Sir. Sehen Sie, es war einfach so: Ihre Köpfe waren voll mit den Gedanken an ihre Mahlzeit, weil sie nicht wußten, wo die herkommen sollte. Wären ihre Herzen erfüllt gewesen von der Mahlzeit, die er den fünftausend hungrigen Männern, Frauen und Kindern bescherte, dann hätten sie sich keine Sorge darüber gemacht, daß kein Brotlaib da war. Dann wären sie nicht aufs falsche Gleis geraten, als er zu ihnen über den Sauerteig der Pharisäer und Sadduzäer sprach, und sie hätten im gleichen Augenblick gewußt, was er meinte.«

»Sie haben recht! Sie müssen recht haben, Old Rogers. Das ist so klar wie nur möglich!« rief ich, hocherfreut über den Einblick dieses Mannes. »Ich danke Ihnen. Ich werde morgen darüber predigen. Da habe ich gedacht, ich hätte meine Predigt beisammen, aber das war ein Irrtum. Sie hatten sie.«

Aber da irrte ich. Noch immer hatte ich meine Predigt nicht. Ich ging mit ihm zu seinem Häuschen und verließ ihn, nachdem ich die alte Dame begrüßt hatte. Beim Gang durch das Dorf sah ich am Licht der Kerze, daß Catharine Weir hinter dem Ladentisch war, und so trat ich ein. Ich nahm an, daß der Tabakvorrat des alten Rogers zur Neige gehen müsse und ich deshalb wieder einen kaufen konnte. Catharines Benehmen war wie immer. Doch als sie meinen Kauf auswog, brach es plötzlich aus ihr heraus: »Es hat keinen Sinn, wenn Sie mir predigen, Mr. Walton. Ich kann nicht und ich will nicht vergeben. Ich kann alles, nur nicht vergeben. Es hat also keinen Zweck.«

»Nicht ich bins, der das sagt. Es ist unser Herr selbst. Und ich habe auch nicht Ihnen gepredigt, Ihnen nicht mehr als jedem anderen Anwesenden, weiter nichts. Denken Sie nur an das, was er sagt, nicht was ich sage.«

»Ich kann's nicht ändern. Wenn Gott mir nicht vergeben will, dann muß ich ohne seine Vergebung auskommen. Ich kann nicht vergeben.«

Ich sah, daß Gut und Böse in ihr einen heftigen Kampf ausfochten und daß kein weiteres Wort von mir im Augenblick irgendeinen Nutzen bringen konnte. Ich konnte nur noch eins vorbringen: »Ich möchte Sie nicht mit Reden behelligen, Catharine. Unser Herr möchte mit Ihnen reden. An mir ist es, mich da nicht einzumischen. Vergessen Sie aber nie, wann immer Sie glauben, ich könnte Ihnen von Nutzen sein, brauchen Sie nur nach mir zu schicken.«

Mechanisch murmelte sie einen Dank und händigte mir mein Päckchen aus. Ich bezahlte, wünschte ihr Gute Nacht und verließ den Laden. »Oh Herr«, sprach ich beim Weggehen in meinem Herzen, »welche Mühen hast du mit uns allen! Werden wir jemals alle und insgesamt so gut sein wie du? Hilf mir, Herr, erfülle mich mit deinem Licht, daß mein Werk weitergehen und zur Freude deines Reiches führen möge.«

Da spürte ich das Bedürfnis, meinen Freund Dr. Duncan zu sehen. Er empfing mich mit einem herzlichen Lächeln, das mehr sagte als alle Begrüßungsworte.

»Kommen Sie herein, Mr. Walton. Ich wollte mich eben zum Abendessen niedersetzen; Sie müssen mir dabei Gesellschaft leisten. Ich glaube, es reicht für uns beide. Es gibt Hühnchen, und zum Abschluß können wir Käse und etwas vom alten Portwein meines Vaters zu uns nehmen. Er trank gern Port, obgleich ich ihn nie mit mehr als einem Glas über die registrierte Menge hinaus sah. Er hatte auch etwas fürs Wasser übrig.«

Wir setzten uns zum Essen nieder, das so gut gekocht und leicht war, wie ich es gerne mochte. Wir plauderten über vielerlei Dinge und beiläufig erwähnte ich den alten Rogers.

»Das ist wirklich ein prächtiger Bursche!« sagte Dr. Duncan.

»Das ist er wirklich«, bekräftigte ich. »Er ist mir viel Hilfe und Trost. Ich glaube nicht, daß außer mir noch jemand ahnt, was in dem alten Mann drinsteckt.«

»Die Leute im Dorf mögen ihn meiner Ansicht nach nicht so gern. Er ist nur allzu bereit, ihnen die Leviten zu lesen, wenn er meint, daß etwas nicht so ist, wie es sein sollte. Tatsächlich haben sie Angst vor ihm.«

»Ungefähr so, wie die Juden sich vor Johannes dem Täufer fürchteten, weil er ein ehrlicher Mensch war und nicht nur seine eigenen Gedanken verkündete, sondern weil der Geist Gottes aus ihm sprach.«

»Das ist's. Ich glaube, Sie haben recht. Wissen Sie, als ich kürzlich zu Weirs Werkstatt ging, weil ich etwas von ihm gemacht haben wollte, da fand ich ihn und den alten Rogers in einer Auseinandersetzung. So schlau Weir ist, und an Genauigkeit der Sprache ist er Rogers weit überlegen, doch der alte Seemann fuhr ein viel zu schweres Geschütz für den Zimmermann auf. Weir ärgerte sich offensichtlich, doch Rogers war so guter Dinge, daß er ganz einfach die Beherrschung nicht verlieren konnte, ohne sich ins Unrecht zu setzen.«

»Ich weiß genau, wie er zu reden pflegt«, erwiderte ich. »Er hat so eine Art, die Leute liebevoll zu necken, daß er für jeden Menschen mit einem guten Herzen unwiderstehlich ist. Ich bin sehr froh, zu hören, daß es zwischen beiden eine Beziehung gibt. Für Weir kann das nur von Nutzen sein.«

»Mein Hausfaktotum will weggehen. Ich überlege, ob der alte Mann das übernehmen könnte.«

»Ich weiß nicht, ob er dazu in der Lage ist. Aber eines kann ich Ihnen sicher sagen - wenn der alte Rogers nicht ehrlich glaubt, daß er dieser Aufgabe gewachsen ist, dann wird er sie nicht übernehmen, und er wird Ihnen auch sagen, warum.«

»Das kann ich allerdings besser beurteilen als er. Es gibt nichts, was ein alter Seemann nicht anpacken könnte, ganz gleich, was er selbst von sich hält. Das ist schließlich kein alltäglicher Beruf. Auf See wiederholt sich nie etwas. Der Seemann hat tausendmal Gelegenheit, sein eigenes Urteil einzusetzen - wenn er es überhaupt besitzt -, und dieses Urteil hat Old Rogers in ungewöhnlichem Maße, da brauche ich keine Befürchtungen zu haben. Wenn er sich nicht von mir steuern läßt, dann müssen Sie Ihre Hand für mich ans Ruder legen.«

»Ich werde tun, was ich kann«, antwortete ich, »denn nichts würde mir mehr gefallen, als ihn in Ihren Diensten zu sehen. Für ihn und für seine Frau wäre es weit besser, als von unsicheren Gelegenheitsarbeiten zu leben, wie er das jetzt tut.«

(Das Ergebnis lief darauf hinaus, daß Rogers sich einverstanden erklärte, es einen Monat lang zu versuchen. Doch nach Ablauf des Monats sagte keiner von beiden etwas, und der alte Mann blieb. Und ich bemerkte in seinem Häuschen verschiedene kleine, neue Annehmlichkeiten, die er sich infolge seines regelmäßigen Lohnes leisten konnte.) Schließlich brachte ich mein Gespräch mit Dr. Duncan auf meine Unterhaltung mit Catharine Weir.

»Können Sie verstehen«, fragte ich, »daß es für eine Frau so schwer sein sollte, ihrem eigenen Vater zu verzeihen?«

»Sind Sie sicher, daß es um ihren Vater geht?«

»Sicherlich hegt sie dieses Gefühl nur gegen einen Menschen. Und daß sie es gegenüber ihrem Vater empfindet, weiß ich.«

»Da bin ich nicht so sicher«, antwortete er. »Ich habe erlebt, daß Haß jedes andere Gefühl, jede Leidenschaft überwiegt - auch im Gemüt einer Frau. Ich hörte einmal von einer braven Frau, die dieses Gefühl einem braven Mann gegenüber hegte, weil er einmal Worte des Mißtrauens an sie gerichtet hatte. Sie wurde sehr alt und sprach zu ihrem Pfarrer von dem Wunsch, Gott möge sie von dieser Erde abberufen - sie warte schon so lange Zeit darauf. Der Pfarrer, ein ebenso gewitzter wie frommer Mann und nicht ohne Sinn für Humor, sagte: 'Vielleicht will Gott Sie nicht sterben lassen, ehe Sie Mr. Maxwell verziehen haben.' Sie war wie vom Blitz getroffen und saß die übrige Zeit während seines Besuches schweigend da. Als der Pfarrer am nächsten Tag bei ihr vorsprach, fand er sie mit Mr. Maxwell bei einer Tasse Tee in ein ruhiges Gespräch vertieft. Sie brauchte danach nicht mehr lange zu warten, so hieß es, bis Gott sie zu ihren Vätern versammelte - oder zu ihren Kindern heimholte, was immer einem besser gefällt.«

»Ich wünschte, ich hätte Ihre Erfahrung, Dr. Duncan«, sagte ich. »Als praktischer Arzt habe ich gar keine so lange Erfahrung, weil ich so lange zur See fuhr. Aber ich bin darüber zufrieden, wenn ein Medizinmann eine ganze Menge mehr über seine Patienten weiß, als die meisten Kollegen herauszufinden versuchen, denn dann werden seine Verschreibungen nicht stärker vom Zufall bestimmt sein als vermeidlich. Was nun die Frage des unbeugsamen Hasses angeht, kenne ich einen Fall, in dem dieser Haß das Leben einer Frau völlig beherrscht - der Haß ist ihr einziges Licht.«

»Erzählen Sie mir etwas vor ihr.«

»Ja, doch selbst Ihnen gegenüber werde ich keine Namen erwähnen. Ich wurde gerufen, um mich einer Dame in einem Haus anzunehmen, in dem ich noch nie zuvor gewesen war.«

»War es in - ?« begann ich, beherrschte mich jedoch. Dr. Duncan lächelte und fuhr fort, ohne darauf einzugehen. Ich bemerkte, daß er seine Geschichte mit großer Sorgfalt erzählte, damit ihm nicht irgend etwas entschlüpfte, was einen Hinweis auf den Ort oder die Leute hätte geben können.

»Ich wurde in ein altmodisches, reich ausgestattetes Zimmer geführt. Im Kamin brannte ein mächtiges Holzfeuer. Das Bett war von schweren, dunklen Vorhängen verhüllt. In dem Bett lag eins der bezaubernsten jungen Geschöpfe, die ich je gesehen hatte, und auf jeder Seite stand eine erschreckend aussehende Frau, wie man sie sich schlimmer nicht vorstellen konnte. Starr wie der Tod standen sie da mit reglosen Gesichtern, eine so weiß wie die andere, während ich meine Patientin untersuchte. Die eine war offensichtlich die Herrin, die andere eine Dienerin, und sie sah beherrschter aus als die Herrin, doch weniger entschlossen und möglicherweise grausamer. Es war offenkundig, daß sie recht unfreundlich sein konnten. In den Augen der Herrin war Kummer und Zeichen eines inneren Konfliktes zu erkennen. An der Zofe war keinerlei innere Regung wahrzunehmen, sie stand nur da und beobachtete ihre Herrin. In einer Zimmerecke lag ein Kinderspielzeug.

Ich fand die junge Dame sehr schwach und fiebrig vor, der Puls war beschleunigt und flach, und in ihren Augen lag eine Ruhelosigkeit, die mir das Geheimnis ihrer Störung zu bergen schien. Sie blickte unablässig zur Türe, die sich trotz all ihres Starrens nicht öffnen wollte, und einmal hörte ich sie leise murmeln: 'Er kommt nicht!' Ich verschrieb ihr Mittel, soweit ich es verantworten konnte, doch ersuchte ich ihre Mutter noch um ein Wort. Sie ging mit mir in ein angrenzendes Zimmer.

'Die Dame verlangt nach irgend etwas', sagte ich; ich wollte nicht so deutlich werden, wie ich es hätte können.

Die Mutter antwortete nicht. Ich sah, daß sich ihre Lippen noch fester zusammenpreßten als vorher.

'Sie ist doch Ihre Tochter, oder nicht?'

'Ja', kam es sehr entschieden.

'Können Sie nicht herausfinden, nach was sie verlangt?'

'Vielleicht könnte ich es raten.'

'Ich glaube nicht, daß ich ihr irgendwie helfen kann, solange sie nicht das hat, was sie sich wünscht.'

'Ist das Ihre Art, Patienten zu behandeln, Doktor?' fragte sie schroff.

'Gewiß', entgegnete ich, 'in diesem Falle schon. Ist sie verheiratet?'

'Ja.'

'Hat sie Kinder?'

'Eine Tochter.'

'Lassen Sie sie zu ihr.'

'Sie legt keinen Wert darauf.'

'Wo ist ihr Gatte?'

'Verzeihen Sie, Doktor, aber ich habe nicht nach Ihnen geschickt, damit Sie Fragen stellen, sondern ärztlichen Rat geben.'

'Und ich bin gekommen, um Fragen zu stellen, damit ich einen Rat geben kann. Glauben Sie denn, ein Mensch sei wie ein Uhrwerk, das man auseinandernimmt, reinigt und dann wieder zusammensetzt?'

'Der Zustand meiner Tochter ist nicht geeignet für Scherze.'

'Gewiß nicht. Schicken Sie nach ihrem Gatten oder nach dem Leichenbestatter, was Ihnen lieber ist', sagte ich und vergaß völlig meine Manieren und mein Temperament, denn damals war ich reizbarer als ich es heute bin, und die Frau hatte etwas so Abstoßendes an sich, daß ich das Gefühl hatte, mit einer bösen Kreatur zu reden, die zu ihrem eigenen Zweck die Sterbende quälte.

'Ich nahm eigentlich an, daß Sie ein Gentleman mit Erfahrung und Bildung sind.'

'Es geht nicht um mich, Madam, sondern um Ihre Tochter. Sie muß ihren Gatten sehen, wenn dies irgend möglich ist.'

'Das ist nicht möglich.'

'Warum?'

'Ich sage, es ist nicht möglich, und damit hat es sich. Guten Morgen.'

Ich konnte in diesem Augenblick nichts mehr sagen. Am nächsten Morgen sprach ich wieder vor. Der Zustand der jungen Frau war gleich, nur erkannte ich, daß sie mir etwas sagen wollte und sich in Gegenwart der beiden Frauen nicht getraute. Ihr gequälter Blick suchte in meinen Augen Mitleid und Hilfe, und ich konnte nicht sagen, was ich für sie tun konnte. Es gibt in der Tat Bollwerke der Ungerechtigkeit, in die kein Gesetz eindringen kann, um Hilfe zu bringen.

Eines Nachmittags, ungefähr eine Woche nach meinem ersten Besuch, saß ich neben ihrem Bett und dachte nach, wie man sie aus den Klauen ihrer Quälgeister befreien könnte, die sie langsam im Feuer ihrer eigenen Zuneigung aufzehrten. Ich hörte ein schwaches Geräusch, einen schnellen Schritt in dem vorher so stillen Haus - hörte Türen öffnen und schließen und einen kurzen Wortwechsel. Plötzlich ertönten rasche Schritte auf der Eichentreppe. Das Gesicht meiner Patientin errötete, und ihre Augen glänzten, als liege ihre ganze Seele darin. Schwach wie sie war, setzte sie sich im Bett auf, und die beiden Frauen stürzten aus dem Zimmer.

'Mein Mann!' rief das Mädchen, denn sie war wirklich nicht viel älter. 'Sie werden ihn umbringen.'

Ich hörte einen Schrei und einen unartikulierten Fluch, doch beides aus dem Mund einer Frau. Dann trat der junge Mann ruhig ins Zimmer, ein feiner Kerl, wie ich nur je einen gesehen habe, blaß und wie ein Wildhüter gekleidet, aber doch eindeutig ein Gentleman. Die beiden Frauen folgten in hellem Zorn, so rot im Gesicht, wie er blaß war. Er kam um das Bett herum, und sie warf sich in seine Arme.

Ich war zu der Mutter getreten. 'Keine Szene jetzt', sagte ich, 'oder ihr Blut wird über Sie kommen.'

Sie achtete nicht auf meine Worte, sondern stand still da und starrte auf das Paar. Ich befürchtete einen Ausbruch und war entschlossen, sie in diesem Falle sofort aus dem Zimmer zu schleppen.

Doch im nächsten Augenblick hatte der junge Mann den Kopf seiner Frau hochgehoben. Ich sah den Ausdruck des Schreckens auf seinem Gesicht, eilte zu ihm hin, nahm sie aus seinen Armen und legte sie nieder, tot. Ich glaube, sie war herzkrank.

Die Mutter brach in einen Schrei aus - nicht des Schreckens oder Kummers oder der Reue, sondern des tödlichen Hasses. 'Da schau dein Werk an!' schrie sie ihm zu, als er dastand und wie erstarrt auf das Gesicht des Mädchens niederblickte. 'Du sagst, sie sei dein, nicht mein. Nimm sie. Du kannst sie haben, nachdem du sie umgebracht hast.'

'Er hat ihr vielleicht den Tod gebracht, aber Sie haben sie ermordet, Madam', sagte ich, als ich den Mann am Arm faßte. Er ließ sich willig wie ein Kind wegführen. Doch in dem Augenblick, als wir das Haus verlassen hatten, stöhnte er auf und riß sich von mir los. Ich hörte ein Pferd davongaloppieren und sah ihn in höchstem Tempo auf der Straße nach London dahinjagen. Ich habe nie mehr von ihm oder der Geschichte etwas gehört.«

(Ich hegte kaum einen Zweifel, wessen Geschichte ich eben vernommen hatte. Dinge, die man in einem zivilisierten Land und einem Zeitalter mit Schliff für unmöglich halten möchte, erweisen sich als wahr, wenn das Herz ohne Liebe, die Gefühle ungezügelt, der Mensch auf sich selbst zentriert ist und Gott völlig unbeachtet bleibt. Die schrecklichen Dinge, über die man in alten Geschichten oder modernen Zeitungen liest, wurden von menschlichen Wesen vollbracht, nicht von Dämonen.

Ich verriet meinem Freund nicht, daß ich um das wußte, was er verbarg, und tatsächlich die ganze Geschichte kannte:

Dorothy - das Gottesgeschenk, ein wunderschöner Name, die so behandelt wurde und damit das Geschick vieler Gaben Gottes teilte - Dorothy Oldcastle war die älteste Tochter von Jeremy und Sibyl Oldcastle und daher die Schwester von Ethelwyn. Ihr Vater, ein unbekümmerter Mann, der völlig von seiner Frau beherrscht wurde, starb, als Dorothy fünfzehn war. Ihre Mutter schickte sie zur Schule, mit einer besonderen Empfehlung für die Obhut eines Geistlichen in der Nachbarschaft, obwohl die Mutter keinerlei acht gab auf das, was unser Herr oder seine Apostel sagten, und sich auch selbst nicht fragte, ob das recht war, was sie tat.

Dorothy war drei oder vier Jahre dort. Sie und der Pfarrerssohn verliebten sich ineinander. Die Mutter hörte davon und holte sie nach Hause. Sie hatte anderes mit ihr im Sinn. In solchen Augen ist die Verliebtheit der Tochter natürlich etwas, über das man höhnisch hinweggeht. Doch in ihrer ausgeprägten Herablassung mußte sie feststellen, daß sie ihren geliebten Eigenwillen nicht völlig hatte für sich behalten können - sie hatte einen Teil davon ihrer Tochter vererbt. Doch bei der Tochter verband er sich mit noblen Eigenschaften, hörte auf, böse zu sein wie bei der Mutter, sondern wurde zu einer ehrenwerten Charakterfestigkeit. Sie konnte sich dem stürmischen Drängen der Mutter widersetzen. So hatte die Natur begonnen, wieder auf den richtigen Pfad zurückzufinden - in der Tochter setzte sich das Recht durch, um dem Unrecht der Mutter entgegenzutreten und zu trotzen mit der gleichen Charakterstärke, welche die Mutter zu bösen und selbstsüchtigen Zwecken mißbraucht hatte. So wurde das böse Erbe durchbrochen. Sie blieb ihrer Liebe treu und wollte es auch bleiben. Die folgenden Szenen waren schrecklich. Der Geist, doch nicht der Wille des Mädchens, war fast zerbrochen. Sie fühlte, daß sie den Kampf nicht mehr lange durchstehen konnte.

Der junge Mann hatte eine gute Anstellung in Indien erhalten, wohin er binnen eines Monats ausreisen mußte. Am Ende verließ Dorothy das Haus ihrer Mutter. Mr. Gladwyn wartete in der Nähe auf sie und brachte sie zu seinem Vater, der sich beharrlich geweigert hatte, Mrs. Oldcastle bei der Einmischung in die Angelegenheit zur Seite zu stehen. Sie wurden am nächsten Tag vom Pfarrer einer benachbarten Gemeinde getraut. Doch fast unmittelbar darauf erkrankte sie so ernstlich, daß sie ihren Mann nicht begleiten konnte und gezwungen war, zurückzubleiben in der Hoffnung, ihm im nächsten Jahr folgen zu können.

Noch ehe die Zeit gekommen war, brachte sie meine kleine Freundin Judy zur Welt, und ihre Abreise wurde erneut verzögert, wahrscheinlich durch das frühe Stadium der Krankheit, der sie dann erlag. Da traf, als sie eben die Reise nach Indien antreten wollte, die Nachricht ein, daß Mr. Gladwyn einen Hitzschlag erlitten hatte und so bald wie möglich heimkäme. Anstatt zu ihm zu reisen, mußte sie nun warten, wo sie war.

Seine Mutter war schon vor einiger Zeit gestorben. Bald nach der Nachricht über die Erkrankung seines Sohnes wurde der Vater tot in seinem Sessel gefunden, und das arme Geschöpf blieb allein mit dem Kind zurück, ohne Geld und in einem heiklen Gesundheitszustand. Der alte Mann hatte außer seinen Möbeln und Büchern nichts hinterlassen, und vor dem Eintreffen des Sohnes konnten seine Angelegenheiten nicht geordnet werden. Mrs. Oldcastle schrieb einen Brief und bot ihrer Tochter in ihrem alten Heim alles an, was sie brauchte.

Dorothy war erst wenige Tage zu Hause, als ihre Mutter schon wieder anfing, sie zu tyrannisieren wie in früherer Zeit, und obgleich Mrs. Gladwyns Gesundheit offenkundig darunter litt, erkannte Mrs. Oldcastle entweder die Ursache nicht oder konnte ihre bösen Triebe nicht im Zaum halten. Endlich kam die Nachricht von Mr. Gladwyns Heimreise. Vielleicht überfiel die Mutter in dieser Zeit zum erstenmal die Versuchung, sich zu rächen, indem sie die Krankheit der Tochter als Vorwand nahm, um ihm den Zutritt zu ihr zu verweigern. Sie erklärte ihr, sie könne ihn erst sehen, wenn es ihr besser ginge, beharrte nach seiner Ankunft auf diesem Entschluß und erreichte mit Sarahs Hilfe, daß er keinen Zutritt ins Haus fand. Erst durch die stillschweigende Mithilfe Ethelwyns, die damals ein Mädchen von fünfzehn Jahren war, wurde er durch den Kellereingang eingelassen.

Welcher Schrecken der Finsternis schien über dieser Familie zu lasten! Welche Taten der Bosheit wurden hier vollbracht! Doch der Schrecken kam von innen - Selbstsucht und ungehemmte Wildheit waren die Quellen -, nicht unglückliches Schicksal. Die Anbetung des eigenen Willens verbreitete um ein Wesen eine Atmosphäre des Bösen, einen völlig abnormen Zustand des moralischen Firmaments, aus dem dann die Flammen der Hölle brechen.)

An diesem Abend blieb mir wenig Zeit für die Abgeschiedenheit der Kirche. Obwohl es dunkel war, ging ich auf dem Heimweg noch hinein. Ich tastete den Weg zur Kanzel, setzte mich in der Dunkelheit hin und dachte nach. Die Worte Dr. Duncans hatten mir eine ganze Menge enthüllt. Doch mein persönliches Interesse an dieser Geschichte ließ mich die arme Catharine Weir und die furchtbare Wunde in ihrem Herzen nicht vergessen. Ich erkannte, daß sie von sich aus bis in alle Ewigkeit nicht vergeben wollte, nicht konnte - daß alle Qualen der Hölle sie nicht zum Verzeihen bringen konnten -, denn Vergeben war eine göttliche Gnade und mußte von Gott kommen. Beim Gedanken an Mrs. Oldcastle sah ich, daß wir in uns selbst keinerlei Sicherheit finden konnten, auch nicht vor den schlimmsten und gemeinsten Sünden. Nur wenn ein höherer Geist uns erfüllt, sind wir sicher oder können wir sicher sein vor diesem ewigen Tod unseres Wesens. Dieser Geist kämpfte mit dem bösen Geist in Catharine Weir - wie konnte ich sie drängen, dem Guten ihr Ohr zu leihen? Wenn sich der Wille auf die Seite Gottes stellt, dann müssen die Kräfte des eigenen Selbst, von ihrer Führerschaft verlassen, bald das Feld räumen, und die Frau - nicht länger von widerstreitenden Kräften innerlich zerrissen - würde still zu Füßen ihres Meisters sitzen. Könnte sie nicht aufgerüttelt werden, einen einzigen schwachen Ruf an Gott um Hilfe zu richten? Das wäre ein erster Schritt auf die Vergebung anderer hin. Um etwas für sie selbst zu bitten, wäre bei einer so stolzen Natur ein großer Fortschritt, und von Herzen um das Gute zu bitten, ist der allernächste Schritt, Gutes auch von Herzen zu geben.

Viele solche Gedanken gingen mir durch den Sinn, die vor allem um sie kreisten, denn noch konnte ich mir keine solchen Gedanken über Mrs. Oldcastle machen. Ich erhob weiterhin mein Herz zu dem Gott, der Sorge getragen hatte, mich zu erschaffen, und mich dann bewogen hatte, Prediger für meine Mitmenschen zu werden. Ganz gewiß würde er mir eingeben, was ich ihnen zu sagen hatte. Könnte nicht meine bescheidene Unwissenheit seinen Willen bewirken, obwohl mein Zorn seine Gerechtigkeit nicht bewirken konnte? Ich stieg von der Kanzel herab und dachte bei mir: »Laß Ihn handeln, wie er will. Hier bin ich. Ich werde sagen, was ich sehe. Möge er es gut machen.«

Sechzehntes Kapitel

Die Orgel

Am nächsten Morgen sprach ich über die Worte des Herrn: »Wenn nun ihr, die ihr arg seid, könnt euren Kindern gute Gaben geben, wieviel mehr wird euer himmlischer Vater den Heiligen Geist geben denen, die ihn darum bitten!«
Als ich mich am Lesepult erhob, sah ich Catharine Weir, Mrs. Oldcastle und Judy, die mir alle ins Gesicht blickten. Zu meiner Überraschung und meinem Mißbehagen war Miss Oldcastle zum ersten Mal hier, und neben ihr saß der Gentleman, dem ich am Tag vorher beim Reiten begegnet war. Er saß sorglos, unbekümmert, zufrieden - gleichgültig da. Ich konnte nicht übersehen, daß er immer etwas hinter der übrigen Gemeinde zurück war, als habe er keine Ahnung, was als nächstes kam, oder als kümmere es ihn nicht, sich anzupassen.

Gerne hätte ich die mir auferlegte Aufgabe der Predigt umgangen, doch ich sagte mir: »Soll das mir aufgetragene Werk unter dem Aufruhr meines Geistes leiden? Kein Schade ist angerichtet worden, obwohl ich leide, doch viel Schaden könnte geschehen, wenn auch nur ein Ton seine Kraft verfehlt, weil ich leide.« Deshalb betete ich zu Gott, mir zu helfen, und im Aufschauen zu ihm warf ich meine Sorgen auf ihn, hielt meine Gedanken strikt von allem ferne, was mich umtrieb, und richtete keine Sekunde meine Blicke auf den Kirchenstuhl von Oldcastle Hall von dem Moment an, da ich die Kanzel betrat. Wohl zum Teil dank der Freiheit, die mir das Gefühl verlieh, für das Ergebnis nicht verantwortlich zu sein. Da ich schwach, Gott aber stark war, hielt ich, wie ich meine, eine bessere Predigt als je zuvor. Doch als ich in die Sakristei zurückkam, merkte ich, daß ich vor Zittern kaum noch stehen konnte. Ich muß krank ausgesehen haben, denn mein Gehilfe holte mir ein Glas Wein, ohne auch nur zu fragen, obwohl es nicht meine Gewohnheit war, hier Wein zu trinken.

Nach einigen Augenblicken erholte ich mich von meiner Schwäche, doch hatte ich keinerlei Bedürfnis, jemand aus meiner Gemeinde zu sehen, und nahm daher den Weg von der Sakristeitüre durch das Gebüsch, ein Pfad, den ich selten benutzte, da es so aussehen konnte, als hätte ich mich absondern wollen. In meinem Studierzimmer ließ ich mich auf die Couch fallen und schlief sofort ein. Wie oft schon hatte ich in schwierigen Situationen Gott für einen guten Schlaf als eine seiner besten Gaben danken können! Und wie oft, wenn ich erfrischt und ruhig aufstand, mußte ich an den armen Sir Philip Sidney denken, der in der Blüte seines Lebens und seiner Gesundheit langsam und geduldig dahinstarb, sich in seinem Geist mit der Frage herumschlug, womit er wohl Gott gekränkt habe, weil ihn der Schlaf trotz seines ernstlichen Gebetes um Schlaf floh!

Ich erwachte gerade rechtzeitig zum Nachmittagsgottesdienst und empfand den Frieden in meinem Herzen als Wunder und Beglückung. Fast fühlte ich mich, als wandle ich durch einen gesegneten Traum in einer Welt, die heiterer war als unsere.

Nachdem ich schon am Lesepult stand, merkte ich, daß ich um einige Minuten zu früh dran war. Mit gebeugtem Kopf stand ich da in dem Bewußtsein der Gegenwart einer höchsten Ruhe, als die ersten Klänge der Orgel mit der Empfindung einer tiefen Beglückung in meine Stille eindrangen. Nie zuvor hatte ich den Triumph der Kontemplation in Händels Vertonung von »Ich weiß, daß mein Erlöser lebet« gefühlt. Hindurch rann ein kalter silbriger Schauer von Traurigkeit wie das Licht im Osten nach dem Untergang der Sonne, das wir schmerzlich empfinden würden, wäre es nicht vom goldenen Glanz im Westen angestrahlt. Ehe die Musik zu Ende ging, kam es mir in den Sinn, daß ich nie vorher von dieser Orgel die Klänge von Händel vernommen hatte. Doch ich hatte keine Zeit, jetzt mehr darüber nachzudenken, denn ich erhob mich, um die Worte unseres Herrn zu lesen: »Ich werde auferstehen und zu meinem Vater gehen.«

Der Kirchenstuhl von Oldcastle Hall war leer, doch es geschah ohnehin selten, daß dort am Nachmittag jemand saß.

Trotz aller Ruhe in meinem Gemüt während des Abendgottesdienstes wurde ich krank, noch ehe ich ins Bett gegangen war, und erwachte am Morgen mit Kopfschmerzen und anderen Anzeichen, die es mir angeraten erscheinen ließen, nach Dr. Duncan zu schicken. Ich bin nicht so töricht anzunehmen, eine Geschichte der nächsten sechs Wochen sei von irgendeinem Interesse. So lange litt ich an erhöhter Temperatur, und es vergingen mehrere Wochen, in denen es mir unmöglich war, mich um meine Herde zu kümmern. Mr. Brownrigg kümmerte sich dankenswerterweise darum, daß ein geschickter junger Mann mit Priesterweihen in Addicehead freundlicherweise meine Pflichten in der Gemeinde für mich übernahm und mich deshalb von aller Sorge befreite.

Siebzehntes Kapitel

Judys Neuigkeiten

Ich befürchtete mit gutem Grund, daß ich während meines Fiebers vielleicht eine Menge Unsinn über Miss Oldcastle redete. Ich erinnere mich, daß ich von Visionen einer herrlichen Klosterruine heimgesucht wurde, die ich entdeckt hatte und die ich ganz nach meinem eigenen einsamen Willen durchwanderte. Innerhalb der Mauern war ein Labyrinth von Gängen, langen Korridoren und plötzlichen Galerien. Durch sie wanderte ich hindurch, entdeckte immer neue Räume, neue Galerien, neue Wunder der Architektur und war doch immer enttäuscht und unbefriedigt, weil ich wußte, daß in einem Raum irgendwo in den vergessenen Geheimnissen der Steinmassen Ethelwyn saß und las, niemals ihre meerblauen Augen von dem großen Band auf ihren Knien erhob, sondern jedes Wort las und langsam Seite um Seite umblätterte. Ich wußte, daß sie dort sitzen und lesen würde, bis jedes Blatt in dem riesigen Band umgedreht war, und sie würde zum letzten kommen und es von oben bis unten lesen, bis hinunter zum »Finis« und der Urne mit einer Trauerweide darauf; dann würde sie das Buch seufzend schließen, es auf den Boden legen, aufstehen und langsam auf immer weggehen. Ich wußte, wenn ich sie nicht fände, ehe sie diese schreckliche letzte Seite gelesen hatte, würde ich sie niemals mehr finden, sondern müßte mein ganzes Leben einsam durch diese düsteren Gänge und Galerien wandeln mit einer einzigen Hoffnung: daß ich vor meinem Tode das »weitab liegende Palastzimmer« fände, den zurückgelassenen Band auf dem Boden liegend, wo sie ihn niedergelegt hatte, und den Stuhl daneben entdeckte, auf dem sie so lange gesessen war und vergeblich auf jemand gewartet hatte. Vielleicht waren es Worte, die ich unter diesen Eindrücken gesprochen hatte, die dazu führten (wovon ich erst sehr viel später erfuhr), daß die Leute im Dorf meinen Namen mit dem von Miss Oldcastle zu verknüpfen begannen.

Als dies alles von mir schwand in einer zurückflutenden Welle der Gesundheit, die mein ermattetes Gehirn durchspülte, blieb ich doch ängstlich und nachdenklich. Es gab niemand, den ich nach Neuigkeiten über die Bewohner von Oldcastle Hall fragen konnte, und so nahm ich meine Zuflucht zum besten Weg - ich versuchte, meine Sorgen auf Gott zu werfen, der für mich sorgte. Wie oft schauen wir auf ihn als unsere letzte und schwächste Zuflucht! Wir gehen zu ihm, weil wir sonst nirgends mehr hingehen können, und dann erfahren wir, daß die Stürme des Lebens uns nicht auf die Felsen geworfen, sondern in den angestrebten Hafen geführt haben.

Eines Tages, als ich lesend in meinem Studierzimmer saß, wurde meine Freundin Judy angekündigt!

»O, lieber Mr. Walton, es tut mir ja so leid! Ich hatte keinerlei Möglichkeit, Sie vorher zu besuchen, obwohl wir es immer fertigbrachten - ich meine Tantchen und ich -, zu hören, wie es Ihnen geht. Ich wollte kommen und Sie pflegen, aber es war kein Drandenken!«

Ich dankte ihr lächelnd.

»O, Sie glauben, weil ich so ein Wildfang bin, könnte ich Sie nicht pflegen? Ich wünschte nur, ich hätte es Ihnen beweisen können. Es tut mir so leid um Sie!«

»Aber ich bin schon fast wieder gesund, Judy, und ich bin gut versorgt worden. Aber jetzt möchte ich gerne hören, wie es in Oldcastle Hall zugeht.«

»Wie, Großmama und dem Wolf und allen?«

»Soviel Sie mir erzählen wollen.«

»Nun, Großmama ist zu allen gnädig außer zur Tante.«

»Warum ist sie zur Tante nicht gnädig?«

»Ich weiß nicht. Ich kann nur raten.«

»Ist Ihr Besucher wieder weg?«

»Schon lang. Wissen Sie, ich glaube, Großmama möchte, daß Tantchen ihn heiratet, und Tantchen will das nicht. Aber er ist recht nett. Er ist so komisch. Ich glaube bestimmt, daß er bald wieder kommt. Ich mag ihn nicht so gern - auch nicht halb so gern wie Sie, Mr. Walton. Ich wünschte, Sie würden Tantchen heiraten, aber das würde niemals gehen. Es würde Großmama um den Verstand bringen.«

Um sie abzubremsen und eine gewisse Verwirrung zu verbergen, sagte ich: »Erzählen Sie mir nun von den anderen.«

»Als nächstes kommt Sarah. Sie ist so weiß und so wölfisch wie immer. Mr. Walton, ich hasse diese Frau. Sie schleicht umher wie eine Katze. Ich bin sicher, daß sie böse ist.«

»Haben Sie je darüber nachgedacht, Judy, wie schrecklich es ist, wenn jemand böse ist? Hätten Sie darüber nachgedacht, dann würde sie Ihnen bestimmt leid tun und Sie könnten sie nicht hassen.«

Im Lichte dessen, was ich wußte, und angesichts der Tatsache, daß Eindrücke viel weiter zurückreichen können als die bewußte Erinnerung, war ich nicht überrascht, Judy von ihrem Haß auf Sarah sprechen zu hören, obwohl ich nicht glauben konnte, daß der Haß bei einem solchen Kinde eine so tödliche Form annahm.

»Ich fürchte, inzwischen muß ich sie weiter hassen«, sagte Judy. »Ich wünschte, jemand würde Tantchen heiraten und Sarah hinauswerfen. Doch solange Großmama lebt, geht das nicht.«

»Wie gehts denn Mr. Stoddart?

»Da ist etwas, was mir Tante Wynnie aufgetragen hat, daß ich es Ihnen bestimmt sagen soll.«

»Dann wußte Ihre Tante, daß Sie mich besuchen würden?«

»O ja, ich hab's ihr gesagt. Großmama nicht. Sie dürfen das nicht verraten.«

»Ich werde aufpassen. Wie gehts denn nun Mr. Stoddart?«

»Nicht so gut. Er wurde noch vor Ihnen krank und liegt seither im Bett oder neben dem Kamin. Die Tante weiß nicht, was sie mit ihm anfangen soll, er ist so niedergeschlagen.«

»Wenn das Wetter morgen schön ist, werde ich kommen und ihn besuchen.«

»Danke. Ich glaube, das ist's, was Tantchen wollte. Er wird es zuerst nicht mögen, meine ich. Aber dann wird es ihm gefallen, und Sie werden ihm gut tun. Sie tun jedem gut, dem Sie nahekommen.«

»Ich wünschte, das wäre wahr, Judy, aber ich fürchte, es stimmt nicht. Was habe ich Ihnen je Gutes getan?«

»Mir?« rief sie, fast ärgerlich über die Frage. »Wissen Sie denn nicht, daß ich einen ganz anderen Charakter habe, seit ich Sie kenne?« Sie lachte auf und ließ mich in völliger Unkenntnis, wie ich ihre Worte deuten sollte. Doch auf einmal wurden ihre Augen klarer, und ich konnte bemerken, wie sich eine Träne darin sammelte. »Mr. Walton«, sagte sie, »ich versuche seither, nicht selbstsüchtig zu sein. Das haben Sie bei mir bewirkt.«

»Ich freue mich sehr darüber, Judy. Vergessen Sie nicht, wer alles Gute bei Ihnen bewirken kann. Da ist der Eine, der Ihnen nicht nur zeigen kann, was recht ist, sondern Sie auch fähig macht, recht zu tun und recht zu sein.«

Judy gab keine Antwort, sondern starrte den Teppich an. Ich sah ihr an, daß sie nachdachte.

»Wer hat denn die Orgel gespielt, Judy, seit Ihr Onkel krank ist?« fragte ich schließlich.

»Nun, Tante Wynnie natürlich. Haben Sie das nicht gehört?«

»Nein«, antwortete ich und wurde ganz elend bei dem Gedanken, daß ich von der Kirche fern sein mußte, während sie dort war und den lieben asthmatischen alten Orgelpfeifen Stimme und Ausdruck verlieh. Sie dort, und ich hier!

»Dann«, so sprach ich zu mir selbst, »muß sie es gewesen sein, die gespielt hat 'Ich weiß, daß mein Erlöser lebet!' Und anstatt Gott dafür zu danken, murre ich, daß er mir nicht mehr davon beschert hat! Und dieses Kind hat mir eben erklärt, ich hätte ihr beigebracht, nicht selbstsüchtig zu sein.«

»Wann ist Ihr Onkel krank geworden?«

»Ich kann mich nicht genau erinnern. Aber werden Sie ihn morgen besuchen? Wir werden Sie dann auch sehen, denn wir sind jetzt ständig in seinem Zimmer oder in der Nähe.«

»Ich werde kommen, wenn Dr. Duncan es mir erlaubt. Vielleicht kann er mich in seinem Wagen mitnehmen.«

»O nein, kommen Sie nicht mit ihm. Der Onkel kann Ärzte nicht ausstehen. Er ist nie vorher in seinem Leben krank gewesen, und jetzt benimmt er sich zu Dr. Duncan gerade so, als habe er ihn krank gemacht. Ich wünschte, ich könnte Ihnen den Wagen schicken. Aber Sie wissen ja, daß ich das nicht kann.«

»Machen Sie sich keine Gedanken, Judy. Ich schaffe das schon irgendwie. Wie heißt der Gentleman, der bei Ihnen zu Besuch war?«

»Kennen Sie ihn nicht? Hauptmann George Everard. Wissen Sie, er würde seinen Namen in Oldcastle umändern.«

Welch törichten Schmerz, wie eine Speerwunde in der Brust - riefen diese so selbstverständlich dahingesprochenen Worte in mir hervor!

»Er ist ein Verwandter, ich glaube vor allem von Großmamas Seite. Aber ich konnte die Erklärung nie verstehen. Alle Ehemänner und Frauen in unserer Familie waren in den letzten hundertfünfzig Jahren mehr oder weniger Vettern oder Halbvettern oder Vettern dritten Grades. Hauptmann Everard hat, wie Großmama es ausdrückt, ein hübsches kleines Besitztum irgendwo in Northumberland. Sein zweiter Bruder ist tot, und der älteste ist schon völlig verbraucht, wie Großmama sagt, so daß der Hauptmann in Reichweite des Adelstitels eines alten Onkels kommt, der eigentlich schon lange tot sein sollte. Gerade die richtige Partie für die Tante!«

»Aber Sie haben doch gesagt, die Tante möge ihn nicht.«

»Ach, wissen Sie, das macht gar nichts«, entgegnete Judy bitter. »Was kümmert das schon die Großmama? Das kümmert niemand außer der Tante, und sie muß sich daran gewöhnen. Niemand macht sich etwas daraus.«

»Wie haben Sie es geschafft, heute hierher zu kommen?« fragte ich, als sie aufstand, um zu gehen.

»Großmama ist in London, und der Wolf ist bei ihr. Tante Wynnie wollte den Onkel nicht allein lassen.«

»Sie haben in letzter Zeit viel in London zu tun, oder nicht?«

»Ja. Sie sagen, es gehe um das Geld meiner Tante, aber ich verstehe es nicht. Ich glaube, daß Großmama den Hauptmann dazu bringen will, Tante Wynnie zu heiraten, denn manchmal treffen sie ihn, wenn sie in London sind.«

Erst nachdem sie gegangen war, dachte ich darüber nach, wie sehr es mich erstaunt hätte, ein Mädchen in ihrem Alter so geläufig über Weltlichkeit und Intrigen sprechen zu hören, wäre ich nicht persönlich so stark vom Gegenstand ihrer Bemerkungen betroffen gewesen. Mit Befriedigung erfüllte mich, daß die Tante an ihrer ungebärdigen Nichte eine solche Freundin und Verbündete hatte. Offenbar hatte sie die Furchtlosigkeit ihres Vaters geerbt, und sollte sich herausstellen, daß auch die Charakterfestigkeit ihrer Mutter auf sie übergegangen war, dann konnte sie vielleicht ihrer Tante unschätzbare Dienste leisten.

Achtzehntes Kapitel

Ein Krankenbesuch

Da am nächsten Tag schönes Wetter herrschte, spazierte ich nach Oldcastle Hall, doch weit langsamer, als es meinen Wünschen entsprach. Zu meiner Erleichterung stellte ich fest, daß Mrs. Oldcastle noch nicht zurückgekehrt war. Ich wurde sofort in Mr. Stoddarts Bibliothek geführt, wo ich die beiden Damen bei seiner Pflege vorfand. Er saß in einem luxuriösen Sessel neben einem hell lodernden Kaminfeuer, die pelzbekleideten Füße im Kaminvorleger vergraben. Er sah mitgenommen und mürrisch aus, und von seinem Gesicht war der Ausdruck der Heiterkeit geschwunden. Die glatte Stirne war von Dutzenden von Fältchen durchzogen wie ein Gewässer, über das ein auffrischender Wind hinstreicht. Sein Gesichtsausdruck sprach auch nicht nur von Leiden, er sah vielmehr wie ein Mann aus, der den Verdacht hegt, er werde mißbraucht.

»Sie sind wirklich in einer glücklichen Lage, Mr. Stoddart«, sagte ich, »zwei solche Pflegerinnen zu haben.«

»Sie sind sehr freundlich«, seufzte der Patient.

Tante und Nichte erhoben sich still und verließen das Zimmer.

»Haben Sie sehr zu leiden, Mr. Stoddart?«

»Eigentlich mehr an Mattigkeit als an Schmerz. Der Tod wäre mir willkommen.«

»Nach dem, was Dr. Duncan sagt, gibt es keinen Grund zu der Vermutung, daß es mehr ist als eine vorübergehende Krankheit, die sich etwas hinzieht«, bemerkte ich - um ihn herauszufordern, wie ich gestehen muß.

»Das hoffe ich wirklich nicht«, rief er ärgerlich und setzte sich auf. »Mit welchem Recht redet denn Dr. Duncan so von mir?«

»Einem Freund gegenüber«, erwiderte ich entschuldigend, »der an Ihrem Wohlergehen großen Anteil nimmt.«

»Ja, natürlich, so ist der Doktor. Ein Kranker gehört laut Verschreibung Ihnen beiden.«

Zufrieden, daß er besser dran sein könnte, wenn er nur wollte, fragte ich ihn: »Erinnern Sie sich, wie Ligarius in 'Julius Cäsar' seine Krankheit von sich weist?«

»'Ich bin nicht krank, hat irgendeine Tat, des Namens Ehre würdig, Brutus vor.'-«

»Ich möchte gesund sein, weil es mir nicht gefällt, krank zu sein. Aber ich habe ganz gewiß noch nicht herausgefunden, wofür es sich in dieser nebligen, sumpfigen Welt lohnt, gesund zu sein.«

»Vielleicht liegt es daran, daß Sie noch nie versuchten, es herauszufinden. Aber ich werde Sie nicht attackieren, wenn Sie nicht in der Lage sind, sich zu verteidigen. Wir werden eine bessere Zeit dafür finden. Aber kann ich irgend etwas für Sie tun? Möchten Sie gerne, daß ich Ihnen eine halbe Stunde vorlese?«

»Nein danke. Die Mädchen ermüden mich bis zur Verzweiflung mit vorlesen. Schon der Klang ihrer Stimme ist mir verhaßt.«

Ich habe die heutige 'Times' in der Tasche.

»Ich habe die ganzen Nachrichten schon vernommen.«

»Dann langweile ich Sie wohl höchstens, wenn ich noch länger bleibe.«

Er gab keine Antwort. Ich stand auf. Mein »Guten Morgen« erwiderte er, als gebe es nichts Gutes in der Welt, wenigstens nicht an diesem besonderen Morgen.

Ich fand die beiden Damen im äußeren Zimmer. Judy kniete auf dem Boden und war mit einer langen Reihe von Büchern beschäftigt. Da erfuhr ich nun das Geheimnis - wie Mr. Stoddart an die bei den Deckenbalken untergebrachten Bände gelangte. Judy stand auf und ging daran, eine in einem der Bücherregale an der Wand versteckte mechanische Anordnung in Bewegung zu setzen. Starke Seile, die von der Decke herabreichten, waren an dem Regal befestigt, eher einem langen, auf der Seite offenen großen Kasten.

»Paß bloß auf, Judy«, sagte Ethelwyn, »du weißt, daß es sehr gewagt von dir ist, das Regal selbst herunterzulassen, wo doch der Onkel so eifersüchtig auf seine Bücher ist, wie eine Henne auf ihre Küken. Ich hätte dich die Stricke gar nicht anfassen lassen dürfen.«

»Du konntest es nicht verhindern, liebe Tante, denn ich hatte das Regal ja schon halbwegs herunter, ehe du mich sahst«, entgegnete Judy und machte sich daran, die Bücher an ihren gewöhnlichen Platz unter der Decke zu befördern.

Doch im nächsten Augenblick, ob durch Judys Ungeschicklichkeit oder den allmählichen Verschleiß und schließlich Bruch eines Seils, stürzte das ganze Regal mit donnerndem Krach nieder, und die Bücher verstreuten sich auf dem Boden. Die Tür zum inneren Raum öffnete sich, und Mr. Stoddart erschien. Sein Gesicht war schon gerötet, doch als er den Zustand seiner Bücher sah, brach leidenschaftlicher Zorn durch, den er sicher beherrscht hätte, wäre er nicht in einem so geschwächten Gesundheitszustand gewesen.

»Wie kannst du es wagen?« rief er mit heftiger Betonung auf dem Wort wagen. »Judy, laß dich bitte nicht mehr in meiner Wohnung sehen, bis ich wieder nach dir schicke.«

»Und dann«, sagte Judy im Hinausgehen, »bin ich höchst wahrscheinlich anderweitig beschäftigt.«

»Es tut mir sehr leid, Onkel«, begann Miss Oldcastle.

Aber Mr. Stoddart hatte sich bereits zurückgezogen und die Türe hinter sich zugeknallt. So blieben Miss Oldcastle und ich inmitten der Trümmer zurück. Sie sah mich mit bekümmertem Blick an.

Ich lächelte, sie lächelte zurück.

»Es wird ihm leid tun, wenn er sich wieder beruhigt hat«, sagte ich. »Wir müssen also seine Reue jetzt annehmen und nicht mehr darüber nachdenken, so als habe er sein Bedauern schon ausgedrückt. Außerdem darf ich, wenn Bücher im Spiele sind, nicht so hart mit meinem unglücklichen Nächsten ins Gericht gehen.«

»Vielen Dank, Mr. Walton, daß Sie die Partei meines Onkels ergreifen. Er ist sehr gut zu mir, und die liebe Judy ist manchmal recht provozierend. Ich fürchte, ich trage noch dazu bei, sie zu verziehen; doch Sie würden kaum glauben, was für eine anständige Person sie ist und welchen Trost sie mir gibt.«

»Ich glaube, ich verstehe Judy«, erwiderte ich, »und ich müßte mich sehr täuschen, wenn sie nicht zu einer ganz prächtigen Frau heranwächst. Mir erscheint es wie ein Wunder, daß sie bei den unterschiedlichen Einflüssen rings um sie nicht trotz allem ernstlich verdorben ist. Ich habe größte Hochachtung und Zutrauen zu meiner Freundin Judy.«

Ethelwyn - Miss Oldcastle wollte ich sagen - warf mir einen so erfreuten Blick zu, daß ich für mein Eintreten für Judy mehr als belohnt war.

»Bitte kommen Sie mit mir«, sagte sie, »denn Mr. Stoddart ärgert sich vielleicht, wenn wir unser Gespräch hier fortsetzen.«

»Ich stehe zu Ihren Diensten«, antwortete ich und folgte ihr aus dem Zimmer.

»Mögen Sie den alten Steinbruch immer noch so gern wie früher, Miss Oldcastle?« fragte ich, als wir aus dem Fenster eines langen Flures einen Blick darauf warfen.

»O ja. Ich gehe fast alle Tage dorthin. Heute war ich noch nicht drunten. Möchten Sie gerne hinuntergehen?«

»Sehr gerne.«

»Ach, ich vergaß ganz, daß dies kein geeigneter Ort für einen Kranken ist.«

»Ich kann mich jetzt nicht mehr als krank bezeichnen.Ihr Gesicht widerspricht Ihren Worten. Es tut mir leid, das sagen zu müssen.« Sie sah mich dabei so freundlich an, daß ich mich fast für den Blick bedankt hätte. »Und wirklich ist es da unten viel zu feucht«, fuhr sie fort, »von den Treppen gar nicht zu reden.«

Inzwischen hatten wir das kleine Zimmer erreicht, in dem ich bei meinem ersten Besuch empfangen worden war. Hier fanden wir Judy.

»Wenn Sie nicht schon zu müde sind, möchte ich Ihnen gerne mein kleines Arbeitszimmer zeigen. Ich glaube, man hat von dort aus einen schöneren Ausblick als von jedem anderen Zimmer im Haus«, sagte Miss Oldcastle.

»Ich würde mich sehr freuen«, erwiderte ich.

»Komm, Judy«, sagte ihre Tante.

»Ich bin sicher, daß du mich nicht brauchst, Tantchen.«

»O doch, Judy. Du brauchst zu uns nicht unfreundlich zu sein, nur weil der Onkel dich zurechtgewiesen hat. Du weißt, daß es dem Onkel nicht gut geht und daß er nicht so ist wie sonst. Und du weißt auch sehr gut, daß du nicht an seiner Maschinerie hättest herumspielen sollen.«

Miss Oldcastle legte ihren Arm um Judy und gab ihr einen Kuß. Darauf sprang Judy auf, warf ihr Buch hin und lief zu einer der verschiedenen Türen, die von dem Raum abgingen. Dabei kam eine schmale Treppe zum Vorschein, einer Leiter nicht unähnlich, die sich zu einem entzückenden kleinen Zimmer emporwand. Das Zimmer blickte auf das Bischofsbecken hinab, das schiefergrau durch die Wipfel der Bäume schimmerte. Der Raum war wie der untere in dunkler Eiche getäfelt, doch mit mehr Schnitzwerk verziert. Dem Fenster gegenüber befand sich eine helle Stelle, die durch die Rücken hübsch gebundener Bücher gebildet wurde. Miss Oldcastle, die mein Interesse dafür bemerkte, sagte: »Die meisten sind Geschenke meines Onkels. Er ist wirklich äußerst freundlich. Sie würden das wohl nicht vermuten, nach dem Sie ihn heute erlebt haben?«

»Nein, wirklich nicht«, bestätigte ich.
»Setzen Sie sich«, meinte Miss Oldcastle. »Sie sind sehr krank gewesen, und ich konnte nichts für Sie tun, obwohl Sie zu mir so freundlich waren.« Sie sprach, als sei es ihr ein Anliegen, dies zu sagen. »Ich wünschte nur, ich hätte Gelegenheit, etwas für Sie zu tun«, sagte ich, als ich mir einen Stuhl neben dem Fenster nahm.

»Doch selbst wenn ich alles getan hätte, was ich je tun wollte, dann hätten Sie es mir schon längst vergolten.«

»Wie denn? Ich weiß nicht, was Sie meinen, Mr. Walton. Ich habe Ihnen nicht den geringsten Dienst erwiesen.«

»Sagen Sie mir erst, haben Sie die Orgel gespielt an jenem Nachmittag, als- nachdem - bevor ich krank wurde - ich meine, an dem Tag, als Sie - mit einem Freund morgens im Kirchenstuhl saßen?«

Ich glaube, daß meine Stimme genau so holprig war wie mein Satzbau. Ich wagte nur einen einzigen Blick. Ihr Gesicht hatte sich mit Röte überzogen, doch sie antwortete ohne Zögern: »Ja.«

»Dann stehe ich mehr in Ihrer Schuld, als Sie wissen und als ich Ihnen sagen kann.«

»Nun, wenn das alles ist - ich habe die Orgel jeden Sonntag gespielt, seit der Onkel krank wurde«, sagte sie lächelnd.

»Jetzt weiß ich's, doch bisher wußte ich es nicht. Ich möchte Ihnen aber nur für jenes eine Mal, als ich Sie spielen hörte, danken. Sagen Sie mir, Miss Oldcastle, was ist das kostbarste Geschenk, das ein Mensch einem anderen geben kann?«

Sie zögerte, und da ich fürchtete, sie zu verwirren, antwortete ich für sie:

»Es muß etwas seiner Natur nach Unvergängliches sein. Wenn wir einem Freund statt eines Juwels oder auch nur einer Blume die Gabe eines bezaubernden Gedankens ins Herz geben können, dann ist das meiner Meinung nach ein Geschenk, wie es auch die Engel geben. Doch Sie taten für mich etwas Besseres. Ich war den ganzen Morgen von Kummer erfüllt gewesen, und Sie haben mir das Wissen vermittelt, daß 'mein Erlöser lebt'. Bedenken Sie, ich wußte nicht, daß Sie an der Orgel saßen, und doch spürte ich den Unterschied. Sie schenkten mir ein größeres Vertrauen auf Gott, und was könnte man einem Menschen mehr schenken? Ich glaube, dieser letzte Eindruck, unmittelbar bevor ich krank wurde, muß mir während meiner Krankheit geholfen haben. Oft, wenn ich besonders niedergeschlagen war, erklang in meinem Inneren dieses Lied, gesungen von einer Stimme, von der ich gewiß annahm, daß sie Ihnen gehört, obwohl ich Sie nie singen hörte.«

Sie wandte mir das Gesicht zu. In den meerblauen Augen glänzten Tränen. »Ich war selbst tief bekümmert«, sagte sie mit stockender Stimme, »als ich das sang - ich meine spielte. Ich bin froh, daß es jemand geholfen hat! Ich fürchte, bei mir selbst hat es nicht viel genutzt. Wenn Sie mögen, werde ich es Ihnen jetzt vorsingen.«

Sie stand auf, um die Noten zu holen. Doch in diesem Augenblick stürmte Judy, die aus dem Zimmer gegangen war, herein und rief: »Tante Wynnie, Tante Wynnie, Großmama ist zurück!«

Miss Oldcastle erbleichte. Ich gestehe, daß ich verwirrt war, als sei ich bei einer Heimlichkeit überrascht worden.

»Ist sie schon im Haus?« fragte Miss Oldcastle und versuchte, ihrer Stimme einen gleichgültigen Klang zu geben.

»Sie ist eben bei der Türe - gleich muß sie aus dem Einspänner aussteigen. Was sollen wir tun?«

»Was soll das heißen, Judy?« fragte ihre Tante.

»Du weißt doch so gut wie ich, Tantchen, daß Großmama wie das leibhaftige Donnerwetter aussehen wird, wenn sie Mr. Walton hier findet, und wenn sie nicht mit der gleichen Lautstärke spricht, dann nur, weil sie das nicht kann. Mir macht das nichts aus, aber ich weiß, auf wessen Kopf das Donnerwetter niedergehen wird. Bitte, lieber Mr. Walton, kommen Sie zur rückwärtigen Treppe. Dann erfährt sie es nicht. Ich werde das schon bewerkstelligen.«

Da stand ich nun vor einem Dilemma: Leiden über sie bringen, für die ich jeden Schmerz ertragen hätte, um es ihr zu ersparen, oder mich aus dem Haus schleichen, als wäre ich beschämt und hätte einen Grund dazu. Miss Oldcastle überließ die Entscheidung jedoch nicht mir.

»Judy, du solltest dich schämen, Mr. Walton einen solchen Vorschlag zu machen! Ich bedaure sehr, wenn er vielleicht eine unerquickliche Begegnung mit meiner Mutter haben sollte, aber das können wir nicht ändern. Komm, Judy, wir werden Mr. Walton gemeinsam hinausbegleiten.« »Es war doch nicht um Mr. Waltons willen«, entgegnete Judy schmollend. »Du bist schon recht schwierig, Tante Wynnie. Mr. Walton, es ist so schwer, auf sie achtzugeben! Und seit Sie da sind, ist es noch schlimmer mit ihr. Eines Tages muß ich sie noch aufgeben. Seien Sie großzügig,

Mr. Walton, und unterstützen Sie mich - das heißt Tantchen.«

»Ich fürchte, Judy, ich muß deiner Tante danken, daß sie sich auf die Seite meiner Pflicht gegen meine ausdrückliche Neigung gestellt hat. Doch wenigstens diese Freundlichkeit werde ich nie erwidern können«, sagte ich zu Miss Oldcastle.

Es war ein törichter Ausspruch, aber es ärgerte mich nicht, daß ich ihn getan hatte.

»Verpflichtungen sind doch nicht Lasten, die man abwerfen sollte, nicht wahr?« entgegnete sie mit einem bezaubernden Lächeln auf ihrem blassen, kummervollen Gesicht. Ich war ihr mehr zugetan, als ich zuzugeben wage, weil sie sich wohlüberlegt der Qual um der Wahrheit willen anheimgab.

Miss Oldcastle ging voran die Treppe hinab, ich folgte, und Judy machte den Abschluß. Die Sache war nicht so schlimm, wie sie hätte sein können. Ich bestand darauf, allein hinauszugehen, und begegnete Mrs. Oldcastle erst in der Halle. Sie reichte mir nicht die Hand zur Begrüßung. Ich verbeugte mich kurz und drückte mein Bedauern aus, daß Mr. Stoddart noch so weit von der Genesung fern sei.

»Ich fürchte, er braucht noch lange, bis er gesund ist«, entgegnete sie, »und ohne Zweifel ist er meiner Meinung nach zu krank, um Besucher zu empfangen.«

Damit nickte sie und schritt vorbei. Ich wandte mich um und ging hinaus, durchaus zufrieden mit meinem Besuch.

Von diesem Tage an erholte ich mich rasch, und am nächsten Sonntag hatte ich schon wieder das Vergnügen, zu meiner Gemeinde zu predigen. Mr. Aikin, der wie schon erwähnt, meine Pflichten für mich wahrgenommen hatte, sprach die Gebete. Ich wählte als Predigttext eines der Heilungswunder unseres Herrn und versuchte meinen Leuten zu zeigen, daß jede Heilung und jede Art der Heilung so sicher und ausschließlich aus Gottes Händen kommt wie in den Beispielen, da er körperlich seine Hand ausstreckte, die Kranken berührte und zu ihnen sagte, sie würden wieder gesund.

Als sie die Kirche verließen, spielte die Orgel: »Tröstet, tröstet mein Volk«, spricht euer Gott.

Ich bemühte mich inständig, meine neuen Gefühle nicht in mir überhand nehmen zu lassen, um nicht die Pflicht gegenüber meiner Gemeinde zu versäumen. Ich sprach zu mir selbst: »Laß mich gütiger, ehrbarer und behutsamer mit diesen meinen Brüdern und Schwestern umgehen, denn sie sind auch ihre Brüder und Schwestern.« Ich wollte meine Arbeit um so besser verrichten, je mehr ich sie liebte.

So ging Woche um Woche ins Land, ohne daß viel geschah, was des Aufzeichnens wert wäre. Miss Oldcastle sah ich in dieser Zeit selten und nie allein.

Ich wollte nicht weitergehen, bis sie mich öfter gesehen hatte, und ich wußte beim besten Willen nicht, wie ich ihre Gesellschaft hätte genießen sollen, solange ihre Mutter so unfreundlich war. Ich befürchtete, daß öftere Besuche nur verhindern könnten, sie überhaupt zu sehen. Ich wußte auch nicht, in welchem Grade solche Maßnahmen das von mir am meisten gefürchtete Ereignis unter Umständen beschleunigen oder die Unannehmlichkeiten verstärken würden, unter denen Miss Oldcastle schon jetzt so sehr zu leiden hatte. In der Zwischenzeit hörte ich nichts über Hauptmann Everard, und der Trost aus diesem negativen Umstand war von recht positiver Art. Ich wurde von weiteren Vorstößen auch durch die Überlegung abgehalten, daß sie Hauptmann Everard vielleicht mehr Sympathie entgegenbrachte, als Judy geschildert hatte. Ich bin immer vor Rivalitäten jeder Art zurückgeschreckt - sie laufen meiner Natur irgendwie zuwider. Außerdem würde Miss Oldcastle eines Tages eine reiche Frau sein - offensichtlich verfügte sie schon jetzt über eigenes Geld -, und ich scheute mich vor dem Gedanken, man könnte glauben, ich heiratete des Geldes wegen. »Da seht ihrs!« so würde es heißen. »So ist es bei den Pfarrern! Da predigen sie von Armut und Glauben, tun so, als ob sie Reichtum verachten und auf Gott vertrauen, aber laßt sie nur Geld riechen, welche Chance hat dann ein armes Mädchen gegen ein reiches! Auf der Kanzel hört es sich alles recht schön an. Schließlich ist das ihr Beruf, so zu reden. Aber glaubt auch nur einer das, was er sagt, oder handelt wenigstens danach?«

Ich erwähne das nur als einen Umstand zur Unterdrückung meiner Gefühle, und ich wäre sicher kein solcher Tor gewesen, dem nachzugeben, hätte ich auf andere Weise meinen Weg klar gesehen. Denn ein Mensch kann, wenn er zeigt, wie man Geld verwendet oder einfach durch richtigen Gebrauch von Geld, mehr Gutes tun, als bei Zurückweisung, wenn es ihm auf ehrenhafte Weise zuteil wird. Doch ich war mir sicher - falls mir das Glück beschert werden sollte, Miss Oldcastle heiraten zu können -, daß die Armen in meiner Gemeinde meine Haltung und meine Gefühle am ehesten verstehen und mir am wenigsten weltliche Motive unterstellen würden.

Ethelwyn spielte weiter die Orgel, doch niemals unternahm ich den Versuch, sie zu sehen, wenn sie die Orgelempore betrat oder verließ. Wie durch Eingebung schien sie zu wissen, welche Musik ich am liebsten mochte, und oft gab sie mir große Hilfe, wenn sich mein Herz auf den Wogen der Harmonie der Orgelklänge erhob. So ging die Zeit dahin. Ein oder zweimal besuchte ich Mr. Stoddart und fand ihn, wie erwartet, in besserer Verfassung.Doch er wollte nicht zugeben, daß es ihm besser ging. Dr. Duncan sagte, es gehe ihm wirklich besser, und sein Gesundheitszustand könnte noch erfreulicher sein, wenn er nur selbst daran glauben und sich ein bißchen darum bemühen würde.

Neunzehntes Kapitel

Stimmung und Wille

Der Winter nahte sich mit seinen Nebeln, tropfenden Zweigen, aufgeweichten Wegen, faulenden Blättern und Regen, düsterem grauen Himmel und grellroter Sonne, zartem Eis über eingefangenen Wassern und dem weißen Chaos von Schneestürmen. Als der strenge Frost einsetzte, stand eines Tages Mr. Stoddart vor meiner Türe.

Er betrat mein Zimmer mit einem Gesichtsausdruck, wie ihn etwa Naeman gehabt haben mußte, als er vom Aussatz geheilt war und ihm wieder Fleisch auf den Knochen gewachsen war wie das Fleisch eines kleinen Kindes. Er sah nicht beschämt aus, doch sein blasses Gesicht wirkte demütig und bekümmert. Seine etwas selbstzufriedene Gelassenheit war verschwunden, und anstelle der üblichen unbestimmten Genialität zeigten sich Spuren von Gefühl und eindeutige Zeichen des Leidens. Ich wies ihm einen behaglichen Platz neben dem Feuer an und begann zu plaudern.

»Das kalte Wetter, das so viele Menschen krank aufs Bett wirft, scheint Sie in die frische Luft getrieben zu haben, Mr. Stoddart«, sagte ich.

»Ich fühle mich gerade so, als käme ich aus einem Winter. Meinen Sie nicht, daß Krankheit so etwas wie ein menschlicher Winter ist?«

»Gewiß, mehr oder weniger stürmisch. Für manche ein Winter mit Schnee und Hagel und schneidendem Wind; für andere tiefer Frost und schleichende Nebel und hin und wieder ein Sonnenschimmer.«

»Das letzte trifft ungefähr auf mich zu. Ich fühle mich, als hätte ich in einem nassen Erdloch gesteckt. Mr. Walton, ich will mich deutlich ausdrücken. Ich bin gekommen, um zu sagen, wie sehr es mir leid tut und wie beschämt ich bin, daß ich mich Ihnen gegenüber bei jedem Ihrer Besuche so schlecht benommen habe.«

»Unsinn!« entgegnete ich. »Das waren nicht Sie selbst, das war Ihre Krankheit.«

»Wenigstens drückte mein Verhalten nicht wirklich meine Gefühle für Sie aus, mein Lieber.«

»Das weiß ich genau so gut wie Sie. Kein Wort mehr darüber. Sie hatten den besten Vorwand für schlechte Laune. Ich hätte keinen dafür gehabt, gekränkt zu sein.«

»Das war nur mein Äußeres.«

»Ja, das erkenne ich von Herzen.«

»Doch das regelt nicht die Angelegenheit zwischen mir und meinem Selbst, Mr. Walton, auch wenn es dank Ihrer Güte die Sache zwischen mir und Ihnen bereinigt. Es demütigt mich tief, zu denken, daß Krankheit mich so sehr überwältigen konnte, daß ich nicht mehr ich selbst war - daß ich tatsächlich meinen Halt verlor an das, was ich mein Ich nenne -, sodaß ich beinahe an meiner persönlichen Identität zu zweifeln begann.

Ich gebe mir große Mühe, meinen Geist vom Einfluß von Geld, Ehrgeiz und Vergnügen freizuhalten und ihn auf die Betrachtung geistlicher Dinge zu richten. Doch beim ersten Ansturm einer bedrückenden Krankheit hörte ich auf, ein Gentleman zu sein, war ruppig zu Damen, die ihr Bestes taten, um mich zu versorgen, und sprach zu dem Freund, der kam, um mich aufzuheitern und zu trösten, als sei er ein herumstreunender Nichtstuer. Ich schäme mich, daß mir ein solches Verhalten möglich war, und ich bin gedemütigt, weil ich keine Gewißheit habe, daß ich nicht im Falle einer Rückkehr meiner Krankheit wieder das gleiche Verhalten an den Tag lege.«

»Ich verstehe völlig, was Sie meinen, denn ich glaube, ich verstehe ein wenig mehr von Krankheit als Sie. Soll ich Ihnen sagen, wo der Fehler in Ihrem Selbsttraining liegt?«

»Gerade das wünsche ich. Die Dinge, deren Betrachtung mir Vergnügen bereiten, als es mir gut ging, bereiteten mir kein Vergnügen, als mich die Krankheit erfaßt hatte. Nichts schien mehr gleich zu sein.«

»Wären wir immer in der richtigen Stimmung, dann bliebe kein Raum für die Übungen des Willens. Wir würden uns nur noch nach Stimmung und Neigung richten. Ihr Fehler liegt darin, daß Sie auf Ihre Gefühle nur durch Gedanken und Argumente mit sich selbst einwirken und nicht auch durch die Verbindung mit Ihren Mitmenschen. Außer mir und den beiden Damen haben Sie hier in der Gegend kaum einen Freund. Ein Freund allein kann Ihnen nicht die Hälfte der Erfahrung verschaffen, um Ihnen die Beziehungen des Lebens und die Bedürfnisse des Menschen beizubringen. Unter solchen Umständen können Sie bestenfalls richtige

Theorien entwickeln; eine Praxis für die Erkenntnis dieser Theorien in sich selbst ist nirgendwo -'doch wenn ein Mensch nicht liebt seinen Bruder, den er sieht, wie kann er Gott lieben, den er nicht sieht?' Den Nächsten zu lieben ist eine große Hilfe, um Gott zu lieben. Ich kann nicht sehen, wie diese Liebe ohne menschliche Beziehungen zustandekommen soll. Und ich kann auch nicht sagen, wie wir ohne diese Liebe mit den tausenderlei Irritationen unserer unvermeidlichen menschlichen Beziehungen fertig werden sollen.«

»Aber«, wandte Mr. Stoddart ein, »ich habe wirkliche Hochachtung vor Ihnen und eine freundschaftliche Verbindung mit Ihnen. Wenn menschlicher Kontakt das ist, was ich in meinem Fall brauche, wie konnte ich dann dem einzigen Menschen gegenüber versagen, zu dem ich solche Beziehungen unterhalte?«

»Weil Ihre Beziehung zu mir die Beziehung des Individuums ist und nicht der menschlichen Gemeinschaft. Sie mögen mich, weil ich das Glück habe, Ihnen zu gefallen, weil ich - wie ich hoffe - ein Gentleman bin, ein Mensch mit einer gewissen Bildung, fähig, das zu verstehen, was Sie mir von Ihren Plänen und Zielen erzählen. Aber Sie empfinden keine Beziehung zu mir auf Grund meiner Zugehörigkeit zur Menschheit - weil Gott mich geschaffen hat und ich deshalb Ihr Menschenbruder bin. Sie fühlen sich zu mir hingezogen, nicht weil wir demselben Stamm entsprossen sind, sondern lediglich, weil mein Blatt ein bißchen Ihrem eigenen gleicht. Wenn diese Neigung gestört wird, dann schwindet auch Ihre Liebe.«

»Sie sind sehr hart.«

»Ich meine nicht, daß sie endgültig verschwindet, sondern nur für eine gewisse Zeit. Doch Sie müssen zugeben, daß Sie warten müssen, bis sie von selbst zurückkommt.«

»Ja, das muß ich bekennen. Zu meinem Kummer ist es so.«

»Lassen Sie mich die Wahrheit aussprechen, Mr. Stoddart. Ich habe den Eindruck, daß Sie bisher nur ein Dilettant oder Amateur in geistlichen Dingen waren. Glauben Sie nicht, ich sei scheinheilig, - weit gefehlt. Das Wort 'Amateur' legt in sich selbst ein echtes Interesse dar, wenn auch vielleicht nur an der Oberfläche. Wo es aber um Beziehungen geht, muß man voll da sein. Sie haben viel Interesse für ungewöhnliche Formen der Theorie und mystische Spekulationen an den Tag gelegt, gegen die im Prinzip nichts einzuwenden ist. Gibt man sich jedoch damit zufrieden, anstatt Gott selbst kennenzulernen, oder setzt man eine allgemeine amateurhafte Freundschaft gegenüber der ganzen Menschheit an die Stelle einer Nächstenliebe, dann ist dies ein Blendwerk, das sich einem ehrlichen Geist wie dem Ihren stets in solchem Scheitern und in Enttäuschung erweist, wie Sie dies nun beklagen, wenn nicht gar weit beunruhigender, weil tiefgehend und schrecklich.«

»Soll ich Sie so verstehen, daß die Beziehungen zum Nächsten an die Stelle der Meditation treten sollen?«

»Unter keinen Umständen. Beide sollen sich gegenseitig ergänzen, wenn Sie ein gesundes Urteilsvermögen und die Mittel haben, entweder Ihre Spekulationen auf ihren Wahrheitsgehalt zu überprüfen oder zu erkennen, daß es Fälschungen sind.«

»Aber wo bin ich denn, daß ich außer Ihnen solche Freunde finde, mit denen ich geistliche Gemeinschaft halten kann?«

»Auf die Gemeinschaft der geistlichen Taten kommt es an - Taten der Gerechtigkeit, der Barmherzigkeit, der Demut, ein freundliches Wort, ein Becher kaltes Wasser, Krankenbesuch, Aushelfen mit Geld - nicht geistliche Konferenzen oder Gespräche, die sich von selbst ergeben, wenn die natürliche Basis da ist. Sie werden bald feststellen, daß nicht nur derjenige Ihr Nächster ist, dessen geistliche Verfassung der Ihren entspricht; es gibt in meiner Gemeinde einen armen Mann, der praktisch von der Spiritualität des Geistes mehr weiß als jeder andere von uns. Vielleicht könnten Sie ihm nicht viel beibringen, aber er könnte Sie unterweisen. In jedem Falle sind unsere Nächsten einfach die Menschen um uns herum. In einem kleinen Ort wie Marshmallows sollte jemand wie Sie den unwissenden Menschen kennen und verstehen und einen guten Einfluß auf ihn ausüben. Der ist Ihr Bruder, dem Sie verbunden sind, weil Sie für ihn sorgen und ihn zu erheben versuchen, nicht sozial, sondern in sich selbst - sofern das möglich ist. Nie gab es einen schmählicheren Irrtum als die Behauptung, es sei nur Sache der Geistlichen, sich um die Seelen zu kümmern.«

»Dann bliebe mir aber keine Zeit mehr für mich selbst.«

»Wäre das keine Zeit, die Sie für sich zubringen, wenn Sie ein nobles christliches Leben führen? Wenn Sie die Wahrheit der Worte unseres Herrn unter Beweis stellen, indem Sie sie tun? Wenn Sie Ihr Haus auf den Fels des Handelns bauen anstatt auf den Sand der Theorie? Finden würden Sie stattdessen eine Gesundheit, die in Ihre eigene Brust ausstrahlt, heilendes Mitgefühl, das sich selbst in der dürrsten Bekanntschaft regt, Kanäle, die sich auftun, um die Wahrheit in Ihren eigenen Geist einströmen zu lassen, und Gelegenheiten für die Ausübung jener Selbstdisziplin, deren Fehlen zu den jetzt von Ihnen beklagten Fehlschlägen führte. Manche Ihrer Spekulationen werden einfach in den Hintergrund zurücktreten, weil die Wahrheit, die sich auf so großartige Weise als wahr erweist, Ihren Geist so erfüllt und beschäftigt, daß kein Platz mehr bleibt für ängstliche Fragen. Nur der bescheidene Dienst am Nächsten wird Ihnen zur Erkenntnis jener vollkommenen Liebe Gottes helfen, die alle Furcht vertreibt. Nur die Liebe Gottes - die Gott in Christus offenbart hat - wird Sie befähigen, Ihren Nächsten recht zu lieben. Und der Geist Gottes wird Sie durch diese Liebe stärken, daß Sie selbst inmitten der Finsternis an das Licht glauben, daß Sie den im gesunden Zustand gefaßten Entschluß auch dann aufrechterhalten, wenn Krankheit alles um Sie herum verändert, und sie wird Ihnen helfen, Ihren Mitmenschen gegenüber Mitgefühl zu empfinden, auch wenn Sie niedergeschlagen sind oder Schmerzen leiden. Aber ich fürchte, ich habe die Grenzen jedes Eigentums überschritten. Ich kann nur sagen, daß ich im Verhältnis zu der von mir empfundenen Wahrheit und ihrem Gewicht gesprochen habe.«

»Ich danke Ihnen von ganzem Herzen«, sagte Mr., Stoddart beim Aufstehen. »Ich verspreche Ihnen, über das nachzudenken, was Sie mir gesagt haben. Ich hoffe, am nächsten Sonntag wieder an der Orgel zu sitzen.«

Und so geschah es. Miss Oldcastle aber saß mit ihrer Mutter im Kirchenstuhl. Sie ging nie wieder nach Addicehead in die Kirche.

Zwanzigstes Kapitel

Thomas Weir und sein Teufel

Mit dem Fortschreiten des Winters trat der langsame Verfall von Catharine Weir immer trauriger in Erscheinung. Es schien, als wolle die tote Jahreszeit sie an ihre Brust ziehen, sie zu den welken Blättern des letzten Sommers betten. Sie hielt sich noch immer in ihrem Laden auf oder erschien dort, sooft die Glocke einen Kunden ankündigte, doch sie sah abgezehrt aus, und ihr Gang verriet große Schwäche. Auch die Zeichen ihres ruhelosen Kummers schwanden nicht. Da war das gleiche wilde Feuer in ihren Augen, die gleichen zusammengepreßten Lippen, die gleichen Anzeichen, daß sie über einem sie völlig ausfüllenden Gedanken oder Gefühle brütete. Mir selbst und auch Dr. Duncan schien es, als sterbe sie an Haß. Würde denn niemand etwas für sie tun? Würde ihr Vater nicht helfen? Er war nun etwas sanfter geworden, nachdem christliche Grundsätze und Gefühle langsam in ihm zu wachsen und zu wirken begannen. Sicherlich hatte auch der Einfluß seines Sohnes etwas dazu beigetragen, nicht nur allgemein seinen Charakter zu besänftigen, sondern auch den Zorn zu stillen, den er gegen das eine Lamm aus seiner Herde hegte, das in die Wüste hinausgewandert war und dem er das Tor zum Schafpferch verschlossen und verriegelt hatte. Ich wollte ihn aufsuchen und sehen, was für sie getan werden konnte.

(Wenn ich über etwas nachgedacht und beschlossen habe, es sei sinnvoll, dann schiebe ich die Tat selten auf. Ich stellte fest, daß ich damit manchmal falsch handelte und die spezielle Handlung nichts Gutes brachte; doch wurde so in meiner tätigen Natur die Bewegung aufrechterhalten und verhindert, daß sie in Inaktivität versank. Wenn man im übrigen herausfindet, was nicht taugt, ist dies der erste Schritt, um herauszufinden, was sinnvoll ist, und ein erfolgloser Versuch kann etwas in Gang setzen, was Hilfe bringt.)

Eine kalte, strahlenlose Sonne zeigte sich durch den kalten Nebel des Wintermorgens, als ich über die Brücke ging, um Thomas Weir in seiner Werkstatt aufzusuchen. Die Pappeln standen an dem dunklen, kalten Fluß entlang aufgereiht wie Koboldwachen mit schwarzen Köpfen, von denen das lange Haar abstand. Die

Natur wirkte wie ein Leben, aus dem die Liebe verschwunden war. Ich wandte mich ab und eilte weiter.

Tom arbeitete emsig mit einer Ziehklinge an der Speiche für ein Wagenrad. Wie seltsam, daß der geringste visuelle Eindruck manchmal im Gedächtnis festhaftet, wenn es bei aller ernsthaften Anstrengung eine weit wichtigere Tatsache nicht heraufholen kann!

»Ein kalter Morgen, Thomas«, rief ich von der Türe her.

»Ich kann mich immer warmhalten, Sir.«

»Was machst du denn da, Tom?« fragte ich und ging zuerst zu ihm hin.

»Eine kleine Arbeit für mich selbst, Sir. Ich mache ein paar Bücherregale.«

»Ich möchte mich ein wenig mit deinem Vater unterhalten. Gib mir bitte eine halbe Stunde.«

»Gewiß, Sir.«

Ich ging zum anderen Ende der Werkstatt, denn obwohl Vater und Sohn nun im besten Einvernehmen lebten, arbeiteten sie seltsamerweise immer so weit voneinander entfernt, als die Werkstatt erlaubte, und es war ein Raum von beachtlichen Ausmaßen.

»Es ist nicht einfach, sich immer durch und durch warm zu halten, Thomas«, sagte ich.

Ich nehme an, mein Ton verriet seiner schnellen Auffassungsgabe, daß »mehr dahintersteckte, als das Ohr vernahm«. Er blickte von seiner Arbeit auf, und sein Werkzeug füllte sich mit einem unvollendeten Span.

»Wenn das Herz kalt wird«, fuhr ich fort, »läßt es sich nicht so leicht wieder erwärmen. Das Feuer ist da drin nur schwer zu entzünden, Thomas.«

Er sah mich immer noch an, hielt in seiner Arbeit inne, als harre er dessen, was kommen sollte.

Ich fuhr fort: »Ich fürchte, es gibt keinen Weg, es wieder anzuzünden, außer den Weg des Grobschmieds.«

»Das Eisen schmieden, solange es warm ist, meinen Sie wohl, Sir?«

»Oh ja. Wenn das Herz eines Mannes erkaltet ist, dann müssen die Schläge des Kummers hart und schwer niederfallen, ehe das Feuer es entzünden kann. Wann haben Sie Ihre Tochter Catharine das letzte Mal gesehen, Thomas?«

Sein Kopf senkte sich, und er fing an zu arbeiten, als gelte es das nackte Leben. Kein Wort kam von der über das Werkzeug gebeugten Gestalt, als habe er sich kein einziges Mal erhoben, seit er am Morgen die Arbeit aufnahm. Ich konnte nur sehen, daß sein Gesicht totenblaß und seine Lippen zusammengepreßt waren wie die jener Gewalttätigen, die das Himmelreich im Sturm nehmen. Er fuhr mit seiner Arbeit fort, bis das Schweigen sich so hinzog, daß es ins Endlose hinüberzugleiten schien. Ich fühlte mich verwirrt. Ein Schweigen zu brechen, ist manchmal so schwierig wie einen Bann zu brechen. Was Thomas gesagt oder getan hätte, wenn er nicht das Sicherheitsventil körperlicher Anstrengung gehabt hätte, kann ich mir nicht einmal vorstellen.

»Thomas«, sagte ich schließlich und legte die Hand auf seine Schulter, »ich hoffe, Sie wollen mir nicht die Freundschaft aufkündigen?«

»Sie treiben einen Menschen zu weit, Sir, und ich weiß nicht, ob ich darüber beschämt sein sollte. Aber Sie wissen nicht, wo Sie aufhören müssen. Ein Mensch braucht irgendwann seinen Frieden.«

»Die Frage ist, Thomas, ob ich Sie vor oder zurück treibe. Sie und ich müssen vor und zurück gehen. Ich selbst möchte vorwärts gehen und Sie dazu bringen, mitzugehen. Ich möchte mich weder jetzt noch später von Ihnen trennen.«

»Das ist alles gut und schön, Sir, und gewiß sehr freundlich. Aber wie ich schon gesagt habe, ein Mensch braucht irgendwann seinen Frieden.«

»Frieden! Ich vertraue auf Gott, daß wir ihn eines Tages, irgendwann, wie Sie sagen, haben werden. Haben Sie denn jetzt diesen Frieden so in Fülle, daß Sie zufrieden sind? Sie werden ihn nie bekommen, wenn Sie nicht vorwärtsgehen.«

»Ich glaube nicht, daß es gut ist, eine Pfütze aufzurühren. Lassen Sie Vergangenes vergangen sein. Sie begehen einen Fehler, Sir, wenn Sie einen Zorn anfachen, den ich bereit war schlafen zu lassen.«

»Besser einen wachen Zorn und dazu ein waches Gewissen, als einen Ärger, der in Gleichgültigkeit versunken ist, und ein Gewissen wie ein schlafender Hund, der nicht bellt. Daß Sie aufgehört haben, zornig zu sein, bringt Sie Ihrer Tochter auch nicht einen Schritt näher. Besser sie zu schlagen, zu beschimpfen mit der Möglichkeit, durch einen Versöhnungskuß wieder zusammenzufinden. O Thomas! Sie sind wie Jona mit seiner Staude.«

»Ich sehe nicht ein, was das miteinander zu tun hat.«

»Ich werde es Ihnen erklären. Sie sind voll von wildem Zorn über die Schande, die über Ihre Familie kam. Ihr Stolz hat sich erhoben. Sie kümmern sich nicht um das Elend Ihrer Tochter, die umso mehr vom Vaterherzen Mitgefühl erhalten sollte, je mehr sie Unrecht getan hat. Das Unrecht, das Ihre Tochter begangen hat, schert Sie nicht, sonst hätten Sie sie schon vor Jahren in Ihre Arme geschlossen in der Hoffnung, daß die Inbrunst Ihrer Liebe den Teufel aus ihr vertreibt und sie zur Buße bringt. Ich sage Ihnen, Sie kümmern sich nicht um das Unrecht, sondern um die Schande. Die Staude Ihres Stolzes ist verwelkt, und doch wollen Sie sie mit dem Elend Ihrer Tochter begießen.«

»Verlassen Sie meine Werkstatt«, rief er, »sonst sage ich vielleicht etwas, was mir nachher leid tut.«

Ich wandte mich auf der Stelle um und ging hinaus. Gleich um die Ecke fand ich den jungen Tom, der an der Wand lehnte und seinen Vergil las.

»Sprich für eine Weile nicht mit deinem Vater, Tom«, sagte ich. »Ich habe ihn etwas aus der Fassung gebracht. Am besten, man läßt ihn allein.«

Er sah erschrocken aus.

»Kein Schaden ist angerichtet worden, Tom, mein Junge. Ich habe mit ihm über deine Schwester gesprochen. Er muß Zeit haben, um über das nachzudenken, was ich ihm gesagt habe. Sei so aufmerksam zu ihm, wie du kannst.«

»Das will ich, Sir.«

Ich hatte den ganzen alten Jammer des Mannes wieder aufgerüttelt, die Wunde von neuem zum Bluten gebracht. Die Schande war von neuem wach und zerrte an seinem Herzen. Daß seine Tochter ihm das hatte antun können! Denn sein ganzer Stolz war in ihr vereint. Sie war die Schönheit des Dorfes gewesen, hatte bei einer Schneiderin in Addicehead gelernt und war nach anderthalb Jahren mit einem Kind zurückgekommen. Die Tatsache, daß Addicehead eine Garnisonstadt war, hatte etwas mit ihrem Schicksal zu tun. Im Frühling, als die Blumen am lieblichsten blühten und die Hoffnung auf den Sommer am stärksten war, wurde ihr Leben in ein trostloses, vom Wind zerzaustes, vom Regen aufgeweichtes Moor verwandelt. Der Mann, der ein solches Opfer von einer Frau annehmen kann, ist ebenso verabscheuungswürdig wie der Pharisäer, der das Haus der Witwe mit seinen langen Gebeten verschlingt. Er läßt sie in trostloser Verfassung zurück und geht selbst frei aus.

Doch Catharine wollte nie ein Wort äußern, mit dem sie den Namen oder die Lebensumstände ihres Verführers preisgegeben hätte. Seinem Kind gegenüber legte sie, solange es sein Leben von ihr bezog, ein Verhalten an den Tag, das seltsam schwankte zwischen Abneigung und leidenschaftlicher Liebe. Nachdem diese Zeit vorüber war, begann die Zuneigung zu schwinden und die Abneigung sich stärker auszuprägen. Zu der Zeit, als ich sie kennenlernte, schienen sich ihre Gefühle auf eine gewisse Gleichgültigkeit festgelegt zu haben, nur bildete es eben eine ständige Erinnerung an ihre Schande und Verführung durch seine bloße Gegenwart.

Das Kind war unter dem Dach ihres Vaters geboren worden. Welch eine böse Zeit mußten sie und ihr Vater durchgemacht haben, bis sie das Haus verließ!

Einundzwanzigstes Kapitel

Catharine Weir und der Teufel

Um diese Zeit wurde mein Vater krank, und ich mußte mehrfach nach London reisen. Ich hatte eine Halbschwester, die ungefähr halb so alt war wie ich. Ihre Ängstlichkeit während der Krankheit meines Vaters führte dazu, daß meine Besuche vielleicht häufiger ausfielen, als dies sonst der Fall gewesen wäre. Doch die Angst meiner Schwester war begründet: der Zustand meines Vaters verschlechterte sich, und im Dezember starb er. Ich will jemand, der mir so teuer war, nicht lobpreisen. Aus der unkonventionellen, gerechten Art, wie er seinen Besitz meiner Schwester vermachte, geht schon hervor, daß er kein gewöhnlicher Mensch war. In seinem Testament führte er nämlich aus, er habe für mich alles getan, was ich nötig hätte, indem er mir eine gute Ausbildung zuteil werden ließ, und wenn Männer mit Mitteln ausgestattet sind, die Frauen nicht haben, dann wäre es ungerecht, wenn diese - ohne die Möglichkeit einer Wahl - dann von den Männern abhängig sein müßten. Nach der Beerdigung bat mich meine Schwester, sie zu mir zu nehmen. So machten wir uns, nachdem alles geordnet war, auf den Weg und erreichten Marshmallows am Neujahrstag.

Da meine Schwester so viel jünger war als ich, brachte ihre Anwesenheit recht wenig Veränderung in meinen Lebensgewohnheiten mit sich. Sie fand sich ohne Schwierigkeiten in meinen Lebenslauf, und bald stellte ich fest, daß sie unter den Armen und Kranken der Gemeinde, die in diesem Winter wegen des strengeren Wetters zahlreicher waren, beachtliche Dienste leistete.

In den Gewohnheiten von Catharine Weir fiel mir allmählich eine Veränderung auf. Soweit ich mich erinnern kann, hatte ich sie mit Ausnahme des Kirchganges bis dahin nie außerhalb ihres eigenen Hauses gesehen. Zur Kirche kam sie seit vielen Wochen regelmäßig. Nun jedoch traf ich sie zu Zeiten und an Orten, wo ich es am wenigsten erwartete - ich will nicht sagen oft, aber doch so häufig, daß ich den Eindruck gewann, sie wandere öfters umher. Das geschah jedoch immer bei Nacht und stets bei stürmischem Wetter. Das Wunder lag nicht darin, daß eine kranke Frau dort sein konnte - denn eine Kranke kann zu allem fähig sein -, doch daß sie das mehr als einmal fertig brachte. Zur selben Zeit begann ich sie in der Kirche zu vermissen.

Ich hatte eine natürliche Vorliebe für rauhes Wetter. Ich empfinde es ebenso beglückend, im Winter gegen einen Sturm anzukämpfen, wie im Sommer unter einer Birke im Gras zu liegen. Der Aufruhr bringt sein eigenes Vergnügen, und ich erlebe immer eine gewisse unbeschreibliche Erregung selbst im Kampf mit einem ausgewachsenen, wütenden Sturm mit Schnee oder Regen. Ich hatte mich nun wieder ganz erholt und mußte deshalb keine üblichen Folgen befürchten, wenn ich dieser gewiß unschuldigen Form der Liebe zu Kampf nachgab.

An einem Nachmittag im Januar, als das Zwielicht seinen grauen Mantel über den Tag breitete, glaubte ich die Elemente nach mir rufen zu hören, und ich erhob mich, um der Botschaft zu folgen. Meine Schwester war inzwischen so an meine Streifzüge bei jedem Wetter gewöhnt, daß sie mich nicht mit irgendwelchen Vorstellungen behelligte. Mein Geist erhob sich in dem Augenblick, da ich den Wind um mich fühlte. Kühn, kalt und unerbittlich fegte er durch die kahlen Äste um mich, und jedem Baum, der sich schwankend hin- und herbog, entlockte er ein anderes Zischen. Ich lenkte meine Schritte zum Tor, zur Straße hinaus; dort wandte ich mich nach rechts vom Dorf weg. Ich suchte nach einem offenen, baumlosen Gelände, dem nächsten Weg zu einem windzerzausten Moor in der Grafschaft.

Ich legte den guten Teil einer Meile zurück, den Kopf gegen den anstürmenden Wind gesenkt. Schritt für Schritt kämpfte ich mich weiter, bis ich zu einer tiefeingeschnittenen Stelle kam, die rechtwinklig von der Straße abzweigt; dort waren früher einmal große Mengen Sand abgebaut worden. Ich ging dorthin, um Atem zu schöpfen und auf den Wind zu lauschen, der wild über das offene Gelände fegte. Da wurde ich aufgeschreckt durch ein Stöhnen, das einen Ausbruch leidenschaftlicher Schreie einzuleiten schien, doch folgten die Worte: »O Gott! Ich kann es nicht länger ertragen! Hast du denn keine Hilfe für mich?«

Mir war sofort bewußt, daß Catharine Weir sich neben mir befand, obwohl ich sie nicht sehen konnte. Nach einem Augenblick glaubte ich jedoch ihre Gestalt zu erkennen, die in einer Haltung trostloser Verzweiflung da kauerte, den Körper über die hochgezogenen Knie gebeugt, das Gesicht selbst vor der Dunkelheit verborgen. Ich entschloß mich zu einem Versuch, das Übel an seiner

Wurzel zu packen, obwohl ich wenig Hoffnung auf Erfolg hegte. Ich trat neben sie und sprach: »Gott hat wirklich Hilfe für seine Kinder. Hat er nicht deshalb gelitten, um helfen zu können? Aber Sie haben noch nicht vergeben.«

Als ich zu sprechen begann, reckte sie sich nur ein wenig hoch - sie war in einem viel zu elenden Zustand, um noch über irgend etwas zu erschrecken.

Ehe ich geendet hatte, war sie aufgestanden, und die Blässe ihres Gesichtes vor mir schimmerte durch die Finsternis der Nacht.

»Ich bitte ihn um Frieden«, sagte sie, »und er schickt mir noch mehr Qual.«

»Wenn wir immer alles bekämen, worum wir bitten, dann würden wir bald merken, daß es letzten Endes nicht das ist, was wir uns wünschten.«

»Sie wollen mich nicht in Ruhe lassen«, entgegnete sie mir, »das ist so schrecklich.«

Die arme Frau! Es war gut, daß sie in ihrer Pein zu Gott beten konnte, denn sie konnte kaum ein Wort von ihren Mitmenschen ertragen. In ihrer Verzweiflung vor Gott wandte sie sich mit der Wildheit einer Tigerin gegen ihren sündigen Menschenbruder, der seine Hand ausstrecken, ihr aus dem Sumpf heraushelfen und sie auf den Fels stellen wollte, den er selbst sicher unter seinen Füßen fühlte.

»Ich werde Sie nicht allein lassen, Catharine«, sagte ich. »Schmähen Sie meine Einmischung, soviel Sie wollen. Ich muß meinem Meister Rechenschaft geben über Sie, und ich habe Angst, er werde Ihr Blut von meinen Händen fordern. Ich bin Ihnen nicht hierher gefolgt, sondern habe Sie hier gefunden, und deshalb muß ich sprechen.«

Die ganze Zeit über heulte der Wind über unseren Köpfen, doch in der Höhlung war es still und ich stand so nahe, daß ich jedes Wort hören konnte, das sie leise und gepreßt herausbrachte.

»Haben Sie das Recht, mich zu verfolgen, nur weil ich unglücklich bin?«

»Ich habe ein Recht und mehr noch - die Pflicht, Ihrem besseren Ich gegen das schlechtere zu helfen. Sie selbst stellen sich auf die Seite des schlechteren Ichs, wie ich fürchte.«

»Sie urteilen hart über mich. Ich habe Unrecht erlebt -«

Hier verstummte sie auf eine Weise, die mir klarmachte, daß sie nicht mehr weitersprechen konnte.

»Ich zweifle keinen Augenblick, daß Ihnen Unrecht geschehen ist, bitteres Unrecht. Und dem, der Ihnen das größte Unrecht antat, dem wollen Sie nicht verzeihen.« »Nein.«

»Nein, nicht einmal um Seinetwillen, der zu seinem Vater rief um Vergebung für seine Peiniger, als er am Stamm des Kreuzes hing nach der ganzen Bitterkeit von Schlägen, Geißelung, Spott und Hohn, selbst als schon die Schwäche des Todes auf ihm lag? Er bittet Sie, dem Mann zu vergeben, der Sie verführte, und Sie wollen nicht, nicht einmal um Seinetwillen? O Catharine!«

»Reden kann man leicht, Mr. Walton«, entgegnete sie in kalter Verachtung.

»Dann sagen Sie mir«, fuhr ich fort, »haben Sie nichts zu bereuen? Haben Sie in dieser elenden Geschichte nicht Unrecht getan?«

»Ich verstehe Sie nicht, Sir«, sagte sie erstarrend.

»Catharine Weir, hat Ihnen Gott nicht ein Haus gegeben, um es für ihn gut und rein zu halten? Haben Sie das getan?«

»Er hat mich belogen«, rief sie wild, mit einem Schrei, der durch den Sturm zur ewigen Gerechtigkeit aufzusteigen schien. »Er log, und ich vertraute ihm. Seinetwegen habe ich gesündigt, und dann hat er mich weggeworfen.«

»Sie gaben ihm, was Sie nicht geben durften. War es recht von Ihnen, Ihre Perlen vor die Säue zu werfen? Aber wollen Sie wirklich sagen, alles sei nur um seinetwillen geschehen? War es wirklich nur Selbstverleugnung? Haben Sie sich nicht einfach auch gehen lassen?«

Sie hob wie zerbrochen die Hände zum Kopf, ließ sie wieder sinken und sagte nichts.

»Sie wissen, daß Sie Unrecht getan haben. Sie empfanden das viel mehr als er, denn Gott hat Ihnen einen viel feineren Sinn für Reinheit verliehen, zusammen mit einer weiblichen Ahnung von Schande, um Ihnen zu helfen, das Gefäß der Ehre hochzuhalten, das Sie schon fallen ließen. Suchen Sie nicht Zuflucht in der Phrase von der Schwäche einer Frau. Eine Frau ist so stark wie sie sein will. Und jetzt, anstatt sich vor Ihrem Vater im Himmel zu demütigen, dem Sie mehr Unrecht antaten als Ihrem irdischen Vater, richten Sie Ihren Zorn auf das Ihnen angetane Unrecht und nähren den Haß gegen den, der Sie verführt hat. Aber ich will noch weiter gehen und Ihnen zeigen, daß Sie selbst an Ihrem Verführer Unrecht taten, denn Sie waren sein Hüter, so wie er der Ihre.

Wenn er nun ein edelmütiges Mädchen gefunden hätte, die ihm ebenso völlig vertraute, bis sie wußte, daß sie auch nicht einen Augenblick länger auf ihn hören durfte - die sich, wenn seine Liebe sich nur noch als unmenschlich und selbstsüchtig erwiesen hätte, in ihrer Unberührtheit erhoben und ihm ins Gesicht geblickt hätte - wäre er dann nicht vor ihr und damit vor sich selbst beschämt gewesen, denn im Spiegel ihrer Würde hätte er sein eigenes beschämendes Verhalten erkannt? Doch anstelle einer solchen Frau fand er Sie, die ihn nach seinen Wünschen gewähren ließ. Bei Ihnen ist keine Erlösung für ihn. Und nun schreitet er, von Bösem beladen, über die Erde, besudelt durch Ihren Fall. Er prahlt mit seinem armseligen Sieg über Sie, verachtet um Ihretwillen alle Frauen, stolz und bar jeder Reue, und ruiniert andere um so leichter, als er Sie bereits ruiniert hat.«

»Ja, ja! Das tut er!« schrie sie. »Aber ich will meine Rache haben, ich kann und ich will!«

Sie schoß an mir vorbei und stürzte sich in den Sturm hinaus. Ihre schmale Gestalt eilte vor mir in der Finsternis durch den Wind. Ich folgte in der gleichen Richtung, schnell und immer schneller, denn ich hatte den Wind im Rücken, und eine unbestimmte Furcht regte sich in meinem Herzen, die mich drängte, sie zu überholen. Was hatte ich getan? Wozu hatte ich sie getrieben? Alles, was ich gesagt hatte, entsprach der Wahrheit, und ich hatte aus Motiven gesprochen, die ich nicht verurteilen konnte. »Meine arme Schwester«, dachte ich bei mir, »war es wirklich meine Aufgabe, dich so zu tadeln, die du schon so schwer gelitten hast? Wenn der Geist Gottes, der in deinem Herzen spricht, dich nicht gewinnen kann, wie sollte dies meinen harten, anklagenden Worten gelingen, auch wenn sie wahr sind. Sie konnten nur den Zorn entfachen, der aus der Scham geboren wird. Hätte ich nicht immer wieder versuchen sollen, deine Liebe zu wecken, und danach eine beseligende und heilende Scham wie bei der Frau, die die Füße ihres Meisters mit ihren Tränen badete. Dies hätte neue Liebe und nicht Zorn erwachsen lassen.«

Doch ich sagte mir, daß ich nicht weniger tief für sie empfand, weil ich sie mit meinen Worten zu demütigen versuchte, denn ich wollte verhindern, daß sie sich unter das Netz ihres Stolzes flüchtete. Selbst bei den härtesten Worten sehnte sich mein Herz danach, ihr beizustehen.

Der Wind ließ ein wenig nach, als wir uns dem Dorf näherten, und strömender Regen setzte ein. Plötzlich erlahmte ihre Kraft und sie fiel mit einem Schrei zur Erde. Im nächsten Augenblick war ich bei ihr. Sie hatte das Bewußtsein verloren. Ich tat für sie, was ich konnte, und nach einigen Minuten kam sie langsam zu sich.

»Wo bin ich? Wer ist da?« fragte sie schwach.

Als sie mich erkannte, unternahm sie große Anstrengungen aufzustehen und schaffte es.

»Sie müssen meinen Arm nehmen«, sagte ich, »Ich werde Ihnen helfen, zum Pfarrhaus zu kommen.«

»Ich will nach Hause gehen«, antwortete sie.

»Lehnen Sie sich wenigstens an mich, denn Sie müssen irgendwo hingehen.«

»Was spielt das schon für eine Rolle?« sagte sie in einem Ton der Verzweiflung, der mir tief ins Herz schnitt.

Ein wilder Ausruf, halb Schrei, halb Schluchzen folgte, dann faßte sie meinen Arm und sprach nicht mehr. Ich behelligte sie auch nicht weiter mit Worten; erst als wir das Tor erreicht hatten, bat ich sie, ins Pfarrhaus zu kommen, anstatt heimzugehen. Doch sie wollte nicht auf mich hören, und so brachte ich sie zu ihrem Haus.

Sie zog den Ladenschlüssel aus der Tasche. Ihre Hand zitterte so, daß ich ihr den Schlüssel abnahm und die Türe aufsperrte. Eine Kerze flackerte auf dem Ladentisch, auf dem der kleine Gerard in tiefem Schlaf ausgestreckt lag.

»Armer kleiner Kerl!« sagte ich bei mir, »diesmal ist's nichts mit dem Anmalen des Himmels. Aber wer weiß?« Als ich diese alltägliche Frage in meinem Sinn stellte, da klang plötzlich die Antwort auf: »Gott.«

Ich nahm den kleinen Kerl in meine Arme. Er war weinend eingeschlafen, und sein Gesichtchen war schmutzig und von Tränenbächen durchzogen. Catharine hielt die Kerze in der Hand und wartete, daß ich ging. Doch ohne auf sie zu achten, trug ich das Kind zur Türe, die zu ihrer Wohnung führte. Ich war nie zuvor dort oben gewesen und kannte den Weg nicht. Seine Mutter leistete jedoch keinen Widerstand, sondern folgte und leuchtete mir den Weg. Auf welch trauriges Gesicht voller Leiden und Widerstreit fiel dieses trübe Licht! Oben angekommen, stellte sie die Kerze auf den Tisch eines schmalen Zimmers, das ganz behaglich hätte sein können, wäre es nicht unordentlich und vernachlässigt gewesen. Ich sah, daß das Kind nicht bei ihr schlief, denn sein Bettchen stand in einer Ecke des Wohnzimmers.

Ich setzte mich auf ein mit Haartuch bezogenes Sofa und begann, den kleinen Gerard vorsichtig auszuziehen, darauf bedacht, daß er nicht aufwachte. Beinahe schaffte ich es. Catharine stand da und starrte mich wortlos an. Sie sah benommen aus, vielleicht als Folge ihres Sturzes, doch sie brachte mir das Nachthemdchen. Gerade als ich es ihm angezogen hatte und aufgestanden war, um ihn in sein Bett zu legen, schlug er die Augen auf und blickte mich an. Dann sah er sich eilends nach seiner Mutter um, warf die Arme um meinen Hals und gab mir einen Kuß. Ich legte ihn nieder, und im gleichen Augenblick war er fest eingeschlafen. In der Frühe würde es ihm nicht einmal wie ein Traum erscheinen. »Nun bist du für diese Nacht sicher, armes vaterloses Kind«, dachte ich. »Selbst die Härte deiner Mutter kann dich jetzt nicht mehr traurig machen. Vielleicht schickt dir der himmlische Vater einen liebevollen Traum.«

Ich wandte mich zu Catharine um und verabschiedete mich von ihr. Anstatt mir zu erwidern, sagte sie: »Bilden Sie sich nicht ein, Mr. Walton, Sie könnten mich damit fangen, daß Sie freundlich zu dem Jungen sind. Ich will meine Rache haben, und ich weiß auch wie. Ich warte nur noch meine Zeit ab. Wenn er den Becher an die Lippen hebt, werde ich ihn aus seiner Hand schlagen. Vor dem Altar werde ich das tun.«

Der Blick in ihren Augen grenzte an Wahnsinn, ihre Arme gestikulierten wild. Ich sah, daß jedes Argument sinnlos war.

»Sie haben ihn einmal geliebt, Catharine«, sagte ich. »Lieben Sie ihn wieder, auf bessere Art. Vergeben Sie ihm. Rache ist weit schlimmer als alles, was Sie bisher getan haben.«

»Was kümmerts mich? Warum sollte es mich kümmern?« Sie ließ ein schreckliches Lachen hören.

Ich verließ eilig das Zimmer und ging. Draußen hielt ich mich noch fast eine Stunde lang auf, falls sie sich zu einem Schritt des Wahnsinns hinreißen lassen sollte. Doch schließlich sah ich die Kerze im Laden auftauchen, und ich fühlte mich von meiner Angst erleichtert. Mit der Überlegung, daß der sie völlig beherrschende Gedanke an Rache eine gewisse Sicherheit für ihr Verhalten in anderer Richtung bot, ging ich heim.

In jener Nacht erschienen mir meine eigenen Kümmernisse gering, und ich brütete nicht weiter darüber nach. Mein Geist war erfüllt von dem Gedanken an das tiefe Elend dieser armen Frau. Ich betete für sie als eine trostlose menschliche Welt, deren Sonne vom Himmel verschwunden war, deren lichte Gefilde, Flüsse und Haine sich im Frost des Todes verhärteten. »Wenn ich voller Sorgen bin«, sagte ich, »so lebt Gott doch, und sein Wille ist besser als meiner, ja, er ist ein verborgener und vollkommener Wille. In ihm ist mein Leben. Sein Wille geschehe. Was ist schon mein Kummer gegen ihren? Ich werde mich nicht hineinversenken und selbstsüchtig sein.«

Am Morgen ging ich als erstes hin und schaute nach ihr. Ich fand sie im Laden. Sie sah sehr krank aus und war von eigensinniger Zurückhaltung. Gerard saß in einer Ecke mit einem Gesichtsausdruck, der von glücklich so weit entfernt war, wie das bei einem Kind nur sein konnte. Als ich den Laden verließ, schlüpfte er mit mir hinaus.

»Gerard, komm zurück«, rief seine Mutter.

»Ich will ihn nicht fortnehmen«, sagte ich.

Der Bub sah mich an, als wolle er mir etwas zuflüstern, und ich bückte mich, um ihm zuzuhören.

»Letzte Nacht habe ich geträumt«, sagte er, »daß ein großer Engel mit weißen Flügeln kam und mich aus meinem Bett geholt und weit, weit hinaufgetragen hat - so weit, daß ich nichts mehr träumen konnte.«

»Eines Tages, Gerard, werden wir alle so hoch hinaufgetragen, daß wir nicht mehr träumen wollen, denn wir werden zu Gott selbst getragen. Doch bis dahin solltest du wieder zu deiner Mutter zurückgehen.«

Er gehorchte sofort, und ich ging weiter durch das Dorf.

Zweiundzwanzigstes Kapitel

Der Pfarrer und der Teufel

Ich wollte nur durch das Tor gehen und die Straße nach Oldcastle Hall hinaufschauen. Ich glaubte nichts zu sehen als die leere Straße zwischen den kahlen Bäumen, die dalag wie ein toter Strom, der mich nicht zum sonnigen Dom der Freude mit den Höhlen von Eis bringen wollte, der dahinter lag. Doch als ich eben das Tor erreichte, trat Miss Oldcastle aus dem Pförtnerhaus, wo die Frau, die das Tor hütete, erkrankt war, wie ich später erfuhr.

Als sie mich sah, hielt sie inne, und ich trat eilends ein und begrüßte sie. Doch ich brachte nichts anderes heraus als die simpelsten Gemeinplätze, denn sie legte wieder ihre alte Art, eine gewisse von Hochmut überschattete Kälte, an den Tag, die einen seltsamen Gegensatz zur Süße ihres Gesichts und der Sanftheit ihres Benehmens bildete, und beides konnte ich fühlen. Es war auch, als halte sie sich in gewisser Weise von mir zurück, so daß ich nicht den kleinsten Schritt auf sie zu wagte, sondern ihr Guten Morgen sagte und weiterging mit einem Gefühl, als hätte ich ihr irgendein Unrecht zugefügt und sei von ihr in meine Schranken gewiesen worden. Was konnte diese Veränderung in ihrem Verhalten gegen mich bewirkt haben? Ich hatte ihr keine Avancen gemacht und konnte sie somit auch nicht gekränkt haben. Doch da stand ich nun, tief beglückt, als sie zwischen den Bäumen entschwebte, bis sie in die langsame Biegung einschwenkte. Ich holte tief Atem, als sie meinen Blicken entschwand, und kehrte gleichfalls um und ging den öden Weg ins Dorf zurück. Nun wußte ich, daß ich mich nie im Leben elender gefühlt habe - und ich wußte auch, daß ich sie nun mehr liebte als je zuvor.

Ich wollte jedoch versuchen, meine Arbeit weiterzuführen, als sei nichts geschehen. So ging ich daran, den Vorsatz auszuführen, mit dem ich von zu Hause weggegangen war. Dazu gehörte auch ein Besuch bei Thomas Weir, den ich nicht mehr in seiner Werkstatt besucht hatte, seit er mich daraus verwiesen hatte. Das war mehr Zufall als Absicht gewesen, doch freute ich mich, daß meine Worte genügend Kraft hatten, seinen Zorn zu wecken. Alles war besser als Gleichgültigkeit! Ich konnte nicht daran zweifeln, daß das Herz dieses aufrechten Mannes mir am Ende Recht geben werde. Inzwischen wollte ich sehen, ob nicht ein freundschaftlicher Besuch den Stand der Dinge verbessern konnte. Solange er jedoch nicht der Stimme in seinem Innern nachgab, konnte ich nicht erwarten, daß unsere Beziehung wieder den alten Stand erreichen werde. Für ihn würde es unmöglich sein, mich mit friedlichem Blick zu betrachten, solange er seinem Gewissen widerstand und wußte, daß ich die Partei seines Gewissens vertrat.

Ich fand ihn, wie gewöhnlich, mitten in der Arbeit, denn er war einer der geschicktesten Menschen, denen ich je begegnet war. Doch sein Gesicht war düster, und ich nahm an, daß der alte Zorn sich wieder darauf breit machte. Der junge Tom war nicht in der Werkstatt.

»Es ist eine Weile her, seit ich Sie nicht gesehen habe, Thomas.«

»Darüber kann ich mich eigentlich nicht wundern«, entgegnete er, als versuchte er, mir Gerechtigkeit angedeihen zu lassen, doch sein Blick senkte sich, er nahm die Arbeit wieder auf und sagte nichts mehr. Ich hielt es für besser, nicht auf das Vergangene zurückzukommen.

»Wie geht's, Tom?« fragte ich.

»Recht gut«, erwiderte er. Dann setzte er mit einem mürrischen Lächeln, unter das sich Verachtung mischte, hinzu: »Er wird mir langsam zu hochnäsig. Ich glaube nicht, daß das Latein zu ihm paßt.«

Mir drängte sich sofort der Verdacht auf, wie die Dinge lagen, nämlich daß der Vater, der unglücklich war über sein Verhalten gegenüber seiner Tochter, aber unfähig, das Richtige zu tun, sich dem Sohn gegenüber nörgelig und ungerecht verhielt und sich selbst auf diese Weise noch elender machte.

»Vielleicht findet er es allein ohne mich zu schwer«, sagte ich leichthin, »aber ich habe heute zum Teil deshalb vorgesprochen, um ihm zu sagen, daß ich nun bereit wäre, unsere gemeinsamen Lektionen wieder aufzunehmen. Dann werden Sie sicher feststellen, daß das Latein besser zu ihm paßt.«

»Ich wünschte, Sie würden ihn allein lassen, Sir - ich meine, daß Sie sich nicht weiter um ihn bemühen. Sehen Sie, ich kann nicht so handeln, wie Sie es haben wollen. Ich bin nicht dazu geschaffen, den Weg eines anderen zu gehen, und so ist es sehr hart - mehr als ich ertragen kann -, Ihnen gegenüber derartig verpflichtet zu sein.«

»Aber Sie mißverstehen mich völlig, Thomas. Es geschieht doch um des Jungen willen, wenn ich mit ihm lesen will, und ich hoffe nur, daß Sie sich nicht zwischen ihn und den möglichen Nutzen stellen, den ich ihm bringen kann. Ich versichere Ihnen, das letzte, was ich möchte, wäre, Sie auf meinen anstatt auf Ihren eigenen Weg zu treiben. Allerdings muß ich gestehen, daß ich von Herzen wünsche, Sie möchten den richtigen Weg als Ihren eigenen wählen.«

Er gab keine Antwort, sondern behielt sein mürrisches Schweigen bei. »Thomas«, sagte ich endlich, »ich hatte angenommen, daß Sie jede Bindung an Satan zerbrechen, die Sie vom Betreten des Himmelreiches abhielten. Aber ich fürchte, er hat seine Bande verstärkt und hält Sie nun mehr gefangen als je zuvor. Es ist nicht einmal Ihr eigener Weg, den Sie gehen, sondern seiner.«

»Es hat keinen Sinn, wenn Sie versuchen, mich zu erschrecken. Ich glaube nicht an den Teufel.«

»An Gott sollen Sie glauben, und ich werde nicht mit Ihnen darüber streiten, ob es einen Teufel gibt. Bei einer Sache, in der es um Leben und Tod geht, haben wir keine Zeit, jeden strittigen Punkt zu klären.«

»Leben und Tod! Was wollen Sie damit sagen?«

»Ich meine, ob Sie an einen Teufel glauben oder nicht, Sie wissen jedenfalls, daß es in Ihrem Innern eine böse Macht gibt, die Sie niederzieht. Ich spreche nicht in Allgemeinplätzen, ich meine jetzt, und Sie wissen genau, was ich meine. Und wenn Sie nachgeben, wird diese böse Macht Sie niederziehen bis zum Tod. Es ist eine Frage um Leben und Tod, nicht eine Theorie über den Teufel.«

»Nun, ich habe ja immer gesagt, wenn man einem Priester erst einmal den kleinen Finger gibt, will er gleich die ganze Hand, und ich bedaure, daß ich es einmal vergessen habe.«

Nach diesem Ausspruch schloß er den Mund in einer Weise, die klar andeutete, daß er ihn nicht so schnell wieder aufmachen werde. Dies reizte mich mehr als seine Äußerung, und mit einem knappen »Guten Tag« verließ ich die Werkstatt.

Kaum war ich an der frischen Luft, da wurde mir bewußt, daß auch ich - so gut wie der arme Thomas Weir - von einem Bann befallen war. Ich erkannte, daß ich zu ihm gegangen war, ehe ich mich genügend von dem Gemisch aus Enttäuschung und Demütigung meiner Begegnung mit Miss Oldcastle erholt hatte; daß ich nicht mit ganzem Herzen bei meinem Gespräch mit ihm gewesen war, daß ich mich einer Pflicht entledigt hatte, so wie man einen Karren ablädt; daß ich zwar die Wahrheit gesprochen hatte, doch in einer ungnädigen und selbstsüchtigen Weise.

Ich konnte das nicht ertragen, kehrte um und ging zurück zur Werkstatt.

»Thomas, mein Freund«, sagte ich und streckte ihm die Hand entgegen, »ich bitte Sie um Verzeihung. Ich habe mit Ihnen in einer Weise gesprochen, wie es mir nicht zukam. Ich war selbst tief bekümmert und habe deshalb die Fassung verloren und war grob zu Ihnen, und dabei haben Sie viel mehr Kummer als ich. Bitte verzeihen Sie mir!«

Zuerst ergriff er meine Hand nicht, sondern starrte mich an, als vermute er, ich würde auf das vorhin Gesagte noch mehr draufpacken. Doch als ich geendet hatte, begriff er, was ich meinte. Sein Gesichtsausdruck veränderte sich, als sei sein böser Geist dabei, ihn zu verlassen. Er ergriff meine Hand und drückte sie fest, senkte den Kopf und ging wortlos an seine Arbeit.

Wieder verließ ich die Werkstatt, doch in ganz anderer Verfassung. Auf dem Heimweg versuchte ich herauszufinden, warum ich an diesem Morgen so kläglich versagt hatte. An sich war es für mich keine besondere Tugend, mich zu beherrschen, denn ich hatte ein recht ausgeglichenes Temperament. Um so beschämter war ich, daß ich die Fassung verloren hatte. Ich hatte mein ganzes Mißbehagen über Miss Oldcastle mit mir herumgetragen, ohne je, soweit mir bewußt, bisher so unbeherrscht zu sein wie heute vormittag.

Bis zu diesem Morgen hatte ich von seiten Miss Oldcastle keine persönliche Kränkung erfahren. Es war nicht nur die bloße Enttäuschung, daß ich keine Gespräche mehr mit ihr führen konnte - denn ihr Anblick war eine Freude, die ich nicht im mindesten erwartet hatte -, sondern die Tatsache, daß sie mich zurückwies oder zurückzuweisen schien. So kam ich zu der Einsicht, daß das Ich die Wurzel des Unrechts bildete, das ich getan hatte. Ich hätte so behutsam sein sollen wie eine Mutter zu ihrem verletzten Kind. Wenn ein Mensch, dessen besondere Aufgabe es ist, den Menschen zu dienen im Namen Gottes, der voller Gnade und Wahrheit ist, den Menschen Schmerz zufügt wegen seiner eigenen inneren Pein, dann ist irgend etwas nicht in Ordnung.

Kaum war ich mit meinen Überlegungen soweit gekommen, da

kehrte mein Schmerz mit einem heftigen Stich zurück. Hatte ich sie wirklich heute morgen gesehen, mit ihr gesprochen und war mit der Pein in meinem Herzen von ihr weggegangen? Was wäre, wenn ihr Gesicht mir auf immer solchen Schmerz bringen sollte - wenn es nie etwas anderes sein könnte als eine leibliche Vision, die Pein ausstrahlte? Nun, dann würde ich schweigend und so geduldig, wie es mir möglich war, diesen Schmerz erdulden und versuchen, die Düsterkeit meines eigenen Schicksals auszugleichen, indem ich um so mehr Helligkeit in das Schicksal anderer brachte.

In diesem Augenblick spürte ich, wie sich eine kleine Hand in die meine schob. Ich sah hinunter, und da stand Gerard Weir und blickte mir ins Gesicht. Ich fand mich von Kindern umringt, die aus der Schule kamen, denn es war Samstag und ein halber Feiertag. Er lächelte zu mir herauf, und ich lächelte zurück. So gingen wir Hand in Hand zum Pfarrhaus, wo ich ihn meiner Schwester übergab. Ich kann gar nicht ausdrücken, welches Gefühl der Ruhe mit dem Griff der Kinderhand in mein Herz einzog. Ich denke, es war der Glaube des Jungen an mich, der mir Trost schenkte, aber ich mußte auch an die Worte unseres Herrn denken, der gesagt hatte, wer ein Kind in seinem Namen aufnehme, der nehme ihn auf. Als wir beim Pfarrhaus eintrafen, war mein Herz stille geworden. So wie das Kind meine Hand hielt, schien es mir, als hielte ich die Hand Gottes. Ein Gefühl der Gewißheit im Herzen und der Sicherheit für die Seele erwachte in mir, und ich sagte mir: Gewiß wird Gott sich genau so um mein Herz annehmen wie um meinen Geist und mein Gewissen. Für einen einzigen gesegneten Augenblick lang hatte ich das Empfinden, im Mittelpunkt der Dinge zu sein, und ich glaubte etwas von dem erfahren zu haben, was der Apostel Paulus mit den Worten ausdrückte: »Euer Leben ist verborgen mit Christus in Gott.«

An diesem Morgen hatte ich meine übliche Wanderung nicht unternommen und war auch sonst schlecht auf den Sonntag vorbereitet, deshalb ging ich sehr früh in die Kirche. Da jedoch die Frau des Mesners mit dem Anzünden des Ofens noch nicht fertig war, setzte ich mich an mein eigenes Feuer in der Sakristei, um abzuwarten.

Ich achtete besonders darauf, daß die Kirche vor dem Sonntag gut erwärmt war. Ich nehme an, einige Menschen würden dies aus Prinzip unterlassen, denn Wärme kann einen ermüdeten Menschen zum Einschlafen veranlassen - als ob eine heilende Lehre in die Seele eindringen könnte, wenn sie vor Frost erschauert. Der Geistliche sollte darauf achten - denn das ist seine Aufgabe -, daß die Menschen während des Gottesdienstes keine Gelegenheit haben, an ihren Körper zu denken. Sie sollen genug zu tun haben, die Wahrheit aufzunehmen. Als unser Herr auch den Leib der Menschen um ihn speiste, ließ er sie alle im Gras niedersitzen. Es ist bemerkenswert, daß an dieser Stelle viel Gras wuchs - ich meine, ein seltener Umstand in jenen Ländern -, und ich meine, daß der Platz von unserem Herrn mit vollem Bedacht ausgesucht wurde, damit sie es bequem hatten, als er ihre Seelen und Leiber gleichermaßen speiste. Ein Grund, warum manche Kirchen der letzte Ort sind, von dem etwas Gutes kommen könnte, ist darin zu suchen, daß sie so erbärmlich kalt sind für Körper und Seele - zu kalt, als daß hier irgend etwas gedeihen könnte. Selbst das Edelweiß, eine Pflanze, die in manchen Teilen der Alpen wächst, könnte im Winter in einer solchen Kirche nicht überleben. In einem kalten Haus empfindet man kein Willkommen, und der Geistliche als Verwalter dieses Hauses sollte sich darum kümmern. An ihm ist es, die Freunde seines Herrn im Hause seines Herrn willkommen zu heißen, denn die Begrüßung durch einen Diener Gottes ist kostbar und heutzutage sehr selten.

Ich ging in die alte Kirche, die aussah, als warte sie still auf ihre Gemeinde. Es war, als habe sie aus den Generationen, die hier über Jahrhunderte hinweg ihren Gottesdienst gefeiert hatten, ihre eigene Seele gewonnen und soviel Empfindung, um vor dem Ende der Woche nach einem Psalm zu hungern.

Zu meiner Überraschung und Freude erwachte die alte Orgel und begann laut zu denken. Sie seufzte das »Agnus Dei« aus Mozarts Messe Nr. 12 in den stillen Kirchenraum hinein. Wie konnte das geschehen? Heute weiß ich es, und damals erriet ich es, obwohl ich keinen Schritt tat, um eine Vermutung zu überprüfen, denn meine Ehre hielt mich zurück. Ich saß in einem der Kirchenstühle und lauschte, bis die alte Orgel schluchzend ausklang. Dann hörte ich die Schritte der Mesnersfrau, die die Kirche verließ, hörte sie die Türe zusperren und wußte, daß ich in dem alten Gebäude allein war mit dem Zwielicht, das immer dichter wurde um mich. Ich fühlte wie Sir Galahad, der nach dem »Ausrollen der Orgelharmonie« etwas wie »Rauschen von Schwingen, Schweben von klaren Stimmen« vernahm.

Ich hielt mich lange in der dunklen Kirche auf und fertigte meine Predigt für den nächsten Morgen.

Ich sagte dann zu meiner Gemeinde, daß alle unsere Andacht, Verehrung, Zärtlichkeit und Liebe von Gott erschaffen wurde, aus seinem Herzen ströme und in uns gegeben sei, weil sie zuerst in ihm waren, daß alles, was wir uns als weise, lieblich, schön vorstellen könnten, in ihm sei, nur unendlich mehr, als wir uns vorstellen oder begreifen können; daß in ihm alle weise Lehre der besten Menschen und mehr liege, alle Gnade, Zärtlichkeit und Wahrheit des besten Kindes und mehr; alle Zärtlichkeit und Hingabe der treuesten Frau und mehr. Deshalb müßten wir alle von Gott sein, und alle unsere Wünsche, unsere Gottesdienste, unsere Ehre, unsere Liebe müßten in ihm ihren Mittelpunkt haben.

Dreiundzwanzigstes Kapitel

Ein unverhoffter Engel

Am Montag beschloß ich, den langen Fußmarsch durch das Land zu unternehmen, um den ich am Samstag gebracht worden war. Es war ein Tag, den man eigentlich nur in Negativen beschreiben kann: nicht stürmisch, nicht regnerisch, ohne Sonnenschein, ohne Schnee, ohne Frost, ohne Nebel, nicht klar - nur wolkig, ruhig und kalt, rundum unfreundlich, nur hin und wieder von einer leichten Windbö unterbrochen. Der Tag war ein exakter Spiegel meiner eigenen Geistes- und Seelenverfassung. Der Sommer war Tausende von Meilen entfernt auf der anderen Seite des Globus. Ethelwyn schien Tausende von Meilen fern. Der Sommer mochte erscheinen, doch sie würde niemals näher kommen. Das ganze Leben schien fade und nebelverhangen. Mir war, ich hätte nichts Ordentliches geleistet. Ich hatte Catharine Weir an den Rand des Selbstmordes getrieben, andererseits aber nicht davon abhalten können, über irgendeiner düsteren Rache zu brüten. Ich hatte den Mann verloren, auf den ich als Siegel meines Wirkens hoffte - Thomas Weir. Gewiß, es gab den alten Rogers, doch er war ein guter Mensch, schon ehe ich ihn kennengelernt hatte. Ich konnte nicht einmal davon träumen, ihn noch besser zu machen. So schritt ich dahin und dachte die ganze Zeit über all die Enttäuschungen in meiner Arbeit nach, all die Zeit, in der ich an mich und nicht an Gott gedacht hatte und an das Werk, das in den kommenden Tagen vor mir lag.

»Niemand außer Old Rogers versteht mich«, sagte ich mir.»Niemand würde es, soweit es meine Verkündigung betrifft, kümmern, wenn vom nächsten Sonntag an ein anderer an meine Stelle träte«. Und was Miss Oldcastle betraf - daß sie das »Agnus Dei« spielte, selbst mit der Absicht, daß ich es hören sollte, deutete allenfalls darauf, daß sie zu der Einsicht gekommen war, an diesem Morgen zu weit gegangen und unfreundlich gewesen zu sein. Vielleicht befürchtete sie auch, Schuld zu sein an irgendeinem Fehler, der mir bei meinen sonntäglichen Pflichten unterlaufen mochte, und fühlte sich deshalb bewogen, etwas zu meiner Aufmunterung zu tun.

Unbewußt wählte ich den trübseligen Weg und wanderte an dem langsam dahinströmenden dunklen Fluß entlang, ohne auf etwas zu achten. Der erste elende Nachmittag in Marshmallows sah nun aus wie eine Vorschau auf meine künftige Beziehung zu diesem Ort im Blick eines umgekehrten Teleskops. Und nun war ich mitten drin.

Als ich zu der Holzbrücke kam, auf der ich den Fluß überqueren wollte, stellte ich fest, daß der Aufgang zum Teil unterspült und weggetragen worden war, denn der Fluß war hier bei einem der letzten Stürme über die Ufer getreten, und die ganze Gegend ringsum war noch naß und aufgeweicht. Ich konnte meinen düsteren Gang deshalb nicht fortsetzen und kehrte um. Schon nach wenigen Schritten sah ich einen Mann am Ufer auf mich zukommen. Ich konnte mich aus der Entfernung nicht täuschen - es war der alte Rogers.

»Nun, Old Rogers«, sagte ich und versuchte, meiner Stimme einen fröhlichen Klang zu geben, »auf diesem Weg können Sie nicht weiter gehen, ohne zu warten.«

»Jetzt will ich auch nicht weiter, Sir. Ich bin gekommen, um Sie zu suchen. Ich sagte dem Herrn, ich wollte eine Stunde oder so frei haben. Er läßt mich das tun, was ich will.«

»Aber wie wußten Sie, wo Sie mich finden würden?«

»Ich sah Sie diesen Weg kommen. Sie gingen direkt auf der Brücke an mir vorbei, ohne mich zu sehen, Sir. So sagte ich zu mir: 'Old Rogers, mit dem Pfarrer stimmt heute was nicht. Noch nie ist er so an mir vorbeigegangen. Das ist nicht gut. Ich werde gleich mal gehen und nachsehen.' So bin ich heimgegangen und habe es dem Herrn gesagt, und da bin ich nun, Sir. Ich hoffe, daß Sie nun nicht beleidigt sind über die Freiheit, die ich mir genommen habe.«

»Bin ich wirklich auf der Brücke an Ihnen vorbeigegangen?« fragte ich, außerstande, das zu begreifen.

»Aber gewiß, Sir. Ich wußte, daß der Pfarrer so ziemlich mit sich selber beschäftigt sein müßte, weil er das vorher noch nie getan hat.«

»Ich brauche Ihnen wohl nicht sagen, daß ich Sie wirklich nicht sah.«

»Das war mir klar, Sir. Ich hoffe, es ist nichts Schlimmeres los, Sir?«

»O ja, danke. Nein mein Lieber, nichts Schlimmes ist passiert, wie Sie sagen. Nur von meinem Laufwerk hat sich ein bißchen was verheddert, das ist alles. Ich glaube, ich bin ein wenig zerstreut.«

»Nun, Sir, denken Sie nicht, daß ich Ihr Schiff entern will, bevor Sie mir ein Seil zuwerfen. Es gibt sicher eine Menge Dinge, über die Sie nachdenken müssen, von denen ein unwissender Mensch wie ich keine Ahnung hat. Und Sie sind ein Gentleman, das macht die Sache zwischen uns komplizierter, wie ich glaube. Und dann gibt's eine Menge Dinge, über die ein Mensch überhaupt mit niemand reden kann außer mit dem Herrn selbst. Aber wir armen Leute können nicht anders, wenn wir sehen, daß was nicht stimmt, als uns unsere eigenen Gedanken machen wie die Dohle des Seemanns, die nicht reden konnte. Und manchmal sind wir der Markierung näher, als Sie annehmen würden, denn Gott hat uns doch alle aus einem Blut gemacht.«

»Worauf wollen Sie hinaus, Old Rogers?« fragte ich mit einem Lächeln, das nicht geheuchelt war, obwohl ich den Verdacht hatte, daß er etwas von dem schlimmsten Kummer meines Herzens in meinem Gesicht gelesen hatte, denn warum sollte es mich stören, wenn ein ehrenhafter Mann wie er von dem wußte, was mich bedrückte, obwohl ich mit niemand außer einem darüber sprechen würde?

»Ich möchte - mit der unbeholfenen Hand eines alten Seebären und mit einem Herzen, das so weich ist wie der Teer, der die Hand hart macht - Ihre Segel ein bißchen geraderichten und Ihnen helfen, ein Grad dichter am Wind zu liegen. Sie sind ganz einfach nicht hart genug am Wind, Sir.«

»Legen Sie los, Old Rogers. Ich werde Ihnen von ganzem Herzen zuhören, denn Sie haben ein gutes Recht zu reden.«

Und so sprach der alte Rogers:

»Einmal vor langer Zeit lagen wir in der Südsee in einer Windstille fest - eine langweilige Sache war das, nichts zu tun von Tag zu Tag. Doch als das Wasser anfing, dick vom Boden der Wasserfässer zu kommen, da war es noch trostloser. Dann zog ein dichter Nebel auf, fast so weiß wie Schnee, und wir konnten nicht mal ein paar Yards nach vorn und nach der Seite sehen, doch die Hitze hielt der Nebel nicht ab - machte sie nur noch schlimmer, und das Wasser war schon fast aufgebraucht. Manche von den Männern waren halb wahnsinnig vor Durst. Der Kapitän verkroch sich in seine Koje, und manche von der Mannschaft legten sich in ihre Hängematten, denn an Deck war es grad so heiß wie anderswo. Der Maat lag auf einem Ersatzsegel auf dem Achterdeck und stöhnte. Ich hatte den starken Verdacht, daß die Bark dahintrieb, und warf immer und immer wieder das Lot aus, aber ich konnte keinen Grund finden. Manche von den Männern machten sich über den Schnaps her, aber der löschte ihren Durst auch nicht, sondern machte sie glattweg wahnsinnig. Ich mußte selbst einen von ihnen mit der Handspake niederschlagen, weil er mit dem Messer auf den Maat losging. Schließlich begann ich alle Hoffnung aufzugeben. Und immer noch war ich sicher, daß die Bark driftete. Mein Kopf war am Zerspringen, und die Zunge lag mir wie ein Klumpen im Mund. Nun, eines Morgens, als ich mich grad auf Deck gelegt hatte, um, wie ich glaubte, den letzten Schnaufer zu tun und zu sterben hoffte, da hob sich auf einmal der Nebel wie eine Segelstange. Ich sprang auf. Über mir war der blaue Himmel, aber die Sonne brannte mörderisch herab. Noch einen Augenblick, und ein leichtes Lüftchen wehte mir ins Gesicht, und ich drehte mich dem Wind zu, als sei es der Odem Gottes, und da sah ich eine Insel vielleicht eine halbe Meile voraus, und auf einem Fels am Ufer glitzerte Wasser. Ich rief laut: 'Land an Luv! Frischwasser in Sicht!' Ein Boot wurde zu Wasser gelassen, und in wenigen Minuten lagen wir mit Kleidern und allem in einem kleinen Bächlein, das aus den Hügeln oben herabkam.

Es gibt grad so viele gute Tage wie schlechte - soviel schönes Wetter wie mieses. Und wenn ein Mensch sein Herz hochhält, dann ist er um so besser dran, und gewiß nicht schlechter, wenn der böse Tag kommt. So hat er eine Chance für das, was die Tage mit sich bringen. Nein, mein Junge«, meinte der alte Seemann und nahm unter der Inspiration der Wahrheit die Würde seines überlegenen Alters an, »rühmen Sie das Morgen nicht, vertrauen und hoffen Sie nicht drauf. Rühmen und trauen und hoffen Sie auf Gott, denn du sollst ihn preisen, der das Heil deines Angesichts und dein Gott ist.«

Ich konnte nur die Hand ausstrecken. Zu sagen blieb mir nichts mehr, denn er hatte zu mir gesprochen wie ein Engel Gottes.

Der alte Mann schwieg eine Weile; seine Gefühle brauchten Zeit, bis sie wieder zur Ruhe gekommen waren. Er kam auch nicht mehr auf das Thema zurück. Er streckte mir wieder seine Hand entgegen und sagte: »Auf Wiedersehen, Sir. Ich muß zurück an meine Arbeit.«

»Ich werde mit Ihnen zurückgehen.«

Und so gingen wir Seite an Seite zum Dorf, doch keiner sprach ein Wort, bis wir uns auf der Brücke trennten, wo wir uns zum erstenmal begegnet waren. Der alte Rogers ging zu seiner Arbeit, und ich hielt mich noch ein wenig auf der Brücke auf. Ich lehnte mich über das niedrige Geländer und schaute in den Strom, soweit es der Nebel zuließ. Dann drehte ich mich um und beobachtete den Flußlauf, der sich langsam außer Sicht wand. Zur Linken erblickte ich meine alte Kirche, die ruhig in dem trübseligen Tag dastand. Ich wandte mich nach rechts und sah, wie an jenem ersten Nachmittag, den Wetterhahn, der auf den Ställen von Oldcastle Hall den Wind anzeigte. Er fing gerade einen kurzen Sonnenstrahl in einem Riß der Nebel auf und warf ihn zurück zu mir mitten in der allgemeinen Trübheit der Stunde.

Vierundzwanzigstes Kapitel

Zwei Damen der Gemeinde

Meine Gemeinde war ziemlich ausgedehnt. Ich erwähnte bisher nur eine der großen Familien, die dazu gehörten, und beschränkte meine Erinnerungen völlig auf das Dorf und seine unmittelbare Umgebung. Die Häuser der meisten vornehmen Familien lagen ziemlich weit auseinander und fern von der Kirche. Viele von ihnen gingen anderswo zum Gottesdienst, und ich fühlte mich nicht verpflichtet, sie zu besuchen. Doch gab es ein oder zwei Familien, zu denen ich gerne öfter gegangen wäre, wenn ich ein Pferd besessen hätte. Bevor der Winter zu Ende war, kaufte ich mir tatsächlich eine graue Stute, teilweise um Dr. Duncan zufriedenzustellen (der mich aus Gesundheitsgründen dazu drängte), teils weil ich dann meiner Pflicht besser nachkommen konnte, und teilweise, ich gestehe es offen, weil ich einmal eine alte graue Stute meines Vaters sehr gern gemocht hatte.

Ich bestieg mein Pferd, um zwei reiche unverheiratete Damen zu besuchen, die beiden Misses Jemima und Hester Crowther, die an den meisten Sonntagen zur Kirche kamen, wenn das Wetter ordentlich war. Ich hatte sie jedoch bisher erst einmal besucht.

Mit viel Feierlichkeit wurde ich von einem Butler, der offenbar so alt war wie seine gelb-grüne Livree, zu den beiden Damen geführt, von denen die eine in Positur saß und einen Band des »Spectator« las. Das war Miss Hester, großgewachsen und so eckig wie der gerade, hochlehnige Stuhl, auf dem sie saß. Zu ihren Füßen lag ein fetter, asthmatischer Pudel auf dem Kaminvorleger. Die andere - Miss Jemima, ein kleines, lebhaftes, grauhaariges Geschöpf, das wie ein stark in die Jahre gekommenes Mädchen aussah, dem das Alter nicht das geringste anhaben konnte -, stand auf einem hohen Stuhl und gurrte mit einem Kakadu, der in einem vergoldeten Käfig saß. Bei meinem Eintritt sprang sie fast von ihrem Stuhl herab und kam mit einem unsicheren Lachen auf mich zu.

»Jonathan, bringen Sie Kuchen und Wein«, rief sie dem Diener zu, der sich zurückzog.

Hester erhob sich mit feierlicher Steifheit, die eher belustigend als würdig wirkte, und streckte mir, ohne sich von ihrem Platz zu rühren, die Hand entgegen, als ich auf sie zuging.

»Wir hatten schon befürchtet, Mr. Walton«, sagte Jemima, »Sie hätten vergessen, daß wir auch zu Ihrer Pfarrgemeinde gehören.«

»Das brächte ich kaum fertig«, antwortete ich, »wenn ich sehe, was für treue Kirchgängerinnen Sie sind. Aber ich muß gestehen, daß ich Ihnen Grund für Ihren Tadel gegeben habe, Miss Jemima. Vor kurzen habe ich ein Pferd gekauft, und beim ersten Ausritt bin ich gleich zu Ihnen gekommen.«

»Wir sind entzückt, Sie bei uns zu sehen. Es ist sehr freundlich von Ihnen, so uninteressante Mädchen wie uns nicht zu übersehen.«

»Du vergißt, Jemima«, warf ihre Schwester ein, »daß die Zeit nicht stehenbleibt. Ich hätte gedacht, daß wir beide entschieden mittleren Alters sind, obwohl du, ich will nicht sagen wie viele Jahre älter bist.«

»Beinahe zehn Jahre, Hester. Ich erinnere mich daran, daß ich dich unzählige Male in deiner Wiege hin- und hergeschaukelt habe. Aber irgendwie habe ich immer das Gefühl, Mr. Walton, sie sei meine ältere Schwester, ich kann mir nicht helfen. Sie ist so gebildet, und ich lese nichts außer der Zeitung.«

»Und deine Bibel, Jemima. Du solltest dir selbst Gerechtigkeit widerfahren lassen.«

»Das ist doch selbstverständlich, liebe Schwester. Aber dies ist nicht die richtige Art, Mr. Walton zu unterhalten.«

»Als ich jung war, pflegten die Herren die Damen zu unterhalten, Jemima. Ich weiß nicht, wie das in deiner Jugend war.«

»Ich glaube, ziemlich das gleiche, liebe Schwester. Aber wenn du Mr. Walton anschaust, dann bemerkst du, glaube ich, daß er sich recht gut unterhalten fühlt.«

»Ich stimme Miss Hester zu«, sagte ich. »Pflicht eines Gentleman ist es, die Damen zu unterhalten, aber von den Damen ist es so viel freundlicher, wenn sie ihre Pflicht überwinden und sich zur Unterhaltung der Herren herablassen.«

»Was kann die Pflicht überwinden, Mr. Walton?« fragte Hester. »Ich gestehe, daß ich in diesem Punkt nicht mit Ihrer Doktrin übereinstimme. Ich hoffe, Sie halten mich nicht für unfreundlich, aber es macht auf mich immer den Eindruck, daß Ihre Gemeinde sich vorwiegend aus den unteren Klassen zusammensetzt, die von einem solchen Predigtstil recht gekränkt sein könnten. Ich muß sagen, ich nehme das an, Mr. Walton. Nur sind Sie vielleicht einer von denen, die die Meinung einer Dame über solche Dinge für nichts erachten.«

»Ganz im Gegenteil, ich achte eine Meinung, soweit die Dame oder der Herr, der sie vertritt, hierzu qualifiziert ist. Aber Sie haben mir noch nicht gesagt, was Sie gegen meine Predigten einzuwenden haben.«

»Sie sprechen immer, als sei der Glaube an Christus etwas Größeres als die Pflicht. Ich dagegen halte die Pflicht für das erste.«

»Ich bin ganz Ihrer Ansicht, Miss Hester. Wie kann ich oder ein anderer Geistlicher einen Menschen zu etwas nötigen, was nicht seine Pflicht ist? Aber sagen Sie mir, ist nicht der Glaube an Christus eine Pflicht? Sie haben mich in einem Punkt mißverstanden: Sie nehmen an, daß ich vom Glauben sage, er sei höher als jede Pflicht, während ich in Wirklichkeit sage, er stehe höher als jede andere Pflicht. Glaube ist die höchste Pflicht des Menschen. Ich behaupte nicht, daß er die Pflicht ist, die der Mensch immer am klarsten erkennt oder überhaupt erkennt. Doch wenn eine Pflicht die höchste Freude eines Menschen wird, das Glück seines eigentlichen Seins, dann empfindet er sie nicht mehr als Pflicht. Was würden Sie von der Liebe eines Sohnes halten, der, wenn man an seine Zuneigung appelliert, zur Antwort gibt: 'O ja, ich liebe meine Mutter sehr: es ist doch meine Pflicht'?«

»Das klingt recht einleuchtend, aber ich kann mich des Eindrucks nicht erwehren, daß Sie den Glauben predigen und nicht die Werke. Ich sage nicht, daß Sie den Glauben nicht predigen sollen, aber Sie wissen doch, daß der Glaube ohne Werke tot ist.«

»Aber wirklich, Hester«, warf Miss Jemima ein, »ich würde eher sagen, daß Mr. Walton ständig die Werke verkündigt. Immer sagt er dir, daß du dieses oder jenes tun sollst. Ich weiß,daß mir immer etwas durch den Sinn geht, wenn ich aus der Kirche komme, und ich muß das dann irgendwie verarbeiten, ehe ich mich wieder behaglich fühle.«

Damit stand Miss Jemima auf, stieg auf den Stuhl und begann wieder mit dem Kakadu zu flirten, doch diesmal nur in stummen Gesten.

Ich erinnere mich nicht mehr genau, wie dieser Teil der Unterhaltung sein Ende fand. Aber ich werde ein oder zwei Punkte über die Schwestern berichten, die ihre unterschiedlichen Auffassungen über meine Predigten erklären mögen. Miss Hester verließ nur selten das Haus, sondern verbrachte die meiste Zeit mit der Lektüre kleiner zweifelhafter Bücher mit Literatur des achtzehnten Jahrhunderts. In irgendeiner Weise war Respektabilität alles - in der Stellung, der Moral, der Religion, im Betragen. Das hatte zur Folge, daß sie in ihrer eigentlichen Natur altmodisch war und nichts von jener bleibenden Jugend an sich hatte, die das Geburtsrecht jedes unsterblichen Wesens ist.

Ganz anders dagegen Miss Jemima, deren Überspanntheit nicht in der Respektabilität lag. Sie hatte die Steifheit ihrer jüngeren Schwester solange schockiert, bis es nichts mehr zu schockieren gab. In ihrer Jugend hatte sie eine schwere Enttäuschung durchgemacht und sie nicht nur überlebt, sondern sich ihr lebendiges Herz bewahrt und nun jeden Rest selbstsüchtiger Sorge um sich selbst verloren. Nun verschwendete sie diese Liebe, die einmal auf einen einzigen Gegenstand gerichtet war, auf jedes lebende Wesen, das ihr in die Nähe kam. Sie war schon reichlich verschroben mit ihren grauen Haaren, den klaren grauen Augen mit den runzeligen Lidern, dem leichten Schritt und dem Lachen, das zugleich mädchenhaft und gebrochen klang. Sie stürzte hierhin und dorthin in die Hütten, schalt da eine Hausfrau mit einem Lächeln in jedem Ton, nahm dort ein Baby in die Arme, gab einem anderen kleinen Tyrannen eine Ohrfeige, erließ diesem die Pacht und drohte jenem mit furchtbaren Konsequenzen, doch alles in allem war es eine durchaus liebenswerte Verschrobenheit. Der Besitz der beiden Schwestern war nicht groß, und sie kannte jedes Lebewesen dort bis hinunter zu den Hunden und Schweinen. Miss Jemima, wie die Leute sie immer nannten, war die eigentliche Königin der Gegend - denn sie war zwar eine Seele von Freundlichkeit, doch sie war entschlossen, ihre eigene Weise zu haben und setzte sie auch durch.

Die eine der Damen tat nichts anderes als lesen und glaubte, ich würde in meiner Predigt die Lehre der Werke als Siegel des Glaubens vernachlässigen. Die andere war ständig beschäftigt, ihren Mitmenschen von morgens bis abends zu helfen, und fand in meinen Predigten wenig anderes als den Anreiz zu Wohltaten.

Dann brachte Miss Hester eine weitere Kritik an meiner Kanzeltätigkeit vor: »Sie bemühen sich zu sehr, alles zu erklären, Mr. Walton.« Was sie sagte, sieht auf dem Papier schlimmer aus, als es aus ihrem Munde klang. Sie war eine Dame von Stand, und ihr Ton hatte viel mit dem hinterlassenen Eindruck zu tun.

»Worin liegt der Nutzen, wenn man versucht, ungebildeten Leuten den Grund von allem zu zeigen?« sagte sie. »Es genügt doch, daß dies oder das in der Bibel steht.«

»Ja, aber das ist gerade der springende Punkt. Was steht denn in der Bibel? Ist es dies oder das?«

»Sie sind doch ihr geistlicher Instrukteur: Sagen Sie ihnen, was in der Bibel steht.«

»Es wäre viel schlimmer, wenn Sie noch Argumente bringen, um sie von etwas zu überzeugen, was nicht korrekt ist.«

»Das bezweifle ich. Die Falschheit wird sich sehr schnell selbst bloßstellen, wenn man unaufrichtige Argumente bringt, um sie zu stützen.«

»Sie können nicht erwarten, daß sie beurteilen, was Sie ihnen sagen.«

»Die Bibel drängt uns, zu suchen und zu verstehen.«

»Das gilt für diejenigen, deren Aufgabe es ist, wie etwa Sie selbst.«

»Sie glauben also, daß die Kirche aus einigen wenigen Privilegierten besteht, die verstehen, und einer großen Menge, die nicht verstehen kann und deshalb nicht unterwiesen zu werden braucht?«

»Ich sagte doch, Sie müßten sie unterweisen.«

»Unterweisen heißt aber, den Menschen das Verständnis beizubringen.«

»Warum versuchen Sie es nicht bei Ihrer Freundin Mrs. Oldcastle? Es könnte ihr ein wenig gut tun«, sagte Miss Hester.

»Ich hätte wohl wenig Einfluß auf Mrs. Oldcastle, wenn ich den Versuch unternehmen würde. Und ich bin nicht dazu berufen, meine Herde einzeln nach jedem Charakterzug anzusprechen.«

»Ich dachte, sie sei eine enge Freundin von Ihnen.«

»Ganz im Gegenteil. Wir stehen kaum auf freundschaftlichem Fuß.«

»Ich bin sehr froh, das zu hören«, sagte Miss Jemima, die während der kleinen Kontroverse zwischen ihrer Schwester und mir geschwiegen hatte. »Da waren wir ganz falsch informiert. Wir dachten, daß es an ihr liege, wenn wir so wenig von Ihnen zu sehen bekommen. Und da nur ganz wenig Leuten ihrer eigenen gesellschaftlichen Stellung daran liegt, sie zu besuchen, hielten wir es für sehr bedauerlich, daß ausgerechnet sie Ihre wichtigste Freundin in der Gemeinde sei.«

»Warum besuchen denn die anderen sie nicht öfter?«

»Es gibt seltsame Geschichten über sie, die man besser ruhen lassen sollte. Sie werden auch mit der Zeit altmodisch. Aber sie ist nicht die geeignete Frau, die man als Freundin eines Geistlichen ansehen könnte. So!« sagte Miss Jemima, als habe sie ihren Busen von einer schweren Last befreien wollen.

»Ich glaube allerdings, daß ihre religiösen Vorstellungen den Ihren entsprechen würden, Mr. Walton«, sagte Miss Hester.

»Möglicherweise«, antwortete ich gleichgültig. »Ich kümmere mich nicht sehr um Meinungen.«

»Ihre Tochter wäre ein nettes Mädchen, könnte ich mir vorstellen, wenn sie nicht von ihrer Mutter so niedergehalten würde. Sie sieht verängstigt aus, das arme Ding! Man sagt auch, sie sei nicht ganz - Sie wissen schon«, sagte Miss Jemima und tippte sich sachte mit dem Zeigefinger an die Stirn. Ich lachte. Ich hielt es nicht für der Mühe wert, Miss Oldcastles gesunden Geist zu verteidigen.

»Sie sind und waren eine seltsame Familie, soweit ich mich zurückerinnern kann, und meine Mutter pflegte das gleiche zu sagen. Ich bin froh, daß sie jetzt in unsere Kirche kommt. Sie dürfen nicht zulassen, daß sie hinter Ihnen her ist, das wäre nicht gut. Hübsch genug ist sie ja!«

»Ja«, erwiderte ich, »sie sieht recht gut aus. Aber ich glaube nicht, daß sie so wirkt, als ob sie hinter irgend jemand her wäre.«

Ich erhob mich, um mich zu verabschieden, denn die augenblickliche Unterhaltung behagte mir nicht.

Ich ritt langsam nach Hause und brütete über das reizende Wunder nach, daß aus einem so groben, unansehnlichen Stamm wie der Familie Oldcastle eine so zarte, blasse, winterharte Blume wie Ethelwyn entsprossen sein sollte. Ich betete darum, daß ich sie aus dieser ungeeigneten Erde retten dürfe.

Fünfundzwanzigstes Kapitel

Die Austreibung Satans

Ich war vielleicht eine Meile vom Dorf entfernt auf meinem Heimweg von den beiden Misses Crowther. Mein Pferd, das langsam auf der weichen Seite der Straße dahintrottete, hob den Kopf und stellte die Ohren auf beim Klang nahender Hufe.Die Reiter kamen bald in Sicht - Miss Oldcastle, Judy und Hauptmann Everard. Miss Oldcastle hatte ich nie vorher zu Pferd gesehen. Judy ritt auf einem kleinen weißen Pony, mit dem sie auch immer über die Felder rings um Oldcastle Hall galoppierte. Der Hauptmann lachte und plauderte fröhlich, mal mit der einen, mal mit der anderen seiner beiden Begleiterinnen. Ich zog vor Miss Oldcastle den Hut, ohne die Zügel anzuziehen, und ritt weiter. Der Hauptmann erwiderte meinen Gruß und setzte seinen Ritt ebenfalls fort. Ich konnte im Vorbeireiten nur sehen, daß Miss Oldcastles blasses Gesicht von einer tiefen Röte überzogen war, doch sie nickte nur und hielt sich neben ihrem Begleiter. Einige Meter weiter hörte ich hinter mir das Geklapper von Judys Pony. In vollem Galopp holte sie mich ein.

»Warum haben Sie nicht gehalten und mit uns gesprochen, Mr. Walton?« fragte sie. »Ich habe angehalten, aber Sie haben nicht einmal einen Blick auf mich geworfen. Wir werden nun den Rest des Tages schlecht gelaunt sein, weil Sie uns so geschnitten haben. Was haben wir denn verbrochen?«

»Nichts, was mir bekannt wäre, Judy«, antwortete ich und versuchte, fröhlich zu sprechen. »Aber ich kenne Ihren Begleiter nicht und war nicht in der Stimmung für eine Vorstellung.«

Sie schaute mich mit ihren scharfen grauen Augen durchdringend an; ich hatte das Gefühl, dieses Kind durchschaute mich. »Ich weiß nicht, was ich davon halten soll, Mr. Walton. Sie sind irgendwie anders, als Sie früher waren. Irgendwo ist etwas nicht in Ordnung. Ich wünschte nur, ich könnte etwas für Sie tun.«

Ich empfand die Freundlichkeit des Mädchens, konnte jedoch nur sagen: »Danke, Judy. Ich werde Sie ganz gewiß darum bitten, wenn es irgend etwas gibt, was Sie für mich tun könnten. Aber Sie bleiben hinter den anderen zurück.«

»Keine Angst. Mein Dobbin kann viel schneller laufen als die großen Pferde. Aber ich sehe schon, daß Sie mich loshaben wollen, also auf Wiedersehen.«

Beim Sprechen wendete sie ihr Pony, setzte über den Graben neben der Straße und flog den anderen neben der Wiese nach wie eine Schwalbe. Ich brachte mein Pferd gleichfalls in scharfen Trab in dem vergeblichen Versuch, die quälenden Gedanken abzuschütteln, die mich wie Schmeißfliegen umschwirrten. Doch dieser Tag hielt noch mehr Heimsuchungen bereit.

Als ich in die Dorfstraße einbog, war der junge Tom Weir neben mir. Sein Gesicht war bleich, er hatte offenbar auf mich gewartet.

»Was ist los, Tom?« fragte ich beunruhigt.

Ich konnte sehen, wie sich seine Kehle verkrampfte und wieder löste, wie die Bewegung einer Schlange, ehe er in der Lage war, die Worte herauszubringen: »Kate hat ihren kleinen Jungen umgebracht, Sir.« Ein erstickter Schrei quoll aus seiner Kehle, und er verbarg das Gesicht in den Händen.

»Um Gottes Willen!« rief ich und stieß meinem Pferd die Fersen in die Flanken. In meiner Hast ritt ich beinahe Tom über den Haufen. »Komm mir nach, Tom«, sagte ich, »und bring die Stute heim.«

Hatte ich, durch meine harten Worte, Anteil daran, die Frau über die Grenzen menschlicher Vernunft und Leidensfähigkeit hinauszutreiben?

Vor der Türe sah ich eine kleine Gruppe von Dorfbewohnern, meist Frauen und Kinder, versammelt. Ich sprang vom Pferd und gab einer Frau die Zügel, die das Pferd für Tom halten sollte. Mit einer gewissen Schwierigkeit drängte ich die anderen, heimzugehen und die Verwirrung und den Schrecken durch die Aufregung ihrer Anwesenheit nicht noch zu vergrößern. Ich betrat den Laden, sperrte die Türe hinter mir ab und ging nach oben.

Ich fand niemand vor. Am Kamin und innerhalb des Kaminvorsetzers waren zwei kleine Blutlachen. Im ganzen Haus war es auf entsetzliche Weise still. Ich ging zur einzigen Türe, blickte hinein und betrat den Raum. Auf dem Bett lag die Mutter, blaß wie der Tod, doch die schwarzen Augen weit offen und den Blick zur Decke gerichtet. Auf ihrem Arm lag der kleine Gerard. Er war genau so blaß bis auf die Stellen, wo aus dem Verband Blut auf sein totenbleiches Gesicht geflossen war.

Als Catharine meiner ansichtig wurde, zeigte sie keine Überraschung oder irgendeine Gefühlsbewegung. Ihre Lippen murmelten: »Ich hab's endlich getan. Ich bin bereit. Nehmt mich fort. Ich werde gehängt. Es ist mir gleich, ich gestehe. Nur laßt die Leute mich nicht anstarren.« Ihre Lippen bewegten sich noch, aber es war kein Wort zu verstehen, bis sie plötzlich in einen Schrei voller Qual ausbrach: »O, mein Baby! Mein Baby!«

An der Ladentüre hörte ich lautes Klopfen und ging hinunter, um zu sehen, wer da war. Ich fand Thomas Weir in Begleitung von Dr. Duncan draußen stehen. Wir gingen zusammen in Catharines Zimmer hinauf. Thomas sprach nicht, und aus seinem Gesichts-ausdruck konnte ich nicht einmal ahnen, welche Gedanken ihm durch den Kopf gehen mochten.

Catharine sah vom einen zum anderen, als kenne sie uns nicht auseinander. Sie machte keine Anstalten, sich vom Bett zu erheben, auch sagte sie nichts, obgleich ihre Lippen sich hin und wieder bewegten, als wollten sie einen Satz formen. Dr. Duncan sah sich das Kind an und ging daran, es aus ihren Armen zu nehmen, da blickte sie ihn flehend an und gab mit einem Stöhnen nach. Dann starrte sie von neuem hoffnungslos gegen die Decke. Der Arzt trug das Kind in den angrenzenden Raum, und der Großvater folgte ihm.

»Sehen Sie nun, wohin Sie mich getrieben haben!« rief Catharine, nachdem wir allein waren. »Ich hoffe, jetzt sind Sie zufrieden!«

Diese Worte schnitten mir tief in die Seele. Doch als ich sie ansah, wanderte ihr Blick über die Decke, und ich hielt es für besser, sie allein zu lassen und zu den anderen ins Wohnzimmer zu gehen. Das erste, was ich sah, war Thomas, der mit einer Schüssel Wasser auf dem Boden kniete und das Blut seines Enkels vom Fußboden seiner Tochter aufwischte. Allein der Anblick des Kindes war ihm bisher ekelhaft gewesen, und seine Tochter war weit jenseits seiner Verzeihung. Das war nun das Ende - das Blut des einen, vergossen von den Händen der anderen, und der Vater beider, der es auf seinen Knien aufwischte. Das Blut floß aus einer Wunde am Kopf des Buben. Wahrscheinlich war er gegen den Kaminvorsatz gefallen, wo das Blut innen und außen verspritzt war.

Nach einigen Minuten meinte Dr. Duncan: »Ich glaube, er wird durchkommen.«

»Halten Sie es für angeraten, es der Mutter zu sagen?«, fragte ich. »Ich glaube, das können Sie.«

Ich eilte in ihr Zimmer. »Ihr kleiner Liebling ist nicht tot, Catharine. Er wird's durchstehen.«

Sie warf sich aus dem Bett vor meine Füße und umklammerte sie mit ihren Armen. »Ich werde ihm vergeben«, rief sie. »Ich werde alles tun, was Sie wollen. Ich vergebe George Everard. Ich will hingehen und meinen Vater bitten, mir zu vergeben.«

Ich hob sie in meinen Armen hoch - wie leicht sie war! - und legte sie wieder auf das Bett, wo sie weinend und schluchzend dalag. Ich ging in das andere Zimmer hinüber. Der kleine Gerard öffnete die Augen und schloß sie wieder, als ich eintrat.

Ich beugte mich zu Thomas nieder. »Sie möchte Sie um Vergebung bitten. Aber warten Sie in Gottes Namen nicht, bis Sie sie bittet, sondern gehen Sie hinein und sagen ihr, daß Sie ihr verzeihen.«

»Ich wage nicht zu sagen, daß ich ihr verzeihe«, antwortete er. »Ich habe es eher notwendig, sie um Vergebung zu bitten.«

Ich nahm ihn bei der Hand und führte ihn in das Zimmer. Schwach hob sie den Arm zu ihm hin. Keiner sagte ein Wort. Ich verließ sie, wie sie einander im Arm hielten. Der harte Stein war vom Stab zerschlagen worden, und das Wasser des Lebens strömte hervor und vereinte sich in der Mitte.

Als ich wieder zu Dr. Duncan trat, fand ich den kleinen Gerard ruhig atmend eingeschlafen. »Was wissen Sie von dieser traurigen Geschichte, Mr. Walton?« fragte der Doktor.

»Die gleiche Frage wollte ich Ihnen stellen«, erwiderte ich. »Der junge Tom sagte mir, seine Schwester habe das Kind umgebracht. Das ist alles, was ich weiß.«

»Sein Vater sagte mir das gleiche, und das ist alles, was mir bekannt ist. Glauben Sie das?«

»Wir haben keine Hinweise. Wir müssen warten, bis sie in der Lage ist, selbst eine Erklärung zu geben.«

»Ich glaube«, sagte der Doktor, »daß sie das Kind geschlagen hat und daß es dabei gegen den Kaminvorsatz gefallen ist.«

(Soweit Catharine später berichten konnte, entsprach dies der Wahrheit. Sie konnte sich nicht klar an das erinnern, was vorgefallen war. Sie besann sich nur, daß sie sich elender gefühlt hatte als je zuvor in ihrem Leben, daß das Kind, was selten vorkam, zu ihr lief mit irgendeinem kindlichen Verlangen, daß sie sich von heftigem Haß gepackt fühlte. Das nächste, was ihr bewußt wurde, war, daß sein Blut wie ein roter Finger auf sie zulief. Da wußte sie, was sie getan hatte, obgleich ihr nicht klar war, wie es geschehen war. Sie hatte keine Erinnerung an das, was danach geschehen war, bis sie weinend dalag und hoffte, das Kind würde vielleicht doch leben. In der einsetzenden Krankheit konnte ich mehr als einmal sehen, wie sie im Schlaf erschauerte, weil sie im Traum erlebte, was das Wachbewußtsein vergessen hatte, und einmal fuhr sie erwachend auf und rief: »Ich habe ihn wieder umgebracht!«)

Als Thomas aus dem Zimmer seiner Tochter kam, sah er aus wie ein Mann, von dem die ganze Bitterkeit des Bösen abgefallen war. Sein Gesicht trug in seiner Blässe einen kindlichen Ausdruck, und seine Augen brannten von ungeweinten Tränen.

»Sie ist eingeschlafen«, sagte er.

»Sie und ich, wir werden heute Nacht hier wachen, Thomas. Sie werden bei Ihrer Tochter Wache halten, falls sie etwas braucht, und ich weiß, daß dieser kleine Liebling keine Angst hat, wenn er zu sich kommt und mich neben seinem Bettchen sieht.«

»Gott segne Sie, Sir«, sagte Thomas inbrünstig. - Von dieser Stunde an herrschte zwischen uns niemals mehr Kälte. -

»Eine sehr gute Anordnung«, meinte Dr. Duncan. »Ich denke nur, ich sollte mich auch daran beteiligen.«

»Nein, nein«, sagte ich. »Wir wissen nicht, wer Sie vielleicht braucht. Außerdem sind wir beide jünger als Sie.«

»Ich werde zeitig am Morgen vorbeischauen und sehen, wie Sie zurechtkommen.«

Ich ging heim, um meiner Schwester Bescheid zu sagen und einiges für die Nacht herzurichten. Wir brachten mit uns einige Dinge zurück, um es den beiden Patienten bequem zu machen. Nun, da Catharine die Hilfe ihrer Mitmenschen annehmen würde, war ich sehr darauf bedacht, daß sie die Liebe um sich spüren sollte, die sie so lange von ihrer Türe verscheucht hatte. Ich wollte, daß sie in der Liebe, die selbst ich ihr geben konnte, die Liebe Gottes ablesen sollte. Und mein Herz peinigte mich noch immer wegen der Strenge, mit der ich sie mit der Wahrheit konfrontiert hatte.

Ich setzte mich neben Gerard und hielt die Nacht hindurch Wache. Der kleine Kerl schrie wieder vor Schreck auf, wie dies oft als Folge von Blutverlust der Fall ist, doch wenn ich die Hand auf ihn legte, lächelte er, ohne aufzuwachen, und lag wieder für eine Weile ganz still. Ein oder zweimal wachte er auf und schaute so verstört um sich, daß ich schon Delirium befürchtete, doch ein bißchen Fruchtgelee tröstete ihn, und er schlief wieder ein. Er schien nicht einmal Kopfschmerzen von dem Aufschlag zurückbehalten zu haben.

Doch als ich in einem Sessel neben dem Feuer, meiner einzigen Beleuchtung, allein war, stürzten sich meine Gedanken auf die Fakten, die ich heute erfahren hatte und die meine eigene Geschichte betrafen. Wie entsetzlich war der Gedanke, daß Miss Oldcastle ausritt mit dem Verführer von Catharine Weir! Welche Qual lag in dem Gedanken, er könne ihre Hand berühren, ja vielleicht noch vor dem Sommer ihr Gatte werden! War es anständig, sie einen solchen Mann unwissend heiraten zu lassen? Würde sie ihn überhaupt heiraten, wenn sie das von ihm wußte, was mir bekannt war? Konnte ich etwas gegen meinen Rivalen sagen? Ihn anschwärzen, auch wenn es durch die Wahrheit geschah - die allein haften bliebe? Konnte ich, um meiner eigenen Würde willen, so handeln? Sollte sie deshalb in Unkenntnis gelassen und geopfert werden? Könnte es nicht jemand anders an meiner Stelle besorgen? Doch wenn ich diese Sache in Gang setzte, war es genau so als hätte ich es selbst getan, nur mit mehr Feigheit? Es gab nur einen Weg dafür, daß mit vollem feierlichen Bewußtsein zwischen ihr und mir sein mußte auf alle Zeiten. Wenn ich sie voll und ganz aufgeben könnte, dann wäre ich in der Lage, ihr die Wahrheit zu sagen. Doch welche Bitterkeit, meine Chance auszuschlagen!

Da erhob sich noch ein anderer, bitterer Gedanke - mein eigener Ernst Catharine Weir gegenüber, die ich zur Vergebung gedrängt hatte, würde eine gewichtige Rolle dabei spielen, jene böse Tat in ein Geheimnis zu hüllen, die nicht verborgen bleiben sollte. Denn hatte sie nicht am Altar selbst geschworen, den Mann preiszugeben? War nicht die Rachsucht, die ich unwissend bei mir bekämpft hatte, mein bester Verbündeter? Einen einzigen kurzen, schwarzen, bösen Augenblick lang bedauerte ich, daß ich so gehandelt hatte, wie es geschehen war. Im nächsten Augenblick lag ich neben dem schlafenden Kind auf den Knien und bereute in Scham und Kummer. Da fand ich Trost in dem Gedanken, wenn ich hierdurch leiden müßte, dann deshalb, weil ich meine Pflicht tat, und das war gut so.

Kaum saß ich wieder neben dem Feuer, da öffnete sich die Türe behutsam, und Thomas kam herein. »Kate möchte Sie wieder sehen«, sagte er. Ich erhob mich sofort. »Vielleicht sollten Sie dann besser bei Gerard bleiben.«

»Ja, Sir, denn ich glaube, sie will Sie allein sprechen.«

Ich betrat die Kammer. Auf einer Kommode stand eine brennende Kerze, deren Licht auf ihr Gesicht fiel. Ihre Augen glänzten, doch der wilde Ausdruck war verschwunden, nur das Leiden drückte sich aus. Ich zog einen Stuhl neben ihr Bett und nahm ihre Hand.

»Ich möchte Ihnen alles sagen«, begann sie. »Er versprach, mich zu heiraten. Ich glaubte ihm, doch ich handelte sehr unrecht. Und ich war eine schlechte Mutter, denn ich konnte nicht verhindern, daß ich in Gerards Gesicht immer das seine erblickte. Gerard war der Name, den er mir auftrug, dem Kind zu geben, als ich ihm schreiben mußte. So nannte ich den kleinen Liebling Gerard. Wie gehts ihm, Sir?«

»Recht ordentlich«, erwiderte ich. »Ich glaube nicht, daß Sie sich nun Sorgen um ihn machen müssen.«

»Gott sei Dank! Ich habe seinem Vater nun von ganzem Herzen verziehen. Ich empfinde es leichter, seit ich gesehen habe, wie böse ich selbst sein konnte, und ich empfinde es auch leichter, daß ich nicht mehr lange zu leben haben werde. Ich vergebe ihm von ganzem Herzen und werde keine Rache nehmen. Ich habe nie jemand gesagt, wer er ist, doch Ihnen werde ich es sagen. Er heißt George Everard - Hauptmann Everard. Ich lernte ihn kennen, als ich in Addicehead meine Lehrzeit machte. Ich würde es Ihnen nicht sagen, wenn ich nicht wüßte, daß Sie es niemand erzählen. Ich sah ihn gestern, und das hat mich rasend gemacht. Doch das ist nun alles vorüber.Mein Herz ist ganz gefaßt. Glauben Sie, daß Gott mir vergeben wird?«

Ohne etwas zu sagen, nahm ich mein kleines Neues Testament aus der Tasche und las diese Worte: »Denn wenn ihr den Menschen ihre Verfehlungen vergebt, so wird euch euer himmlischer Vater auch vergeben.« Dann las ich ihr aus dem siebten Kapitel des Lukas-Evangeliums die Geschichte der Sünderin vor, die zu Jesus in Simons Haus kam. Als ich zu Ende war, lag sie da und weinte still vor sich hin, und so ließ ich sie und nahm wieder meinen Platz bei dem Kleinen ein. Ich sagte Thomas, er solle sie im Augenblick besser allein lassen. So saßen wir eine Weile schweigend beisammen, und ich wurde so müde und benommen, daß ich auf meinem Stuhl einschlief. Plötzlich wurde ich durch einen Schrei von Gerard wach. Er schlief fest, stand jedoch in seinem Bettchen, stieß die Hände nach vorn, als wolle er sich gegen jemand wehren, und rief: »Nicht, nicht. Geh weg! Mammy! Mr. Walton!«

Ich nahm ihn in die Arme, gab ihm einen Kuß und legte ihn wieder hin, wo er still liegen blieb.

Thomas kam wieder ins Zimmer. »Es tut mir leid, daß ich so lästig bin, Sir, aber meine Tochter sagt, es gebe noch etwas, was sie Ihnen sagen wolle.«

Ich ging sofort zurück. Kaum war ich im Zimmer, da sagte sie eifrig: »Ich vergebe ihm. Ich vergebe ihm von ganzem Herzen - aber lassen Sie es nicht zu, daß er Gerard nimmt.«

Ich versicherte ihr, daß ich alles unternehmen würde, um jeden derartigen Versuch von seiner Seite zu verhindern. Ich nahm ihr das Versprechen ab, zu schlafen, dann ging ich. Keiner der beiden Patienten wurde in der Nacht noch unruhig, beide schliefen einen erfrischenden Schlaf.

Am Morgen kam der alte Doktor, eine willkommene Erscheinung, und verkündete, daß er beide so wohl vorgefunden habe, wie zu erwarten gewesen sei. Er schickte den jungen Tom, um meinen Platz einzunehmen, und meine Schwester übernahm die Wache vom Vater. Der Versuch zu schlafen wäre sinnlos gewesen, und so unternahm ich einen Spaziergang.

Sechsundzwanzigstes Kapitel

Mr. Stoddart und Judy

In dem klaren, frostigen Morgen löste sich einiges von meiner Niedergeschlagenheit. Ich schlug die Richtung zu dem rauhen, offenen Gelände ein, wo ich in Dunkelheit und Sturm Catharine Weir getroffen hatte. Ich erreichte die Höhlung, in der ich an jenem Abend Unterschlupf zum Atemholen gesucht hatte, und setzte mich auf einen Sandblock, den der Frost von der Wand oben abgelöst hatte.

Ich empfand Erleichterung, daß ich Catharine zur Beichte gedrängt hatte. Allerdings war es ein Bekenntnis, das zu enthüllen nicht in meiner Macht lag. Hätte sie selbst es enthüllt, dann wäre es ihre Rache gewesen, vor der ich sie gewarnt hatte und die gleichzeitig für mich die Befreiung gebracht hätte. Ich fühlte mich befreit, erst einmal unter dem Gesichtspunkt, daß ich so meine eigene Chance einer günstigen Wendung wahren konnte, wenn ich es jedoch einmal Miss Oldcastle erzählte, dann müßte ich sie für immer aufgeben. Doch meine Liebe versteckte sich nicht lange hinter der Hecke der Ehre. Ich erkannte, daß ich unwürdig war, sie zu lieben, war ich doch bereit, ihr Wohlergehen für den Preis meines eigenen Glücks aufs Spiel zu setzen, ein Risiko, das für sie unendlich mehr Elend mit sich brächte als für mich der Verlust meiner teuersten Hoffnungen.

Ich saß in dem Hohlraum, als ich in der Ferne den Laut von Pferdehufen hörte, und empfand einen Vorgeschmack des Kommenden. Ich befand mich nur wenige Meter von der Straße weg, zu der hin sich die Spalte im Sand öffnete, und hatte genügend Blickfeld, um selbst schnelle Reiter zu erkennen. Ich konnte den Tritt eines Ponys und zweier weiterer Pferde ausmachen. Sie näherten sich und huschten vorbei - Miss Oldcastle auf Judys Pony, Mr. Stoddart auf ihrem Pferd und der Hauptmann auf seinem eigenen. Welchen Dank empfand ich für Mr. Stoddart! In mir stieg die Hoffnung auf, daß er sie auf Bitte von Miss Oldcastle begleitete.

Miss Oldcastle erhaschte einen Blick auf mich, und selbst in dem Augenblick, ehe sie entschwand, bildete ich mir ein, das lilienweiße Gesicht habe sich rosenfarben überhaucht. Doch das muß wirklich Einbildung gewesen sein, denn an einem so frischen Morgen konnte sie kaum zu Pferde unterwegs sein, ohne rosige Wangen zu bekommen.

Ich hielt es nicht länger auf meinem Sitz aus. Sobald das Geräusch der Pferde verklungen war, stand ich auf und ging nach Hause, bedeutend ruhiger in Herz und Sinn als beim Aufbruch.

Als ich durch das näher gelegene Tor zum Pfarrhaus eintrat, sah ich, wie der alte Rogers beim ferner gelegenen hereinkam. Er sah mich nicht, doch an der Türe trafen wir zusammen.

»Das trifft sich gut«, meinte er, »daß ich Sie eben beim Heimkommen vorfinde. Wie geht's der armen Miss Weir heute, Sir?«

»Heute morgen gings ihr bedeutend besser, aber ich bezweifle sehr, ob sie überhaupt wieder auf die Beine kommt. Das bleibt aber zwischen uns beiden, nicht wahr! Kommen Sie herein.«

»Danke, Sir. Ich wollte ein wenig mit Ihnen reden. Sie glauben doch nicht, was behauptet wird - daß sie versucht habe, den armen kleinen Burschen umzubringen?« fragte er, sobald sich die Türe hinter uns geschlossen hatte.

»Wenn sie es tat, dann war sie in dem Augenblick nicht bei Sinnen. Aber ich glaube es nicht.«

Ich erzählte ihm dann, was sein Herr und ich von der Sache hielten, aber ich erwähnte nicht, was sie mir gesagt hatte.

»Das ist genau das, was ich mir selber zusammenreimte, als ich die Sache in meinem alten Kopf herumgewälzt habe. Aber es gibt schon schreckliche Dinge in der Welt, Sir. Da erzählte mir meine Tochter -« Sofort war ich voll atemloser Aufmerksamkeit. Ich fühlte mich berechtigt zu hören, was er mir aus freien Stücken berichtete. Jane selbst hätte ich nicht zugehört, die noch im Dienst als Zofe bei Miss Oldcastle war.

» - daß die alte Dame droben in der Hall ihre eigene Tochter bis aufs Blut quält - sie sieht gar nicht wie ihre eigene aus, nicht wahr, Sir? - weil sie will, daß sie einen Mann heiratet, den sie ihr ausgesucht hat. Ich sah ihn gestern mit ihr vorbeireiten, und ich muß sagen, daß mir sein Anblick ganz und gar nicht gefallen hat. ähnelt zu sehr einem beredten Kapitän, mit dem ich einst gesegelt bin, und das war der härteste Mann, mit dem ich je auf See war. Sein Wille galt und sonst nichts, auch wenn er sah, daß es zu nichts führte. Meinen Sie nicht, Sir. daß irgend jemand etwas unternehmen sollte? Das ist so schlimm wie Mord, das da, und jeder hat das Recht, das irgendwie zu verhindern.«

»Ich weiß nicht, was man tun könnte, Rogers. Ich kann mich da nicht einmischen.«

Der alte Mann schwieg. Anscheinend hatte er geglaubt, ich könne da nach Gutdünken eingreifen. Ich konnte sehen, was er sich dachte. Möglicherweise hatte ihm seine Tochter noch etwas mehr gesagt, daß er nicht weiter geben wollte. Ich konnte mir nicht helfen, aber ich hatte da meine Vermutung, wie er sich mein Eingreifen vorstellte. Doch ich hatte keinen klaren Pfad, den ich hätte gehen können.

»Old Rogers«, sagte ich, »ich kann mir beinahe denken, was Sie meinen. Aber bei dem, was Sie vorschlagen, stehe ich vor größeren Schwierigkeiten, als ich Ihnen so ohne weiteres erklären kann. Ich brauche Ihnen jedoch nicht zu sagen, daß ich mir das ganze gründlich durch den Kopf gehen lasse?«

»Die Beute sollte dem Löwen auf irgendeine Weise abgejagt werden, wenn es Gott gefällt«, erwiderte der alte Mann feierlich. »Die arme junge Dame hält sich ihrer Mutter gegenüber so gut sie kann, aber Jane sagt, daß sie in ihrem eigenen Zimmer viel weint.«

Teils um meine innere Erregung zu verbergen, teils um zu irgendeinem Entschluß zu kommen, sagte ich: »Ich werde heute abend Mr. Stoddart einen Besuch abstatten. Vielleicht höre ich von ihm etwas, was uns eine Vorstellung gibt, wie wir vorgehen können.«

»Ich glaube nicht, daß Sie von Mr. Stoddart etwas Lohnendes erfahren können. Er nimmt die Dinge ein wenig zu leicht. Er wird mal diese, mal jene Partei ergreifen, wie's ihm zupaß kommt. Verzeihung, Sir, aber er wird uns keine Hilfe sein.«

»Das ist aber das einzige, was mir im Augenblick einfällt«, sagte ich, worauf der alte Kriegsmatrose mit vollendetem Benehmen sofort aufstand und sich freundlich verabschiedete.

Wieder war ich den inneren Stürmen ausgesetzt. Sie litt, widerstand, und ich stand abseits! Doch was konnte ich tun? Sie hatte mich zurückgewiesen - sie würde mich wieder zurückweisen. Sie hatte einmal gesagt, es könne der Tag kommen, da sie mich um Hilfe bitten würde, doch bis jetzt hatte sie noch kein Zeichen gegeben. Einfach um etwas zu tun, wollte ich mich auf den Weg machen und Mr. Stoddart besuchen. Ich war sicher, ihn allein anzutreffen, denn er speiste niemals mit der Familie zusammen. Vielleicht erhaschte ich auch einen Blick auf Miss Oldcastle.

Den kleinen Gerard fand ich bei meinem Besuch in viel besserem Zustand vor, allerdings sehr schwach, und seine Mutter war so still, daß ich sie unbesorgt der Pflege von Mary und ihrem Bruder Tom überlassen konnte. Damit war mir eine Sorge von der Seele genommen.

Das Firmament glitzerte und funkelte von Sternen, doch ich beachtete sie nicht. Laß sie scheinen - mir konnten sie nicht leuchten. Ich versuchte, meine Augen zu dem aufzuheben, der über den Sternen ist, doch ich kann nicht sagen, wieviel Kraft ich von dort bekam. Irgendwie schienen mir die Dinge ein wenig erträglicher, ehe ich das Haus erreichte.

Ich durchschritt die Halle und folgte dem »Wolf« zu Mr. Stoddarts Raum, als die Wohnzimmertüre aufging und Miss Oldcastle halb heraustrat. Bei meinem Anblick zog sie sich sofort zurück. Einen Augenblick später hörte ich jedoch das Rascheln ihres Kleides hinter uns. So leicht ihr Schritt auch war, jeder schien mein Herz zu treffen. Ich wagte nicht, um mich zu schauen. Bald verschwand das Geräusch der Seide hinter mir, als sie in eine andere Richtung abbog. Ich ging weiter zu Mr. Stoddarts Zimmer.

Er empfing mich freundlich wie immer, doch sein Lächeln wies Zeichen von Unbehagen auf. Er schien Probleme zu haben, freute sich aber, mich zu sehen.

»Ich finde es schön, daß Sie sich aufs Reiten verlegt haben,« sagte ich. »Da kann ich hoffen, daß Sie mir manchmal Gesellschaft leisten, wenn ich die Runde in meiner Gemeinde mache. Ich möchte Sie gerne mit einigen unserer Gemeindemitglieder bekannt machen. Sie werden finden, daß Ihr Interesse stärker geweckt wird, als Sie vielleicht erwarten.«

Ich versuchte, ausgeglichen zu wirken, doch war mir alles andere als heiter zumute.

»Das Reiten macht mir nicht mehr soviel Spaß, als ich es gewohnt war«, sagte er.

»Mochten Sie die Araberpferde in Indien?«

»Ja, nachdem ich mich an ihre sorglose Art gewöhnt hatte. Das Pferd, auf dem Sie mich wohl neulich sahen, ist ein fast reiner Araber. Es gehört Hauptmann Everard und trägt Miss Oldcastle ganz wunderbar. Es tat mir leid, ihn von ihr zu übernehmen, doch es war ihre eigene Veranlassung. Sie wollte, daß ich mitreite. Ich glaube, ich habe seit meiner Krankheit viel Festigkeit verloren.«

»Wenn der Verlust an Festigkeit einen Zuwachs an Freundlichkeit bedeutet, glaube ich nicht, daß Sie Grund zur Klage haben«, antwortete ich. »Bleibt Hauptmann Everard eigentlich lange zu Besuch?«

»Er bleibt von einem Tag zum anderen. Ich wünschte, er würde gehen. Mrs. Oldcastle und er bilden eine Partei, Miss Oldcastle und Judy eine andere, und jeder versucht, mich zu sich herüberzuziehen. Ich will zu keiner gehören. Wenn sie mich nur in Ruhe ließen!«

»Was wollen sie denn von Ihnen, Mr. Stoddart?«

»Mrs. Oldcastle will, ich solle meinen Einfluß bei Ethelwyn einsetzen, daß sie sich gegen Hauptmann Everard anders verhält. Die alte Dame hat ihr Herz an eine Heirat der beiden gehängt, und Ethelwyn wagt zwar nicht mit ihm zu brechen, doch sie hält ihn sich vom Hals. Judy wieder fleht mich an, ihrer Tante beizustehen. Doch was nutzt es, ihr beizustehen, wenn sie selbst nicht für sich hinsteht? Niemals spricht sie mit mir ein Wort über sich selbst. Das unternimmt allein Judy. Wie soll ich wissen, was sie will?«

»Ich dachte, eben hätten Sie erzählt, daß sie Sie um Ihre Begleitung beim Ausreiten gebeten hat?«

»Das hat sie, aber das war alles. Sie drängte nicht einmal, doch die Tränen traten ihr in die Augen, als ich ablehnte, und das konnte ich nicht ertragen. So ritt ich gegen meinen Willen mit. Ich will mir keine Feinde schaffen. Ich sehe wirklich nicht, warum sie nicht nachgibt. Vom Standpunkt des Vermögens und auch der Familie ist er eine ausgezeichnete Partie.«

»Vielleicht mag sie ihn nicht?« brachte ich mit Mühe heraus.

»Ja, vermutlich nicht, sonst wäre sie nicht so störrisch. Doch sie könnte das alles in Ordnung bringen, wenn sie nur bereit wäre, ihren Freunden gegenüber ein wenig entgegenkommender zu sein. Nach allem, was ich für sie getan habe! Nun, man darf nicht darauf schauen, daß man für alles, was man für andere tut, wieder vergolten erhält.«

Und was hatte dieser Mann schon für sie getan? Er hatte ihr zu seiner eigenen Unterhaltung Hindostani beigebracht; er hatte ihr einen gewissen Einblick in die Grundlagen der Mechanik vermittelt, und er hatte in ihr den Geschmack für die Schriften der Mystiker geweckt. Doch wenn man die Würde ihres Menschseins und ihrer Weiblichkeit betrachtete, dann wäre ihr Geist allein mit dem Wissen, das er sie gelehrt hatte, nur ein Garten voller Unkraut, der zur Saat heranreift, gewesen. Und nun beklagte er sich, daß sie als Gegenleistung für seine Mühen nicht bereit war, sich zur Heirat mit einem ungeliebten Mann zu erniedrigen, um ihm die Freuden an seinem eigenen müßigen und feigen Frieden zu lassen. Wirklich, er war ein schlechterer Mensch, als ich ihn eingeschätzt hatte. Er würde ihr ganz sicher nicht helfen, auf dem richtigen Weg zu bleiben, ja er würde keinen Finger rühren, um zu verhindern, daß sie auf einen falschen Weg gezwungen wurde. Aber vielleicht drückte er nur sein eigenes Mißbehagen aus, nicht das, was er wirklich dachte, und ich beurteilte ihn womöglich zu hart.

»Und was glauben Sie, wird dabei herauskommen?« fragte ich.

»Das kann ich nicht sagen. Früher oder später wird sie ihrer Mutter nachgeben müssen. Sie könnte das genauso gut mit Anstand tun.«

»Sie muß das tun, was sie für richtig hält«, sagte ich. »Und Sie, Mr. Stoddart, sollten ihr bei dem helfen, was richtig ist. Sie würden sie doch kaum drängen, einen Mann zu heiraten, den sie nicht liebt.«

»Nein, eigentlich nicht. Trotzdem hat die Gesellschaft nichts dagegen einzuwenden. Es ist eine durchaus übliche Abmachung.«

»Die Gesellschaft ist wohl kaum der Vermittler des göttlichen Willens. Die Gesellschaft wird auch gemeine Taten honorieren, solange der Täter nur genügend Geld hat, um sie mit einem Mäntelchen des Anstands zu umhüllen, das ihnen nicht ansteht. Für alles in der Welt gibt es den Weg Gottes, ob es die Ehe ist oder die Bezahlung einer Rechnung.«

»Ja, ja, ich weiß, daß Sie das sagen würden, und wahrscheinlich haben Sie recht. Ich will mich nicht auf meine eigene Meinung versteifen. Außerdem werden wir bald eine Atempause bekommen, denn in ein oder zwei Tagen muß er zu seinem Regiment zurück.«

Ich hörte dies mit Erleichterung und verabschiedete mich bald. Als ich einen der langen, nur schwach beleuchteten Gänge entlangschritt, fuhr ich plötzlich auf, als Judy mich am Arm berührte.

»Lieber Mr. Walton -«, sagte sie und hielt inne, denn im gleichen Augenblick erschien Sarah am Ende des Ganges und sprach: »Miss Judy, Ihre Großmama will Sie sehen.«

Judy nahm die Hand von meinem Arm, ging mit beinahe kriegerischem Schritt auf Sarah zu und stellte sich trotzig vor sie hin.

»Sarah«, erklärte sie, »du weißt genau, daß du mich anlügst. Großmama verlangt nicht nach mir. Seit ich vor einem Augenblick aus dem Wohnzimmer gegangen bin, warst du nicht drin. Glaubst du vielleicht, du böse Frau, daß ich vor dir Angst habe? Ich kenne dich besser als du glaubst. Geh sofort weg, oder ich mach' dir Beine.«

Sie stampfte mit ihrem kleinen Fuß auf, und Sarah drehte sich um und ging wortlos weg.

So wertvoll ein gutes Benehmen ist, ein von Wahrheit getragenes Verhalten ist unendlich kostbarer. Angesichts ihres Mutes und ihrer aufrechten Haltung konnte ich ihr für ihren Mangel an Wohlverhalten keinen Vorwurf machen. Als ich sie erreicht hatte, legte sie ihre Hand in meine und ging so mit mir zusammen die Treppe hinab und zur vorderen Türe hinaus.

»Judy, Sie werden sich erkälten, wenn Sie so ausgehen«, sagte ich.

»Ich bin viel zu aufgeregt, um mich zu erkälten«, entgegnete sie. »Aber ich habe keine Zeit, über diese herumschleichende Kreatur zu reden. Tante Wynnie mag Hauptmann Everard nicht, und Großmutter besteht darauf, daß sie ihn nehmen soll, ob sie will oder nicht. Nun sagen Sie mir, was Sie davon halten.«

»Ich verstehe Sie nicht ganz, mein Kind.«

»Ich weiß, daß meine Tante wissen möchte, wie Sie darüber denken, aber sie würde Sie niemals selbst fragen. So frage eben ich Sie, ob eine Dame einen Herrn heiraten muß, den sie nicht mag, nur um ihrer Mutter zu Gefallen zu sein.«

»Ganz gewiß nicht, Judy. Oft genug ist das böse, und im besten Falle ist es ein Fehler.«

»Vielen Dank, Mr. Walton. Ich werde es ihr sagen. Sie wird froh sein, das zu hören, das weiß ich.«

»Aber sagen Sie ihr bitte, daß Sie mich gefragt haben, Judy. Ich möchte nicht, daß sie glaubt, ich wolle mich in ihre Dinge einmischen.«

»Ja, das weiß ich recht gut. Ich werde darauf achten. Danke. Morgen reist er ab. Auf Wiedersehen.«

Sie stürzte ins Haus zurück, und ich ging die Allee hinab. Jetzt sah und spürte ich die Sterne, denn Hoffnung war in mein Herz eingekehrt. Ich dankte Gott für den Hoffnungsschimmer und dachte bei mir: »Unser Geist ist klein, weil ihm der Glaube fehlt.

Wenn wir Glauben an Gott hätten, dann würde unser Herz an seiner Größe, seinem Frieden teilhaben, denn wir wären nicht in uns selbst verschlossen, sondern würden in ihm wandeln.« Mit leichtem Schritt und leichtem Herzen ging ich nach Hause.

Siebenundzwanzigstes Kapitel

Die alte Mrs. Tomkins

Strenges Winterwetter setzte ein, das viel Krankheit im Gefolge brachte, vor allem unter den Ärmeren, die so wenig Möglichkeit haben, die Kälte auszusperren. Doch auch einige meiner bessergestellten Gemeindemitglieder wie Mr. Boulderstone wurden von Krankheit heimgesucht. Im Laufe der Zeit war ich Mr. Boulderstone sehr zugetan, - nicht weil er als interessant bezeichnet werden konnte, denn das war er nicht, auch nicht weil er klug wäre, denn das war er nicht, auch nicht, weil er belesen gewesen wäre, denn das war er nicht, auch nicht, weil er in der Gemeinde Einfluß hatte, obwohl er einigen Einfluß besaß, - nein, einfach weil er ein aufrechter, ehrlicher Mensch war. Er war das, was er schien, fühlte das, was er bekannte, und tat, was er sagte -, er erschien freundlich, fühlte freundlich und handelte freundlich. Ein solcher Mensch ist selten und kostbar. Wenn ich Mr. Boulderstone auch nur aus der Ferne erblickte, wurde mir warm ums Herz. Selbst mit seinen großen Schmerzen schien er seine eigene Krankheit zu vergessen und aus meiner bloßen Anwesenheit Trost zu schöpfen. Ich mußte ihn einfach wie ein Kind Gottes betrachten, der um so mehr Verehrung verdiente, als er wenig Hilfe für seine eigene Güte hatte.

Doch ich empfand den scharfen Gegensatz, als ich aus seinem warmen, bequemen, wohlgehüteten Zimmer kam und die Hütte der Tomkins betrat, die ungeschützt gegen Wind und Wetter war. Welche Löcher und Risse gab es rings um die Türe, durch die der scharfe Wind in das Zimmer fegte und ungehindert Füße, Hände und Hals der alten Leutchen attackierte! Es gab keine Abwehr durch einen dreifachen Vorhang, keinen weichen Teppich auf dem Ziegelboden, nur einen kleinen Vorleger, den meine Schwester ihnen gebracht hatte. Er lag vor einem schwachen Kaminfeuer, das einen verzweifelten Kampf gegen die Kälte führte. Gewiß, wir hatten das kleine Häuschen zusammengeflickt. Die beiden Weirs hatten sich beim ersten Anzeichen von Winterwetter ans Werk gemacht, doch es war, als wenn man einem alten Kleid neue Flicken aufsetzte, denn an anderen Stellen waren neue Löcher herausgebrochen. Obwohl Mrs. Tomkins der Kälte mit allen Lappen zu Leibe gerückt war, die sie entbehren konnte, waren so schneidende Winde schwer auszusperren. Da lag sie nun im Bett, schweratmend wie die angeschlagene Garnison, die sich zum letzten Gefecht in den Schutz der Burg zurückgezogen hatte. Der arme alte Tomkins saß fröstelnd neben dem kleinen Feuer.

»Kommen Sie, Tomkins, das hat keinen Sinn«, sagte ich. »Warum verfeuern Sie nicht Ihre Kohlen bei einem derartigen Wetter?« Mir tat das Herz weh beim Anblick des kleinen Häufleins in einem Kasten, der kaum größer war als die Teetruhe, die meine Schwester aus London mitgebracht hatte. Ich warf die Hälfte auf einen Schlag ins Feuer.

»Du liebe Zeit, Mr. Walton, Sie sind aber wirklich verschwenderisch. Der Herr hat uns seine Kohlen nicht geschickt, damit sie auf solche Weise vergeudet werden.«

»Doch, das hat er, Tomkins«, antwortete ich. »Und er wird Ihnen heute abend noch mehr schicken, sobald ich zu Hause bin. Halten Sie sich warm. Diese Welt hier ist im Winter kalt, das wissen Sie doch.«

»O ja, Sir, ich weiß das, und schon bald werde ich's noch mehr wissen. Mit ihr geht's dahin«, sagte er und deutete auf das Bett, in dem seine Frau lag.

Ich ging zu ihr hin. In den letzten Wochen hatte ich sie mehrmals gesehen, doch nichts bemerkt, was auf eine ernstliche Krankheit gedeutet hätte. Nun aber sah ich mit einem Blick, daß Tomkins sich nicht täuschte: sie hatte nicht mehr lange zu leben.

»Es tut mir leid, Sie so leiden zu sehen, Mrs. Tomkins«, sagte ich.

»Ich muß nicht so sehr leiden, Sir, aber es ist schon schwer, genügend Luft zu bekommen. Ich fühle mich auch so kalt, Sir.«

»Ich werde sofort heimgehen und Ihnen eine weitere Decke schicken. Es ist heute viel kälter als gestern.«

»Es ist nicht die Kälte vom Wetter, Sir, es ist die Kälte vom Grab. Decken helfen da nicht, Sir. Ich komm einfach nicht davon los, wie furchtbar kalt es mir sein wird drunten im Grab, obwohl es mir nichts ausmacht, wenn es Gottes Wille ist. Es ist ja bis zur Auferstehung, Sir.«

»Aber es ist nicht der Wille Gottes, Mrs. Tomkins.«

»Nicht, Sir? Aber ich habe das gewiß geglaubt.«

»Sie glauben doch an Jesus Christus, Mrs. Tomkins?«

»Ja, Sir, mit ganzem Herzen und ganzer Seele.«

»Nun, er sagt, wer da lebt und glaubt an ihn, der wird nimmermehr sterben.«

»Aber Sie wissen doch, Sir, daß jeder stirbt. Ich muß sterben und auf dem Kirchhof begraben werden, Sir. Und das ist's, was ich nicht mag.« »Aber das ist ein Irrtum. Sie werden nicht sterben. Ihr Leib stirbt und wird begraben, wo man ihn nicht mehr sieht, aber Sie werden wach sein, lebendig, lebendiger als Sie es jetzt sind.«

(Es ist ein großer Fehler, Kinder zu lehren, sie hätten eine Seele. Dann halten sie die Seele für etwas, was nicht ihr Selbst ist. Denn was ein Mensch hat, das ist er nicht selbst. Wenn man ihnen daher erzählt, daß ihre Seele in den Himmel kommt, meinen sie, sie selbst lägen dann im Grab. Man sollte ihnen beibringen, daß sie einen Körper haben und daß dieser Körper stirbt, während sie selbst weiterleben. Dann glauben sie nicht, wie die alte Mrs. Tomkins, man werde sie ins Grab legen. Wir reden, als ob wir eine Seele besitzen, anstatt daß wir Seelen sind. Dagegen sollten wir unsere Kinder lehren, an ihren Körper nach dem Tod nicht anders zu denken als an ihr abgeschnittenes Haar oder ihre alten Kleider, wenn sie abgetragen sind.)

»Doch Sie werden bei Gott in Ihres Vaters Hause sein. Das ist doch genug, nicht wahr?«

»Ja, gewiß, Sir. Aber ich möchte doch, daß Sie neben meinem Bett sein könnten, wenn ich sterbe. Ich kann's nicht ändern, aber ich habe doch ein wenig Angst davor. Für mich ist's nicht so selbstverständlich. Ich bin an dieses alte Bett gewöhnt, auch wenn's noch so kalt ist - viele Nächte durch -, mit meinem guten Mann an meiner Seite.«

»Schicken Sie nach mir, Mrs. Tomkins, ganz gleich, ob's Tag oder Nacht ist, und ich werde jederzeit zu Ihnen kommen.«

»Ich glaube, Sir, wenn ich Sie da mit einer Hand halten kann und mit der anderen meinen Mann hier, Gott segne ihn, dann könnte ich getrost fortgehen.«

»In dem Augenblick, wo Sie nach mir schicken, komme ich - aber vergessen Sie nicht, daß ein besserer Freund als ich Sie alle Zeit hindurch hält, auch wenn Sie seine Hände vielleicht nicht spüren.«

»Aber ich muß doch dran denken, Sir, daß ich keine Mühe machen will. Er muß doch nach so vielen schauen! Und ich kann nicht sehen, wie Gott in jeder Minute an jeden denken kann. Ich will nicht sagen, daß er irgendwo etwas versäumt, aber er könnte vielleicht einen alten Körper wie meinen für eine Minute vergessen, oder so.«

»Sie müßten so weise sein wie er, wenn Sie begreifen wollten, wie er es macht. Aber Sie müssen mehr glauben als verstehen. Es wäre doch unvernünftig, zu glauben, er werde Sie vergessen, nur weil Ihnen nicht klar ist, auf welche Weise er sich erinnern kann. Ich glaube, es ist für ihn so schwer, etwas zu vergessen, wie es für uns schwer ist, sich an alles zu erinnern, denn Vergessen kommt aus Schwäche und davon, daß wir noch nicht vollendet sind, während er alle Kraft und alle Vollendung ist.«

»Dann glauben Sie also, Sir, daß er niemals etwas vergißt?«

Ich konnte der alten Frau von der Stirne ablesen, welcher Gedanke ihr durch den Kopf ging, doch ließ ich sie weitersprechen. Sie hielt nur einen Augenblick inne und fuhr dann, von ihrer Kurzatmigkeit öfter unterbrochen, fort.

»Als ich das erste Mal ins Wochenbett kam«, sagte sie, »da waren es Zwillinge, Sir. O, das war sehr hart! Wie ich zu meinem Mann sagte, als ich den Kopf wieder ein wenig heben konnte: 'Tomkins', sage ich, 'du weißt nicht, was es heißt, wenn da zwei immer schreien und schreien, und es ist kaum was da, ihnen zu geben, bis ihr Schreien ins Hirn dringt und man sie noch hört, wenn sie schon fest schlafen, eins auf jeder Seite neben sich liegend.' Können Sie sich vorstellen, Sir, daß ich wünschte, sie wären tot? Nur um das Jammern nicht mehr hören zu müssen, wünschte ich, sie wären tot. Im Hof beim Haus des Gutsbesitzers, wo Tomkins arbeitete, war ein alter Ziehbrunnen. Er wurde nicht mehr benutzt und es lag ein Deckel drauf mit einem Loch drin, durch das man einen Stein hineinwerfen konnte. Tomkins nahm mich einmal mit hin und warf einen Stein rein und sagte, ich sollte scharf hinhören. Ich horchte, aber ich hörte nichts und sagte ihm das. 'Aber', sagte er, 'hör doch hin, Mädchen.' Und nach einer Weile kommt ein lauter Knall von irgendwo her. 'Was war das, Tomkins?' frag' ich. 'Das ist der Stein', sagt er, 'beim Aufschlag auf das Wasser da drunten im Brunnen.' Mir wurde schlecht bei dem Gedanken dran. Und dorthin hatte ich meine lieben Kleinen gewünscht, die Gott mir geschenkt hatte, denn dort wären sie still gewesen.«

»Mütter sind in dieser Zeit oft ein wenig seltsam, Mrs. Tomkins, und das war bei Ihnen auch so.«

»Ich weiß nicht, Sir. Aber ich muß Ihnen noch was sagen. Am Sonntag vorher hatte der Pfarrer gepredigt über 'Lasset die Kindlein zu mir kommen'. Ich glaube, das war's, was mir den Gedanken eingegeben hat. Aber ich schlief ein mit keinen anderen Gedanken als dem Weinen der Kinder und dem Geräusch des Steins im Ziehbrunnen. Und ich träumte, ich hätte in jedem Arm eins und ginge über den Hof zum Brunnen, und auf einmal kam ein Mann auf mich zu und streckte die Hände aus und sagte: 'Gib mir die Kinder.' Ich hatte entsetzliche Angst. Und ich gab ihm erst das eine und dann das andere, und er nahm sie und eins legte den Kopf auf seine Schulter und das andere legte den Kopf auf die andere Schulter, und da hörten sie auf zu weinen und schliefen ein. Er ging mit ihnen fort in der Dunkelheit, und ich sah ihn nie mehr. Ich wachte weinend auf und wußte nicht warum. Und ich nahm meine Zwillinge an mich, und meine Brüste waren voller Milch und mein Herz von Liebe erfüllt, und danach schrien die Kleinen kaum noch. Doch bevor sie zwei Jahre alt waren, starben sie beide an der Diphtherie, Sir - ich meine, er hat sie zu sich genommen.«

»Ja, er hat sie zu sich genommen, Mrs. Tomkins, und bald werden Sie sie wiedersehen.«

»Aber, wenn Gott niemals etwas vergißt - «

»Das habe ich nicht gesagt. Ich glaube, er kann tun, was ihm gefällt. Und wenn es ihm gefällt, etwas zu vergessen, dann kann er es vergessen. Ich meine, das tut er mit unseren Sünden - das heißt, nachdem er sie von uns genommen hat und wir von ihnen gereinigt sind. Es wäre schrecklich, wenn er unsere Sünden vergessen würde, ehe er uns vergeben hat, und wir damit behaftet blieben. Wie sollten wir dann je rein werden? Was sonst meinte wohl der Prophet Jesaia, als er sagte: 'Du hast meine Sünden hinter dich geworfen!' Ist es nicht so, daß er sie nicht mehr sehen will?«

»Das sind gute Worte, Sir. Ich könnte den Gedanken nicht ertragen, daß er gleichzeitig an mich und meine Sünden denkt.«

Die alte Frau lag still in ihrem Bett, der Geist fühlte sich erleichtert, der Körper nicht. Ich eilte nach Hause, um Kohlen und andere Dinge hinzuschicken und dann Dr. Duncan aufzusuchen, falls er nicht wissen sollte, daß es seiner Patientin schlechter ging.

Von Dr. Duncan ging ich zu Samuel Weir, der ebenfalls darniederlag. Ich fand ihn allein in seinem Bett unter der alten Stickereidecke. Er grüßte mich mit einem matten Lächeln, freundlich und ehrlich, doch kein Aufblitzen von weißen Zähnen hellte das Greisengesicht auf.

»Sind Sie nicht einsam, Mr. Weir?«

»Nein, Sir. Ich glaube nicht, daß ich jemals weniger einsam war. Ich habe ja meinen Stock, sehen Sie, Sir«, sagte er und deutete auf einen kräftigen Weißdornstock, der neben ihm lag.

»Ich verstehe Sie nicht ganz«, erwiderte ich, denn ich wußte, daß die Reden des alten Mannes immer eine Bedeutung hatten.

»Sehen Sie, Sir, wenn ich etwas will, dann brauche ich nur auf den Boden zu klopfen, und schon kommt mein Sohn aus der Werkstatt herauf. Und wenn ich dann wieder an die Türe des Hauses da oben anklopfe, dann öffnet mein Vater und sieht heraus. So habe ich beides, meinen Sohn auf Erden und meinen Vater im Himmel, und was kann ein alter Mann mehr wollen?»

»Seltsam«, fuhr er nach einer Pause fort, »aber wenn ich so daliege, dann fühle ich mich wieder wie ein Kind. Man sagt, das Alter sei wie eine zweite Kindheit. Ehe ich so alt wurde, glaubte ich immer, das heiße nur, ein alter Mensch sei wieder hilflos und töricht, so wie er als Kind war. Nie dachte ich, daß ein Mensch sich im Alter wieder wie ein Kind fühlen könne, so leicht im Herzen und unbeschwert, wie ich das nun tue.«

»Ich vermute, daß die Leute nicht das meinen mit ihrem Ausspruch. Aber ich bin sehr froh - Sie wissen nicht, wie ich mich freue, daß Sie so empfinden. Ich hoffe nur, daß es mir einmal auch so geht, wenn meine Zeit naht.«

»Das hoffe ich auch, Sir. Gerade bevor Sie kamen, hatte ich ganz vergessen, daß ich ein zahnloser alter Mann bin, und gedacht, daß ich daliege und auf meine Mutter warte, die kommen und mir Gute Nacht sagen würde, ehe ich einschlafe. War das nicht seltsam, wo ich doch meine Mutter nie gesehen habe, wie ich Ihnen einmal erzählte, Sir? Aber ich stecke voller Phantasien. Es gibt eine, die ich oft vor mir gesehen habe - ein Mann auf seinen Knien, vor jenem Schrank dort, der nach irgend etwas sucht und sucht. Ich wünsche mir, daß er sich nur einmal umdreht, damit ich sein Gesicht sehen kann. Ich habe eine Vorstellung, daß es mein eigener Vater ist.«

»Und was denken Sie über diese Phantasie, Mr. Weir?«

»Ich habe oft darüber nachgedacht, aber ich kann mir keinen Reim darauf machen. Ich bin nicht bereit, es für einen Geist zu halten. Ich habe den Schrank dort immer wieder durchwühlt, und es gibt nichts, was ich nicht kenne.«

»Sie fürchten sich aber nicht davor, oder?«

»Nein, Sir, warum sollte ich das? Ich habe ihm nichts Böses getan. Und Gott kann sicherlich in jeder Weise für mich Sorge tragen.«

Ich kam einfach zu dem Schluß, daß er als Kind einmal zur Türe dieses Raumes, in dem er jetzt lag, hineingeschaut und tatsächlich einen Mann in der von ihm beschriebenen Haltung gesehen hatte, halb im Schrank, der nach irgend etwas suchte. Sein Geist hatte den Eindruck festgehalten, lange nachdem die tatsächlichen Umstände aus dem bewußten Gedächtnis geschwunden waren. Es war ein kurzer Blick aus einer der vielen Geschichten, die in dem alten Haus hafteten.

Eine Woche war vergangen, seit ich bei Gerard Weir Nachtwache gehalten hatte, und es schien nicht so, als ob seine Mutter je wieder ihr Bett würde verlassen können. An einem Freitag ging ich hin, gerade als die Dunkelheit sich herabzusenken begann. Das Feuer des Lebens verzehrte sich rasch. Es glühte auf ihren Wangen, brannte in ihren Händen, loderte in ihren Augen - doch aus ihrem Geist war das Fieber gewichen. Er war kühl, so kühl und klar! Die wilden tropischen Stürme der Leidenschaft waren vergangen, und nichts war vom Leben verloren. Die Rachegelüste waren dahin, doch Rache ist tödlich. Vergebung war an ihre Stelle getreten, und Vergebung ist Geben und damit auch Empfangen von Leben. Gerard, dessen kleiner Kopf mit Pflaster verklebt war, saß auf ihrem Bett und freute sich über ein gesprenkeltes hölzernes Pferd mit zylindrischem Körper und steifen Beinen. Doch als er mich sah, ließ er es fallen und warf sich an meinen Hals. Catharines Gesicht strahlte vor Freude.

»Mein lieber Junge«, sagte ich, »ich bin sehr froh, daß es dir schon wieder soviel besser geht.« Denn zum erstenmal zeigte er wieder Leben und Energie. Er war zwar freundlich gewesen, wenn er mich sah, aber bis dahin ohne jeden Auftrieb.

»Ja«, meinte er, »es geht mir schon wieder ganz gut.« Damit legte er die Hand an seinen Kopf.

»Tut's noch weh?«

»Nicht sehr. Der Doktor hat gesagt, ich sei übel hingefallen.

»Ja, du bist böse gestürzt. Aber bald bist du wieder ganz auf den Beinen.«

Seine Mutter hatte das Gesicht zur Seite gewandt, doch ich konnte sehen, wie unter dem geschlossenen Augenlid eine Träne hervorquoll. »Oh, mir macht es nichts aus. Mammi ist so lieb zu mir! Ich darf auf ihrem Bett sitzen, solange ich mag.«

»Das ist fein. Aber jetzt lauf mal zu deiner Tante ins andere Zimmer. Ich glaube, deine Mammi möchte gern eine Weile mit mir reden.«

Das Kind lief höchst folgsam hinüber zu seiner Tante.

»Ich kann jetzt sogar an ihn denken, ohne rasend zu werden«, meinte die Mutter. »Ich hoffe, Gott wird ihm vergeben. Ich verzeihe ihm. Ich glaube, Gott wird auch mir vergeben.«

»Haben Sie je davon gehört«, fragte ich, »daß Jesus jemand zurückgewiesen hätte, der ihn um Freundlichkeit bat? Er hat nicht immer genau getan, um was ihn die Menschen baten, weil es manchmal nutzlos und manchmal sogar falsch gewesen wäre - aber nie stieß er Menschen von sich, nie verhinderte er, daß sie sich ihm näherten. Um seiner Jünger willen ließ er die phönizische Frau eine kleine Weile leiden, nur um sie nachher zu preisen und ihr Gebet auf wunderbare Weise zu erhören.«

Eine Weile war sie still, dann murmelte sie: »Muß ich mich denn in alle Ewigkeit schämen? Ich will nicht mehr Schande tragen. Werde ich denn nie sein wie andere Menschen - im Himmel meine ich?«

»Wenn er mit Ihnen zufrieden ist, dann brauchen Sie nicht mehr an sich selbst zu denken. Wenn er Sie herankommen und seine Füße küssen läßt, dann müssen Sie sich nicht mehr um anderer Leute Meinung kümmern, auch nicht im Himmel. Doch dort sind die Dinge erheblich anders als hier unten, denn jeder wird mehr oder weniger beschämt sein über sich und von sich selbst schlechter denken als von einem anderen. Wenn Kummer über Ihr vergangenes Leben Ihr Gesicht zeichnet, dann werden alle herzulaufen und Sie trösten, Ihnen sagen, was Gott über Sie denkt und was Sie deshalb von sich selbst denken müssen. Was er denkt, das gilt, denn es ist der unfehlbare richtige Weg. Überlassen Sie alles ihm, der unsere Sünden von uns genommen hat, und machen Sie sich deshalb keinen Kummer mehr darüber. Wenn Sie das Antlitz Jesu Christi erblickt haben, werden Ihnen solche Gedanken nicht mehr kommen.«

»Dürfen wir ihm alles sagen, was wir wollen?«

»Das dürfen Sie auch jetzt, und ganz sicher ist er dort nicht weniger unser Gott und Freund.«

»Nun kümmert es mich nicht mehr, wie bald er mich zu sich

holt! Aber da ist das arme Kind, zu dem ich mich so übel verhalten habe! Ich wünschte, ich könnte ihn mit mir nehmen. Ich habe keine Zeit mehr, um hier für ihn Vorsorge zu treffen.«

»Sie müssen warten, bis er einmal dorthin kommt. Er wird nicht schlecht von Ihnen denken, da brauchen Sie keine Angst zu haben.« »Aber was wird mit ihm werden? Ich kann den Gedanken nicht ertragen, meinem Vater die Last für ihn aufzubürden.«

»Ihr Vater wird sich freuen, ihn bei sich zu haben, das weiß ich. Er wird es als Vorrecht empfinden, etwas um Ihretwillen zu tun, und der Bub wird es bei ihm gut haben. Doch wenn er ihn nicht will, dann werde ich ihn selbst zu mir nehmen.«

»O, ich danke Ihnen, Sir, ich danke Ihnen«, brachte sie heraus und brach in einen Strom von Tränen aus.

»Er hat mir so oft gut getan«, sagte ich.

»Wer, Sir - mein Vater?«

»Nein, Ihr Sohn.«

»Ich verstehe nicht ganz, was Sie meinen, Sir.«

»Ich meine genau das, was ich sage. Seine Worte und sein Verhalten haben mein Herz immer wieder aufgerüttelt und getröstet.«

»Daß Sie das sagen! Das arme unschuldige Würmchen! Dann ist also nicht alles Strafe?«

»Wäre alles Strafe, dann müßten wir jämmerlich zugrundegehen. Er ist Ihre Strafe, - aber sehen Sie, in welch liebenswerter Weise diese Strafe über Sie gekommen ist, und dann sagen Sie, ob Gott gut zu Ihnen war oder nicht.«

»Hätte ich meine Strafe nur bescheiden auf mich genommen, dann wäre heute alles ganz anders. Aber ich nehme sie an - wenigstens möchte ich sie annehmen, so wie Gott das von mir gewünscht hätte. Ich werde alles tragen, wie er es will. Ich nehme an, daß ich sterben muß?«

»Ich glaube, daß er Sie nun heimholen will. Ich meine, Sie sind bereit dazu. Sie wollten schon seit langem sterben, doch Sie waren vorher noch nicht bereit dazu.«

»Und nun möchte ich für meinen Jungen leben. Aber Gottes Wille geschehe.«

»Amen. Es gibt kein besseres Gebet im ganzen All.«

Still lag sie da. Mary klopfte an der Türe. »Bitte Sir, da ist ein kleines Mädchen und sagt, daß Mrs. Tomkins im Sterben liege und Sie sehen wolle.«

»Dann muß ich für heute Gute Nacht sagen, Catharine. Ich

werde morgen früh wieder vorbeischauen. Denken Sie an die alte Mrs. Tomkins - sie ist eine gute alte Seele. Wenn Ihr Herz im Schmerz des Todes zu ihr hingezogen wird, dann erheben Sie es für sie zu Gott und bitten ihn, daß er sie tröste und stärke und sie glücklicher als Gesundheit, stärker als Stärke mache, das abgetragene Kleid ihres Leibes abstreife und ihr die Kleider des Heils anlege, mit denen sie einen neuen, herrlichen Leib erhält, wie ihn unser Erlöser bekam, als er vom Tod auferstand.«

»Ich werde es versuchen. Ich werde an sie denken.«

Ich dachte, dies werde ihr helfen, sich auf ihren eigenen Tod vorzubereiten. Indem wir liebevoll an andere denken, denken wir auch heilsam über uns selbst nach. Die Dinge, an die sie als Trost für Mrs. Tomkins denken würde, die kehrten als Trost an ihrem eigenen Ende zu ihr zurück.

Achtundzwanzigstes Kapitel

Ruhe vor dem Sturm

Ein ums andere Mal wurde nach mir geschickt, um Mrs. Tomkins einen letzten Abschied zu sagen, und ein ums andere Mal ließ ich sie schlafend und in augenblicklich besserer Verfassung zurück. Doch an einem Samstag abend kam der junge Tom mit der Nachricht, daß es Catharine sehr viel schlechter gehe. Ich schickte ihn voraus und kam allein nach.

Die Nacht um mich war vom Glanz der Sterne erleuchtet- kein Mond, keine Wolken, kein Wind, nur die Sterne, die sich zur Erde herabzuneigen schienen, eine großartige Nacht. Ich nahm sie auf, ohne sie zu spüren, denn der Tod, dem ich schon bald nahe sein würde, schuf ein eigenartiges Gefühl der Trennung zwischen mir und der Natur um mich herum. Hier war der Tod und dort schienen die Sterne.

Ich hatte nur wenig Kenntnis vom Tod. Nie zuvor hatte ich einen Mitmenschen sterben sehen - auch nicht meinen Vater, und der Gedanke daran bedrückte mich. »Wenn man bedenkt«, meinte ich bei mir selbst, als ich über die Brücke zur Dorfstraße ging, »daß ein Mensch im einen Augenblick hier ist und im nächsten - wer kann sagen wo? Wir wissen nichts von dem Bereich jenseits des Grabens. Nicht einmal unser auferstandener Herr hielt es für geboten, Nachricht aus dem Reich der Toten zu bringen für die Menschenfamilie, die sich die Augen nach den Brüdern und Schwestern ausschaut, die im Dunkeln dahingegangen sind. Sicher ist das alles gut, nur wissen wir nichts darüber, außer daß unser Herr dort war, alles darüber weiß und es für richtig hält, uns nichts davon zu sagen.« Mit diesen Gedanken schwand die Bedrückung, und ich fühlte mich frei.

Doch so wenig ich über den Tod wußte, in dem Augenblick, als ich Catharine sah, erkannte ich, daß der Schleier, der das »schweigende Land« vor ihr verbarg, sich zu heben begann. Einen Augenblick lang beneidete ich sie beinahe, weil sie schon so bald das sehen und wissen würde, wonach unsere Blindheit und Unwissenheit fragte und verlangte. Sie konnte kaum sprechen und wirkte eher geduldig als ruhig. Kein Licht erhellte den Raum außer dem

Feuer. Thomas saß mit dem Kind auf dem Schoß neben dem Kamin. Gerards natürliche Stimmung war so ruhig und ernst, daß die Feierlichkeit ringsum ihn nicht bedrückte. Er sah aus, als nehme er an einer religiösen Feier teil, die er mehr empfand als verstand, und von der Anwesenheit des Todes war er nicht mehr beunruhigt als die Sterne am Himmel.

Das war nun das Ende des liebreizenden Mädchens - die schöne Welt so jung zu verlassen, nur weil ein selbstsüchtiger Mann bemerkt hatte, daß sie schön war! Keine Zeitspanne kann die Beziehung von Ursache und Wirkung umkehren. Das Gift, auch wenn es noch so langsam wirkt, ist doch Gift und tut seine Wirkung. Und jener Mann brachte sie nun um mit einer weitreichenden Waffe aus der Vergangenheit. Aber Gott sei Dank, das war nicht ihr Ende. Obwohl über dem Menschen, durch den die Übeltat geschieht, das Wehe steht, so ist doch Sorge getroffen für die Übeltat: durch den Einen, der Licht aus der Dunkelheit, Freude aus Kummer, Demut aus Unrecht bringt. Wir kehren zurück in das Vaterhaus, die Schultern beladen mit den Sorgen und Sünden, die wir auf uns gehäuft haben, und ein älterer Bruder - anders als der zornige im Gleichnis vom verlorenen Sohn - nimmt uns die Last von den Schultern und führt uns in die Gegenwart Gottes.

Sie legte ihre Hand schwach in meine. Als ich mich neben sie auf das Bett setzte, schloß sie die Augen und schwieg. Ihr Vater war tief bekümmert, doch er hatte eine Natur, die niemals Besänftigung für ihre aufgewühlten Gefühle sucht. Gerard kletterte auf meine Knie und legte seine kleine Hand auf die seiner Mutter. Sie schlug die Augen auf, schloß sie wieder, und Tränen quollen unter den Lidern hervor.

»Ist Gerard je getauft worden?« fragte ich sie.

Ihre Lippen deuteten ein Nein an.

»Dann werde ich sein Pate sein, und dies ist ein Pfand für Sie, daß ich ihn niemals aus den Augen verlieren werde.«

Sie drückte mir die Hand, und die Tränen rannen stärker über ihr Gesicht.

In dem festen Glauben, daß der Sterbende seines sterbenden Herrn gedenken sollte und daß die Weisung »Das tut zu meinem Gedächtnis« nie besser befolgt werden kann, knieten wir uns nieder. Dann nahmen Thomas und ich, Tom und Mary gemeinsam mit der Sterbenden teil an den Zeichen jenes Todes, mit dem unser Herr sich selbst ganz uns geschenkt hat. An dem, was dieses Brot und dieser Wein bedeuten - das Opfer unseres Herrn - hängt die ganze Menschenwelt, denn es ist die Erlösung des Menschen.

Nachdem sie das Mahl empfangen hatte, lag sie still wie zuvor. Ich hörte sie einmal murmeln: »Herr, ich verdiene es nicht, aber ich liebe dich«, und nach zwei Stunden tat sie friedlich den letzten Atemzug. Wir knieten uns nieder, und ich dankte laut unserem Vater im Himmel, daß er sie zu sich genommen hatte. Gerard war auf dem Schoß seiner Tante fest eingeschlafen und lag nun im Bett. Sicherlich schlief er einen festeren Schlaf als seine Mutter, denn war sie nicht erweckt worden, als sie einschlief?

Als ich wieder nach draußen trat, wußte ich besser, was die Sterne bedeuteten. Sie schauten auf mich herab, als wüßten sie alles über den Tod und könnten deshalb für die Augen der Menschen nicht traurig sein.

Bei meiner Rückkehr sagte mir meine Schwester, der alte Rogers habe nach mir gesucht und sei besorgt gewesen, mich nicht zu Hause zu finden. Er hätte mich überall gesucht, wäre ich woanders gewesen als an einem Sterbebett. Er wollte jedoch keine Nachricht zurücklassen, sondern sagte, er werde am Morgen wiederkommen.

Ich hielt es für besser, zu ihm zu gehen. Die Sterne leuchteten noch immer so hell wie zuvor, doch eine starke Vorahnung von Kummer und Sorgen erfüllte mich, und wieder schienen die Sterne weit weg zu sein. Ich fand keinen anderen Grund für meine plötzliche Furcht, als daß mir auf dem Weg zu Catharines Haus Jane Rogers begegnet war, die zu ihren Eltern ging, und gleich weitergeeilt war, nachdem ich sie gegrüßt hatte. Doch es ging mir nun auf, daß sie mich seltsam angesehen hatte, und nun war ihr Vater dabei, mich zu suchen. Es mußte etwas mit Miss Oldcastle zu tun haben.

Doch als ich zu dem dunklen, stillen Häuschen kam, war es schon elf Uhr vorbei, und ich brachte es nicht über mich, den müden alten Mann aufzuwecken. So kehrte ich um und hielt noch ein wenig bei der alten Mühle an; ich dachte über die Verschwendung an Kraft nach, die da am Mühlrad vorbei zum großen Meer hinstürzte, ohne etwas zu schaffen. »Die Natur«, so überlegte ich, »verlangt nicht, daß Kraft auch immer Macht ist. Kraft muß in sich selbst ruhen. Wer glaubt, der hastet nicht, sagt die Bibel. Doch Kraft braucht Stärke, um stille zu sein. Ist mein Glaube nicht stark genug, um still zu sein?« Wieder blickte ich zum Himmel auf, und die Ruhe der Sterne schien mir wie ein Vorwurf. »Wir sind hier oben sicher«, meinte ich sie zu deuten, »wir scheinen ohne Furcht und voller Vertrauen. Wir können nicht aus Gottes Sicherheit herausfallen. Hebe deine Augen auf und sieh uns an! Wer hat all dies geschaffen, und wer führt uns herauf in solcher Zahl? Er nennt uns alle beim Namen.«

Tiefe Stille erfüllte die Nacht, und ich glaubte, außer mir sei in weitem Umkreis niemand mehr wach. Die Sterne schienen mir diese großartigen Worte wie einen göttlichen Tadel zuzurufen. »O mein Gott!« rief ich und fiel neben der Türe der Mühle auf die Knie.

Ich versuchte ihm noch mehr zu sagen, doch das soll und kann für niemand wiederholt werden.

Als ich die Augen aufschlug, sah ich, daß auch die Türe zur Mühle offenstand, und in der Türe stand der alte Rogers mit seinem schimmernden weißen Haar und einem Ausdruck im Gesicht, als sei er eben vom Berg herabgestiegen. Ich sprang auf mit dem seltsamen Gefühl einer gewissen Scham, die uns erfaßt bei dem Gedanken, daß andere Augen als die unseres himmlischen Vaters uns gesehen haben. Der alte Mann kam mir entgegen mit gesenktem Kopf und wäre ohne ein Wort an mir vorbeigegangen, doch so wollte ich ihn nicht vorübergehen lassen.

»Wollen Sie nicht mit mir sprechen, Old Rogers?« fragte ich. Offensichtlich erfreut wandte er sich um. »Verzeihen Sie, Sir. Ich schämte mich, daß ich Ihnen wie ein Eindringling nahegekommen bin und dachte, Sie wollten lieber alleingelassen werden. Ich dachte - ich dachte -« er zögerte, »daß Sie lieber in die alte Mühle gehen wollten, weil die Nacht draußen kalt ist.«

»Danke, Rogers, jetzt nicht. Ich nahm an, Sie seien schon im Bett. Wie kommt es, daß Sie so spät noch draußen sind?«

»Sehen Sie, Sir, wenn mich irgendwelche Sorgen umtreiben, dann hat es keinen Sinn, zu Bett zu gehen, ich kann dann nicht schlafen. Ich halte nur die alte Dame wach. Und der Schlüssel von der Mühle hängt immer an meiner Hintertüre, und weil ich wußte, daß das ein guter Platz ist, um sich einzuschließen, ging ich hinaus, sobald sie eingeschlafen war. Ich war nicht darauf gefaßt, Sie zu sehen, Sir.«

»Ich kam, um Sie zu suchen, und dachte nicht, wie spät es schon ist. Catharine Weir ist heimgegangen.«

»Arme Frau. Vielleicht kommt jetzt etwas heraus, was uns helfen kann.«

»Ich verstehe Sie nicht ganz«, meinte ich zögernd, doch Rogers anwortete nicht.

»Es tut mir leid zu hören, daß Sie heute Nacht Probleme haben. Kann ich Ihnen helfen?« fuhr ich fort.

»Wenn Sie sich selbst helfen können, Sir, dann können Sie auch mir helfen. Aber ich habe kein Recht, so zu sprechen. Nur, wenn ein Paar alte Augen nicht blind sind, kann ein Mann um alles zu Gott beten, was er sieht. Ich habe da drin fest für Sie gebetet, Sir, während Sie auf der anderen Seite der Türe auf den Knien lagen.«

Ich wollte teilweise erraten, was der alte Mann meinte, und so konnte ich ihn um keine weitere Erklärung bitten.

»Warum wollten Sie mich denn sprechen?« forschte ich.

Er zögerte einen Augenblick.

»Ich muß sagen, es war recht töricht von mir, Sir. Aber ich wollte Ihnen nur sagen, daß unsere Jane von der Hall herunterkam heute nachmittag -«

»Ich bin ihr auf der Brücke begegnet. Geht's ihr gut?«

»Ja, ja, Sir. Sehen Sie, darum geht's gar nicht.«

Der Ton des alten Mannes schien mich wegen müßiger Worte zu tadeln, und so schwieg ich still.

«Der Hauptmann ist wieder da.«

Ein eisiger Stich fuhr mir durch das Herz. Ich konnte nicht antworten, sondern wandte mich wortlos von dem alten Mann ab. Er unternahm keinen Versuch, mich aufzuhalten.

Das nächste, an was ich mich erinnere, was das Ankämpfen gegen einen aufkommenden Sturm draußen auf der öden Fläche, wo ich so hart mit ihr umgesprungen war, die in dieser Nacht eingegangen war in ein unbewegtes Meer. Das Meer des Todes? Nein, das Meer des Lebens, das zu klar, zu fein ist für unsere Sinne und das wir deshalb den Tod nennen, weil wir es nicht fassen können.

Danach fand ich mich wieder vor dem eisernen Tor von Oldcastle Hall. Ich nahm erst wahr, daß ich mich dort befand, als ich im Schutz eines der großen Pfeiler dastand, auf dem das Monster thronte. Ich stieß das Tor auf und trat ein. Der Wind heulte in den Bäumen, wie ich ihn seither nie wieder gehört habe - der Hagel klatschte auf die kahlen Äste und Zweige und mischte ein unheimliches Zischen in das Geheul des Sturms. Das Haus stand da wie ein Grabmal - dunkel, schweigend, ohne den geringsten Lichtschein, der angezeigt hätte, daß drinnen Schlaf und nicht Tod herrschte. Ich ging auf die andere Seite, wagte aber nicht anzuhalten, um einen Blick auf die Rückseite des Hauses zu werfen. Ich schritt weiter zu der Treppe im Felsen und stieg die rauhen, gefährlichen Stufen hinunter zu dem kleinen Hain. Hier heulte der Wind über mich hinweg, konnte mich aber nicht erfassen. Doch mein Herz war von einem weit schlimmeren Sturm aufgewühlt, und das Toben über meinem Haupt war der reine Friede im Vergleich zu dem, was ich fühlte. Ich setzte mich zu Füßen eines Baumes nieder, wo ich zuerst Miss Oldcastle beim Lesen gesehen hatte, und blickte dann zum Haus hinüber. Ja, dort war ein Licht! Es mußte ihr Fenster sein. Sie fand also genau so wenig Ruhe wie ich. Der Schlaf floh ihre Augen, weil sie den Mann heiraten mußte, den sie nicht wollte, während der Schlaf mich floh, weil ich die Frau nicht heiraten konnte, die ich wollte. Doch war das alles? Frohen Herzens hätte ich Verzicht geübt, wenn ich sie damit von einer solchen Fessel hätte befreien können. »Doch es wäre nur, damit sie eines Tages einen anderen heiratet«, raunte der Quälgeist in meinem Inneren. Da brach der Sturm in mir, der sich ein wenig besänftigt hatte, von neuem in meiner Seele los. Doch ehe ich mich von ihrem Sitzplatz erhob, war ich auch hierzu bereit - wenn ich sie nur frei machen könnte. Noch einmal warf ich einen Blick auf das matte Licht an ihrem Fenster, erhob mich und tastete beinahe den Weg zur Treppe, die ich im Sturm hochstieg.

Doch ich war nun ruhiger geworden und imstande, nach Hause zu gehen. Es mußte beinahe morgen sein, als ich mein Haus erreichte.

Nach dem Einschlafen träumte ich, daß ich wieder in dem alten Steinbruch sei und in den tiefen Brunnen starre. Mrs. Oldcastle brachte droben im Haus ihre Tochter um, während ich wie gebannt dastand und wartete, wo ich ihren Leichnam aus dem unterirdischen Gang in den Brunnen treiben sehen würde. Doch als eine weiße Hand und ein weißer Arm im Wasser unter mir erschien, zerbrach mehr Kummer und Mitleid als Schrecken die Bande des Schlafes, und ich fand im Erwachen weniger Kummer als in meinen Träumen, nur weil das, was ich fürchtete, noch nicht eingetreten war.

Neunundzwanzigstes Kapitel

Eine Predigt für sich selbst

Welch ein Sonntagmorgen! Der Tag schien leer, grau vor Kummer und in Tränen aufgelöst. Der Wind peitschte dichte Graupelschauer gegen die Fenster. Das Toben des Windes drang nach dem Aufwachen als erstes in mein Bewußtsein. Keinen Augenblick länger hielt ich es im Bett aus, doch wie sollte ich meinem Amt nachkommen? Wenn die Pflicht einen Menschen wie ein Feind ansieht, der ihn in die dunklen Berge zerrt, dann muß er nicht weniger mitgehen, als wenn sie ihn wie ein Freund mit liebendem Gesicht anlächelt und ihn auf grüne Auen am Fluß führen will. Ich hatte meine Gefühle kaum in der Gewalt. Es gelang mir nicht zu verhindern, daß meine Sinne die Natur um mich wie ein Spiegel zurückwarfen, doch konnte ich mich an die Arbeit setzen, die vor mir lag. Mein Gott! war das ganze Gebet, das ich vor dem Frühstück zustandebrachte. Doch er wußte wohl, was in diesem Ausruf lag.

Wie sollte ich predigen? Das Thema, über das ich nachdachte, als der junge Weir kam, reichte in die Vergangenheit, weit jenseits jener schwarzen Nacht. Darüber zu sprechen, wäre vergeblich gewesen, denn jetzt konnte ich hierzu nichts sagen. Ich erinnerte mich nicht einmal daran, was ich gedacht und empfunden hatte. Ich fühlte mich beschämt, daß ich persönlichem Kummer nachgegeben hatte, wenn die Wahrheiten Gottes um mich waren, auch wenn ich sie nicht spüren konnte. Konnte es doch geschehen, daß eine hungrige Seele ungestärkt von dannen ging, weil ich schwach und verzagt war?

Da erinnerte ich mich an eine Predigt, die ich einmal über die Worte des Apostels Paulus gehalten hatte: »Daher, wenn du andere unterweisest, warum unterweisest du dich nicht selbst?« Und ich sprach zu mir: »Könnte ich nicht heute einmal den anderen Weg einschlagen und mir selbst predigen?« All das ging mir durch den Kopf, als ich nach dem Frühstück in meinem Studierzimmer saß, ungefähr eine Stunde vor Beginn des Gottesdienstes.

Ich nahm meine Bibel, las, dachte nach und fand mich in meiner Sakristei durchaus bereit zu Gebet und Predigt. Nur wenige Leute waren anwesend. Der Tag war äußerst stürmisch, und zu meiner Erleichterung war der Kirchenstuhl von Oldcastle Hall leer. Ich war nicht Diener für die Gebete anderer, sondern merkte beim Lesen, daß mein Herz zu Gott schrie um die göttliche Gegenwart des Heiligen Geistes. Wenn ich in meinen Gebeten mehr an mich selbst dachte, als gut war, würde ich dann nicht nach meiner Wandlung meine Brüder stärken können? Die Predigt, die ich hielt, war die Predigt, welche die Sterne mir verkündigt und mich auf die Knie gezwungen hatte. Ich wählte als Predigttext: »Die Ehre des Herrn soll offenbart werden.«

Ich predigte mir selbst, daß die Macht Gottes der Schwäche des Menschen an die Seite gestellt wird - nicht daß er über seine schwachen Kinder triumphieren, sondern sagen möge: »Ihr werdet niemals stark sein außer durch meine Stärke, und das erreicht ihr nur durch das Vertrauen auf mich. Seht, wie stark ich bin. Ihr welkt dahin wie das Gras. Fürchtet euch nicht, laßt das Gras verwelken. Haltet euch an mein Wort, dann seid ihr von Leben erfüllt, das der sengende Wind nicht erreichen kann. Ich komme mit meiner starken Hand, mein Werk zu tun - meine Herde zu speisen wie ein Hirte, die Lämmer auf meinem Arm zu sammeln, sie an meiner Brust zu tragen und die behutsam zu führen, die trächtig sind. Ich komme, euch zu helfen. Seht die Sterne an, die ich geschaffen habe - ich kenne jeden von ihnen. Nicht einer weicht aus seiner Bahn, weil ich sie recht lenke. Ich gebe Kraft den Schwachen und viel Stärke den Machtlosen.

So bringt Gott seine Stärke, um unsere Schwäche zu zerstören, indem er uns stark macht. Dies ist in der Tat Gott! Sollten wir ihm nicht vertrauen? Dann versuchte ich aufzuzeigen, daß wir auf Gott in den einfachsten Schwierigkeiten des Lebens ebenso wie in geistlichen Ängsten und Verwirrungen vertrauen dürfen. Denn Gott hat das Äußere ebenso geschaffen wie das Innere, und wenn äußerliche Dinge wie Schmerzen oder Geldschwierigkeiten ihm und seinem Willen anheimbefohlen werden, dann werden auch sie geistliche Angelegenheiten. Nichts in der Welt wird alltäglich oder unrein für den Menschen, der in allem Gott sieht.

Die ganze Zeit, während ich sprach, schlug der mit Graupel vermischte Regen gegen die Fenster. Der Wind heulte über die Gräber ringsum, doch den Toten konnte er nichts anhaben. Über meinem Kopf flatterte ein Spatz von Balken zu Balken und suchte Schutz in der Kirche, bis sich der Sturm wieder legte. »Dies«, so sagte ich laut, »zeigt, wofür die Kirche da ist: So wie der Spatz hier ein Haus findet als Schutz vor dem Sturm, so flüchtet sich das Menschenherz hierher, um die stille, leise Stimme Gottes zu hören, wenn sein Glaube zu schwach ist, um Gott im Sturm zu finden.« Ein blasser, wässriger Strahl fiel auf den Boden vor der Kanzel, und die Sonne weckte Trost in meinem Herzen. Ich empfing diesen bleichen Sonnenstrahl der Hoffnung als Trost für die ganze Menschheit und für mich selbst als einer dieser Familie - selbst wie der Regenbogen, der sich über die Wolken spannt, eine Verheißung des Lichts ist für die, die in der Dunkelheit sitzen.

Getröstet von der Predigt, die ich für mich selbst gehalten hatte, stieg ich von der Kanzel herab. Doch ich fühlte mich berechtigt, meinen Gemeindegliedern zu sagen, daß wegen des anhaltenden Sturmes (denn außer dem einen blassen Strahl gab es keinen Sonnenschein) der Nachmittagsgottesdienst ausfallen werde.

Die Leute verteilten sich nur sehr langsam, denn sie hielten sich so auf mit dem Anziehen ihrer Holzschuhe, dem Raffen der Röcke über den Kopf und dem Aufspannen von Schirmen (die bei dem heftigen Wind weniger als nutzlos waren), daß in der Vorhalle ein dichtes Gedränge herrschte. Ich blieb noch bei ihnen.

»Es tut mir leid, daß Sie nun einen so nassen Heimweg haben«, sagte ich zur Schustersfrau, einem reizenden kleinen, verschrumpelten Geschöpf mit mehr Runzeln als Haaren auf dem Kopf.

»Das ist sehr nett von Ihnen, daß Sie uns den Nachmittag erlassen, Sir. Nicht daß ich etwas gegen die Nässe hätte - sie bringt die Löcher in den Schuhen an den Tag und verschafft meinem Mann mehr Arbeit.« In ihrer Antwort lag nichts Selbstsüchtiges, denn wenn die Leute schon Löcher in den Schuhen haben, dann ist es um so besser, je schneller man es merkt.

Mr. Stoddart, dessen Liebe zu der alten Orgel größer war als seine Abneigung gegen den Sturm, kam auf mich zu.

»Ich sah Sie bisher noch nie unten in der Kirche, Mr. Stoddart«, sagte ich, »obgleich ich Sie oft genug gehört habe. Sie benutzen immer Ihre eigene private Türe.«

»Ich wollte da jetzt auch hinausgehen, aber da fuhr mir ein so heftiger Windstoß und Regenguß ins Gesicht, daß mich der Mut verließ und ich mich wie der Spatz zurückgewandt habe um Schutz.«

»Da kommt mir ein Gedanke«, meinte ich. »Kommen Sie doch mit mir zum Essen, und danach besuchen wir gemeinsam einige von meinen Armen. Ich wollte Sie oft darum bitten.«

Sein Gesicht wurde lang. »Aber an einem solchen Tag!« antwortete er, ohne direkt abzulehnen.

»So war es heute morgen auch, als Sie sich auf den Weg machten«, entgegnete ich, »doch Sie wollten uns nicht der Hilfe Ihrer Musik berauben um einer Windbö und eines Regenschauers wegen.«

»Ich bin doch ganz unnütz, Sie gehen, und damit ist es genug.«

»Verzeihen Sie, Sir, aber allein Ihre Gegenwart wird von Nutzen sein. Nichts, was je einem Mitmenschen gegeben ward, brachte eine solche Wohltat wie das Erkennen der Brüderlichkeit durch die einfachen Zeichen von Freundschaft und Mitgefühl. Der beste Nutzen von gespendetem Geld hängt davon ab, in welchem Maße es ein Zeichen für diese Freundschaft und Sympathie ist. Unser Herr hielt sehr viel vom Besuchen: 'Ich war krank, und ihr habt mich besucht.' - 'Was ihr getan habt einem unter diesen meinen geringsten Brüdern, das habt ihr mir getan.'«

»Aber ich kann doch nicht so tun, als hätte ich Interesse. Warum sollte ich dann mitgehen?«

»Mir zuliebe, Ihrem Freund. Das ist ein guter menschlicher Grund. Sie brauchen kein Wort zu sagen - nichts vorgeben. Gehen Sie mit als mein Gefährte, nicht als Besucher. Wollen Sie mitkommen?«

»Ich nehme an, ich muß es tun.«

»Ich danke Ihnen. Sie helfen mir damit sehr, denn ich habe nur selten einen Gefährten bei mir.«

Als der Sturm für einen Augenblick nachließ, eilten wir ins Pfarrhaus hinüber, nahmen ein gutes, aber eiliges Essen zu uns und machten uns auf den Weg ins Dorf. Der Regen war schlimmer als vorher. Die Graupelschauer hatten aufgehört, der Wind war nicht kalt, doch die Schleusen des Himmels hatten sich geöffnet.

»Finden Sie Spaß daran, gegen den Wind anzukämpfen?« fragte ich.

»Zweifellos hätte ich das«, antwortete Mr. Stoddart, »wenn ich glaubte, es käme irgend etwas Gutes dabei heraus. Aber, um die Wahrheit zu sagen, bleibe ich lieber bei meinem eigenen Feuer mit einem Band Dante auf dem Lesepult.«

»Nun, ich möchte lieber dem ärmsten Weib in der Schöpfung helfen, als über die Leiden der größten und bösesten nachzudenken.«

»Sie vergessen da zwei Dinge«, entgegnete Mr. Stoddart. »Einmal, daß die Werke Dantes auch nicht annähernd mit den Leiden der Bösen erschöpft sind. Und zweitens, worüber ich mich bei dieser Expedition beklage - eine sinnlose Jagd, wäre es nicht Ihre Unternehmung -, ist, daß ich niemanden helfe damit.«

»Sie hätten wirklich das beste Argument«, erwiderte ich, »wenn Ihre Erwartung richtig wäre.«

Wir näherten uns bis auf wenige Meter dem Häuschen der Tomkins, das nahe am Fluß lag, und ich sah, daß das Wasser bis an die Schwelle stand. Ich wandte mich zu Mr. Stoddart um, der - das mußte ihm die Gerechtigkeit lassen - bisher nicht im geringsten gemurrt hatte. »Vielleicht sollten Sie lieber nach Hause gehen», sagte ich, »denn wenn Sie überhaupt mitgehen, dann müssen Sie in Tomkins' Hütte hineinwaten. Der arme alte Mann! Was mag er wohl tun, mit seiner sterbenden Frau und dem Wasser an der Türschwelle?«

»Sie haben sich zu meinem vorgesetzten Offizier bestellt, Mr. Walton. Ich habe noch nie meinem Führer den Rücken gekehrt, obwohl ich wünschte, ich könnte den Feind ein wenig klarer erkennen.«

»Dort ist der Feind«, sagte ich und deutete auf das Wasser, in das ich hineinwatete.

Mr. Stoddart folgte mir ohne Zögern.

Beim Öffnen der Türe sah ich ein Rinnsal von Wasser gerade auf das Feuer am Herd zufließen, das schon erstickt war. Der alte Mann saß neben dem Bett seiner Frau. Mit der Frau schien es rasch zu Ende zu gehen. Sie atmete sehr schwer.

»O Sir!« sagte der alte Mann beim Aufstehen, fast unter Tränen. »Sie sind endlich gekommen!«

»Haben Sie nach mir geschickt?« fragte ich.

»Nein, Sir. Ich hatte niemand zum Schicken. Da habe ich wenigstens den Herrn gebeten, ob er Sie nicht herschicken könnte. Ich habe in der letzten Stunde hart um Sie gebetet. Ich konnte sie doch nicht verlassen, um Sie zu holen. Ich glaube auch, daß mich der Wind glatt von meinen zwei alten Beinen gepustet hätte.«

»Sehen Sie, nun bin ich da. Ich wäre schon früher gekommen, aber ich hatte keine Ahnung, daß Sie überschwemmt würden.«

»Das meine ich nicht, Sir, obwohl es schon recht kalt hier drin ist, seit das Feuer aus ist. Aber mit ihr geht es nun wirklich zu Ende. Sie hat in den letzten beiden Stunden kein Wort gesprochen, und ihr Atem wird immer schlechter. Sie kennt mich nicht einmal mehr, Sir.«

Von der Sterbenden war ein protestierendes Stöhnen zu vernehmen. »Sie kennt Sie und liebt Sie, Tomkins«, sagte ich, »und Sie werden sich immer besser kennen.«

Die alte Frau machte eine schwache Bewegung mit ihrer Hand, die ich zwischen die meinen nahm. Sie fühlte sich kalt, vom nahen Tod gezeichnet an. Von der Decke fiel Regen in schweren Tropfen auf die Bettdecke, doch das machte nicht mehr viel aus, denn sie würde schon bald jenseits aller Stürme sein.

»Wenn Sie ein Becken oder eine Schüssel finden, Mr. Stoddart, holen Sie sie bitte, um die Tropfen hier aufzufangen«, bat ich, denn ich wollte ihm seine erste Gelegenheit geben, sich nützlich zu machen.

»Hier steht eine im Schrank«, sagte der alte Mann und erhob sich schwach.

»Bleiben Sie sitzen«, entgegnete Mr. Stoddart. »Ich werde sie holen.« Damit nahm er eine Schüssel aus dem Schrank und stellte sie auf das Bett, um die Tropfen aufzufangen.

Die alte Frau hielt meine Hand in ihrer, doch aus ihrer Bewegung erkannte ich, daß sie etwas wollte. Ich bedeutete ihrem Mann, ihre andere Hand zu halten, damit schien sie zufrieden. So ging ich zu Mr. Stoddart hin, der dabeistand und zusah, und flüsterte ihm zu: »Ich sagte Ihnen, ich wolle heute einige meiner Kranken besuchen. Sie müssen bitte an meiner Stelle gehen und ihnen sagen, daß ich nicht kommen könne, weil die alte Mrs. Tomkins im Sterben liegt - ich würde sie aber bald besuchen.«

Er schien über diesen Auftrag erleichtert. Ich gab ihm die notwendigen Anweisungen, wie er die Hütten finden konnte, und er ging weg. Er war einer jener Männer, die an vorderster Front hervorragendes leisten, aber als Offizier ungeeignet sind. Was man ihm auftrug, erledigte er ohne Zögern, doch man mußte es ihm sagen.

(Damit begann eine Beziehung zwischen Mr. Stoddart und den Armen der Gemeinde, zwar von oberflächlicher Art, denn sie bestand lediglich darin, daß er einige von ihnen kannte und sie nach ihrem Befinden fragte, wenn er sie traf, und ihnen hin und wieder eine halbe Krone zusteckte. Dennoch führte diese Beziehung zu manchen Verbesserungen. Einmal traf ich ihn in der Allee, wie er völlig verdattert vor den Bruchstücken eines Kruges mit Suppe stand, den er hatte fallenlassen. »Was soll ich nur tun?« fragte er. »Der arme Jones erwartet heute seine Suppe.«

»Gehen Sie einfach zurück und holen Sie noch welche.«

»Aber was wird die Köchin sagen?« Er hatte vor der Köchin also mehr Angst als vor einer ganzen Kavallerieschwadron.

»Kümmern Sie sich nicht um die Köchin. Sagen Sie ihr einfach, Sie müßten noch mehr Suppe haben, sobald sie sie fertig habe.« Unsicher stand er einen Augenblick da, dann hellte sich sein Gesicht auf. »Ich werde ihr sagen, daß ich meine Suppe brauche. Und dann gehe ich durchs Gewächshaus hinaus und bringe sie zu Jones.«

»Sehr gut«, stimmte ich zu, »das ist ausgezeichnet.« Damit ging ich weiter und überlegte, ob die Spende seiner eigenen Suppe mehr ihren Ursprung in seinem Mitgefühl für Jones oder seiner Angst vor der Köchin hatte.)

Ich setzte mich wieder neben das Bett, wo die alte Frau von neuem zu stöhnen begann. Sobald ich ihre Hand nahm, wurde sie ruhig. So blieb ich sitzen, bis die Dämmerung einsetzte.

»Sind Sie noch da?« fragte sie immer wieder.

»Ja, ich bin da. Ich halte Ihre Hand.«

»Ich kann Sie nicht fühlen, Sir.«

»Aber Sie können mich hören, und Sie hören Gottes Stimme in Ihrem Herzen. Ich bin da, auch wenn Sie mich nicht fühlen, und Gott ist da, auch wenn Sie ihn nicht sehen.«

»Bist du da, Tomkins?«

»Ja, meine Liebe, ich bin da«, antwortete er, »aber ich wünschte, ich könnte mit dir gehen, wo du auch hingehst.«

Ich konnte nur noch ihre Antwort vernehmen, die sich wie »jawohl« anhörte.

Warum verweilte ich wohl hier am Sterbebett einer ungebildeten alten Frau? Nun, das war eine Frau mit einem Herzen wie mein eigenes, sie brauchte die gleiche Erlösung wie ich, für die die Liebe Gottes der eine wesentliche Segen war, die durch das gleiche dunkle Tor schritt, wie ihr Herr zuvor, und durch das auch ich eines Tages schreiten mußte. Nun begann Alter und Schlichtheit von ihr abzufallen, und was sie in ihrer Jugend für Tomkins hatte anziehend erscheinen lassen, kehrte noch einmal zurück, ließ sie zehnfach schöner erscheinen.

Nach langer Stille deuteten die eigenartigen Geräusche der behinderten Atmung darauf hin, daß das Ende nahte. Der Kiefer fiel herab, die Augen wurden starr. Der alte Mann schloß der Gefährtin langer Jahre Mund und Augen und weinte wie ein Kind. Ich betete laut und dankte Gott, daß er sie zu sich heimgenommen hatte. Es schnitt mir ins Herz, den alten Mann bei der Toten alleinzulassen, aber es war besser, wenn er für eine Weile für sich blieb.

Ich ging zum alten Rogers und fragte ihn, was wir tun sollten. »Ich werde hingehen und ihn mit heimbringen, Sir, auf der Stelle. Man kann ihn nicht dort lassen.«

»Aber wie können Sie ihn in einer solchen Nacht holen?«

»Würde Ihre Stute auch einen Wagen ziehen, was meinen Sie?«

»Ganz ruhig würde sie das. Sie hat vor einigen Tagen auch einen Wagen Kies vom Gemeindegrund geholt. Aber wo finden wir einen Karren? Ich habe keinen.«

»Bei Weirs steht einer zum Reparieren, Sir. Das wäre nicht stehlen, nur ausborgen.«

Ich weiß nicht, wie er mit Tomkins zurechtkam. Er sagte mir später, er habe den alten Mann nur mit großer Mühe von dem Leichnam fortbringen können. Als ich am nächsten Tag hinging, fand ich ihn voll Kummer, aber ganz bequem im Sessel neben dem Kamin. Mrs. Rogers machte sich eifrig zu schaffen. In der Nacht war der Sturm abgeflaut, und die Sonne schien, erste Anzeichen des Frühlingswetters. Über dem ganzen Land glänzte das Wasser, das bald ablaufen und das Gras üppiger sprießen lassen würde.

Dreißigstes Kapitel

Ein Rat unter Freunden

Ich sah mich der Gefahr eines Rückfalls meiner letzten Erkrankung ausgesetzt. Stundenlang war ich in nassen Kleidern, die Stiefel voll Wasser, dagesessen, und nun mußte ich dafür büßen. Da mich jedoch keine Schuld hieran traf und ich keine Wahl zwischen trocken und naß gehabt hatte, empfand ich keine Bedrückung bei der Aussicht auf eine erneute Erkrankung. In Wirklichkeit bedrückten mich ganz andere Dinge, als daß ich mich viel um meine Gesundheit gekümmert hätte. Ich war ans Bett gefesselt, konnte nicht aufstehen und wußte doch, daß Hauptmann Everard sich oben in Oldcastle Hall aufhielt. Mehr wußte ich nicht. Keine Stimme erreichte mich von dort; Oldcastle Hall hätte genau so gut jenseits des Grabes liegen können.

Doch es geschah auch etwas Erfreuliches. Meine Schwester kam ins Zimmer und sagte mir, daß Miss Crowther gekommen sei und mich zu sehen wünsche.

»Welche von beiden Misses Crowther?« fragte ich.

»Die kleine Dame, die aussieht wie ein Vogel und beim Sprechen zwitschert.«

»Du hast ihr aber doch gesagt, daß ich eine schlimme Erkältung hatte, oder nicht?«

»Aber sicher, doch sie sagt, wenn es nur eine Erkältung sei, würde es dir nicht schaden, sie zu sprechen.«

»Aber du hast ihr doch wohl gesagt, daß ich im Bett liege?«

»Natürlich, aber das spielt keine Rolle. Sie sagt, sie sei es gewöhnt, Kranke im Bett liegen zu sehen, und wenn es dir nichts ausmacht, sie zu sehen, mache es ihr auch nichts aus, dich zu sehen.«

»Nun, ich glaube, dann bleibt mir nichts anders übrig, als sie zu sprechen.«

Meine Schwester räumte also das Zimmer ein bißchen auf und brachte Miss Crowther herein.

»Lieber Mr. Walton, es tut mir ja so leid! Aber Sie sind doch nicht sehr krank, oder?«

»Ich hoffe nicht, Miss Jemima. Eigentlich glaube ich sogar, daß ich besser wegkomme, als ich befürchtet habe.«

»Das freut mich. Aber nun hören Sie. Ich werde Sie nicht lange aufhalten, und die Sache ist sehr wichtig. Ich habe gehört, daß eins Ihrer Gemeindeglieder verstorben ist und einen kleinen Jungen hinterlassen hat. Nun habe ich mir schon lange gewünscht, ein Kind zu adoptieren -«

»Aber», wandte ich ein, »was würde Miss Hester dazu sagen?«

»Meine Schwester ist keineswegs so schrecklich, wie Sie vielleicht glauben. Außerdem, wenn ich meinen Kopf durchsetzen will - was nicht oft vorkommt, denn es gibt nicht viele Dinge, für die es sich lohnt -, dann setze ich mich auch durch. Ich bestehe auf meinem Recht als Erstgeborene. Nun, ich glaube, ich weiß etwas von dem Vater des Kindes. Leider muß ich sagen, daß ich nicht viel Gutes von ihm weiß, und das ist das Schlimmste für den Buben. Immerhin -«

»Der Junge ist ein ungewöhnlich bezauberndes und liebenswertes Kind, wer immer sein Vater sein mag«, warf ich ein.

»Dann bin ich um so mehr entschlossen, ihn zu adoptieren. Welche Freunde hat er?«

»Er hat einen Großvater, einen Onkel und eine Tante, und bald hat er auch einen Paten - mich - in wenigen Tagen, wie ich hoffe.«

»Ich nehme an, von seiten der Verwandten wird es keine Einwände geben?«

»Da bin ich nicht so sicher. Ich fürchte, für einen muß ich Widerspruch anmelden, Miss Jemima.«

»Das hätte ich nicht von Ihnen erwartet, Mr. Walton, das muß ich schon sagen.« In der Stimme der alten Dame lag ein Zittern, das mehr von Enttäuschung und Kränkung herrührte als von Ärger.

»Ich werde es mir nochmals durch den Kopf gehen lassen und mit seinem Großvater darüber sprechen, und dann werden wir herausfinden, was am besten ist. Sie dürfen nicht denken, daß ich es nicht haben möchte, daß er zu Ihnen käme.«

»Ich danke Ihnen, Mr. Walton. Dann will ich Sie jetzt nicht mehr länger belästigen. Aber ich warne Sie, ich werde schon sehr bald wieder vorsprechen, wenn Sie nicht zu mir kommen. Auf Wiedersehen.«

Die reizende alte Dame brach eilends auf, drehte sich aber in der Türe noch einmal um und erklärte: »Denken Sie dran, ich habe mein Herz daran gehängt, den Buben zu bekommen, Mr. Walton. Ich habe ihn oft gesehen.«

Warum hatte sie nur an dem Jungen so einen Narren gefressen? Natürlich besprach ich die Sache mit Thomas Weir, doch wie ich befürchtet hatte, war er nun nicht bereit, sich von dem Buben zu trennen.

Genau zu der Zeit, als Miss Jemima mich besuchte (das fand ich erst Jahre später heraus), kreuzte der alte Rogers in Thomas Weirs Werkstatt auf und sagte: »Meinen Sie nicht, Mr. Weir, daß mit unserem Pfarrer etwas nicht in Ordnung ist?«

»Überarbeitet«, erwiderte Weir. »Schauen Sie, es sind zwei Menschen dahingegangen, und er hat sie beide innerhalb des gleichen Tages zu Grabe tragen müssen. Außerdem hat er eine schlimme Erkältung. Haben Sie heute schon etwas von ihm gehört?«

»Ja, es hat ihn arg erwischt, er liegt zu Bett. Aber das meine ich nicht. Irgend etwas treibt ihn um«, sagt Old Rogers.

»Ich glaube nicht, daß es an Ihnen oder mir ist, sich um das zu kümmern, was den Pfarrer beschäftigt«, entgegnete Weir.

»Da bin ich nicht so sicher«, beharrte Rogers. »Aber wenn ich angenommen hätte, daß Sie mich so kurz abfertigen, Mr. Weir, dann hätte ich den Mund wegen des Pfarrers Ihnen gegenüber nicht aufgemacht - wenigstens nicht wegen seines Innenlebens. Was ich meine ist - daß der Pfarrer sich verliebt hat. So, das war's, was ich sagen wollte.«

»Angenommen das stimmt, dann sehe ich nicht ein, was das Sie oder mich angeht.«

»Nun, ich schon. Für ihn würde ich bis ans Ende der Welt gehen.«

»Aber was können wir tun?« erwiderte Weir. Vielleicht war er deshalb nicht so willig, zuzuhören, weil er an dem Sarg für seine Tochter arbeitete.

»Ich will Ihnen was sagen, Mr. Weir, das ist eine bitterernste Sache, und ich meine, es ist nicht angebracht von Ihnen, mit Ihrem Hobel da weiterzumachen, wenn wir über den Pfarrer sprechen.«

»Nun, Old Rogers, ich wollte Sie nicht kränken. Also - was haben Sie zu sagen? Aber wenn es für den Pfarrer eine Kränkung ist, wie Sie sagen, was meinen Sie wohl, wenn ich der Pfarrer wäre, wer sich die größere Freiheit herausnähme, ich mit meinem Hobel oder Sie mit Ihren Phantastereien.«

»Also nun legen Sie mal das Ding hin und horchen Sie zu.« Und Old Rogers brachte soviele Einzelheiten, als er zum Beweis seines Verdachts benötigte.

»Nehmen wir mal an, das stimmt alles, was Sie sagen, Old Rogers«, bemerkte Thomas. »Ich sehe aber nicht, was wir damit zu schaffen haben. Der Pfarrer wird doch wohl selbst am besten wissen, was er zu tun hat.«

»Aber meine Tochter sagt mir«, fuhr Rogers fort, »daß Miss Oldcastle gar nicht die Absicht hat, Hauptmann Everard zu heiraten, und sie meint, wenn der Pfarrer deutlich reden würde, dann könnte er schon eine Chance haben.«

Weir gab keine Antwort und blieb so lange mit geneigtem Kopf schweigend sitzen, daß Rogers ungeduldig wurde. »Nun, Mann, haben Sie nichts zu sagen - auch nicht für Ihren besten Freund - auf Erden, meine ich - und das ist der Pfarrer schließlich? Für Sie mag das eine Kleinigkeit scheinen, aber für den Pfarrer ist das keine Kleinigkeit.«

»Kleinigkeit für mich!« sagte Weir, nahm sein Werkzeug - eine ständige Zuflucht für ihn, wenn er über etwas erregt war - und begann wie wild zu hobeln.

Old Rogers sah nun, daß mehr an ihm war, als er gedacht hatte; er verhielt sich still und wartete. Nach ein oder zwei Minuten wilder Tätigkeit hob Thomas sein Gesicht, das weißer war als das Kiefernbrett, an dem er arbeitete, und sagte: »Sie hätten ein bißchen früher auf den springenden Punkt kommen sollen, Old Rogers.«

Dann legte er den Hobel hin, verließ die Werkstatt und ließ Rogers völlig verwirrt dastehen. Doch er war nicht lange weg. Mit einem Brief in der Hand kam er zurück. »Hier«, sagte er und händigte ihn Rogers aus.

»Ich kann weder lesen noch schreiben«, entgegnete Rogers. »Ich hab genug zu tun mit dem einfachen Druck. Aber ich werde ihn mit zum Pfarrer nehmen.«

»Unter keinen Umständen«, wehrte Thomas nachdrücklich ab. »Darum habe ich Ihnen den Brief nicht gegeben. Weder Sie noch der Pfarrer haben ein Recht, diesen Brief zu lesen. Kann Jane lesen?«

»Ich weiß nicht, ob sie's kann. Was Mädchen zum Schreiben bringt, ist wenn ihr junger Mann zur See fährt und nicht wenn er in der Mühle gleich über dem Bach arbeitet.«

»In einer Minute bin ich zurück«, sagte Thomas, nahm Rogers den Brief aus der Hand und verließ nochmals die Werkstatt.

Als er zurückkehrte, war der Brief in einem Umschlag verschlossen und an Miss Oldcastle adressiert.

»Nun sagen Sie Ihrer Jane, sie solle das Miss Oldcastle von mir übergeben, merken Sie sich, von mir - und sie muß ihr den Brief selbst in die Hand drücken und ihn niemand sonst sehen lassen. Ich muß ihn dann wiederhaben. Achten Sie darauf, dies alles Jane einzuschärfen, Old Rogers. Können Sie ihr vertrauen, daß sie nicht darüber redet?«

»Ich glaube schon. Doch ich meine, daß man ihr vertrauen kann. Sie kennt ja jetzt sowieso nicht, was in dem Brief steht, Mr. Weir.«

»Ich weiß das, aber Marshmallows ist ein Klatschnest, und die arme Kate ist noch gar nicht richtig außer Hörweite. Sie werden kommen und morgen bei ihrem Begräbnis sein, nicht war, Old Rogers?«

»Das werde ich, Thomas. Sie haben viel Kummer im Leben gehabt, aber Gott sei Dank kam doch noch ein wenig die Sonne zum Vorschein, ehe sie starb.«

»Das ist wahr, Old Rogers. Ich glaube, es ist doch noch alles richtig geworden, obwohl ich lange damit gehadert habe. Aber Jane darf nicht über den Brief sprechen.«

»Nein, das wird sie nicht.«

»Eines Tages werde ich Ihnen sagen, was drin steht, aber im Augenblick kann ich noch nicht darüber sprechen.« Und damit schieden Sie.

Am nächsten Sonntag war ich noch in einem viel zu schlechten Zustand, um sowohl meine Toten zu begraben als auch die Lebenden zu trösten. Ich erhielt jedoch Hilfe aus Addicehead, und die Toten wurden beide in der Nähe meiner Sakristeitüre bestattet, Catharine im Grab ihrer Mutter (wo ich seinerzeit den jungen Tom gefunden hatte), und die alte Mrs. Tomkins über dem Fußweg drüben. Am Sonntag gab Rogers seiner Tochter den Brief, die ihn nach Oldcastle Hall hinaufbrachte.

An jenem Abend ging Jane, nachdem ihre Glocke geläutet hatte, hinauf und fand Miss Oldcastle so blaß und eingefallen vor, daß sie erschrak. Sie hatte sich auf die Couch geworfen, und die Hände lagen zu ihrer Seite, als kümmere sie nichts auf der Welt mehr. Doch als Jane eintrat, setzte sie sich auf und versuchte, wieder ein wenig wie sie selbst auszusehen.

»Hier ist ein Brief«, sagte Jane, »den Ihnen Mr. Weir, der Zimmermann, schickt, Miss.«

»Worum geht es denn, Jane?« fragte sie lustlos.

Dann blitzte es in ihren Augen plötzlich auf, und sie streckte eifrig die Hand nach dem Brief aus. Sie öffnete ihn, und beim Lesen wechselte sie mehrfach die Farbe, doch als sie zu Ende war, leuchteten ihre Wangen tiefrot und die Augen glühten wie Feuer.

»Dieser Schuft!« rief sie und warf den Brief auf den Boden. Jane bückte sich und hob ihn auf, doch sie hatte sich noch kaum erhoben, als die Türe aufging und Mrs. Oldcastle hereinrauschte. Als Ethelwyn ihre Mutter erblickte, erhob sie sich, ging auf sie zu und sagte: »Mutter, ich werde diesen Mann nicht heiraten. Du kannst machen, was du willst, aber ich will nicht.«

»Nanu!« rief Mrs. Oldcastle mit geblähter Nase. Plötzlich drehte sie sich zu Jane um und riß ihr den Brief aus der Hand.

Sie öffnete und las ihn. Dabei nahm ihr Gesicht einen noch steinernen Ausdruck an als sonst. Miss Oldcastle stand da und schaute auf ihre Mutter. Ihre Wangen waren nun bleich, doch die Augen blitzten. Ihre Mutter beendete den Brief und ging rasch zum Kamin, wobei sie den Brief im Gehen zerriß. Sie warf die Schnipsel zwischen das Gitter, schob heftig mit dem Schürhaken nach und murmelte: »Eine gemeine Fälschung, dieser Gauner! Als ob er je eine von ihren Frauen angeschaut hätte! Eine niedrige Verschwörung, um Geld von einem Gentleman herauszulocken!«

Zum erstenmal, seit sie nach Oldcastle Hall ging, so berichtete Jane später, habe sie Farbe in diesem totenweißen Gesicht erblickt. Mrs. Oldcastle fuhr zu Jane herum und schrie: »Du verläßt das Haus - augenblicklich!«

Vom Kamin aus ging sie auf Jane zu, die von Entsetzen erfaßt aus dem Zimmer floh, ehe sie wußte, was sie tat. Erst als sie hinter sich das Geräusch vom Versperren der Türe hörte, wurde ihr bewußt, daß sie ihre junge Herrin im Stich gelassen hatte, doch da war es zu spät. Sie hielt sich vor der Türe auf und lauschte, doch außer den gelegentlichen heiseren Tönen unterdrückter Wut hörte sie nichts. Dann drehte sich der Schlüssel plötzlich im Schloß, und sie wurde von Mrs. Oldcastle überrascht, denn wenn sie schon nicht horchte, dann war sie doch an einem Platz, wo sie nichts zu suchen hatte.

Gegenüber von Miss Oldcastles Schlafzimmer befand sich ein

anderer, selten benutzter Raum, dessen Türe nun aufstand. Mrs. Oldcastle gab Jane einen heftigen Stoß und schob sie in diesen Raum hinein, dessen Türe sie absperrte. Jane untersuchte die Türe, ob sie entfliehen könne, doch sie mußte feststellen, daß das Schloß mindestens so stark war wie die Türe. Da sie als Kind ihrer Eltern ein vernünftiges und beherrschtes Mädchen war, machte sie keinen Lärm, sondern wartete geduldig die Nacht hindurch. Als sie schließlich Schritte im Gang hörte, klopfte sie leicht an die Türe und rief: »Wer ist da?«

Die Stimme der Köchin antwortete.

»Lassen Sie mich raus«, sagte Jane. »Die Türe ist versperrt.«

Die Köchin versprach, sie herauszulassen, fand jedoch keinen Schlüssel. Inzwischen konnte sie nur Jane an einem Stock einen Laib Brot vom nächsten Fenster aus hinreichen. Endlich wurde die Türe aufgesprerrt, und sie war frei. Es gelang ihr nicht, ihre junge Herrin zu finden, und so packte sie ihren Karton und flüchtete sich zu ihrem Vater. Sobald sie ihm ihre Geschichte erzählt hatte, kam er umgehend zu mir.

Doch Judy fand mich noch vorher.

Einunddreißigstes Kapitel

Der nächste Schritt

Judy riß eilends die Türe meines Studierzimmers auf und trat ein. Sie sah sich mit einem raschen Blick im Zimmer um, ob wir allein seien, dann packte sie mit beiden Händen meine Hand und brach in Tränen aus.

»Aber Judy«, fragte ich, »was ist denn los?«

Doch vor lauter Schluchzen brachte sie keine Antwort heraus. Ich war erschrocken und stand schweigend da. Meine Brust fühlte sich an wie ein leeres Grab, das wartete, daß der Tod es fülle. Mit großer Anstrengung fand Judy schließlich soweit ihre Fassung wieder, daß sie unter Schluchzen hervorbrachte: »Sie bringen die Tante um! Sie sieht schon wie ein Geist aus.«

»Sag mir, Judy, was ich für sie tun kann?«

»Das müssen Sie selbst herausfinden, Mr. Walton. Wenn Sie sie genau so lieben wie ich, dann würden Sie herausfinden, was zu tun ist.«

»Aber sie will doch nicht, daß ich etwas für sie tue.«

»Doch, das will sie schon. Sie sagt, Sie hätten ihr versprochen, ihr eines Tages zu helfen.«

»Hat sie dich denn geschickt?«

»O, was seid ihr doch für exakte Leute! Sie müssen alles schön ordentlich und gedruckt vor sich haben, ehe Sie etwas unternehmen. Wenn ich hätte etwas machen können, dann wäre ich doch nicht wie der Blitz davongeschossen! Holen Sie Ihren Hut, Mr. Walton.«

»In dem Fall gehe ich sofort mit.«

Im nächsten Augenblick befanden wir uns draußen im Freien. Es war eine ruhige Nacht, ein blasser Halbmond stand am Himmel. Ich bot Judy meinen Arm, doch sie ergriff meine Hand, und wir gingen durch das Dorf und die Straße hinauf.

»So, Judy«, fragte ich schließlich, »nun sag mir mal, was sie mit deiner Tante machen.«

»Ich weiß nicht, was sie machen. Aber ich glaube bestimmt, daß sie stirbt. Sie sieht so weiß aus wie ein Leintuch und will ihr Zimmer nicht verlassen. Großmutter muß sie auf den Tod erschreckt haben. Jeder fürchtet sich entsetzlich vor ihr bis auf mich, und ich bekomme auch langsam Angst. Und was würde dann aus Tantchen werden?«

»Aber was kann ihre Mutter ihr denn tun?«

»Ich weiß nicht. Ich glaube, es ist ihre Entschlossenheit, sich durchzusetzen, die Tante Wynne fürchten läßt, sie könne am Ende doch ihren Willen bekommen - und sie sagt, sie will lieber sterben als Hauptmann Everard heiraten. Niemand darf nach ihr sehen außer Sarah, und ich weiß nicht, was aus Jane geworden ist. Ich habe sie den ganzen Tag nicht gesehen, und das Personal flüstert mehr als gewöhnlich zusammen. Die Tante will nicht essen, was Sarah ihr bringt, da bin ich sicher, sonst könnte ich mir fast vorstellen, daß sie sich zu Tode hungert, um sich diesen Hauptmann Everard vom Leib zu halten.«

»Ist er immer noch droben?«

»Ja. Aber ich glaube nicht, daß es allein seine Schuld ist. Großmutter will ihn nicht gehen lassen. Ich nehme nicht an, daß er weiß, wie entschlossen Tante Wynnie ist, ihn nicht zum Mann zu nehmen. Großmutter gibt zwar nicht mehr als fünf Schilling auf einmal, aber wenn sie heiratet, ist sie schon einiges wert.«

»Nichts kann ihr noch mehr Wert verleihen, als sie schon besitzt, Judy«, sagte ich, vielleicht mit einem gewissen Unwillen im Ton.

»So denken Sie und ich, Mr. Walton, aber nicht Großmutter und der Hauptmann. Ich behaupte, er würde sich nicht mehr als Großmutter darum scheren, ob sie will oder nicht, wenn sie ihn nur heiratet.«

»Aber Judy, wir müssen uns irgendeinen Plan zurechtlegen, ehe wir beim Haus sind, sonst ist mein Kommen zwecklos.«

»Natürlich. Ich weiß auch schon, was ich tun kann, und Sie müssen dann den Rest erledigen. Die Tante und der Hauptmann werden beim Dinner sein. Ich bringe Sie in das kleine achteckige Zimmer oben, das gleich unter Tantes Zimmer liegt. Dort lasse ich Sie und sage Tante Wynnie, daß Sie sie sprechen wollen.«

»Aber Judy -«

»Wollen Sie sie denn nicht sprechen, Mr. Walton?«

»Doch, mehr als du glaubst.«

»Dann werde ich es ihr sagen.«

»Aber wird sie auch kommen?«

»Ich weiß es nicht. Wir müssen es darauf ankommen lassen.«

»Nun gut. Ich begebe mich in deine Hände.«

Ich war völlig beherrscht. Von dem Augenblick an, da Judy und ich das Tor durchschritten hatten, bis zu dem Augenblick, da ich vor einer Seitentüre stand, sprachen wir kaum miteinander. Judy trat ein, stieß sie auf und führte mich einen Gang entlang und eine Treppe hinauf in den kleinen Wohnraum. In dem Zimmer brannte kein Licht. Sie führte mich zu einem Sessel am anderen Ende, öffnete eine Tür neben mir und ließ mich im Dunkeln zurück. Lange Zeit saß ich so da und verfiel in Träumereien. Luftschloß um Luftschloß baute ich auf, und eins ums andere zerfiel mir in den Händen. Plötzlich legte sich im Dunkeln eine Hand auf meinen Arm. Ich sah auf und erblickte Ethelwyns weißes Gesicht. Wie zerbrochen flüsterte sie: »Wollen Sie mich retten, Mr. Walton?«

Ich ergriff ihre Hand und hielt sie fest. Mein Zittern war in einem Augenblick vergangen und die unterdrückten Gefühle vieler Monate drängten sich auf meine Lippen. Ich weiß nicht mehr, was ich sagte, ich weiß nur noch, daß ich ihr meine Liebe gestand. Sie zog ihre Hand nicht zurück, selbst als ich sagte: »Wenn alles, was ich bin und was ich habe, Sie retten kann -«

»Aber ich bin schon gerettet«, warf sie ein, »wenn Sie mich lieben, denn ich liebe Sie auch.«

Eine ganze Weile verstummten wir. Ich hielt ihre Hand und nahm nur noch Gott und sie um mich wahr. Endlich sagte ich: »Jetzt ist nur noch Zeit zu handeln. Du solltest sofort mit mir gehen. Willst du mit zu meiner Schwester nach Hause kommen? Oder ich bringe dich, wohin du immer willst.«

»Ich werde mit dir hingehen, wo du es für richtig hältst. Nur bring mich weg von hier.«

»Zieh einen warmen Mantel an und setze deine Mütze auf, und dann werden wir uns auf den Weg machen.«

Kaum war sie aus dem Zimmer gegangen, als Mrs. Oldcastle zur Türe kam. »Sarah, bring Kerzen und sag Hauptmann Everard, er soll in das achteckige Zimmer kommen.« Dann fuhr sie zu sich selbst fort: »Wo mag nur die kleine Judy sein? Das Kind wird immer schwieriger. Ich muß sie fester an die Zügel nehmen.«

Wie sollte ich zu erkennen geben, daß ich da war? Einer Dame durch einen Ausruf in der Dunkelheit kundgeben oder zu warten, daß sie einen entdeckt, wenn sie glaubt, allein zu sein - beides ist eine recht unangenehme Art der Begrüßung. Doch wieder einmal half mir die hochgeschätzte kleine Judy aus der Klemme.

»Hier bin ich, Großmama«, sagte sie. »Aber ich lasse mich nicht an die Zügel nehmen, weder von dir noch von sonst jemand. Ich sage das nur, damit du Bescheid weißt. Und Mr. Walton ist auch hier, und Tante Ethelwyn geht mit ihm weg.«

»Was soll das heißen, du törichtes Kind?«

»Das heißt genau das, was ich sage«, antwortete sie, und ich fiel ein: »Miss Judy sagt die Wahrheit.«

»Mr. Walton«, fing Mrs. Oldcastle unwillig an, »es ist wohl kaum Art eines Gentleman, hierher zu kommen, wo Sie nicht erwünscht sind -«

Judy unterbrach sie: »Tut mir leid, Großmutter, Mr. Walton ist erwünscht - sehr erwünscht sogar. Ich habe ihn geholt.«

Doch Mrs. Oldcastle beachtete sie nicht, sondern fuhr fort: »- und noch dazu im Dunkeln in meinem Zimmer zu sitzen!«

»Das ließ sich nicht ändern, Großmutter. Hier kommt Sarah mit den Kerzen.«

»Sarah«, sagte Mrs. Oldcastle, »bitte Hauptmann Everard so freundlich zu sein und hierher zu kommen.«

»Ja Ma'am«, erwiderte Sarah mit einem unbeschreiblichen Blick auf mich, als sie die Kerzen niedersetzte.

Wir konnten einander nun sehen. Ich wußte, daß Worte nur Atemvergeudung wären, deshalb komplizierte ich die Situation nicht durch Reden, sondern stand schweigend da und betrachtete Mrs. Oldcastle. Sie zuckte nicht mit der Wimper, sondern erwiderte meinen Blick hochmütig und verächtlich. Wenige Augenblicke danach kam Hauptmann Everard herein, verbeugte sich leicht und blickte Mrs. Oldcastle an, als suche er nach einer Erklärung, worauf sie das Wort ergriff, doch an mich gerichtet: »Mr. Walton, wollen Sie bitte Hauptmann Everard erklären, welchem Umstand wir das unerwartete Vergnügen Ihres Besuches verdanken?«

»Hauptmann Everard hat keinen Anspruch auf eine Erklärung von mir. Ihnen, Mrs. Oldcastle, hätte ich geantwortet, hätten Sie mich gefragt, denn ich wartete auf Miss Oldcastle.«

»Bitte setze Miss Oldcastle davon in Kenntnis, Judy, daß Mr. Walton darauf besteht, sie sofort zu sehen.«

»Das ist ganz unnötig. Miss Oldcastle wird gleich hier sein«, sagte ich.

Mrs. Oldcastle ging zitternd vor Wut auf die Türe neben mir zu. Ich schritt dazwischen und sagte: »Verzeihung, Mrs. Oldcastle, aber das ist der Weg zu Miss Oldcastles Zimmer. Ich bin hier, um sie zu schützen.«

Wortlos drehte sie sich um und sah Hauptmann Everard an. Er machte einen entschlossenen Schritt, doch in diesem Augenblick öffnete sich die Türe hinter mir, und Miss Oldcastle erschien in Mütze und Schal mit einem kleinen Köfferchen in der Hand. Sie legte ihre Hand auf meinen Arm und stand gemeinsam mit mir dem Feind gegenüber. Judy war zu meiner Rechten, mit blitzenden Augen und roten Backen, bereit sich dem Kampf zu stellen.

»Ethelwyn, geh augenblicklich in dein Zimmer, ich befehle es dir«, herrschte ihre Mutter sie an und kam auf sie zu, um ihre Hand von meinem Arm zu lösen. Ich streckte meinen anderen Arm zwischen sie und ihre Tochter.

»Nein, Mrs. Oldcastle«, sagte ich, »Sie haben alle Rechte einer Mutter verloren, weil Sie sich nicht länger wie eine Mutter verhalten. Miss Oldcastle wird nie wieder etwas nach Ihren Befehlen tun, was immer sie in Erfüllung Ihrer Wünsche tun mag.«

»Erlauben Sie mir die Bemerkung«, schaltete sich Hauptmann Everard mit dem Versuch um Nonchalance ein, »das ist eine seltsame Lehre für Ihr Gewand.«

»Um so schlimmer für mein Gewand«, entgegnete ich, »und um so besser für das Ihre, wenn es Sie dazu führt, sich ehrenhafter zu benehmen.«

Er lächelte hochmütig und warf Mrs. Oldcastle einen Blick dramatischen Anrufs zu.

»Erniedrige dich wenigstens nicht, Ethelwyn«, sagte die alte Dame, »indem du dieses Haus auf eine so unaussprechliche Weise bei Nacht und zu Fuß verläßt. Wenn du schon den Schutz des Daches deiner Mutter verlassen willst, dann warte immerhin bis morgen früh!«

»Lieber würde ich die Nacht im Freien verbringen als unter deinem Dach, Mutter. Du warst mir eine seltsame Mutter - und Dorothy auch!«

»Setze wenigstens nicht deinen Ruf aufs Spiel durch ein so wenig mädchenhaftes Benehmen. Die Leute werden zu deinem Schaden reden - und zu dem von Mr. Walton.«

Ethelwyn lächelte. Sie war nun ebenso gesammelt wie ich und schien alle ihre Schwäche abgeworfen zu haben. Sie kannte ihre Mutter zu gut, um sich von ihrem veränderten Ton einfangen zu lassen. Sie antwortete nichts und blickte mich nur an. So entgegnete ich: »Sie werden kaum Zeit dazu haben, glaube ich, denn es wird nicht in ihrer Macht liegen. Es liegt bei Miss Oldcastle selbst, zu sagen, wann es sein soll.«

Als habe sie niemals den geringsten Verdacht über ein solches Ergebnis ihrer Planungen gehabt, änderte sich Mrs. Oldcastles Verhalten vollständig. Sie machte einen Satz auf ihre Tochter zu und packte sie am Arm.

»Dann verbiete ich es«, kreischte sie, »und du wirst mir gehorchen. Ich bestehe auf meinen Rechten. Geh in dein Zimmer, du ungeratene Person... «

»Es gibt kein Gesetz, weder göttlich noch menschlich, das ihr verbieten würde, zu heiraten, wen sie will«, sagte ich. »Wie alt bist du, Ethelwyn?«

»Siebenundzwanzig«, antwortete Miss Oldcastle.

»Mrs. Oldcastle, können Sie so töricht sein zu glauben, daß Sie immer noch einen Zugriff auf die Freiheit Ihrer Tochter haben? Lassen Sie sie gehen.«

Aber sie ließ ihren Griff nicht locker.

»Du tust mir weh, Mutter«, sagte Miss Oldcastle.

»Dir wehtun! Du glattgesichtige Pharisäerin, dir werde ich wehtun!«

Aber ich faßte Mrs. Oldcastles Arm mit meiner Hand, und da ließ sie los.

»Wie können Sie es wagen, eine Frau anzufassen!« rief sie.

»Weil Sie aufgehört haben, eine Frau zu sein, nachdem Sie Ihre eigene Tochter quälen.«

Hier trat Hauptmann Everard vor mit den Worten: »Ich glaube, man sollte die Akte über Störung der öffentlichen Ordnung lesen. Es wird Zeit, daß das Militär eingreift.«

»Gut gesprochen, Hauptmann Everard«, sagte ich. »Unsere Seite wird sich zurückziehen, wenn Sie den Platz freigeben, damit wir gehen können.«

»Vielleicht habe ich in dieser Sache auch etwas zu sagen.«

»Reden Sie.«

»Diese Dame hat mir die Treue versprochen.«

»Stimmt das, Ethelwyn?«

»Nein.«

»Dann lügen Sie, Hauptmann Everard.«

»Das wagen Sie mir zu sagen?« fuhr er auf und trat auf mich zu.

»Ich gehe da kein Wagnis ein, denn ich kenne Sie zu gut, und eine andere ebenso, die Ihnen vertraute und feststellen mußte, daß Sie so falsch sind wie die Hölle.«

»Sie verlassen sich vielleicht auf Ihr Gewand, aber -« sagte er und hob die Hand.

»Sie mögen sich an mir vergreifen und sich auf mein Gewand verlassen«, entgegnete ich ihm, »ich werde Ihren Schlag nicht erwidern. Beleidigen Sie mich, wie Sie wollen, ich werde es ertragen. Nennen Sie mich einen Feigling, ich werde nichts darauf erwidern. Aber strecken Sie auch nur die Hand aus, um mich an der Erfüllung meiner Pflicht zu hindern, dann schlage ich Sie nieder - wenn Sie nicht mehr Manns sind, als ich glaube.«

Das Gewissen - oder etwas weniger Erfreuliches - ließ ihn zum Feigling werden. Er wandte sich um. »Ich habe wirklich nicht soviel Interesse an der Sache, um mich mit Ihnen auseinanderzusetzen. Sie können das Mädchen haben. Ihr Gewand und die Anwesenheit von Damen schützen Ihre Unverschämtheit. Ich streite mich nicht herum, wo man nicht kämpfen kann. Sie werden sehr bald von mir hören, Mr. Walton.«

»Nein, Hauptmann Everard, ich werde nichts mehr von Ihnen hören. Ich weiß etwas von Ihnen, was selbst nach dem Kodex des Duells jedem Gentleman das Recht gäbe, den Zweikampf mit Ihnen abzulehnen. Aus dem Weg!«

Ich schritt mit Miss Oldcastle am Arm vor, und er trat zurück. Als wir die Türe erreicht hatten, stürzte Judy uns nach, warf ihrer Tante und dann mir die Arme um den Hals, küßte uns und kehrte dann an ihren Platz auf dem Sofa zurück. Mrs. Oldcastle stieß einen Schrei aus und sank bewußtlos auf einen Sessel - ein letzter Versuch, ihre Tochter aufzuhalten. Miss Oldcastle wäre umgekehrt, doch ich verwehrte es ihr.

»Nein«, sagte ich, »ohne dich wird sie sich schneller erholen, Judy, läute mal nach Sarah.«

»Wie können Sie es wagen, in meinem Hause Anordnungen zu erteilen?« rief Mrs. Oldcastle, setzte sich in ihrem Sessel auf und schüttelte die Faust nach uns. Dann nahm sie die heroische Haltung an und setzte hinzu: »Von diesem Augenblick an ist sie nicht mehr meine Tochter. Sie können auch nicht einen Pfennig von ihrem Vermögen anfassen, Sir. Sie haben letzten Endes eine Bettlerin geheiratet, und ihr werdet es beide schon bald merken.«

»Dein Geld soll mit dir zugrunde gehen!« warf ich ihr entgegen und bedauerte im nächsten Augenblick, daß ich das gesagt hatte. Es klang wie ein Fluch, und danach war mir nicht zumute. Immerhin war sie die Mutter meiner Ethelwyn. Doch die Anspielung auf das Geld erzürnte mich so, daß ich die Worte ausgestoßen hatte, ehe ich mir über ihre Tragweite klar wurde.

Der kühle Wind begrüßte uns wie der Odem Gottes, als wir aus dem Haus traten und die Türe hinter uns schlossen. Der Mond schien einsam in einen nachtblauen See. Wir waren noch nicht weit gegangen, als Miss Oldcastle von einem heftigen Zittern befallen wurde. Als wir das Pfarrhaus erreicht hatten, übergab ich sie der Fürsorge meiner Schwester und eilte, um Dr. Duncan zu holen.

Zweiunddreißigstes Kapitel

Old Rogers Lobpreis

Ich traf Dr. Duncan beim Abendessen an, das er ohne Zögern stehenließ, als er hörte, daß Miss Oldcastle seine Hilfe brauchte. Während wir gingen, erzählte ich ihm, was sich in Oldcastle Hall zugetragen hatte. Er hörte mit dem Interesse eines Jungen zu, der in einen spannenden Schmöker vertieft ist, und stellte zwanzig Fragen nach den Einzelheiten. Dann schüttelte er mir herzlich die Hand und sagte: »Sie haben sie ehrlich errungen, Walton, ich freue mich darüber. Für sie lohnt all das, was Sie durchlitten haben müssen. Vielleicht wird damit der Fluch von dieser elenden Familie genommen. Sie haben sie vor einem Schicksal bewahrt, das weit schlimmer wäre als das ihrer Schwester.«

»Ich befürchte aber, daß sie krank wird«, sagte ich, »nach allem, was sie durchgemacht hat.« Doch selbst ich ahnte nicht, wie ernst ihre Krankheit war.

Der alte Rogers kam in heller Aufregung und wurde in mein Studierzimmer geführt, wo ich ihn die Geschichte seiner Tochter ohne Unterbrechung erzählen ließ. Er schloß mit den Worten: »Sir, nun müssen Sie aber wirklich etwas unternehmen. So geht's doch nicht in einem christlichen Land. Wir sind hier nicht an Bord eines Schiffes, wenn ein steifer Nordost über das Achterdeck fegt.«

»Es gibt keinen Anlaß, mein lieber alter Freund, etwas zu tun.«

Er war bestürzt. »Ich verstehe Sie nicht, Mr. Walton. Sie sind der Letzte, von dem ich erwartet hätte, daß er den Glauben ohne Werke verficht. Es ist gut und schön auf Gott zu vertrauen, aber wenn man seine Falleinen nicht festhält, dann mißglückt das Wenden, und Ihr Glaube wird beim Drehen des Marlspiekers glatt den Halt verlieren.«

Ich hatte den Verdacht, daß ihm die Bilder etwas durcheinandergeraten waren, doch was er sagen wollte, war klar. Ich wollte ihn nicht länger in Spannung halten, sondern sagte: »Miss Oldcastle ist im Haus, Old Rogers.«

»In welchem Haus, Sir?« fragte der alte Mann, und seine Augen wurden immer größer, als er sprach.

»In diesem Haus, um genau zu sein.«

Nie werde ich den Blick vergessen, den er zum Vater im Himmel emporrichtete. Und nie werde ich jemand finden, der meiner Geschichte mit größerer Aufmerksamkeit zuhörte wie der alte Rogers, als ich ihm die Abenteuer des Abends berichtete. Nur wenigen hätte ich davon erzählt, doch bei ihm hielt ich es für richtig, natürlich und würdig, selbst vom Sieg meiner Liebe zu sprechen.

Er erhob sich, ergriff meine Hand und sagte: »Mr. Walton, nun werden Sie aber predigen. Ich danke Gott für all das Gute, was uns aus dem erwächst, was Sie durchgestanden haben.«

»Ich werde wohl den größten Segen davon haben«, antwortete ich.

»Ja, Sie werden wirklich Segen davon haben«, erwiderte er. »Ich habe immer Segen gewonnen aus allen Kümmernissen, die mir begegnet sind. Ich kann nicht unbedingt das gleiche sagen von den Glücksumständen in meinem Leben - wenigstens betrachte ich Mühsale als das beste Glück, was ein Mensch haben kann. Ich wünsche Ihnen nun Gute Nacht, Sir. Gott sei gedankt!«

Ich hatte ursprünglich vorgehabt, sofort nach London zu fahren und Vorbereitungen für eine Hochzeit zum frühesten Zeitpunkt zu treffen, der Miss Oldcastle angenehm wäre, doch nun ging es um ihr Leben und nicht um Hochzeit. Dr. Duncan blickte sehr ernst drein, und seine ganze Aufmunterung besagte nicht viel. Ihr fehlte soviel Lebenskraft! Das Fehlen einer Hoffnung hatte fast alles Leben aus ihr herausgepreßt, und ihre ganzen Beschwerden bestanden in extremer Schwäche. Nachdem ich merkte, daß sie nach jeder geringsten Aufregung das Bewußtsein verlor, überließ ich sie für vier Wochen vollständig meiner Schwester und Dr. Duncan. Es dauerte lange, ehe ich wagte, mich mehr als ein bis zwei Minuten in ihrem Zimmer aufzuhalten, doch als der Sommer nahte, konnte man sie bereits in einem Rollstuhl in den Garten bringen.

Ich machte mir große Sorgen wegen der Behandlung, die Judy womöglich von ihrer Großmutter zu ertragen hatte, und fragte mich, ob ich sie nicht hätte mit ihrer Tante zusammen mitnehmen sollen. Doch Judy kam oft ins Pfarrhaus, und bei ihrem ersten Besuch bei Ethelwyn (gleich am nächsten Tag) besänftigte sie meine Befürchtungen.

»Weiß denn deine Großmama, wo du bist?« fragte ich sie.

»Nun, Mr. Walton«, entgegnete sie, »es gab keine Gelegenheit, ihr das zu sagen. Warum sollte ich mich gegen sie auflehnen wie Tante Wynnie, setzte sie hinzu und sah aus wie der personifizierte Mutwille.«

»Wie erträgt sie es?«

»Was, Mr. Walton?«

»Daß sie deine Tante verloren hat.«

»Sie glauben doch nicht, daß das Großmama etwas ausmacht? Sie ärgert sich viel mehr über den Verlust von Hauptmann Everard. Wissen Sie, ich glaube, daß er gestern abend zuviel Wein getrunken hat, sonst hätte er sich doch nicht so zum Narren gemacht.«

»Ich fürchte, daß er nicht genug getrunken hatte, um Mut zu haben, Judy. Ich behaupte, daß er ein einziges Mal schneidig war, doch ein schlechtes Gewissen zerstört schnell den Mut eines Mannes.«

»Warum nennen Sie es ein schlechtes Gewissen, Mr. Walton? Ich hätte gedacht, ein schlechtes Gewissen würde sich so äußern, daß man ein Mädchen irgendwie in Ruhe läßt und nichts darüber sagt, was sie beunruhigen könnte.«

»Du hast völlig recht, Judy. Das ist gewiß die übelste Art von Gewissen. Aber sag mir, wie nimmt Mrs. Oldcastle es auf?«

»Großmutter spricht kein einziges Wort über Sie oder Tante Wynnie.«

»Aber du hast gesagt, sie sei verärgert. Woher willst du das wissen?«

»Weil sie nicht einmal mit Sarah auch nur ein Wort gesprochen hat, seit der Hauptmann heute früh abgereist ist.«

»Hast du keine Angst, daß sie dich eines Tages einsperrt?«

»Kein bißchen. Großmama wird keine Hand gegen mich erheben. Und sie sollten mich nicht verlocken, von ihr wegzulaufen wie Tante Wynnie, denn das werde ich nicht tun. Großmama ist eine garstige alte Frau, und ich glaube, daß niemand außer mir sie liebhat, - Sarah bestimmt nicht. Deshalb kann ich sie nicht im Stich lassen, und ich werde sie auch nicht verlassen, Mr. Walton, ganz gleich, was Sie von ihr sagen.«

»Aber Judy, ich will doch gar nicht, daß du sie verläßt.«

(Judy verließ sie auch nicht, solange ihre Großmutter lebte, und die Liebe der alten Dame zu diesem Kind war ein Punkt der Wiedergutmachung in ihrem ungezügelten Charakter. Auch kam es zwischen der alten Frau und Sarah zu einer Auseinandersetzung, die ich als hoffnungsvolles Zeichen ansah. Einmal nahm sie ihre Enkelin in die Arme und weinte lange und bitterlich. Vielleicht kam ihr die Erinnerung an ihre sterbende Tochter, und vielleicht dachte sie daran, daß die einzige Freundin, die sie auf der Welt besaß, das Kind aus jener Ehe war, die sie bis zur Vernichtung verfolgt hatte. Nur wenige Jahre vergingen jedoch, bis ihre Seele von ihr gefordert wurde. Bis zum heutigen Tag weiß Judy nichts davon, wie ihre alte Großmama ihre Mutter behandelt hatte.)

Dreiunddreißigstes Kapitel

Toms Geschichte

Der Sommer war ins Land gezogen, als Ethelwyn und ich heirateten. Sie war nun wieder ganz gesund, und auf ihrer halbmondförmigen Stirne lagen keine Schatten mehr. Wir fuhren für vierzehn Tage nach Wales und kehrten dann ins Pfarrhaus und zu den Pflichten in der Gemeinde zurück. Ethelwyn war voll und ganz bereit, mir dabei zu helfen. Sie erkannte, daß sie unseren Pfarrkindern am besten dienen konnte, indem sie mir zur Seite stand.

Ich nahm nun wieder meine Arbeit auf, und dabei kam mir in den Sinn, daß ich recht wenig für Tom Weir getan hatte. Ich konnte mir deshalb keinen Vorwurf machen und war sicher, daß weder er noch sein Vater mich dafür tadeln würden. Ich ließ ihn am nächsten Morgen ins Pfarrhaus kommen und erkundigte mich danach, was er inzwischen getan hatte. Dabei stellte ich fest, daß er in Latein wie in Mathematik beträchtliche Fortschritte gemacht hatte, und beschloß, ihn nun ein wenig zu fördern. Ich fand heraus, daß dies seine natürliche Begabung zum Vorschein brachte, und seine Fortschritte waren außerordentlich.

Ich vermied zwar sorgfältig, ihm einen entsprechenden Vorschlag zu machen, freute mich jedoch sehr, als ich entdeckte, daß er gerne in den Dienst der Kirche treten wollte. Gleichzeitig zwang ich mich zur Vorsicht, damit nicht die Aussicht auf den damit verbundenen gesellschaftlichen Aufstieg für ihn eine Versuchung darstellte wie bei so vielen Menschen von bescheidener Herkunft. Als ich ihn jedoch weiterhin eingehend beobachtete, vertiefte sich meine Überzeugung, daß er für den Dienst an seinen Mitmenschen ungewöhnlich geeignet war. Ich fand auch heraus, daß Thomas, der dem Vorschlag nicht abgeneigt war, sich bereit zeigte, etwas von seinen geringen Ersparnissen für Toms Ausbildung beizusteuern. Davon wollte ich jedoch nichts hören, denn er hatte ja noch seine Tochter Mary und auch sein Enkelkind, für die er Vorsorge treffen mußte.

Deshalb nahm ich die Sache selbst in die Hand und schaffte es (mit weniger Kostenaufwand, als man meinen könnte), meinen jungen Freund in Oxford unterzubringen, bis er ein Stipendium errang. Ich fühlte mich hierzu berechtigt, denn Mrs. Walton würde eines Tages den Besitz von Oldcastle erben. Bestimmte andere Gelder von ihr befanden sich nun unter Treuhandschaft ihrer Mutter und zweier Gentlemen in London, obwohl sie nicht darauf zurückgreifen konnte, solange ihre Mutter lebte und ihr die Nutzung verweigerte. Doch ich büßte keinen Penny ein, denn vom allerersten Geld, das Tom nach der Gewährung seines Stipendiums erhielt, brachte er die Hälfte mir, und im Laufe der Zeit zahlte er mir jeden Shilling zurück. Sobald er ordiniert war, kam er als Hilfspfarrer zu mir und erwies sich als große Hilfe und Stütze.

Doch in der Rückschau und bei dem Versuch, mir Rechenschaft über den Fallstrick zu geben, in dem ich mich fing, erkenne ich klar genug, daß ich zu sehr an das dachte, was ich für Tom getan hatte, und zu wenig an die Ehre, die Gott mir erwiesen hatte dadurch, daß er mir erlaubte, Tom zu helfen. Ich setzte mich über ihn, nicht bewußt, doch mit einer verachtenswerten Herablassung im Herzen, die von der Menschennatur in mir als väterliche Freundschaft bezeichnet wurde.

Eines Abends vernahm ich ein leises Klopfen an meiner Türe, und Tom trat ein. Er sah blaß und ängstlich aus, und seine Bewegungen wirkten unsicher.

»Was ist los, Tom?« fragte ich.

»Ich möchte Ihnen etwas sagen, Sir«, antwortete Tom.

»Nun, so sprich«, forderte ich ihn heiter auf.

»Das ist nicht so leicht zu sagen, Sir«, begann Tom mit einem schwachen Lächeln. »Miss Walton, Sir -«

»Nun, was ist mit ihr? Es ist ihr doch nichts zugestoßen? Sie war erst vor wenigen Minuten hier-«

Hier stieg eine Ahnung der Wahrheit in mir auf und traf mich wie ein Schlag. Noch jetzt packt mich die Scham, wenn ich bedenke, wie für einen Augenblick all meine schönen Theorien von der Gleichheit aller Menschen vor Christus hinweggefegt wurden. Wie konnte Tom Weir, dessen Vater Schreiner war, der selbst in einem Londoner Geschäft als Ladenjunge gearbeitet hatte, es wagen, um meine Schwester anzuhalten? Anstatt an das zu denken, was er wirklich war, verweilte ich bei dieser oder jener Etappe, die er durchlaufen hatte, um sein gegenwärtiges Stadium zu erreichen. In der Tat sah ich in ihm eher ein Produkt meiner selbst als ein Produkt Gottes.

Ich kenne gute Menschen, edel und großzügig gegen sogenannte

Untergebene und erfüllt von den Rechten der Menschen, bis ihre eigene Familie betroffen ist. Und ich, als Tom Weir meine Schwester heiraten wollte, urteilte nach äußerem Anschein, an den ich nicht einmal glaubte, anstatt zu einem gerechten Urteil zu kommen.

Ich weiß kaum mehr, was ich Tom zur Antwort gab. Ich erinnere mich nur an das betroffene Gesicht des armen Burschen, daß er etwas murmelte, auf was ich nicht achtete. Dann fand ich mich im Garten unter der großen Zeder wieder, nachdem ich mehr oder weniger unbewußt aus der Fenstertüre getreten war und Tom hatte allein dastehen lassen. Man kann es nur als edel ansprechen, daß er mir überhaupt verziehen hat.

Meine Frau sah mich von ihrem Zimmerfenster aus, wie ich im Garten auf und ab wanderte und kam auf mich zu, als ich um das Gesträuch bog.

»Was ist denn los mit dir?« fragte sie.

»O, nichts Besonderes«, antwortete ich, »nur daß Weir mich in ziemliche Unruhe versetzt hat.«

»Was hat er denn getan?« erkundigte sie sich einigermaßen beunruhigt. »Ich kann mir nicht vorstellen, daß er etwas Unrechtes getan hat.«

Meine Frau brachte ihm ebenso viel Vertrauen entgegen wie ich.

»N-nein«, antwortete ich, »eigentlich nichts Unrechtes.«

»Es muß aber doch so etwas sein, wenn du so elend aussiehst.«

Langsam schämte ich mich und begann mich recht ungemütlich zu fühlen. »Er hat sich in Martha verliebt, und ich fürchte, er hat Martha dazu gebracht, sich ihrerseits in ihn zu verlieben.«

Meine Frau lachte fröhlich. »Was für ein böser Vikar!»

»Nun, du weißt aber doch auch, daß das nicht unbedingt angenehm ist.«

»Warum?«

»Das weißt du doch genau.«

»Ich würde das nicht so ohne weiteres voraussetzen. Ist er nicht ein anständiger, gebildeter Mann?«

»Ja.«

»Ist er nicht klug und ein Gentleman?«

»Einer der klügsten Menschen, die mir je begegnet sind, und an seinem Benehmen gibt es nichts auszusetzen.«

»Auch nicht an seinen Gewohnheiten oder seiner Denkweise?« fuhr meine Frau fort.

»Nein. Aber du weißt doch recht gut, was ich meine, Ethelwyn. Seine Familie -«

»Nun, ist sein Vater nicht ein achtbarer Mann?«

»Gewiß, von Grund auf achtbar.«

»Er würde doch niemals von seinem Schneider Geld borgen, anstatt die Kleider zu bezahlen?«

»Bestimmt nicht.«

»Und wenn er heute sterben sollte, würde er keine unbeglichenen Schulden mit sich in den Himmel nehmen? Redet er falsches Zeugnis gegen seinen Nächsten?«

»Nein.«

»Nun, ich meine, daß Tom sich glücklich schätzen kann, einen solchen Vater zu haben. Ich wünschte, meine Mutter wäre so ein guter Mensch gewesen.«

»Das ist alles wahr, und trotzdem -«

»Und trotzdem, - angenommen ein junger Mann, den du magst, hätte einen vornehmen Vater, der ein halbes Dutzend Geschäftsleute in den Ruin getrieben hätte - würdest du gegen ihn wegen seiner Familie Einwände erheben?«

»Vielleicht nicht.«

»Dann wiegt bei dir die gesellschaftliche Stellung schwerer als Ehrlichkeit, wenigstens bei den Vätern.«

Hierauf konnte ich nicht sofort antworten, und meine Frau fuhr fort: »Weißt du, warum ich dein Angebot nicht annehmen wollte, meinen Namen wieder anzunehmen, wenn ich das Erbe über den Besitz antreten sollte?«

»Du hast gesagt, daß dir meiner besser gefällt.«

»Das habe ich gesagt. Ich habe dir aber nicht gesagt, daß ich mich geschämt hätte, wenn mein Mann einen Namen übernehmen sollte, den über Jahrhunderte hartherzige, weltlich gesinnte Menschen trugen, die weder edel noch ehrlich noch hochherzig waren.«

»Trotzdem, Ethelwyn, du weißt, daß da etwas dran ist, obgleich ich nicht ohne weiteres sagen kann was. Du vermeidest, davon zu sprechen. Wahrscheinlich hat Martha dich schon überredet, auf ihre Seite umzuschwenken.«

»Zum erstenmal schäme ich mich beinahe für dich«, erwiderte meine Frau mit ernstem Ausdruck. »Ich werde dich damit bestrafen, daß ich dir die Wahrheit sage. Glaubst du denn, ich hätte mich nicht mit ähnlichen Überlegungen auseinandersetzen müssen, als ich merkte, daß ich ein wenig mehr an dich dachte, als unter den gegebenen Umständen angemessen war? Deine Umgangsformen waren zwar untadelig, hatten aber nicht den Schliff, an den ich gewöhnt war. Auch hattest du eine gewisse Schüchternheit an dir, die am Anfang in meinen Augen nicht zu deinen Gunsten sprach.«

»Ja, ja«, entgegnete ich etwas gekränkt, »zweifellos hast du mich für einen Bauerntrampel gehalten. Aber es ist schon schlimm genug, daß ich dich auf mein Niveau heruntergezerrt habe, ohne daß du nun noch tiefer sinken müßtest.«

»Hier irrst du dich, und ich werde dir das beweisen. Ich fand, daß meine Liebe zu dir sich nicht damit begnügen würde, einfach zu deinen Gunsten eine Ausnahme zu machen. Ich mußte auch herausfinden, welche Macht tatsächlich in den herkömmlichen Vorstellungen lag, in denen ich erzogen worden war.«

»O, ich verstehe. Du hast in dem, was du für eine Ausnahme gehalten hast, nach einem Prinzip gesucht.«

»Ja«, erwiderte meine Frau. »Und ich fand es auch bald. Der nächste Schritt war, jedes falsche Urteil in solchen Dingen beiseite zu werfen. Würdest du auch nur einen Augenblick zögern, wenn du die Wahl hättest zwischen Tom Weir und dem liederlichen Sohn eines Grafen?«

»Du weißt genau, daß ich das nicht täte.«

»Nun, dann überlege einfach, was sich hieraus ergibt.«

»Aber seine Schwester?«

»Am vergangenen Sonntag hast du darüber gepredigt, wie Gott über Dinge denkt, und gesagt, dies sei der einzig richtige Weg, selbst über Dinge zu denken. Hätte die Maria, die Salbe auf das Haupt Jesu goß, sich vielleicht geweigert, einen braven Mann zu heiraten, nur weil er der Bruder der anderen Maria war, die Jesu Füße salbte? Hast du einmal darüber nachgedacht, was Gott von Tom als Marthas Ehemann denkt?«

Ich antwortete nicht, und als ich wieder aufblickte in der Annahme, daß Ethelwyn neben mir stehe, war sie gegangen. Ich schämte mich zu sehr, ihr nachzugehen, und so holte ich stattdessen meinen Hut und unternahm einen Fußmarsch.

Was mochte nur meine Schritte zu Thomas Weirs Werkstatt hinlenken? Es war wohl die einsetzende Reue, das Gefühl, dem Mann Unrecht angetan zu haben. Doch gerade, als ich um die Ecke biegen wollte, drang mir der Geruch des Holzes in die Nase, und vor mir stieg ein Bild auf, das sich in meinem Geist so oft mit einer solchen Szene menschlicher Arbeit verknüpft hatte. Ich sah den Herrn des Lebens über seine Werkbank gebeugt, wie er irgend ein einfaches Gerät für eine Hausfrau in Nazareth fertigte. Und er nahm dafür auch eine Bezahlung an, denn wenigstens er sah keine Erniedrigung in der Ordnung der Dinge, wie sie sein Vater geschaffen hatte. Der gemeine Geist ist es, der Geldverdienen durch Arbeit gering achtet und das Erben von Geld anbetet.

Und dann überfiel mich der Gedanke: »Sollte ich je unserem Herrn von Angesicht zu Angesicht gegenüberstehen, wie würde ich mich dann fühlen, wenn er zu mir sagt: 'Hast du wirklich recht gehandelt, als du darüber murrtest, daß deine Schwester einen Mann heiratete, der in seiner Jugend sein Brot in gleicher Weise verdiente wie ich das meine? Wo nahmst du das Recht her, zu mir zu sagen: Herr, Herr?'«

Ich eilte in die Werkstatt. »Hat Tom Ihnen davon erzählt?« fragte ich.

»Ja, Sir. Ich habe ihm gesagt, er solle sich die Sache wohl überlegen, denn er ist kein Gentleman, wie Sie es sind, Sir.«

»Ich hoffe, daß ich das bin. Und Tom ist genau so ein Gentleman, wie ich für mich beanspruchen kann.«

Thomas Weir streckte mir die Hand hin. »Nun, Sir, glaube ich wirklich, daß Sie in meiner Werkstatt das gleiche meinen, was Sie von Ihrer Kanzel verkündigen, und daß es auf der Welt wenigstens einen Christen gibt. Aber was wird Ihre gute Frau dazu sagen? Sie ist vornehmer geboren als Sie - das ist nicht böse gemeint, Sir.«

»Thomas, Sie beschämen mich. Ich bin kein so guter Mensch, wie Sie glauben. Es war meine Frau, die mich in dieser Sache zur Vernunft gebracht hat.«

»Gott segne sie.«

»Amen. Aber jetzt werde ich mich aufmachen und Tom suchen.«

In diesem Augenblick betrat Tom die Werkstatt mit tiefbetrübtem Gesicht. Er fuhr auf, als er mich erblickte, und sah verwirrt aus.

»Tom, mein Junge«, sagte ich, »ich habe mich zu dir sehr schlecht benommen. Das tut mir leid. Komm mit mir zurück und sprich mit meiner Schwester. Ich glaube nicht, daß sie bedauern wird, dich zu sehen.« Sein Gesicht leuchtete auf, und gemeinsam verließen wir die Werkstatt.

Tom ergriff als erster das Wort. »Ich weiß, Sir, wie viele Schwierigkeiten mein Vorschlag Ihnen machen muß.«

»Kein weiteres Wort darüber, Tom. Du hast keine Schuld. Ich wünschte, ich könnte das auch von mir sagen. Nimm meine Schwester in Gottes Namen und sei gut zu ihr.»

Tom machte sich auf die Suche nach Martha, und ich ging, um Ethelwyn zu finden.

»Es ist alles im Lot», sagte ich, »selbst die Scham, die ich empfinde, daß ich erst von dir zurechtgewiesen werden mußte.»

»Denke nicht daran. Gott schenkt jedem von uns Zeit, uns wieder zurechtzufinden, das weißt du«, antwortete meine Frau.

»Wie kommt es, daß du mir so weit voraus bist?«

Ethelwyn lachte: »Ich habe dir nur wieder das gesagt, was du mir in den letzten sieben Jahren erklärt hast.«

So hatte ich die Botschaft zuerst empfangen, doch meine Frau hatte als erste mit der Tat geantwortet.

Neben ihr und meinen Kindern ist Tom seit vielen Jahren mein größter Trost. Er ist noch immer mein Assistent, und ich glaube nicht, daß wir uns trennen werden, bis der Tod uns für eine gewisse Zeit scheidet. Er hat sich in der literarischen Welt einen Namen gemacht, und wenn ich seine Bücher lese, bin ich noch stolzer auf meinen Schwager. Meine Schwester hat durch ihn vielfältig an Persönlichkeit gewonnen.

Thomas Weir ist nun zu alt, um noch zu arbeiten. Sein Vater ist tot, und nun nimmt Thomas seinen Sessel in dem großen Zimmer des alten Hauses ein. Die Werkstatt habe ich in ein Schulzimmer umgewandelt. Tom widmet einen großen Teil seiner Zeit den Kindern, denn wir beide stimmen darin überein, daß die Sorge des Hirten gleichmäßig zwischen Schafen und Lämmern geteilt werden sollte.

Jane Rogers wurde ungefähr ein Jahr nach unserer Heirat mit dem jungen Brownrigg vermählt. Der alte Brownrigg ist nun auf die Kaminecke beschränkt, und Richard betreibt das Bauerngut, aber natürlich nicht so ganz zur Zufriedenheit seines Vaters. Die alte Mühle wurde durch eine von Richard gebaute neue und ganz besondere Anlage ersetzt, doch das Häuschen, in dem der alte Rogers mit seiner Frau gelebt hatte, ist langsam wieder zu Staub zerfallen, denn die beiden alten Leutchen sind schon vor Jahren gestorben.

Wenn ich im Sommer zur Sakristei gehe oder von dort komme,

setze ich mich oft auf den Grabhügel, der meinen alten Freund Rogers bedeckt, und denke darüber nach, daß mein Leib von Tag zu Tag hinwegstirbt, bis er einst an seinem angestammten Platz zu Staub zerfällt. Doch was bedeutet mir das? Es ist das Näherrücken eines neuen Morgens, wenn ich wieder jung und stark sein werde, froh in der Gegenwart der weisen und geliebten Toten und unaussprechlich froh in der Gegenwart Gottes.

Ich sitze nun in dem kleinen achteckigen Zimmer, von dem aus der Blick über den Steinbruch von Oldcastle Hall mit seiner grünen Einfriedung von Bäumen und dem tiefen Brunnen in der Mitte. Hier ist nun mein Studierzimmer. Mein Frau, die dafür noch nicht zu alt ist, zieht ihr kleines altes Zimmer vor, obwohl die Treppe hoch und steil ist. Ich habe nichts dagegen einzuwenden, sehe ich sie auf diese Weise doch öfter.

Ethelwyn beugt ihre glatte Stirne über mich - denn sie hat noch immer eine glatte Stirn. Eine der Wohltaten einer Ehe ist, daß ein Gesicht da ist, das uns durch alle die Schatten begleitet, welche im Laufe der Jahre darauf gefallen sind. Nein, ich möchte es besser ausdrücken: Es ist ein Gesicht, dessen Schönheit immer deutlicher hervortritt, je mehr die Blüte der Jugend schwindet und der Zauber der Weisheit und Heiligkeit an ihre Stelle tritt.

Ich selbst werde alt - immer rascher. Wenn meine Stimme zittert, empfinde ich sie als meine Stimme und doch nicht meine, denn sie gehört einfach zu mir wie meine Uhr, die nicht mehr so gut läuft wie vor dreißig Jahren. Meine Knie zittern ebenfalls - selbst wenn ich durch mein Studierzimmer gehe, wie die Knie der alten Stute meines Vaters, die schließlich die gleiche Schwäche in ihren Knien hatte wie ich in den meinen. Doch das alles bin nicht ich, sage ich mir. Ich habe sie, und wenn es Gott gefällt, werde ich es schon bald viel besser haben. Denn wie können die Kinder Gottes alt sein?

Nachwort des Herausgebers

Stilrichtungen in der Literatur ändern sich, gute Geschichten nicht.

Die erste Aussage macht deutlich, warum die Erzählungen von George MacDonald in unserer Zeit nicht mehr verbreitet sind, die zweite Feststellung erklärt, warum sie eine neue Verbreitung finden sollten. Dieses Buch wurde nicht als »historischer Roman« geschrieben - es erschien als zeitgenössischer Fortsetzungsroman in einer Zeitschrift im Jahre 1866. MacDonalds Werke wurden aus dem Leben heraus geschrieben und spiegeln seinen tiefen Einblick in die Natur Gottes und des gefallenen wie des erlösten Menschen. Die Orte und Menschen entstammen großenteils den Orten und Menschen aus seiner Umgebung - er begann zuerst über Dinge in seiner Nähe zu schreiben, die er am besten kannte.

Das Marshmallows dieses Buches ist MacDonalds Name für das Dorf Arundel unmittelbar südlich von London und nur wenige Meilen nördlich des Ärmelkanals.

Arundel war der Schauplatz von MacDonalds erster Pfarrstelle von 1850 bis 1853. Er war Pfarrer einer kleinen kongregationalistischen Gemeinde, deren Kapelle nur wenige hundert Meter von der größeren anglikanischen Kirche entfernt stand (und noch steht).

MacDonalds Jahre in Arundel waren nicht ohne Freuden und Aufregungen. In Arundel heiratete er, dort zog er sich die Tuberkulose zu, die sein weiteres Leben mit Pein erfüllte und prägte, und dort wurde auch sein erstes Kind geboren. Jene Jahre endeten mit einer weniger erfreulichen Note: die Ältesten seiner Gemeinde, die mit bestimmten Aspekten seiner Theologie nicht ganz glücklich waren, halbierten sein Gehalt und verdrängten ihn damit letzten Endes von der Kanzel.

Als MacDonald einige Jahre später zur Feder griff und dieses Buch unter dem englischen Titel »A Quiet Neighborhood« schrieb, verarbeitete er darin eine Reihe von Erinnerungen an seine Zeit in Arundel: Old Rogers und die Mühle, die Brücke über den Arun, die anglikanische Kirche mit ihren steinernen Mauern und den Armengräbern nahe der Kirchentüre und das geheimnisvolle alte Herrenhaus am Rande des Dorfes.

Old Rogers ist in der Tat Name und Abbild eines Angehörigen von MacDonalds Gemeinde in Arundel - eines Mannes, der regelmäßig den Gottesdienst besuchte in seinem rundgeschnittenen Rock und dem hohen Biberhut. Die Mühle stand einst in der Nähe der Brücke, doch Mühle wie Brücke sind weg. Wo einmal die Mühle war, befindet sich eine Drogerie, und eine neuere, doch immer noch elegante steinerne Brücke ist an die Stelle der alten getreten, wo MacDonald einst tatsächlich seinen alten Rogers traf.

Oldcastle Hall ist nach dem Hauptteil des riesigen Schlosses gezeichnet, das ganz Arundel überschattet: Ein Liebhaber von Schlössern und Treppenhäusern, wie es MacDonald war, mußte von diesem imponierenden, ausgedehnten Bauwerk starke Erinnerungen davontragen. (Ich hege die Vermutung, daß der Name »Oldcastle Hall« ein ganz persönlicher Einfall ist, denn man könnte die noch existierenden Teile des Schlosses von Arundel als »the old castle hall«, den alten Herrensitz, bezeichnen.)

Die anglikanische Kirche selbst schmiegt sich an die Mauern, die sich um das Schloß ziehen. Die Seitentüre ist noch da, die Walton als privaten Ausgang benutzte - und der Fußweg von dieser Tür weg führt wie früher durch die stillen Gräber, deren Stille die geduldige und ausdauernde Hoffnung in Christus ist.

»A Quiet Neighborhood«, als einer von MacDonalds größten Erfolgen gepriesen, wurde im Laufe seines Lebens in zahlreichen Ausgaben nachgedruckt. Doch nachdem MacDonald in Surrey im Jahre 1905 gestorben war, entschwand »A Quiet Neighborhood« und seine Fortsetzungen allmählich aus dem Blickpunkt der Öffentlichkeit. Alte Exemplare der Bücher wurden in aller Stille in den folgenden Jahren gehandelt, doch wurde kein Versuch einer Neuauflage unternommen.

Diese Fassung von »A Quiet Neighborhood« hatte ihren Anfang im Jahre 1982 - mehr als hundert Jahre nach der ersten Veröffentlichung. Mir war zwar seit langem die Existenz von MacDonalds neunundzwanzig Romanen für Erwachsene bekannt, doch hatte ich nirgendwo ein Exemplar zum Verkauf entdeckt. Dann stieß ich in einem Buchantiquariat in der Wildnis von Vermont zum erstenmal auf eine amerikanische Ausgabe von »Annals of a Quiet Neighborhood« und kaufte ohne Zittern oder Reue den vollen angegebenen Preis: 35 Cents. Selten hatte ich mein Geld besser angelegt.

Meine Frau Elizabeth und ich machten uns ans Lesen und wa-

Meine Frau Elizabeth und ich machten uns ans Lesen und waren sofort bezaubert. Unter dem Schutt eines altmodischen und schwierigen literarischen Stils entdeckten wir eine unbedingt lesenswerte und bedeutende Erzählung, die Geheimnis, Romantik und Abenteuer vereinte. Getreu den literarischen Gepflogenheiten seiner Zeit (die davon ausing, daß jeder Roman, der das Lesen lohnte, mindestens drei dicke Bände umfassen mußte) schrieb MacDonald weitschweifig über kleine Ereignisse und benutzte die Ereignisse als Sprungbrett für belehrende Abweichungen und religiöse Deutungen. Diese Darstellungen, Ausführungen und Abhandlungen sind zwar in sich faszinierend, leisten jedoch keinen Beitrag zur Entwicklung der Geschichte und sind für die eigentliche geistliche Wirkung des Werkes nicht von wesentlicher Bedeutung.

So besorgten wir eine Ausgabe des Buches in dem Bemühen, ein Gleichgewicht zwischen Kürze und Ausführlichkeit zu erzielen, die für den Druck wirtschaftlich, für den Leser unserer Zeit interessant und dem Wesen von MacDonalds Anliegen treu ist. Wir maßen uns nicht an, daß diese Fassung besser sei als das Original - nur kürzer und leichter lesbar. Keine von MacDonalds Kostbarkeiten ging bei den Kürzungen unter, wie ich hoffe.

Dan Hamilton
Indianapolis, Indiana
September 1984